ARENAS MOVEDIZAS

ARENAS MOVEDIZAS

MALIN PERSSON GIOLITO

Traducción de
Pontus Sánchez

Título original: *Störst av allt*
Primera edición: abril de 2017

© 2016, Malin Persson Giolito
Publicado gracias a un acuerdo con Ahlander Agency
© 2016, Penguin Random House Grupo Editorial, S. A. U.
Travessera de Gràcia, 47-49. 08021 Barcelona
© 2017, Pontus Sánchez, por la traducción

Printed in Spain – Impreso en España

ISBN: 978-84-9129-070-4
Depósito legal: B-4935-2017

Compuesto en Arca Edinet, S. L.
Impreso en Black Print CPI Ibérica, Sant Andreu de la Barca (Barcelona)

SL 9 0 7 0 4

Penguin
Random House
Grupo Editorial

El aula

Junto a la fila izquierda de mesas yace Dennis con su indumentaria de costumbre: camiseta de publicidad, tejanos baratos y zapatillas de deporte sin atar. Dennis es de Uganda. Dice que tiene diecisiete años, pero parece un gordo de veinticinco. Está estudiando el bachillerato de Artes y Oficios y vive en Sollentuna, en unas instalaciones para gente como él. A su lado ha caído Samir, de costado. Samir y yo vamos a la misma clase porque él consiguió entrar en la especialización que el instituto ofrece en economía internacional y educación cívica.

En la tarima está Christer, tutor de la clase y autoproclamado utopista. Su taza se ha volcado en la mesa y las gotas de café van cayendo en su pernera. Amanda está sentada a poco más de dos metros de allí, reclinada contra el radiador de debajo de la ventana. Hace unos minutos toda ella era cachemira, oro blanco y sandalias. Los pendientes de diamantes que le regalaron cuando nos confirmamos siguen brillando bajo el sol de principios de verano. Ahora da la impresión de que va llena de barro. Yo estoy sentada en el suelo en el centro del aula. En mi regazo tengo a Sebastian, hijo de Claes Fagerman, el hombre más rico de Suecia.

Las personas de aquí dentro no encajan las unas con las otras. La gente como nosotros no suele mezclarse. Quizá en el andén del metro durante una huelga de taxis, o en el vagón restaurante de un tren, pero no dentro de un aula.

Todo apesta a huevo podrido. El aire es gris y nebuloso por el humo de la pólvora. Todos han sido abatidos excepto yo. Yo no tengo ni un moratón.

Vista principal de la causa B 147 66
La Fiscalía y otros contra Maria Norberg

Semana 1 del juicio, lunes

1

La primera vez que vi el interior de un tribunal quedé decepcionada. Fue durante una visita de estudio con la clase y, vale, ya me imaginaba que los jueces no son unos viejos encorvados con pelucas rizadas y toga y que el acusado no iba a ser un loco vestido de naranja con espumarajos alrededor de la boca y cadenas en los tobillos. Pero aun así. El sitio parecía una mezcla de ambulatorio y sala de conferencias. Fuimos en un autobús de alquiler que olía a chicle y pies. El acusado tenía caspa, llevaba pantalones con raya y, según decían, había evadido impuestos. Aparte de nuestra clase (y Christer, por supuesto) solo había cuatro personas más de público. Pero había tan pocos sitios que Christer tuvo que salir a buscar una silla extra al pasillo para poder sentarse.

Hoy es distinto. Estamos en la sala de tribunal más grande de Suecia. Aquí los jueces están sentados en sillas de caoba oscura con respaldos altos forrados de terciopelo. El respaldo de la silla central se eleva por encima de las demás. Es el sitio del jefe de los jueces. Se le llama presidente. En la mesa que tiene enfrente hay un mazo con mango recubierto de cuero. Finos micrófonos asoman delante de cada puesto. Los paneles de madera de las paredes parecen ser de roble y tener varios siglos de antigüedad, antigüedad en el buen sentido. En el suelo, dividiendo en dos los asientos reservados para el público, hay una alfombra granate.

Tener público no va conmigo. Nunca he querido hacer de Santa Lucía en los festivales ni presentarme a concursos de talentos. Pero aquí dentro está repleto. Y todos han venido por mí, yo soy la atracción.

A mi lado están mis abogados de Sander & Laestadius. Sé que Sander & Laestadius suena a anticuario donde dos maricones sudorosos con batín de seda y monóculo se pasean con una lámpara de queroseno quitándole el polvo a libros mugrientos y animales disecados, pero es el mejor bufete de abogados del país especializado en causas penales. Los delincuentes normales cuentan con un defensor de oficio, solitario y cansado. El mío dispone de un séquito de novatos con traje espídicos y ambiciosos. Trabajan hasta altas horas de la noche en unas oficinas encantadoras en Skeppsbron, tienen como mínimo dos móviles cada uno y todos, excepto el propio Sander, creen que están participando en una serie americana de televisión en la que se come comida china en recipientes de cartón con esa típica actitud de «soy muy importante y estoy muy ocupado». Ninguno del total de veintidós empleados de Sander & Laestadius se llama Laestadius. El que se llamaba así murió, seguramente de un infarto, con la misma actitud de «soy muy importante y estoy muy ocupado».

Hoy están aquí tres de mis abogados: Peder Sander, el famoso, y dos de sus colaboradores. La más joven es una tía con el pelo corto y un agujero en la nariz en el que no lleva ningún piercing. Supongo que Sander no la deja llevarlo («fuera esa porquería ahora mismo»). Yo la llamo Ferdinand. Ferdinand opina que «liberal» es una palabrota y que la energía nuclear es lo más peligroso que hay. Lleva unas gafas repelentes porque piensa que así demuestra que ha conseguido dominar al sistema patriarcal y me detesta porque considera que el capitalismo es culpa mía. Las primeras veces que nos vimos me trató como si fuera una bloguera de moda desequilibrada con una granada en un avión. «¡Claro, claro! —decía sin atreverse a mirarme—, ¡claro, claro! No te preocupes, estamos aquí para ayudarte». Como si yo estuviera amenazando con volarlo todo por los aires si no me servían mi zumo biodinámico de tomate sin hielo.

El otro abogado colaborador es un hombre que ronda los cuarenta, barrigudo, cara redonda como un panqueque y una sonrisa que dice «tengo pelis en casa que guardo en orden alfabético en un armario bajo llave». El Panqueque va rapado. Mi padre suele decir que no te puedes fiar de alguien que carece de un peinado. Pero lo más probable es que no se lo haya inventado él, supongo que lo habrá sacado de alguna película. A mi padre le encanta soltar frases ingeniosas.

La primera vez que vi al Panqueque fijó la mirada justo por debajo de mis clavículas, con gran esfuerzo retrajo su gruesa lengua dentro de la boca y, lleno de entusiasmo, dejó salir un: «Chiquilla, cómo lo vamos a hacer, pareces mucho mayor de diecisiete». Si Sander no hubiese estado presente se habría puesto a jadear. O a babear, quizá. Habría dejado que la saliva goteara sobre el chaleco demasiado estrecho de su traje. No tuve ánimos de remarcarle que tenía dieciocho.

Hoy el Panqueque está a mi izquierda. Ha venido con su maletín y una maleta con ruedas llena de carpetas y papeles. La ha vaciado y ahora las carpetas están encima de la mesa delante de él. Lo único que no ha sacado es un libro *(Presenta un caso - Ganar es la única opción)* y un cepillo de dientes que asoma de uno de los bolsillos interiores. A mi espalda, en la primera fila del auditorio, están mamá y papá.

Cuando hicimos aquella visita de estudios hace dos años —y una eternidad—, nuestra clase preparó un análisis previo para «entender la relevancia» y «poder seguir el hilo». Dudo mucho que sirviera de ayuda. Pero «nos portamos», dijo Christer cuando salimos de allí. Había estado preocupado, creía que nos costaría no ponernos a reír por lo bajini y sacar los móviles. Que íbamos a estar allí sentados echando partidas a juegos y a quedarnos dormidos con la barbilla colgando sobre el pecho como parlamentarios muertos de asco.

Recuerdo la voz de Christer y su tono de seriedad sepulcral cuando recalcó («¡eh, atended un momento!») que un juicio no es algo que puedas tomarte a la ligera, está en juego la vida de alguien. Eres inocente hasta que el tribunal diga que eres culpable. Eso dijo, varias veces. Samir se reclinaba en la silla mientras Christer hablaba, se balanceaba un poco sobre las patas traseras y asentía de aquella forma con la que conseguía que todos los profes lo adoraran. Un movimiento de cabeza con el que decía «lo entiendo perfectamente», «vibramos exactamente en la misma frecuencia» y «no tengo nada que añadir, porque todo lo que dices es tan inteligente».

«Eres inocente hasta que el tribunal diga que eres culpable». ¿Qué afirmación tan curiosa es esa? O bien eres inocente todo el rato o bien has cometido el delito desde el principio. Se supone que el tribunal tiene que descubrir el qué, no decidir si es verdad o no. Que la policía y el fiscal y los jueces no estuvieran en el lugar ni sepan exactamente quién hizo qué cosa no significa que el tribunal tenga derecho a inventárselo a posteriori.

Recuerdo habérselo comentado a Christer. Que los tribunales se equivocan todo el tiempo. A los violadores siempre los acaban soltando. No vale ni la pena denunciar un abuso sexual porque por mucho que te viole medio centro de acogida y acabes con una caja entera de botellas vacías metida entre las piernas nunca creen a la chica. Lo cual no significa que no pasara ni que el violador no hiciera lo que hizo.

—No es tan sencillo —contestó Christer.

Típica respuesta de profe: «Muy buena pregunta», «Entiendo lo que dices», «No es ni blanco ni negro», «No es tan sencillo». Todas significan lo mismo: no tienen ni idea de lo que están hablando.

Pero bueno, vale. Si es difícil saber qué es verdad y quién está mintiendo, si no lo sabes seguro, ¿qué haces entonces?

En algún sitio leí «la verdad es aquello en lo que elegimos creer». Suena aún más desquiciado, si es que es posible. ¿Se puede decidir qué es cierto y qué es falso? ¿Las cosas pueden ser tanto ciertas como inventadas, dependiendo de a quién le preguntes? Por esa regla de tres, si alguien en quien confiamos dice algo, entonces podemos decidir que es así, podemos «elegir que es verdad». ¿Cómo se puede siquiera inventar algo tan estúpido? Si una persona me dijera que «elige creer en mí», lo que yo entendería al instante es que en realidad esa persona está convencida de que todo es mentira pero que acepta simular lo contrario.

Mi abogado Sander parece el más indiferente a todo el asunto. «Estoy de tu lado», se limita a decir con cara totalmente inexpresiva. Sander no es un tipo que se altere. En él todo está relajado y controlado. Sin estallidos. Sin emociones. Sin carcajadas. Me atrevería a decir que no gritó ni al nacer.

Sander es todo lo contrario a mi padre. Este queda lejos de ser el «tío molón» (sus propias palabras) que desearía ser. Hace rechinar los dientes cuando duerme y mira de pie los partidos de fútbol de la selección. Mi padre se cabrea, se pone como una mona con los funcionarios pedantes del ayuntamiento, con el vecino cuando deja el coche mal aparcado por cuarta vez la misma semana, con las facturas de la luz y con los operadores de telemarketing. El ordenador, los controles de pasaporte, el abuelo, la barbacoa, los mosquitos, las aceras con la nieve por quitar, los alemanes haciendo cola en el teleférico y los camareros franceses. Todo le saca de quicio, hace que se ponga a gritar y berrear, a dar portazos y a mandar a la gente a la mierda. Sander, en cambio… Su muestra más evidente de que está hecho una furia, encendido hasta el punto de caer en la demencia, es que arruga la frente y chasquea la lengua. En ese momento, todos sus compañeros de trabajo entran en pánico y empiezan a tartamudear y buscar papeles y libros y otras cosas con las que piensan que pondrán a Sander de mejor humor. Un poco como lo que hace mi madre con mi padre si alguna vez no está irritado sino demasiado callado y tranquilo.

Sander nunca se ha cabreado conmigo. Nunca se ha alterado con lo que le he podido contar ni se ha enfadado por lo que no le he contado, o cuando le he mentido y él lo sabía.

—Estoy de tu lado, Maja. —A veces suena más cansado que de costumbre, pero eso es todo. De «la verdad» no hablamos.

Por lo general, me resulta reconfortante que Sander solo se interese por lo que la policía y la fiscal han demostrado. Así no tengo que preocuparme por si él piensa hacer un buen trabajo o solo va a fingir que lo hace. Es como si hubiera cogido todos los muertos y toda la culpa y toda la angustia y los hubiera reconvertido en cifras, y, si las ecuaciones no encajan, entonces se proclamará ganador.

A lo mejor es eso lo que hay que hacer. Uno más uno no pueden ser tres. Siguiente pregunta, por favor.

Pero a mí no me sirve, claro. Porque o bien ha pasado algo, o bien no ha pasado. Es lo que es. Cualquier otra maniobra evasiva es justo a lo que se dedican los filósofos, y (está comprobado) algún que otro letrado. Construcciones. «No es tan sencillo».

Pero Christer, recuerdo su insistencia ante la visita al tribunal, realmente lo hizo todo para que escucháramos. «Eres inocente hasta que el tribunal diga que eres culpable». Lo apuntó en la pizarra: «Principio básico del Derecho». (Samir volvió a asentir con la cabeza). Christer nos pidió que lo apuntáramos. Que lo copiáramos. (Samir lo copió. A pesar de no necesitarlo).

A Christer le encantaba todo lo que fuera lo bastante corto como para poder aprenderlo de memoria y que se pudiera formular como una pregunta de test. La respuesta correcta eran dos puntos en el examen que hicimos dos semanas más tarde. ¿Por qué no uno? Porque a Christer le parecía que había una escala de grises en las lecciones aprendidas de memoria, que podías tener casi razón. «Uno más uno no pueden ser tres, pero te pongo un medio bien porque has contestado con una cifra».

Hace cosa de dos años que hicimos aquella visita al tribunal acompañados por Christer. Sebastian no vino, no empezó en nuestra clase hasta el año siguiente, cuando le tocó repetir. Por aquel entonces yo estaba bastante a gusto en el instituto, con mis compañeros de clase y los profesores que habíamos tenido en distintas versiones desde primaria: Jonas, el profe de química que hablaba demasiado bajo, que nunca recordaba cómo se llamaba nadie y que esperaba al autobús con la mochila sobre la barriga. Mari-Louise, la profesora de francés con gafas y pelo como un diente de león, siempre iba chupando un resquicio de pastillita negra para la garganta con tanta intensidad que su boca se reducía al tamaño de una fresita silvestre. La Valkiria, que nos daba gimnasia y que parecía una cubierta de barco recién barnizada, con su pelo corto, identidad sexual sin definir, silbato al cuello, gemelos depilados, tersos y anchos, y siempre rodeada de un olor a calcetín antideslizante y a sudor de otra persona. Malin la Dispersa, nuestra profe rubia de mates, amargada y tardona, de baja una media de dos días a la semana y con una foto de sí misma con veinte kilos menos y un bikini de cortinilla como foto de perfil en Facebook.

Y Christer Svensson. Un motivado en el sentido de «quedemos en la plaza Mariatorget y posicionémonos»; un ordinario en el sentido de «chuletas de cerdo y chafo las patatas en la salsa de nata». Era de la idea de que los conciertos de rock pueden salvar al mundo de las guerras, las hambrunas y las enfermedades y hablaba con esa voz de profesor demasiado entusiasmado que debería estar prohibida siempre que no sea para animar a un perro a que mueva la cola.

Christer llegaba cada día al instituto con un termo de café hecho en casa con tanto azúcar y leche que parecía un fondo de maquillaje. El café se lo servía en una taza propia («El mejor padre del mundo»), la taza se la llevaba a clase y la iba rellenando durante las lecciones. A Christer le encantaban las rutinas, «lo mismo cada día», «la canción favorita puesta en *repeat*». Probablemente, llevaba desayunando igual desde que tenía catorce años, una especie de receta para fondistas, tipo gachas de avena con mermelada de arándano rojo y leche entera («¡el desayuno es la comida más importante del día!»); seguro que tomaba cerveza y chupitos de aguardiente cada vez que quedaba con sus amigos («los colegas»), comía tacos con la familia cada viernes e iba a la pizzería del barrio (una con papel y lápices de colores para los críos) y se tomaba a medias una botella de tinto de la casa con «la parienta» cuando quería celebrar algo grande e importante. Christer carecía de fantasía, hacía viajes organizados, jamás le echaría cilantro a la comida ni usaría nunca para freír nada que no fuese mantequilla.

Christer se convirtió en nuestro profesor ya en primero de bachillerato y se quejaba al menos una vez a la semana de que el clima se hubiera vuelto tan raro («ya no hay estaciones del año») y todos los otoños de que la campaña navideña empezara cada vez antes («pronto habrá un árbol de Navidad en Skeppsbron incluso antes de que los ferris de verano acaben la temporada»).

Se quejaba de la prensa («¿por qué la gente lee esa mierda?») y de *Baila conmigo, Eurovisión* y *Paradise Hotel* («¿por qué la gente ve esa basura?»). Lo que más detestaba eran nuestros teléfonos móviles. («¿Acaso sois vacas? Esos chats que van tintineando y soltando campanazos todo el rato, ya podríais colgaros un cencerro al cuello directamente... ¿Por qué usáis esa porquería?»). Cada vez que se quejaba lo veías satisfecho, se sentía jovial y «molón» (no es una expresión exclusiva de mi padre) y pensaba que una prueba de lo cerca que estaba de sus alumnos era el hecho de poder decir cosas como «mierda» cuando hablaba con nosotros.

Christer se metía una bolsita nueva de snus bajo el labio superior después de cada taza de café y escondía las viejas en una servilleta de papel antes de tirarlas a la papelera. A Christer le gustaban el orden y la pulcritud, incluso en lo asqueroso.

Aquel día, cuando terminó el juicio contra el evasor de impuestos y volvimos al instituto, entonces sí que se mostró satisfecho. Decía que lo habíamos hecho «bien». Christer siempre estaba «satisfecho» o «preocupado», nunca entusiasmado ni supercabreado. Christer siempre quería dar por lo menos medio punto a las respuestas que uno se aprendía de memoria.

Christer estaba tumbado cuando murió. Con las manos cubriéndose la cabeza y las rodillas recogidas, más o menos como mi hermanita Lina cuando está profundamente dormida. Se desangró antes de que llegara la ambulancia y me pregunto si su esposa y sus hijos opinan que las cosas en realidad no son tan sencillas y que yo soy inocente puesto que ningún tribunal ha dicho todavía que sea culpable.

Semana 1 del juicio, lunes

2

La ropa que llevo hoy la ha comprado mi madre. Pero también podría haberme puesto directamente un pijama a rayas como el de los hermanos Dalton. Voy disfrazada.

Aunque, a decir verdad, las chicas siempre van disfrazadas. Ya sea de chica guapa que lo tiene todo controlado o de chica lista y seria. O de chica relajada en plan «no me importa cómo voy», con el pelo recogido en un moño desarreglado, sujetador de algodón sin tirantes y una camiseta «casi demasiado transparente».

Mi madre me ha intentado disfrazar de chica de dieciocho normal y corriente que ha acabado aquí sin haber hecho nada malo. Pero la blusa me aprieta los pechos. En prisión provisional he subido de peso y se abren unas hendiduras entre los botones. Parezco una vendedora que se ha puesto una bata médica para perseguir a la gente en un centro comercial con muestras gratuitas de crema para la cara. «No creas que vas a engañar a nadie».

—Qué guapa vas, cariño —me susurra mamá desde su sitio en primera fila. Siempre lo hace, siempre me lanza cumplidos, basura que espera que yo clasifique. Cumplidos inventados, yo no soy «hermosa» ni se me «da bien dibujar». No debería «cantar más» ni apuntarme a «clases de teatro» después del instituto. Que me lo diga mi madre resulta altamente humillante, ya que demuestra que no tiene ni la menor idea de lo que sí se me da bien, o de cuándo estoy guapa. No despierto suficiente interés en ella como para que pueda hacerme un cumplido que se ajuste a la realidad.

Resulta incomprensible lo poco que se entera mamá. «¿Por qué no sales un rato?», podía decirme esos últimos meses cuando ya no tenía ánimos para fingir que le apetecía «que me quedara y le contara» cómo me había ido el día. «¿Por qué no sales un rato?». Yo ya tenía edad para votar y comprar alcohol en los bares. Podría llevar tres años follando legalmente. ¿Qué pensaba que iba a hacer? ¿Jugar al escondite con los vecinos? «Uno-dos-tres-cuatro-ya voy», y dar vueltas corriendo entre jadeos por el jardín para mirar detrás del mismo arbusto, del mismo armario, del mismo parasol roto en el garaje. «¿Lo habéis pasado bien?», me preguntaba cuando volvía a casa con la ropa apestando a hachís. «¿Podrías colgar la chaqueta en el sótano, cariño?».

Ayer noche pude hablar con ella por teléfono. Su voz era más aguda que de costumbre. Es el tono que usa cuando hay alguien más escuchando o cuando está haciendo otra cosa al mismo tiempo. Mi madre hace casi siempre algo al mismo tiempo, recoger, mover cosas, pasar un trapo, ordenar. Tiene nervios constantes, inquietud en el cuerpo. Siempre ha sido así, no es culpa mía.

—Todo irá bien —dijo. Varias veces. Las palabras se tropezaban. Yo no dije gran cosa. Me limité a escuchar su tono de voz demasiado agudo—. Todo irá bien. No te preocupes, todo irá bien.

Sander ha tratado de explicar lo que pasará durante la vista, lo que puedo esperarme. En prisión me han pasado un vídeo informativo en el que unos actores de vergüenza ajena representaban un juicio de dos tíos que se habían liado a palos en un bar. El acusado era considerado culpable, pero no de todos los cargos presentados, solo la mitad, más o menos. Después de ver el vídeo, Sander me preguntó si tenía alguna duda. «No», contesté.

Lo que mejor recuerdo del juicio sobre fraude fiscal al que fuimos con la clase es que había silencio. Todo el mundo hablaba en voz baja y todos los demás sonidos quedaban ampliados: un carraspeo, una puerta al cerrarse, una silla siendo deslizada por el suelo. Si alguien se hubiera olvidado de silenciar el teléfono y hubiese recibido un mensaje allí dentro, habría resonado igual de fuerte que cuando apagan las luces en la sala de cine y hacen alarde del nuevo sistema de sonido envolvente que acaban de instalar. Y en medio del silencio, el evasor permanecía allí sentado, retirándose el pelo grasiento de la frente. Cuando el fiscal leyó los cargos, el acusado miró a su abogado y fue soltando bufidos de indignación. Recuerdo haber pensado que era un payaso. ¿Por qué hacía ver que estaba sorprendido? El fiscal y el abogado del payaso hablaban por turnos, leían en voz alta, repetían las mismas cosas dos o tres veces y se aclaraban la garganta demasiado a menudo. Toda la escena parecía un montaje. No porque no hubiera nada «como en las pelis», sino porque todos los implicados parecían estar muertos de aburrimiento, hasta el acusado parecía tener dificultades para concentrarse. Incluso en la vida real todos eran malos actores que no se habían aprendido el guion.

A Samir, en cambio, nada le parecía ridículo. Se echaba hacia delante en la incómoda silla, descansaba los codos en las rodillas y arrugaba la frente. Era la disciplina que mejor se le daba: mostrar lo serio que era, que las cosas serias se las tomaba en serio. Para Samir, esos bufones en poliéster eran los oradores más fascinantes que había escuchado en toda su vida. Y Christer disfrutaba. Del juicio y de Samir el Serio. Samir apenas tenía que abrir la boca para lamerle el culo a Christer. Después le chinchábamos con eso, Amanda y yo. Nos gustaba chinchar a Samir. Pero Labbe le dio una palmada en el hombro como si fuera su hijo más pequeño y hubiese marcado el gol decisivo en un partido de fútbol. «Samir lo ha entendido todo —dijo Labbe, y Samir esbozó una sonrisita—. Todo».

En casa estuve bastante a gusto incluso en segundo de bachillerato. Mamá y yo aún hablábamos de cosas que no tenían que ver con a qué hora le parecía que yo debía volver a casa. Mamá estaba orgullosa de mí, o al menos de cómo me había educado. Presumía de sus efectivos métodos para lograr que yo hiciera exactamente lo necesario para que su vida fuera más fácil. Contaba cosas como que con tan solo cuatro meses ya dormía toda la noche, que me lo comía «todo» y que sujeté la cuchara desde el primer día que tomé alimentos sólidos. Que quería empezar la escuela un año antes porque la guardería me parecía aburrida. Que quería ir sola a la escuela antes de haber cumplido los ocho y que me «encantaba» estar sola en casa sin canguro. Decía que me había dejado aprender a ir en bicicleta sin pedales antes de subirme a una bici de verdad, y que gracias a ello nunca tuvo que agacharse y aguantar el portapaquetes para que no me cayera. *Chas*, y me puse a pedalear mientras ella caminaba a mi lado con su ropa fresca y se reía a un volumen adecuado.

Lo que mamá hizo por mí, para que mi vida fuera más sencilla, es algo que nunca salió a la luz, pero en aquella época ella estaba plenamente convencida de que si yo era tan fácil y daba tan pocos problemas era porque ella había hecho lo correcto.

Hoy, aquí dentro, también reina el silencio, supongo. Pero nada que ver con la cosa aquella del fraude fiscal. Con tantas personas importantes esperando a que ocurran cosas importantes, el aire se ha vuelto denso. Supongo que la fiscal y los abogados están cagados de miedo por si hacen el ridículo. Incluso Sander está nervioso, aunque si no lo conoces es imposible darte cuenta.

Quieren demostrar lo que valen. Cuando el Panqueque contaba cómo creía que iba a transcurrir la sesión, hablaba de las «probabilidades» y «nuestras posibilidades», igual que si hubiese sido mi entrenador de baloncesto y yo la pívot del equipo. Él quiere «ganar». Hasta que Sander no chasqueó la lengua, el Panqueque no cerró el pico.

La vista del día empieza con el presidente del tribunal pasando una especie de lista. Se aclara la garganta delante del micrófono, la gente deja de musitar. El juez comprueba que estén presentes todos los que tienen que estarlo. No tengo que alzar la mano cuando llega mi turno, pero el presidente me mira asintiendo con la cabeza y lee mi nombre. Después saluda también a mis abogados y lee los suyos. Arrastra las palabras al hablar, pero no amodorrado, está tan serio que podría reventar las costuras del traje ese tan feo que lleva.

El juez nos da la bienvenida. No es broma. Yo no digo «gracias por recibirme», porque no se supone que deba contestar, aunque creo que estoy haciendo bien todo lo que me toca. No sonrío, no lloro, no hurgo en ningún orificio de mi cuerpo.

Mantengo la espalda debidamente erguida y trato de evitar que los botones de mi camisa salgan disparados.

Cuando el presidente del tribunal le dice a la fiscal que puede comenzar, esta parece tan tensa que por un momento creo que se va a poner en pie de un salto. Pero la mujer se limita a acercar más la silla a la mesa, se inclina hacia el pequeño micrófono que hay en ella, aprieta un botón y carraspea. Como si cogiera carrerilla.

Fuera, en la sala de espera de los abogados, donde estuvimos sentados antes de entrar aquí, el Panqueque me explicó que la gente ha hecho cola para coger sitio. «Igual que en un concierto», declaró, casi con orgullo. Sander parecía tener ganas de soltarle un guantazo.

Nada de lo que hay aquí dentro recuerda a un concierto. Yo no soy ninguna estrella de rock. Los que se ven atraídos por mí no son fans, solo carroñeros. Cuando los periodistas atizan las portadas conmigo huele a muerte, lo cual excita aún más a las hienas.

Pero aun así Sander quería que la vista fuera abierta. Ha exigido que dejen entrar a los medios y al público en general, a pesar de mi corta edad. No para que el Panqueque pueda hacerse el chulo, sino porque «es decisivo que la fiscal no pueda monopolizar las informaciones de la prensa». Supongo que eso significa que a él le gustaría mucho mostrar sus propias aportaciones, pero quizá también le haya dado por pensar que mis detractores podrían cambiar de opinión, siempre y cuando puedan oír «mi versión». Sander se equivoca. No tendrá ninguna relevancia.

Les encanta odiarme. Lo odian todo de mí. ¿Igual que en un concierto? Cuesta creer que el Panqueque haya estado cerca de cualquier música en directo que no sean los karaokes que montan en el zoo cada verano. Me apuesto cualquier cosa a que su emisora preferida es la ochentera Vinyl 107 y que se sabe las musiquitas de los anuncios del coche familiar perfecto.

Nueve meses atrás, una semana después de que pasara todo, hubo disturbios en Djursholm. Un puñado de chavales cogieron el metro hasta Mörby, se subieron después al autobús 606 y recorrieron las ocho paradas, todo el camino, hasta la plaza de Djursholm. Querían «¡enseñar un par de cosas a esos cabrones de mierda!». O, tal como lo formulaban los más leídos, «pijos de mierda». Si no, por lo general los disturbios de la periferia suelen desatarse en los barrios cochambrosos de los propios vándalos, entre bloques de viviendas sociales, locales recreativos y moteros desintoxicados que ahora son «monitores de ocio» y «líderes de la comunidad» porque ningún empleador quiere cogerlos ni con pinzas. Y cuando en la prensa pone que «la periferia está en llamas», suele tratarse de viejos cacharros tuneados con ambientadores en forma de arbolito y sin permiso de circulación, no de coches de empresa a todo riesgo que corren a cuenta de la compañía y que son sustituidos en cuanto un retrovisor empieza a dar problemas. Pero esta vez fue distinto.

Durante tres días y tres noches se desató la guerra en la plaza Djursholm y cerca de la casa de Sebastian, en la calle Strandvägen. La segunda noche hubo una cincuentena de personas implicadas en los altercados. Sander me lo contó, me enseñó los artículos.

Escaparates rotos en las boutiques de viejas de la plaza. ¿Qué robaban? ¿Una blusa con lazo, una mantita a cuadros escoceses y un decantador de vino de cristal? Y ¿adónde fueron cuando los echaron de la Villa Fagerman? ¿A nuestra casa? ¿Sabían llegar? Y teniendo en cuenta la importancia que mi madre le daba a «saludar correctamente para mostrar respeto» al primer pordiosero que se sentara a pedir limosna a las puertas del súper Coop en la calle Vendevägen, con su vaso de cartón y su manta meada, ¿qué pensó hacer ella respecto a los bates de béisbol y los cócteles molotov? «Hola, hola. Que pase buen día. Feliz fin de semana». Me pregunto qué les diría mi madre durante esos días a los antidisturbios que echaron una mano delante de nuestra casa para «mantener el orden». «¿Se apañan ustedes?».

En los periódicos que Sander me ha enseñado se especula sobre el «porqué». Si tenía algo que ver con lo que Sebastian y yo «simbolizábamos», con aquello de lo que «éramos expresión» y con lo que nuestros actos «habían provocado». ¿Hubo tanto jaleo porque lo ocurrido era asquerosamente despreciable? ¿Se enfadaron más porque nosotros éramos ricos y ellos no? ¿O hubo peleas solo porque un grupito de gánsteres de poca monta necesitaba una razón para liarse a palos (y porque la liga de fútbol sueca hace parón en junio)? Fuera lo que fuera, a los camorristas no los dejan entrar aquí dentro.

En la sala del tribunal hay, más que nada, periodistas. Muchos están escribiendo con portátil. Nadie puede sacar fotos, está «prohibido fotografiar», probablemente incluso hayan tenido que entregar los teléfonos antes de entrar, al menos una parte de los periodistas va con libreta y boli.

También hay un pobre dibujante. Cabría pensar que estoy sacada de alguna obra de Dickens, una niña comida por las pulgas que se enfrenta a la horca, o una Elvira Madigan sacada de una vieja octavilla. «Tristes cosas acaecen, incluso en nuestros días». La cantábamos en secundaria. Amanda lloraba, por supuesto, estaba de lo más mona cuando lloraba sin estar triste de verdad («adorable»), así conseguía incluso más atención de la que ya despertaba por defecto.

A Amanda la describen como mi mejor amiga. En la prensa, en la tele, en el informe del caso, incluso mi propio abogado la llama así. «Mi mejor amiga».

¿Era Amanda la persona con la que más me relacionaba, aparte de Sebastian? Sí. ¿Era Amanda la persona con la que más hablaba, aparte de Sebastian? Sí. ¿Aparece a mi lado en, más o menos, doscientas sesenta fotos de Facebook? ¿Estuve chateando con ella por móvil una media de dos horas diarias durante los primeros cuatro meses de los seis que han revisado para analizar mi actividad telefónica? ¿Me ha etiquetado en más de cien posts con #mejoresamigas en Instagram? Sí. Sí. Sí.

¿Quería a Amanda? ¿Era la mejor de mis amigas? No lo sé.

Semana 1 del juicio, lunes

3

En cualquier caso, me encantaba estar con Amanda. Íbamos casi siempre juntas. En clase y en el comedor nos sentábamos juntas, estudiábamos juntas y hacíamos pellas juntas. Rajábamos de las tías que nos caían mal («no es por ser zorra, pero»), ascendíamos hacia ninguna parte en las máquinas de *steps* del gimnasio. Nos maquillábamos juntas, íbamos de compras juntas, hablábamos durante horas, chateábamos sin interrupción, nos reíamos de aquella manera en que se ríen las chicas en las pelis cuando una está boca abajo en la cama de la otra mientras esta está de pie en el colchón y lleva un camisón demasiado corto y usa un cepillo a modo de micrófono mientras hace playback de una canción buena o imita a alguna petarda del instituto.

Salíamos de fiesta juntas. Amanda se emborrachaba enseguida. La trompa siempre seguía el mismo patrón: risitas, carcajadas, bailar, caer, más risas, tumbarse en un sofá, llorar lagrimones calientes que se le metían en las orejas. Vomitar, llegar a casa. Siempre era yo la que cuidaba de ella, nunca al revés.

Me gustaba estar con Amanda, poder desconectar de todo. Junto a ella parecía evidente que el sentido de la vida era pasarlo lo mejor posible. Y, por lo demás, su papel de rubia tonta resultaba de lo más entretenido. Si le preguntabas qué tiempo iba a hacer, te contestaba «chanclas». O «pantis tupidos». Si hacía mucho frío, contestaba que aquello era «un maldito resort de esquí» y entonces venía al instituto con *leggings* térmicos, botas forradas y anorak de plumas con cuello de piel de conejo.

Decir que Amanda era superficial sería demasiado fácil. Desde luego, no habría podido sacarse un dinero extra como editorialista en un periódico serio. Opinaba que «la represión es horrible», que «el racismo es horrible» y que «la pobreza es superhorrible». Era una tartamuda positivista. De las que duplican las valoraciones. Supersuperbien, megamegachulo y miniminidiminuto. (Esto último incluso contaría como triplicación). Su visión de la política, de la igualdad o de cualquier otra cuestión cogida al azar se basaba en los tres capítulos y medio que había visto de *Objetivo: periodismo de investigación* (y con los que había llorado). Y cuando miraba los vídeos en YouTube del hombre más gordo del mundo saliendo por primera vez en treinta años de la casa en la que vivía te decía: «¡Shhh! Ahora no, estoy mirando las noticias».

De lo que más le gustaba hablar a Amanda era de sus propias angustias. Se inclinaba y te susurraba lo pesados que eran los trastornos de alimentación y el insomnio («de verdad, superpesado»). Durante una época me explicó que «tenía» que evitar el color verde y el número nueve, que «tenía» que evitar los bordes de las aceras («o sea, no es algo que yo decida, es que tengo que hacerlo; si no, me creo que voy a morir, o sea morir de verdad, realmente morir»). A veces subía el volumen si no conseguía provocar la reacción que buscaba. Podía fingir que una quemadura que se había hecho mientras tratábamos de preparar tortitas para merendar era una cicatriz de otra cosa, algo de lo que «prefería no hablar». La idea era que la gente creyera que se trataba de las marcas de un intento de suicidio. Que yo pudiera contar la verdad era una posibilidad que ni siquiera sopesaba.

Pero no era algo tan simple como que Amanda dijera mentiras, o al menos no era solo eso. Está claro que a veces la vida le parecía pesada. Y creía que la angustia era equivalente a preocuparse por si perdía el autobús y que tenía bulimia porque se encontraba mal si se tragaba doscientos gramos de chocolate con nueces en menos de diez minutos.

Amanda estaba mimada, por supuesto que sí, por su madre, su padre, su terapeuta y el que cuidaba de su caballo. Pero no era cuestión de ropa y chismes. Era otra cosa. Tenía la misma postura hacia sus padres y hacia sus profesores —hacia todas las autoridades, incluido Dios— que la que tenía hacia el personal de servicio, como si todos fueran recepcionistas de un hotel de lujo. Esperaba obtener ayuda para cualquier cosa, desde un grano en la nariz y un pendiente perdido hasta atención médica de urgencia y vida eterna. Le daba igual si Dios existía o no, pero era obvio que Él tenía que ayudar al primo de Amanda que tenía cáncer, puesto que le daba «supersuperpena», y el primo era «supersupermono, aunque se ha quedado calvo». Le daba pena la gente con problemas pero le molestaba que no sintieran la misma pena por ella.

Y era una egocéntrica. Le dedicaba tanto tiempo a su melena, larga hasta la cintura, que cabía pensar que se trataba de su abuela moribunda. La gente la veía simpática. Pero ella no era realmente simpática. Siempre te preguntaba dos veces si querías leche en el café («¿estás segura del todo?») y te hacía sentirte gorda. Decía «me gustaría tanto ser como tú, relajada y despreocupada de mi aspecto» y «eres increíblemente fotogénica», y esperaba que le dieras las gracias, porque no entendía que lo encajabas como un insulto.

Y sí, Amanda opinaba que «la política es superimportante». Pero no estaba políticamente comprometida de esa manera que hace que la gente quiera apuntarse a una asociación de jóvenes, ir de campamento y disparar con arco junto a otros semejantes en pantalón corto. Tampoco se habría teñido jamás el pelo de negro ni le habría prendido nunca fuego a una granja de visones, ni habría tenido siquiera ánimos para leerse un informe sobre el agujero de la capa de ozono y la desaparición de las barreras de coral, y desde luego no estaba políticamente comprometida de la manera en que todos los profes creían que lo estaba Samir, porque tenía un padre que había ido a la cárcel y había sido torturado por defender sus puntos de vista.

Para Amanda, la política consistía en que la diputación provincial debería financiar la operación de balón gástrico que planeaba hacerse si algún día llegaba a pesar «como sesenta kilos». Era «lo más justo», «teniendo en cuenta los impuestos que todos pagamos». Y con «todos» no se refería a su madre, pues el único dinero que su madre gestionaba venía de las vueltas de la caja del súper cada vez que iba a hacer la compra. Luego lo metía en el banco en lo que llamaba su «cuenta para zapatos», y que a Amanda le impulsaba a poner gestos de hastío. Despreciaba aquella cuenta. A mí me lo contaba, pero solo porque pensaba que su madre era ridícula, no porque le pareciera raro que esta pudiera reservar de forma impulsiva un vuelo en primera clase a Dubái con estancia en un hotel de lujo para toda la familia el puente de noviembre pero que tuviera que ocultar calderilla para poder comprarse unos vaqueros nuevos sin tener que pedir permiso.

De qué manera Amanda pasaba a formar parte de «todos» junto con su padre y el dinero de este y de qué manera le parecía que ella misma aportaba algo a la economía nacional eran temas que nunca quedaron claros.

Durante una discusión política con Christer unos meses antes de que todo pasara salió a colación el Che Guevara.

—Me parece despreciable matar a niños —dijo Amanda—. Aunque no conozco demasiado lo que pasa en Oriente Medio.

Samir estaba sentado detrás de ella, en diagonal, y Amanda tuvo que esperar un momento antes de que él entendiera que era el destinatario de su intervención.

—Así que puedo entender que odies a los americanos —dijo ella cuando por fin logró captar su mirada.

No recuerdo qué fue lo que dijo Christer. Solo que Samir me miró a mí. Directamente a mí, no a Amanda. Le parecía que era culpa mía que Amanda no supiera quién era el Che Guevara. Que no fuera capaz de distinguir entre Latinoamérica, Israel y Palestina. Y que se le hubiera metido entre ceja y ceja que Samir tenía algo personal con Estados Unidos.

Claro. Amanda estaba interesada en política a un nivel Disney Channel, y a veces costaba mirarla y verla como super-superencantadora. Casi nunca hablábamos de política. A mí me daba dolor de cabeza y Amanda se mosqueaba porque se daba cuenta de que se le notaba que no sabía de qué estaba hablando.

Pero muchas veces pensé, tumbada en su alfombra y escuchando su voz de «ahora estamos en una peli de adolescentes en la que todos se suben de un salto al descapotable sin abrir la puerta», mientras le prestaba la misma atención que al hilo musical de un ascensor, que ella y yo éramos tan diferentes que nos volvíamos bastante parecidas. Amanda hacía ver que se implicaba y yo hacía ver que pasaba de todo. Y se nos daba tan bien fingir que engañábamos a todo el mundo, incluso a nosotras mismas.

¿Que si pienso que era una lerda? En el informe policial aparece un mensaje de Amanda para Sebastian. Se lo mandó cuatro días antes de que tanto ella como él murieran. «No estés triste

—le ponía—. Pronto esta primavera no será más que un *vello* recuerdo».

La fiscal todavía no se ha puesto a hablar de Amanda. Se lo guarda para el crescendo. Ahora se está centrando en Sebastian.

Sebastian, Sebastian, Sebastian. Va a pasarse días hablando de él. Todo el rato. Si hay alguien en todo esto que se pueda parecer a una estrella de rock, ese es Sebastian. Sander me ha mostrado las fotografías que la prensa ha encontrado y publicado. La foto individual de Sebastian en blanco y negro del álbum de la clase ha salido por lo menos en veinte portadas, por todo el mundo, incluida la de *Rolling Stone*. Pero también hay otras fotos. Sebastian sonriendo con un cigarro en la boca, borracho y con sudor en la frente, de pie en la popa de su barco mientras navegamos por el canal de Djurgården de camino a Fjäderholmarna y yo sentada justo debajo, apoyando la cabeza en su regazo. Hay otra del mismo viaje en la que Samir está sentado a mi lado mirando en la otra dirección, volviéndonos la cara. Parece que lo hayamos obligado a venir, que esté aguantando el mareo por estar cerca de nosotros. Amanda está al otro lado, dientes blancos, piernas bronceadas, ojos azules, montones de pelo ondeando en la dirección adecuada. Dennis no sale en las fotos, evidentemente. Pero hay fotos suyas en el informe; Sebastian tenía algunas en su móvil, le gustaba sacarle fotos cuando iba borracho, no sé por qué no las han conseguido. La cuestión es que hay fotos suyas y de Dennis, juntos, igual de borrachos, colocados, enloquecidos. Sebastian está espectacularmente guapo en todas. Dennis parece Dennis.

La fiscal hablará más de lo que Sebastian hizo que de otra cosa, porque dice que todo lo que hizo, lo hicimos juntos. No sé cómo voy a tener fuerzas para escuchar. Pero es peligroso desconcentrarse. Porque entonces vienen los sonidos.

Los sonidos de cuando entraron en el aula y me apartaron de un tirón, el sonido de cuando la cabeza de Sebastian golpeó contra el suelo, hueco. Me resuenan por dentro, en cuanto me despisto vuelven. Me clavo las uñas en las palmas de las manos. Pero no sirve de ayuda. No puedo eliminarlos. Mi cerebro siempre me arrastra de vuelta a esa maldita aula.

A veces cuando duermo sueño con ello. El momento antes de que llegaran. Mi mano en su sangre, lo tengo tumbado en mi regazo y presiono con todas mis fuerzas. Los borbotones no se detienen, por mucho que apriete. Es como tratar de cortar el agua que sale de una manguera que ha comenzado a soltarse del grifo. ¿Lo sabías, que la sangre puede salir a chorro? ¿Que es imposible detenerla con la manos? Y Sebastian se va quedando frío, todavía lo noto, por las noches —una y otra vez—, sus manos se enfrían cada vez más. Pasa deprisa. Y sueño con el momento en que Christer exhaló su último aliento. Sonó como un desagüe en el que has echado sosa cáustica. No sabía que se pudiera soñar con el tacto de la piel de otra persona ni con cómo suenan las cosas, pero se puede. Lo sé porque lo hago constantemente.

Trato de no mirar a los que están en la sala para mirarme a mí. Ni siquiera he mirado a papá al entrar. Pero mamá me ha agarrado cuando he pasado por su lado. En sus ojos había algo que no pude identificar. Me ha sonreído, ha ladeado la cabeza y elevado las comisuras de la boca para dibujar algo que bien podía recordar a lo que me había dicho el día anterior por teléfono. Una sonrisa de «todo va a salir bien». Pero le ha dado un espasmo justo antes de que yo apartara la mirada, un microsegundo demasiado pronto, se ha quitado algo de encima con una sacudida.

Antes de que todo esto pasara, el mayor desafío de mi madre era intentar vivir sin hidratos de carbono. Subía y bajaba de peso tan deprisa que daba la impresión de que era su trabajo, y estaba de lo más satisfecha cuando tenía la comida bajo control. Ahora está aquí sentada. En el informe policial sale casi todo. No se habla solo de aquel día. También de nuestras fiestas, lo que Sebastian hacía, lo que yo hacía. De Amanda. Mamá adoraba a Amanda. También adoraba a Sebastian, al menos al principio, pero supongo que ahora ya no lo quiere reconocer.

Me pregunto si mamá cree «mi historia». Si «elige» creerla. Pero no ha dicho nada al respecto y yo no se lo he preguntado. ¿Cómo voy a hacerlo? No he visto a mamá y papá desde la audiencia de la prisión provisional, hace nueve meses, y nuestras conversaciones telefónicas no es que hayan sido confidenciales, precisamente.

¿No es raro? Que hayan pasado nueve meses sin que mamá, papá y yo hayamos estado en la misma habitación. Aunque lo cierto es que aquel día tampoco nos reunimos. Solo los vi a través del cristal que separaba la salita para declarar del tamaño de un aula escolar, en la prisión provisional, de la fila de asientos para el público en la que tuvieron que permanecer sentados por lo menos un cuarto de hora antes de que el juez dijera que la vista se haría a puerta cerrada y todos, incluidos mamá y papá, fueran invitados a salir.

Lloré desconsoladamente durante la audiencia de prisión provisional. Sin parar. Ya estaba llorando incluso cuando entramos. Me sentía más o menos igual que una oca a la que le embuten pienso a la fuerza para producir fuagrás, me encontraba igual de mal, y mamá y papá parecían estar muertos de miedo.

En la audiencia, ella llevaba una blusa nueva. Nunca se la había visto. Me pregunto de qué iba disfrazada aquel día, cuando todo era aún tan confuso. Antes de que ella supiera. Quizá penséis que iba vestida de madre que sabía, que sabía seguro, que todo era un error y que su hija no tenía la culpa de nada. Pero yo creo que iba disfrazada de una madre que lo ha hecho todo bien, una madre a la que no se la puede culpar de nada, independientemente de lo que haya pasado.

La audiencia de prisión provisional se celebró tres días después de que yo entrara en la cárcel y desearía no haber llorado tanto. Me habría gustado reventar aquel cristal para poderle preguntar a mamá cosas que no tenían ninguna importancia.

Quería preguntarle si me había hecho la cama después de que me marchara a casa de Sebastian. Tanja no trabajaba los viernes. ¿Estuvo deshecha hasta que llegó la policía? Pero ¿y luego? ¿Qué pasó luego? ¿Tanja había limpiado después de aquello, o mamá y papá le habían prohibido que entrara en mi cuarto, tal y como hacen los padres cuando sus hijos mueren y conservan la habitación intacta durante treinta años y se queda igual que la última vez que el hijo estuvo allí?

Deseaba que mamá y papá lo hubiesen hecho, quería que me lo dijeran, que todo estaba igual que cuando me fui, que la policía no había cambiado nada, que la vida, mi vida, la vida de antes, previa, estaba congelada, conservada, envuelta en varias capas de grueso vendaje para momias. Si sobrevivía a esto y podía regresar a casa, quería reconocer mi espacio.

Pero no pudieron decírmelo, claro. Y supongo que tampoco tenía ninguna importancia si mamá me había hecho o no la cama. Ya estaba al corriente de que la policía había llevado a cabo un registro domiciliario porque me lo dijeron al interrogarme. Y me habían contado que tenían mi ordenador y que se habían llevado mi teléfono del hospital (tuve que entregar todas mis contraseñas, de todos los foros, apps y webs en las que me había registrado), y cuando pregunté qué más habían cogido contestaron que «casi todo…, el iPad y papeles y… libros, la ropa de cama, tu ropa de la fiesta». «¿Qué ropa?», les pregunté, y ellos respondieron, como si fuera lo más normal del mundo: «Tu vestido, tu sujetador y tus bragas».

Se llevaron mis bragas sucias. ¿Por qué habían hecho eso? Quería reventar aquel cristal y exigirle a mamá que me lo explicara, porque no quería preguntárselo a Sander. «¿Por qué se llevaron mis bragas, mamá?». Eso quería preguntarle. No quería hablar con Sander sobre algo que tenía mis fluidos corporales.

Y las cosas que dejaron, ¿qué habían hecho con ellas mamá y papá? También quería saberlo. Me preguntaba si Tanja había tenido que quitar mi olor del resto de la ropa. Siempre me ha parecido que le gusta tender la colada. Alisar las arrugas, estirar las costuras, abrir los dobladillos. Colgar los jerséis boca abajo, como si hubieran tirado la toalla, tipo «me rindo». Y los calcetines por parejas, dos en cada pinza. Para que luego sea más fácil clasificarlos.

Me preguntaba si habían dejado que Tanja borrara mi rastro. O si mamá miraba el cuchillo para la mantequilla, que yo siempre me dejo fuera, y pensaba: hace nada la tenía aquí. Ahora ya no está.

«¿Mamá? —quería gritar. A viva voz—. ¿Qué está pasando?».

Pero había un cristal de por medio. Y apenas tuve tiempo de sentarme cuando el juez hizo salir a todo el auditorio. No obtuve ninguna respuesta. En lugar de eso, me metieron en prisión.

Una vez, mucho antes de todo esto, le pregunté a mamá por qué nunca me preguntaba nada importante. «¿Qué quieres que te pregunte?», quiso saber. Ni siquiera probó suerte.

Hoy, ella y papá pueden quedarse en sus sitios. Tienen asientos reservados —los «mejores», me imagino, en primera fila, lo más cerca de mí (aunque nos separen unos metros)—. Y mamá ha engordado. Sigue disfrazándose de madre que no ha hecho nada mal, pero quién sabe, a lo mejor ha estado picoteando un poco a modo de consuelo. O atiborrándose de pasta rebozada en mantequilla, queso y kétchup. Hinchándose a hidratos de carbono rápidos. Teniendo en cuenta lo que he hecho, tiene excusa para cualquier cosa, incluso subir de peso. Todo el mundo lo entiende. Y despreciarla la desprecian, esté delgada o no.

Cuando mamá se pone nerviosa le salen manchitas en el cuello y siempre se pone nerviosa cuando intenta explicar lo que quiere decir. Y resulta imposible concentrarse en lo que dice, no puedes dejar de mirarle las manchitas. Supongo que esa es la razón por la que mamá nunca cuenta lo que piensa. Es demasiado arriesgado. Se limita a preguntar qué opina papá. Si él está de buen humor se lo cuenta. Y entonces puede pasar una tarde entera sin que ella diga: «Ya no hablaaaamos nunca entre nosotros».

Que pueda preocuparse de que no hablas lo suficiente con ella y aun así nunca se atreva a preguntarte cómo estás es algo que supera mi capacidad de comprensión. Pero nunca la he odiado por no enterarse. La odio porque no quiere saber. Y cuando más la odio es cuando me dice lo que estoy sintiendo.

«Sé que estás preocupada». «Sé lo asustada que estás». «Sé lo que sientes».

Mi madre es imbécil. «Me gustaría poder cambiarle el sitio a Maja». ¿Ha dicho eso? Al menos a mí no.

Semana 1 del juicio, lunes

4

La fiscal general Lena Pärsson habla y habla, por Dios, cuánto habla. Va acompañada por dos de los policías del caso. Al lado de estos se sientan los abogados de la parte demandante, están ahí para exigir una indemnización por daños y perjuicios. Ellos también han colocado un puñado de carpetas en las mesas que tienen delante, una minibiblioteca. En la sala hay dos pantallas grandes colgadas, una en la pared que yo tengo detrás y otra en la que tienen ellos. En este momento solo se ve en ellas una hilera de iconos de documentos; da sensación de desorden, una presentación mal preparada en clase de civismo y valores sociales.

Los padres de Amanda no tienen permiso para sentarse a la mesa de la fiscal. Los demás familiares tampoco, están sentados entre el público, creo. O quizá en el auditorio de la sala contigua, donde se puede seguir la vista. Supongo que no se quieren sentar en la misma sala que yo.

Sander dice que es «obligación» de la fiscal «explicar» por qué estamos aquí. Qué es lo que considera que he hecho y por qué exige el máximo castigo.

—Teniendo en cuenta tu edad —me ha dicho Sander—, no deberían caerte mucho más de diez años. —No se puede condenar a una persona menor de veintiuno a cadena perpetua, según la ley. Pero si me caen catorce años, al salir tendré treinta y dos. Y el Panqueque me ha hablado de los que llaman por teléfono y le escriben tanto a él como a Sander. (El Panqueque está orgulloso de que Sander no sea el único que recibe cartas de odio, se le nota en la voz). Incluso me ha hablado de los que se meten en nuestro jardín por las noches y tiran excrementos a la puerta de entrada. Mamá y papá tienen que limpiarlo con la pistola de agua a presión antes de ir al trabajo. Me lo contó una vez que Sander no estaba presente.

Así que lo sé. Los que pagan el sueldo de la fiscal, los contribuyentes, la gente en general, todos excepto Peder Sander, y quizá mamá y papá, piensan que diez o catorce años no bastan, piensan que ni siquiera la cadena perpetua sería suficiente, no se contentan con destrozarme la vida, me quieren muerta.

Sander me ha dicho que hoy no pasará gran cosa. Pero cuando la fiscal recita los nombres de las víctimas oigo a alguien llorar.

Me coge desprevenida. Mucho antes de que la fiscal general Lena Pärsson haya terminado, el ruido inunda la sala. La persona está soltando alaridos. ¿Es la madre de Amanda? No puede serlo, ella jamás sonaría así. Quizá hayan encontrado una madre o abuela para Dennis. Quizá la hayan traído en avión para que se pueda sentar aquí entre panes blancos de molde como una Queen Latifah en el concierto de los premios Nobel.

Suena como una plañidera profesional. Una loca con velo negro en la cabeza que agita las manos en el aire, mira fijamente al cielo y se planta justo delante de las cámaras de televisión desgañitándose después de que alguien se haya subido a un autobús escolar y se haya hecho volar a sí mismo y a cincuenta niños por los aires. ¿Puede haber una mujer así aquí dentro? ¿Podría pasar el control de seguridad?

Una cosa es segura. Los periodistas van a vender ese llanto sin más tardar en la próxima pausa. Informarán de él. Chatearán en directo y lo tuitearán. Explicarán qué aspecto tiene, cómo suena, en un máximo de ciento cuarenta caracteres. Y todos mis antiguos «compañeros de instituto» lo retuitearán, quizá le añadan un emoticono llorando, para mostrar lo personal que es para ellos. Me pregunto cuántos habrán venido hoy hasta aquí, cuántos habrán hecho cola durante horas, cuántos habrán procurado coger un buen sitio para «procesar el recuerdo» de lo que no les pasó a ellos.

No quiero escuchar esto, pero tengo que quedarme. Así que aprieto las palmas de las manos contra la hoja de la mesa. La fiscal habla y habla. Cruzo los dedos para que esté a punto de terminar. Comenta algo sobre Amanda, también algo sobre Samir, Dennis, Christer…, Sebastian y su padre. El presidente parece nervioso, toquetea el mazo que tiene delante y fulmina a uno de los vigilantes de seguridad con la mirada.

La fiscal continúa hablando, a pesar de los llantos. Abre fotos escolares en las pantallas y el aullido de la persona del público se torna otra cosa, supongo que el vigilante le ha dicho que guarde silencio; me escuece la garganta, me llevo una mano a los labios para cerciorarme de no estar haciendo también ruido. La fiscal debería aprender a expresarse con un poco más de perspicacia. No ha dicho ni una sola frase lo bastante corta como para tuitearla. Y eso a pesar de estar haciendo un «resumen» de todo aquello por lo que considera que debo ser acusada. Se calcula que el juicio se prolongará tres semanas, y cuando Sander me lo dijo me pareció una eternidad, pero teniendo en cuenta lo que se está extendiendo el resumen puede que nos quedemos cortos de tiempo.

Sigo sin darme la vuelta, me limito a mirar al banco. También informarán de eso, supongo. Que escuché la lista de muertos y heridos, que oí los llantos, ese maldito llanto, sin mostrar ninguna emoción. Les gusta pensar que soy de hielo. Inhumana.

Toda yo soy un problema para mis abogados, y no es solo que al Panqueque le parezca mayor de lo que aparento. Soy demasiado alta y demasiado fuerte, tengo los pechos demasiado grandes, el pelo demasiado largo. Dientes sanos, vaqueros caros. «No soy una niña».

Hoy no llevo reloj ni joyas. Pero tampoco hace falta. Las marcas de quién soy fuera de prisión son igual de ineludibles que la marca de bronceado alrededor de los ojos después de una semana en los Alpes. ¿No puede terminar ya la vieja esa? Quiero hacer una pausa, quiero cambiarme, tengo que ponerme otra cosa que no sea esta mierda de camisa estrecha. Sander ha dicho que exigirá como mínimo una pausa cada dos horas. Ya no puede faltar mucho. Quiero que me metan en algún cuartucho donde solo estemos nosotros cuatro y Ferdinand me pueda preguntar si quiero café. Siempre con el dichoso café. Soy lo bastante adulta para estar aquí sentada, y todos los adultos toman café. Excepto el Panqueque, claro: él es la única persona mayor de quince años que yo conozca que toma chocolate caliente, incluso el de la máquina expendedora que hay en la sala de interrogatorios de la prisión provisional. Lo sorbe y se moja los labios rojos, hurga con el dedo en el vasito de plástico para comerse el pegote de azúcar del fondo.

Necesito salir, necesito salir de aquí.

Bajo los hombros a la fuerza. Es como si tuviera flato. Pienso en mi último desayuno en casa. Cualquier cosa con tal de no escuchar. Bajé a la cocina, como de costumbre. Tanto mamá como papá estaban allí, él leyendo el periódico, ella de pie dando tragos largos a ese mejunje verde con el que se alimenta. Le extrae el zumo al kale, las espinacas y las manzanas verdes y lo mezcla con aguacate en una batidora-licuadora-exprimidora especial de nueve mil coronas. Antes de empezar con los zumos, lo que bebía era una especie concreta de té de una tienda online de comida macrobiótica. Se lo tomaba cada mañana acompañado de una tortilla de cuatro claras. Tanja tiraba las yemas una vez por semana, un total de veintiocho que se habían solidificado en la nevera.

—No puedo comerme las yemas —solía decirle mi madre entre risas, como si se tratara de una broma que Tanja también pillaba—. ¿Pero a lo mejor tú las quieres, Tanja?

Mamá siempre pone el mismo tono cuando habla con Tanja. La misma voz arrastrada, como si se dirigiera a una niña rebelde. Con la excepción de que jamás le hablaría así a mi hermana pequeña, Lina, ni a ningún otro niño en general. Una voz para los críos, otra para la chacha. Un pequeño asesinato en masa tampoco iba a cambiar eso. La cabeza arriba y los pies abajo. Un tentetieso con un contrapeso de plomo en el culo, eso es mi madre.

Suele fingir que ella y Tanja son buenas amigas, como compañeras de trabajo. Supongo que por eso se pasa el día preguntándole si quiere comer algo. Nunca he visto a Tanja comer. Ni siquiera beber algo que no sea medio vaso de agua, se lo traga lo más rápido que puede, de pie, asomada al fregadero. Ni ir al lavabo, nunca he visto a Tanja ir al lavabo. A lo mejor caga en nuestros arriates y se mea en los zumos verdes de mi madre. O bien se aguanta hasta que llega a casa. Siempre me pregunté qué creería mamá que hacía Tanja con las yemas sobrantes de los huevos. ¿Tragárselas de golpe como Rocky antes de un importante combate de boxeo, o llevárselas a casa y hacer tocinillo de cielo para sus hijos grises? Nunca hemos visto a los hijos de Tanja, pero mamá se ha aprendido sus nombres por el mismo motivo por el que saluda a los mendigos. «¿Cómo está Elena? ¿Le va bien a Sasha en la escuela?».

En la mesa de la cocina la última mañana había zumo natural (normal, de naranja), queso y mantequilla, tomate y pepino en rodajas, olía a café y huevos revueltos, creo, no lo vi, pero creo que eran huevos revueltos. El desayuno parecía casi un ritual, una ofrenda. La radio estaba desenchufada, el cable colgaba flácido como una extremidad amputada al lado de la tabla de cortar. «Tenemos que hablar», era lo que significaba. Querían hablar seriamente. «¿Los había llamado alguien y se lo había contado? ¿La policía? ¿Había llamado alguien a la poli?». Yo no quería hablar. Me negaba. Mamá me miró sin decir palabra, yo aparté la mirada sin decir tampoco nada. Entonces sonó mi teléfono. Era Sebastian.

Le había prometido que iríamos juntos al instituto. Él había insistido. «Tenemos que hacerlo». En aquel momento yo no había querido y ahora seguía sin querer. Pero tampoco me apetecía quedarme en casa. «¿Quién se va a comer todo eso?», me dio tiempo a pensar antes de ponerme los zapatos y coger las llaves. Estaban en la mesita del recibidor. «¿Tendrá Tanja que envolverlo en film de cocina y guardarlo en la nevera?». Aunque los viernes no trabajaba. No trabajaba y tendrían tiempo de hacer el registro domiciliario antes de que ella volviera a pasar por casa.

—No me da tiempo —les grité a mamá y papá—. Ya hablaremos esta noche. —Pero yo no pensaba hablar con ellos nunca más. ¿Cómo iban ellos a entender nada? Era demasiado tarde.

La fiscal general Lena Pärsson habla y habla y yo sigo sin darme la vuelta para mirar al público. No quiero arriesgarme a ver a la madre de Amanda ni a nadie que me quiera condenada para toda la eternidad, muerta, a ser posible, o que como mínimo quiera que me encierren y que luego tiren la llave al río. ¿Por qué iban a mostrar el más mínimo interés en los razonamientos de Sander sobre pruebas y transcurso de acontecimientos y causalidad y propósito y lo que sea? Si ni a mí me interesa.

Y los periodistas, a ellos tampoco quiero mirarlos. Sé lo que quieren, quieren hablar por mí, decir que fue así o asá, que mi infancia fue tal, mis padres cual, no «me sentía bien», bebía demasiado, fumaba el tipo de cigarrillos equivocado, escuchaba la música equivocada, me juntaba con las personas equivocadas, no era «una chica normal». Me imaginaba ciertas cosas, no entendía otras.

No les interesa saber lo que pasó, quieren encasillarme en un recuadro lo más pequeño posible. Así es más fácil rechazarme. Quieren convencerse de que no tenemos nada en común. Mientras no lo consigan no dormirán tranquilos por las noches. Hasta ese momento no pensarán que lo que me ha pasado a mí nunca, nunca jamás les podría pasar a ellos.

La fiscal, la fiscal general Lena Pärsson («llámame Lena», dijo la primera vez que estuvo presente en uno de mis interrogatorios), con sus pendientes de pedruscos (las variedades auténticas de esas gemas se vendían con personal de seguridad armado incluido en el precio), su flequillo irregular y esas cejas que parecen pintadas con rotulador, sigue hablando. Habla y habla. La cabeza me ha empezado a dar vueltas. Vuelvo a pasarme la mano por la boca. Me siento pegajosa bajo los brazos. Me pregunto si se me notarán los cercos de sudor. Pärsson ha clicado sobre uno de los documentos, nerviosa. Parece suponerle un ejercicio casi sobrehumano coordinar los movimientos para conseguir que las jodidas imágenes salgan en pantalla. Pero ahora pasea un puntito de luz de aquí para allá sobre una fotografía para señalar lo que quiere que miremos.

Sander no me ha avisado de que hoy se iban a mostrar imágenes. La fiscal está enseñando fotos, aunque solo sea la introducción. ¿Cuánto se puede alargar una introducción, acaso no va a terminar nunca? Tengo que salir de aquí. Miro a Sander, pero él no me devuelve la mirada. Ahora la mujer muestra un plano de la escuela. El laberinto de pasillos, el aula, la salida de emergencia más próxima, el salón de actos. En el plano no se ve lo bajos que son los techos en los pasillos. No se ve lo oscuro que está allí dentro, incluso en las mañanas soleadas de finales de mayo.

La mujer señala en el plano para indicar mi taquilla, donde encontraron una de las bolsas de Sebastian, señala las puertas del fondo de la clase, que conducen al patio. Aquel día estaban cerradas con llave. Supongo que es para explicar por qué la policía no tomó ese camino (en los medios los han criticado por ello), aunque apenas habría supuesto ninguna diferencia. Luego señala la puerta que da al pasillo. Esa no estaba cerrada con llave, pero nadie la abrió hasta que ya era demasiado tarde. ¿Podría haber hecho algo alguien que no fuera la policía? ¿Cómo? ¿Quién podría haber sido? La fiscal general cambia de imagen y abre un croquis del aula. Yo bajo los ojos. ¿Cuánto tiempo lleva? Me parecen varias horas.

Llámame-Lena procede con meticulosidad. Me he leído el informe policial, al menos la mayor parte, y la mujer me ha diseccionado. Llámame-Lena me ha abierto en canal, me ha desmontado, me ha sacado las entrañas, ha olfateado el contenido de mis vísceras. Llámame-Lena ha hecho ruedas de prensa sobre mí, cada semana, a veces varias al día, durante meses. Ha analizado mis dichosas bragas.

La feísima fiscal general Lena Pärsson alias «Llámame-Lena» está convencida de que me conoce. Se le nota en la voz. Cada palabra es una valiosa antigüedad a la que le han quitado el polvo. Las va levantando de una en una bajo la luz. Está tan satisfecha. Está convencida de que lo sabe todo sobre mí, quién soy y por qué. Lo que he hecho. A mí no me señala, pero solo porque no le hace falta. Mirad todos a Maja Norberg: la asesina, el monstruo, ¡está ahí sentada!

Todo el mundo ya me está mirando.

El escrito de acusación, donde aparece lo que la fiscal considera mis crímenes y los cargos por los que quiere que se me condene, es un total de once páginas y contiene descripciones minuciosas. También hay anexos con detalles sobre las víctimas, quiénes eran, lo que les pasó y lo que les hice, a quién disparé yo y a quién disparó Sebastian y que todo es culpa mía. Hay fotos, informes periciales. Entrevistas a gente que asegura conocerme, que ellos lo sabían, que pueden explicarlo. La fiscal general Lena Pärsson tiene toda una historia. Guarda cohesión de principio a fin y todos la consideran verídica, aunque no la hayan escuchado todavía.

Me pregunto a qué se referirá mamá cuando dice que todo va a salir bien.

Semana 1 del juicio, lunes

5

Lo cierto es que al final la fiscal general Lena Pärsson se acaba callando. Después hablan los abogados de las víctimas. Se me exige una indemnización por daños y perjuicios, pero no es una suma especialmente elevada. Solo uno de los abogados habla más de dos minutos. Y cuando terminan Sander pregunta por fin si podemos hacer una pausa. El presidente del tribunal casi parece más aliviado que yo. Salimos. Yo en medio, Ferdinand y el Panqueque a cada lado. Sander va delante. Cuando llegamos a la salita que nos han adjudicado entramos y cerramos la puerta. En la parte exterior de esta hay una nota colgada con celo en la que pone «LA PROCESADA». ¿Se supone que soy alguien a quien van a someter a algún proceso de transformación para convertirme en otra cosa? Es curioso que en un juicio, el lugar donde debe salir la verdad, cueste tanto decir las cosas tal como son, llamar a las cosas por su nombre correcto.

—¿Quieres algo? —me pregunta Ferdinand. No respondo, espero la continuación—. ¿Café?

Niego con la cabeza. «Azucenas blancas en mi camerino», pienso. Si lo dijera en voz alta, Ferdinand se desmayaría, por la mera razón de que carece por completo de sentido del humor y se cree que soy de esas personas a las que les gustan las azucenas. Pero no digo nada.

Sander permanece de pie durante toda la pausa. Él tampoco dice nada. Hay un servicio con acceso directo desde nuestra salita, creo que es la razón por la que nos dejan estar aquí aunque normalmente la estancia esté destinada a otra cosa: así nos libramos de ir al lavabo con los demás. O así los demás se libran de ir al mismo lavabo que yo. Nos turnamos para usarlo. Cuando me toca a mí, el asiento está caliente.

Reina el silencio. Nadie toma café. Ferdinand coge un botellín de agua y se moja los labios. Ya llevamos casi dos horas de juicio. El resumen de la fiscal ha durado una hora y cuarenta y seis minutos.

Pasados doce minutos exactos volvemos a la sala de vistas. El Panqueque cierra la puerta tan fuerte que el papelito se desprende. Ferdinand lo vuelve a pegar. Yo me he olvidado de pedirles que me dejaran cambiarme de ropa.

Cuando estamos de nuevo sentados en nuestros sitios oigo a papá aclararse la garganta justo cuando Sander va a empezar a hablar. Tengo que hacer un esfuerzo para no girarme a mirarlo. Con tal de evitarlo fijo mi atención en Sander. Estamos sentados uno al lado del otro, incluso me ha dado una libreta y un bolígrafo y me ha dicho que apunte todo lo que me suene raro o que le quiera preguntar.

—Es importante —me ha dicho más veces de las que puedo recordar— que sientas que es todo correcto.

Me gusta Sander. Pero no siempre entiendo lo que dice. O, mejor dicho, comprendo el contenido, la frase en sí, pero pocas veces entiendo el pensamiento que hay detrás.

«Que es correcto». ¿Que me sienta satisfecha, quizá? Tuve que preguntarle a qué se refería. Pero ya podría haberme abstenido, porque lo único que obtuve fue un sermón incomprensible de que él «hablaba por mí» y que si él decía cosas que no «coincidían con mi visión del desarrollo de los acontecimientos» yo debía «señalarlo».

Al cabo de un rato creo que entendió lo idiota que sonaba, porque dejó de hablar. Se me quedó mirando un momento antes de añadir:

—Si digo algo que te cabree, te dé miedo, te irrite o algo parecido, tienes que indicármelo. Pero no puedes hacerlo justo cuando yo lo acabe de decir, la fiscal y el juez no deben oírlo. Lo apuntas y luego lo miramos.

Hay otras cosas a las que tampoco les encuentro sentido. Cosas de las que él quiere hablar («sacar a relucir») durante el juicio. Me molesta que sea tan evidente que discute sobre mí cuando yo no estoy presente, que «esboce tácticas» junto con Ferdinand y el Panqueque y los demás compañeros de trabajo a los que a duras penas puedo distinguir porque todos son iguales. Se sientan en mesas largas en la oficina de abogados y discuten «estrategias». Supongo que es entonces cuando hurgan en sus cajas de cartón con comida china.

—Maja Norberg reconoce partes de la descripción de los hechos pero niega haber cometido ningún crimen —dice Sander, y me pregunto si alguien piensa que eso significa que soy inocente, si alguien se deja convencer de que yo no he hecho nada malo, y me pregunto qué tengo que apuntar en el papel para conseguir que Sander lo explique suficientemente bien.

Sander dice que debo confiar en él. Que es totalmente «abierto» conmigo. ¿Y qué opciones tengo? No tengo ni idea de cómo esto puede resultar justo.

Sander tiene un repertorio de miradas, son distintas para distintas personas. Tiene la mirada concentrada pero aburrida, cuando mira directamente a su interlocutor y se le nota que nada puede sorprenderlo, que nadie le puede contar nada que él no haya deducido de antemano. Es la mirada que le dedicó a la policía cuando me interrogaron y suelo imaginármelo mirando así a los periodistas cuando le hacen preguntas que él no tiene permiso para responder («decretado el secreto de sumario»). En este momento está mirando al juez y a la fiscal justo de esa manera: cortésmente aburrido.

La mirada que guarda para el Panqueque es peor. Cuando este dice cosas como «si quieres hacer tortilla tienes que cascar los huevos» e «incluso un reloj estropeado marca bien la hora dos veces al día», a Sander se le hincha la vena de «te crees que eres gracioso». Y en momentos así lo único que quieres es que deje de fulminarte con la mirada, porque lo mejor es cuando ha dejado de chasquear la lengua y hace algún comentario.

La mirada que significa que Sander está más decepcionado que nunca, que se esperaba algo más pero que lo aguantará porque no tiene elección, es la que se lleva la mayoría de la gente, al menos en una ocasión de vez en cuando. A veces Ferdinand se lleva lo contrario, una mirada de «casi satisfacción». Pero prácticamente igual de humillante, porque a Sander se le nota lo mucho que le sorprende ver que la chica no es tonta del culo. De lo que Sander no se percata es de cómo Ferdinand lo mira a él. O bien le da lo mismo.

Pero me gusta cómo Peder Sander me mira a mí. No quiere que me ría con sus bromas ni que le pregunte qué está haciendo ni qué opina de las cosas. A Sander jamás se le pasaría por la cabeza mirarme las tetas a escondidas. Se interesa por lo que digo y va a hacer su trabajo. Punto pelota.

No tengo que temer que lo que yo le pueda contar se le haga demasiado pesado. No tengo que preocuparme por si se siente herido, ni de cómo se siente en general cuando le cuento cosas. Me mira como si fuera adulta, o al menos como si me mereciera ser tratada como tal. Supongo que es la mirada de Sander para los clientes. Y que es una de las razones por las que es famoso.

Estoy «satisfecha» con Sander.

Si se lo preguntara, mi padre diría que lo escogió porque se le considera «el mejor». ¿Que si Sander es caro? Probablemente más caro de lo que me puedo llegar a imaginar, pero papá nunca hablaría del tema. Porque «eso no se hace», y papá sigue todas las normas acerca de lo que se hace y lo que no.

No es tan sencillo como que mamá viene de familia bien de toda la vida y papá es un nuevo rico. Ninguno de los dos es fino, según lo que ellos mismos consideran fino. En cualquier caso, mamá sí que se crio con dinero. Mucho dinero, el que mi abuelo ganó por su propia cuenta gracias a una suerte de instrumento que se usa en las operaciones de rodilla. Lo patentó cuando aún estaba estudiando medicina y años antes de que la industria médica llegara a comprender que el cacharro de mi abuelo no solo era algo nuevo sino que, además, se podía utilizar. En cuestión de dos años se volvió «imprescindible» (palabra de mamá). «Todos» lo usan, «en todo el mundo» (todavía palabras de mamá). El abuelo se ha hecho «asquerosamente rico» con ese aparato (bajo ninguna circunstancia palabras de mamá; el abuelo, en cambio, lo dice siempre que puede).

Mi abuelo tiene la misma relación con su dinero que la que tiene con el mundo. Está ahí, lo usa, parece que no se acabe por mucho que gaste, qué suerte, ¿no?, será mejor aprovechar. Quizá la postura de mi abuelo haya hecho que mi madre sea una estreñida desde el punto de vista financiero. Y con estreñida me refiero a que para ella lo más importante parece ser que todo el mundo la crea más rica de lo que es en realidad, cosa que intenta conseguir a base de pretender que el dinero no tiene ninguna importancia para ella.

Mamá suele decir que las antigüedades que tenemos en casa vienen de la «familia». El reloj de cocina, por ejemplo: no sabe decir si es hermoso o grotesco, así que se ríe por la nariz cuando alguien lo menciona, o incluso si lo miran por casualidad ella dice «la familia» y mira hacia el techo, como si el reloj fuera una herencia con la que se ve obligada a vivir para que sus antepasados muertos no se revuelvan en sus tumbas.

Que todos nuestros muebles vienen de embargos por bancarrota que el abuelo fue adquiriendo en subastas de Bukowski y de los que luego se cansó y nos pasó a nosotros, eso no lo cuenta nunca. No es que nadie se deje engañar, no hay ni una sola persona que haya creído jamás que mamá sea la que aparenta ser. Pero la mujer sigue fingiendo. Y en general la gente es amable, la dejan hacer.

El dinero de papá no tiene ni un cuarto de hora de antigüedad. Y no tiene suficiente para compensarlo. Pero hizo el último año de bachillerato en un internado a las afueras de Upsala mientras sus correctos y aborrecibles padres de clase media trabajaban en un proyecto de irrigación en el norte de África. Y allí, en el internado, cree que aprendió lo que se necesita para encajar, lo que hay que hacer para que la gente fina piense que eres uno de ellos. Se equivoca, obviamente.

Ahora papá debe de tener miedo. De que lo vean por lo que es. En la prensa se refieren a él como bróker financiero. Puede que a la gente eso la impresione, ¿qué sé yo? Pero todos los que cuentan saben que «bróker» es algo que eres hasta, como mucho, los treinta y cinco, y luego empiezas a trabajar con tu propio dinero. Si no, eres igual de triste que una camarera con varices y las tetas colgando. «Me dedico a la consultoría», le he oído decir una vez. Con una sonrisa torcida que quería decir que era demasiado complicado para explicarlo con más detalle. En su tarjeta de visita pone administrador de fondos. Eso no es exactamente lo mismo que bróker financiero, pero casi.

Siempre he oído decir que he salido a mi padre. Mamá me lo dice cuando me cabreo, papá cuando me dan las notas. Pero todo lo que hay en esta sala apunta a que después de esta historia a papá lo llamarán el «padre de Maja la Asesina, bróker de inversiones». Felicidades.

Me pregunto qué será lo que le da más miedo a mamá. Si es lo que me va a pasar a mí o si es lo que ya le ha pasado a ella. En verdad me importa una mierda cuál de las dos cosas sea, pero lo que no quiero es que Lina pase miedo. Pensar en el miedo que debe de estar sintiendo se me hace casi igual de difícil que pensar en la clase.

Solía llevar a Lina en brazos hasta mi cama cuando me costaba dormir. Con ella al lado casi siempre me sentía mejor, incluso las últimas semanas. Su pelo se le rizaba en la nuca con el sudor y siempre olía bien, incluso cuando tenía el pelo sucio. Yo hacía como que ella había tenido una pesadilla y que había venido a buscarme. A veces se lo decía. «Soñaste algo malo, ¿recuerdas qué era?». Entonces ella me miraba, primero desconcertada, y después me contaba la pesadilla. A menudo estaban llenas de detalles y eran de lo más deprimentes e incoherentes, sobre mamá y nuestra casa y un juguete nuevo y lazos y quizá un perro o dos. Si hay algo que Lina desea más que ninguna otra cosa en el mundo es un perro. Espero que mamá y papá le hayan comprado uno y que lo dejen dormir en su cama. Pero lo que más me gustaría es que Lina durmiera en la mía, que vaya y se meta en mi cama y que eso la haga sentirse mejor.

Intento convencerme de que Lina no entiende lo que ocurre. Que no hace falta que esté aquí, que así puede librarse. Pero no me sale demasiado bien. Porque no puedo fingir que una persona que no entiende lo que está pasando va a tener menos miedo. Sé cómo es: justo lo contrario.

—Maja niega las acusaciones contra ella. No ha participado en los hechos de una manera que genere responsabilidad jurídica. Maja no ha sido consciente ni se la ha hecho consciente de los planes de Sebastian Fagerman, ni tampoco se puede considerar que se haya hecho culpable de ninguna inducción, ni ninguna negligencia que implique responsabilidad jurídica. Carece de cualquier tipo de intención o de omisión. Maja reconoce haber disparado el arma que se menciona en la descripción de los hechos y en el lugar especificado, si bien lo hizo en defensa propia. En consecuencia, tampoco se la puede considerar responsable en estos puntos.

Generar, inducción, omisión… Las palabras restallan en mi cabeza y me muero de miedo cuando Sander habla de esa forma, porque suena a excusas, a que usamos terminología jurídica y palabras raras para no tener que contar la verdad y nada más.

Yo quiero contarla. Me importa una mierda lo que conlleve. Lo peor ya ha pasado. Me pregunto si Sander piensa hablar tanto como la fiscal. No lo creo. Parece estar a punto de terminar y solo han pasado once minutos. No sé si es bueno o malo, pero también me infunde miedo. ¿No pensará la gente que es tan escueto porque no tiene nada que decir? Paso la mano por mi libreta, aprieto el bolígrafo contra el papel. Pero no escribo nada. Tres minutos más tarde Sander ha terminado.

En realidad no fueron ni tres minutos, desde que cerré la puerta de nuestra clase hasta que la última bala fue disparada. La policía asaltó el aula diecinueve minutos después del primer tiro.

¿Cuánta gente entró por aquella puerta cuando la abrieron? Personal de ambulancia, policías, montones de policías. Con botas, visera y armas pesadas. Uno me pisó el brazo, otro me dio una patada en la mano. Alguien me levantó del suelo, me arrebató el rifle. Había jaleo. Entró una cantidad ingente de personas. ¿Gritaban? Creo que sí. Pero no recuerdo si yo dije nada. Antes de tocarme apartaron a Sebastian a rastras. Las armas tardaron un segundo más en tocarlas de lo que tardaron en apartarlo a él de mí. Todavía me pregunto por qué.

Me tumbaron en una camilla. Alguien me tapó con una manta. No sé si fui la primera a la que sacaron. Creo que no.

Un minuto, quizá uno y medio. Eso es lo que duró el tiroteo. Lo pone en el informe policial, no me hace falta recordarlo. Aun así, no dejo de sorprenderme con los cálculos. A veces, cuando pienso en ello, me da la sensación de que todo terminó en diez segundos, a veces me parece que estuve años allí dentro. Como Narnia, donde entras al abrir el armario equivocado y cuando vuelves, después de años de guerra contra la Bruja Blanca, no ha pasado ni un minuto.

Diecinueve minutos desde que cerré la puerta de la clase hasta que se volvió a abrir. Claro que puede ser correcto. Tiempo más que suficiente para que todo pudiera terminar. Pero depende de cuándo determines que empezó. O sea, no el tiroteo en sí, sino todo. La policía y la fiscal dicen que lo habíamos planeado, Sebastian y yo, que fue creciendo, nuestro aislamiento, nuestra rabia, pero también que el detonante fue la fiesta del día anterior, la última bronca. Los que están fuera de esta sala, lanzándose adoquines unos a otros porque me odian a mí y a todo lo que piensan que represento, supongo que dirían que todo empezó con el capitalismo, o la monarquía, o el gobierno de coalición, o cuando abandonamos el odinismo, o cualquier otro desatino cuya lógica subyacente ni siquiera ellos saben explicar.

Solo yo lo sé. Sé que todo empezó y terminó con Sebastian.

Uno de mis primeros recuerdos, no solo de Sebastian sino de mi vida, es que lo vi sentado en lo alto de un árbol. Mi madre y yo pasábamos por delante de la parcela de los Fagerman de vuelta a casa de la guardería. Sebastian no tenía más de cinco años, pero todo el mundo estaba enamorado de él. Tenía media melena ondulada que se le encrespaba en la frente. Hacía preguntas serias e irresistibles, era despistado pero estaba atento al mil por ciento todo el rato. Era el chico con el que todos los niños querían jugar y del que todas las niñas cuchicheaban. Incluso nuestras maestras de la guardería fulminaban celosas con la mirada a quien le tocara desabrocharle la chaqueta, colocarle bien la bufanda, sacar el pantalón de lluvia correcto del armario antes de que fuera la hora de salir. Y Sebastian solía señalar con el dedo a su maestra favorita del día. «Anneli me ayuda. Laylah me quita los calcetines».

Sebastian gritó mi nombre desde el árbol. Fue tan importante, tan decisivo, que lo que más recuerdo es que ni siquiera fui capaz de responder. Seguro que mamá dijo algo, sobre el jardín, la casa, de quién era hijo. (Debió de susurrarme toda agitada: «¿No es ese Sebastian Fagerman? ¿Vais al mismo grupo en la guardería?». Como si ella no lo supiera ya, lo controlaba perfectamente). Pero yo solo recuerdo que mi cuerpo tiritaba de emoción por oír su voz pronunciando mi nombre.

«Maja». Más una afirmación que un saludo. Yo no respondí. Imagino que mamá sí lo hizo. «Hola, Sebastian —supongo que dijo—. No te caigas de ahí arriba», puede que dijera también, o algo por el estilo, mientras yo liberaba mi mano de la suya. No quería que se entrometiera. Ella no pintaba nada, no tenía derecho a estropearlo.

Apenas una semana más tarde nos dimos un beso mientras jugábamos en la sala de los cojines. A veces pienso en ello: que nunca jugábamos, ni siquiera en la guardería, solo nos metíamos mano. Con los chicos él hacía lo que hacen los chicos, chutaban pelotas o se daban patadas, a lo mejor también construían cosas, torres con piezas de madera que luego derribaban. Pero conmigo era todo el rato un tema físico, me tocaba, me acariciaba, me olía el pelo, pasaba la mano por el interior de mi brazo, nos tapábamos con una manta y se me pegaba y aspiraba mi aliento; yo me mareaba con el calor y la falta de oxígeno. Incluso en la guardería le costaba jugar a juegos normales con las chicas. El Sebastian de cinco años me metió mano. Durante una semana o dos; luego me tocaría esperar trece años para que volviera a percatarse de mi presencia.

¿Que si lo eché de menos todos esos años entre medias, mientras él jugaba con otros, salía con otras, iba a un curso por delante del mío y solo yo sabía quién era él y no al revés? Sí, lo hice.

—Tú no puedes decidir lo que van a pensar de Sebastian —me ha dicho Sander más veces de las que tengo energías para

contar—. No debes preocuparte por cómo la gente lo va a recordar. Debemos centrarnos en ti. Debemos asegurarnos de que
este juicio trate de aquello de lo que tú te puedes responsabilizar. Eso y nada más.

«De lo que me puedo responsabilizar». Como si no estuviera conectado con lo que Sebastian hizo. Como si se pudiera
separar, recortar, extirpar, limpiar de lo demás. Desde luego la
fiscal no piensa así. Llámame-Lena opina que está todo conectado. A lo mejor debería apuntar en mi libreta que pienso que
la mujer tiene razón.

Semana 1 del juicio, lunes

6

Susse, de la prisión provisional, me está esperando en el garaje cuando termina nuestra jornada. Lleva puesto una especie de uniforme y sonríe, esboza una mueca más ancha de lo que debería ser posible, sus dientes son tan blancos que parecen azul celeste. En su rostro bronceado con espray parecen fuera de lugar, solo esperando la oportunidad de largarse de allí. Susse me pregunta qué tal ha ido, yo no tengo fuerzas para responderle, así que me subo al coche y cierro los ojos.

Me han dejado llevarme la libreta. Todavía la tengo en la mano. Ni una palabra he escrito, solo he dibujado. Círculos redondos, concéntricos, sobrepuestos, tangentes, pequeños, grandes, vueltas y vueltas y vueltas.

Susse se sienta en el asiento de atrás, a mi lado. Noto cómo me mira desde su sitio, pero sin decir nada más. Me deja tranquila.

«¿Qué tal ha ido?».

Mientras Sander hablaba de la clase yo no prestaba demasiada atención. Pero me he dado cuenta de cuándo empezó a hablar de mí. «Maja». Ha sido meticuloso a la hora de dar los nombres y apellidos de todos los implicados cada vez que hablaba de ellos, pero a mí me llamaba Maja. Solo Maja, sin apellido, todo el rato Maja, a pesar de que en verdad me bautizaran como Maria. Una Maria puede ser política, escritora o médica. «Asesina». Maja, en cambio, es mona e inofensiva: la gatita blanca que hace de novia de Pedro Sin Cola en los libros infantiles. La fiscal dijo «la acusada», en alguna ocasión Maria Norberg. Nunca Maja, a pesar de haberme llamado siempre así en los interrogatorios en los que estuvo presente.

—Es importante —me ha explicado Sander (muchas cosas son «importantes» en el mundo de Sander)— que el tribunal llegue a conocer a Maja.

No sé cómo las ideas de Sander van a poder conducirnos a algo que no sea lo que esperamos todos, incluido él mismo, pero en su breve resumen, compuesto principalmente por argot jurídico, le ha dado tiempo a mencionar a mamá y papá, la escuela, que el mundo adulto me traicionó, que lo he pasado mal desde que Sebastian entró en mi vida, que me hallé en una situación de la que no pude salir, y que solo tenía dieciocho cuando todo sucedió, «recién cumplidos».

Sander ha dicho que soy «precoz» e «inteligente», pero «insegura» y «manipulable». Me ha hecho hacer un test de inteligencia, me ha hecho hablar con dos psicólogos diferentes. Tiene un montón de opiniones sobre quién soy y por qué hice lo que hice y dejé de hacer un montón de cosas que según la fiscal debería haber hecho.

Cuando salimos a la autovía Susse me coge la mano y yo me reclino sobre su hombro. En el instituto soy buena alumna. De esa forma confiada que le saca media sonrisa a todos los profesores cuando levantas la mano, pero nunca te hacen la pregunta a ti porque ya no tienes que demostrar nada. Los alumnos como yo están rodeados de un aura especial. Emano ese carisma desde primero de primaria. Desde el primer día, desde que no cometí ningún error en la prueba de deletreo que nos pusieron sin que la profe nos hubiera avisado de que íbamos a hacer un control. Desde que aprendí caligrafía aunque no fuera necesario. Desde la primera vez que pedí más hojas en blanco de las que la profe nos había repartido para el examen. Nadie más usó hojas extra aparte de mí.

Soy una alumna ejemplar y todos los profesores quieren pensar que es gracias a ellos. Yo soy aquello por lo que los profesores dicen «vivir», ya que por el sueldo seguro que no es.

Perdón. Yo «era» una alumna ejemplar. Ahora ya no lo soy. Ahora soy la prueba definitiva del declive del sistema educativo. Y Sander puede pasarse toda la semana hablando de lo «aplicada» que soy, pero no va a poder cambiar eso. No me van a poner un sobresaliente en todo esto.

Y ser «aplicada» es un arma de doble filo, al menos si afirmas que has acabado por casualidad en una clase llena de personas muertas y que nada de lo que has hecho es culpa tuya. Cuando Sander me contó el resultado del test de inteligencia tenía un atisbo de lamento en la voz. Como si yo no supiera ya que eran malas noticias. Como si yo no llevara años haciendo todo lo posible para fingir que soy una más.

He hecho lo que todas las chicas, me he quejado de todo lo que tiene que ver conmigo misma, he fingido estar nerviosa antes de los exámenes y decepcionada cuando se terminaba el tiempo. «Oh, Dios mío, no he podido contestar la última pregunta. Solo he escrito cuatro cosas, seguro que me ha ido fatal». Me he hecho la ingenua tanto con profes como con amigas, chicos y otros adultos, he fingido ser más tonta de lo que soy, todo con tal de evitar parecer de lo más satisfecha, «se cree que es alguien». Soy lo bastante lista como para entender lo inútil que es ser lista, lo poco que significa y el hándicap que supone.

Durante la jornada de hoy Sander no ha dicho ni una palabra sobre el test de inteligencia. Se ha centrado en hablar de cómo fui manipulada, de todo aquello a lo que «estuve expuesta», de cómo «me afectó», de que «para Maja era imposible prever las consecuencias» y de que «es determinante adjudicar la responsabilidad a los que son realmente responsables» y de que era aún más importante recordar que «ahora estamos hablando de responsabilidad jurídica». Hacia el final ha ralentizado la voz y ha bajado el volumen para hacer que la gente escuchara.

—No se dejen engañar —ha dicho. La voz le ha fallado un poco porque el abogado Peder Sander quería mostrarle a toda la sala del tribunal lo emocionalmente implicado que está en esto. Que lo que les dijo a los periodistas acerca de que este iba a ser su «último juicio y el más importante» es cierto y no algo inventado. No soy una clienta cualquiera para Sander, ha dicho la voz temblorosa. Yo soy Maja. «Injustamente acusada». Luego Sander ha alzado la voz y se ha mostrado casi enfadado. Asqueado—. Sebastian Fagerman —ha sentenciado— carga a solas con la responsabilidad jurídica.

Y luego ha hecho una pausa y ha puesto una mano sobre mi hombro, la ha dejado ahí mientras esperaba a que todos los jueces centraran sus miradas en nosotros. Todavía puedo notar, aquí en el coche, junto a Susse, lo pesada que era su mano. Después lo ha dicho:

—Queremos que alguien se responsabilice de esta tragedia. Buscar explicaciones es algo humano. Pero no hay fundamentos para acusar a Maja. El responsable es Sebastian Fagerman. Y está muerto.

Y papá ha vuelto a aclararse la garganta. Mamá ha llorado. Yo he cogido aire. Mamá, papá y yo hemos cumplido a la perfección nuestra sincronización dramatúrgica, y Sander solo ha hablado de lo que cabe en un párrafo.

Cuando giramos delante del edificio de la prisión provisional y el coche aminora la marcha para que Susse pueda mostrar su tarjeta, el dolor de cabeza se ha arrastrado hasta el interior de mi frente. Trago saliva y me incorporo, enderezo la espalda. Abro los ojos.

—Ha ido bien —le digo a Susse mientras cruzamos las verjas de la prisión—. Ha ido bien.

La ambulancia, el hospital

7

Toda la zona estaba acordonada. Cuando llevaron mi camilla desde la clase hasta la ambulancia pude ver una gran concentración de gente a lo lejos. Vi cómo ondeaban las cintas blanquiazules a lo largo de todo el camino que sube al instituto, vislumbré las vallas de contención entre los pastos de vacas y los campos de maíz.

Cuando me subieron al vehículo oí otra sirena de ambulancia de camino al instituto. ¿O alejándose?

No sé qué camino tomó la ambulancia cuando me llevaron del instituto al hospital, porque no podía mirar fuera. Pero estaba tumbada en la camilla, bajo la manta, y quería irme a casa. Me imaginé que la ambulancia solo estaba dando un rodeo, que pronto llegaríamos a Altorp, las pistas de atletismo delicadamente rastrilladas y con farolas amarillas encendidas toda la noche, «no me digas que no es práctico» (palabras de mamá), que pasaríamos por el campo de golf «justo pasado el cruce, no me digas que no es práctico» (también palabras de mamá) y la bahía de Framnäsviken con todos sus barcos, recién pintados y acabados de meter en el agua, preparados para salir al archipiélago, «somos vecinos del paraíso» (sí, todavía palabras de mi madre).

Sebastian había botado su barco tres semanas antes. Habíamos pasado allí la noche de Walpurgis. Sebastian dormía, yo estaba a su lado mirando por la claraboya empañada. Ahora no hacía nada de eso y yo sabía que la ambulancia no me estaba llevando a casa, pero en aquel momento deseaba más que nada en el mundo poder ver lo que sabía reconocer: Norrängsgården, con sus pistas de tenis bajo un techo curvado, el atajo a casa de Sammis, que era demasiado empinado para subir en bici, la escuela Vasa, los senderos empedrados de Ekudden, la estrecha cala de Barracuda, los árboles en la cuesta de Slottsbacken, la hamaca que papá había comprado la semana anterior. Si tan solo hubiese podido verlo, significaría que no había pasado nada. Pero no había ventanas en la ambulancia e íbamos muy deprisa, lejos, lejos, lejos.

¿Cerrarían ahora las escuelas? ¿Qué pasaba con la graduación? ¿Habría que cancelarla? ¿La fiesta de Amanda? Iba a ser la última en celebrarlo y me había dicho que yo tenía que hacer un discurso. «¡Sí o sí o sí!». ¿Qué iba a pasar ahora con su fiesta de graduación? ¿Verdad que estaba muerta? La había oído morir, los había oído morir a todos, a todos y cada uno de ellos, estaban todos muertos, ¿verdad que sí? Los había visto morir. Todos menos yo estaban muertos, y hacía un momento estaban vivos.

¿Qué hora era? ¿Solo habían transcurrido unas horas desde que se había terminado la fiesta y habíamos pasado por la plaza de Djursholm, Sebastian y yo? Habíamos terminado de hablar, no había nada más que decir y él caminaba por delante de mí, se negaba a ir a mi lado y yo vi que la pizarra de la panadería se había caído. ¿La dejaban fuera por las noches? Hacía calor, estaba haciendo una primavera calurosa, casi veraniega. Durante toda la semana el calor se me había antojado un derroche, como si no fuera a quedar nada para las vacaciones. En el paseo con Sebastian caminé descalza sobre el asfalto porque me dolían los pies, llevaba los zapatos en una mano, los sujetaba por la tira del tobillo. Con la otra traté de agarrarlo a él, que me apartó de un golpe. Aun así yo pensaba que ya no estaba enfadado. Que estaba tranquilo. Parecía más tranquilo de lo que lo había estado durante mucho tiempo. Solo habían pasado unas cuantas horas, ¿no? ¿Ahora Sebastian estaba muerto?

Aquel paseo. Subimos por el paseo Henrik Palme, estaba desierto pero había una luz como de pleno día y pronto íbamos a ir al instituto y encontrarnos de nuevo con todos. Dennis y Samir y los demás. Pero justo allí y en ese momento estábamos solos. Nadie nos seguía ni caminaba más adelante ni pasaba por nuestro lado. Las casas unifamiliares estaban allí arriba sobre las colinas de sus parcelas, los coches estaban aparcados en los garajes, las puertas estaban cerradas, tenían alarma.

Todo Djursholm parecía abandonado, no pude oír ningún pájaro, ningún sonido matutino en absoluto, solo había silencio. Sepulcral, los minutos posteriores a una bomba atómica, pensé. ¿Por qué pensé en armas nucleares? ¿Lo hice, o es algo que no se me había pasado por la cabeza hasta ahora, a posteriori? Ahora que ya ha terminado todo. Que todo se acabó.

Estuve tumbada en la camilla escuchando sin ver durante todo el trayecto desde el instituto hasta el hospital. Llevábamos un rato en marcha cuando oí otra sirena más, en la distancia. Una sirena significa prisa, ¿no? ¿Acaso no se había terminado? ¿Había alguien que siguiera con vida?

—¿No están todos muertos? —le pregunté al policía que tenía a mi lado, creo que fue él quien me había sacado. El policía no respondió. Ni siquiera me miró. Ya me odiaba.

El personal de enfermería llevaba guantes de látex cuando me desnudaron y metieron mi ropa en distintas bolsas. No me dejaron lavarme hasta muchas horas más tarde. Me visitaron tres médicos diferentes y cuatro enfermeras antes de dejarme entrar en la ducha. Solo abrí el grifo de agua caliente. Me metí bajo el chorro mientras este iba aumentando de temperatura hasta casi escaldarme la piel, pero yo apenas noté ninguna diferencia. A pesar de todo, el olor a sangre no conseguí quitármelo. La puerta del baño estaba abierta, la ducha no tenía cortina, y había una mujer policía apoyada en el marco de la puerta que observó todo el proceso. Me habían tomado un montón de muestras, me habían hurgado bajo las uñas, me habían raspado por fuera, por dentro, con instrumentos de metal, con bastoncillos de tamaño descomunal, y tuve que pasar la noche en el hospital a pesar de no tener ningún problema.

No fue hasta mucho tiempo después cuando entendí que los policías que vinieron a verme en realidad me estaban interrogando, hasta mucho después no entendí por qué no pude hablar con nadie excepto con los agentes de policía, por qué las enfermeras y los médicos me decían «no podemos hablar de ello contigo» con voces que ni siquiera se molestaban en sonar compasivas. No fue hasta mucho después cuando entendí por qué pasaron tantas horas hasta que me dejaron ver a mamá y papá.

Junto a mi cama había otra mujer con la mano puesta en la empuñadura de su porra. Después de desnudarme y meterme en la cama le pregunté si mis padres estaban muertos. No sé por qué lo hice. «¿Mi madre y mi padre están muertos?». Pero se notaba que la pregunta la había incomodado. Llamó con su teléfono y entonces volvió la primera agente de policía, tenía caderas de niño, permanente de los años ochenta y una grabadora. Con ojos pequeños me preguntó por qué pensaba que mis padres estaban muertos. ¿Por qué quieres saberlo? «¿Por qué, por qué, por qué?». Yo no entendía por qué me preguntaba eso. No lo comprendí hasta mucho más tarde.

Dos agentes se iban turnando para no quitarme los ojos de encima desde la silla. Mamá y papá pudieron entrar a verme cinco minutos, debió de ser a última hora, quizá en plena noche, con un nuevo agente. Éramos seis personas en mi diminuta habitación y mamá se sentó a los pies de mi cama. No dijo nada, no preguntó nada, ni «qué ha pasado» ni «qué has hecho», ni siquiera «cómo te encuentras». No dijo que todo saldría bien, ni lo que yo debía hacer ahora, a qué debía aferrarme para no morir, aunque yo lo dijera, que iba a morir, quería morir, ¿quizá? Mamá solo lloraba. La había visto llorar muchas veces, pero nunca de aquel modo. Era otra persona. Parecía ausente, muerta de miedo. Creo que me tenía miedo a mí. Pienso que no se atrevió a preguntarme nada ni a decirme nada porque le daba miedo lo que le pudiera responder.

Puede que mamá y papá hubiesen recibido la consigna de la policía (o de Sander) de no hacerme preguntas ni comentar nada de lo que iba a ocurrir conmigo, pero mi madre tampoco me ha dicho nunca lo que tengo que hacer. Ella intenta arrugar su rígida frente y «razonar». De entre todos los modelos de madre que elige ser suele adoptar el de La Considerada. La que quiere mostrarle a su hija que entiende que ya es lo bastante madura como para hacerse responsable de sí misma. No porque mamá piense así, sino porque para ella es importante que la gente lo crea. Pero supongo que no era momento de demostrar lo estupenda madre que era. Además, las probabilidades de que fuera a conseguirlo en aquel momento, justo allí, eran más bien escasas. Papá estaba detrás de ella. Él también lloraba. Nunca lo había visto llorar, ni siquiera en el funeral de la abuela.

—He llamado a Peder Sander —dijo. Nada que discutir.

Lo cierto es que yo conocía al abogado Peder Sander. Supongo que todo el mundo lo conoce, sale en la prensa y en las noticias cuando le ha tocado defender a algún asesino de niños o a un violador. Y en las revistas del corazón, cuando ha asistido a un estreno o a una fiesta de cumpleaños del entorno del rey, no solo a la gala de los Nobel, sino a las fiestas en las que el rey en persona elige con quién se va a codear. También ha participado en un sinfín de programas de televisión, suele ir en calidad de experto y hablar de juicios en los que ninguna de las partes ha tenido la suerte de disponer de él.

Podría haber sido curioso. Que el único abogado del que yo había oído hablar, que existe de verdad y no sale gritando «¡protesto, señoría!», en la tele o en películas, se relacione con el rey, ni más ni menos, el personaje de ficción más famoso de Suecia.

Me limité a asentir con la cabeza.

Mamá también asentía con la cabeza. Iba sonándose y asintiendo. Un millón de gestos afirmativos con la cabeza. A lo mejor le habían dado algo para ayudarla a mantenerse firme, o al menos a tener la boca cerrada. Yo temía que si abría la boca sin pensar me saliera un grito que no se acabaría nunca. Pero me mantuve callada. Asentía. Negaba con la cabeza. Sobre todo asentía.

«Tú solo hazlo —me decía a mí misma—. Mantén la boca cerrada. No hables».

Papá dio medio paso atrás y de pronto creí que me iba a pedir que le diera las gracias. Que iba a bajar la voz media octava de aquella manera suya de cuando yo era pequeña y a preguntarme: «¿Qué se dice, Maja?». Pero lo que hizo fue marcharse de allí.

Pienso que a lo mejor los habrían dejado quedarse mucho tiempo. Seguro que los agentes habrían apreciado una conversación entre madre-padre-hija llena de sinceridad. Pero no fue así. Mamá y papá se fueron. Creo que no querían estar allí.

Antes de ponerse en pie mamá me abrazó. Me clavó las uñas en los brazos. Yo me incliné hacia delante para corresponder su abrazo, pero un poco demasiado tarde, su tórax chocó con mi clavícula. Si yo no fuera más grande que ella habría podido darme un beso en la frente, o algo maternal por el estilo. Pero ahora no podía. Cuando me aparté vi que los bordes de sus ojos estaban rosados, como los de una rata de laboratorio. De tanto llorar se le había ido todo el maquillaje, y no se había vuelto a pintar. La magnitud del asunto. El abismo que aquello delataba.

Después de que se marcharan entró una enfermera con dos pastillas para mí. Estaban en un vasito de plástico. Las cogí. Me las metí como pude en la boca. Las tragué con agua de otro vaso de plástico, un poco más grande. Después se marchó, dejando la puerta abierta. Todavía había una agente uniformada al lado de mi cama y otra en el pasillo.

Obviamente, creían que me iba a suicidar, que no podría seguir viviendo con la vergüenza de lo que había hecho, pero eso también tardé un par de días en comprenderlo. Entreabrí la boca para hablarle. «Gracias», conseguí decir. Aunque un perdón habría sido más acertado. «Debería haber muerto, pero no lo hice. Sigo viva. Perdón. Lo siento muchísimo. No era mi intención». Quiero morir, lo juro.

No sé si llegué a dormir aquella primera noche. Me parece que no. Pero conseguí mantener la boca cerrada. No me puse a gritar.

A la mañana siguiente llegaron dos policías al hospital. Habían terminado de examinarme y tenía los ojos secos. La mujer, la flaca de la permanente, había vuelto y traía consigo a un hombre más joven con mirada penetrante. El hombre se mantenía medio paso por detrás. Quizá había estado sentado en el pasillo. Tenía pinta de recién levantado. Nos miró fijamente, a la una y luego a la otra. A mí la última. Pensé en atravesarlo yo también con la mirada hasta obligarle a apartar la suya, pero me faltaban fuerzas. Estaba cansada, como si estuviera a punto de dormirme.

Los policías no parecían estresados. Pero aun así no querían tomar asiento. Entró un médico con un papel que firmó la mujer policía. No hacía falta que me cambiara, me dijeron que podía llevar el pijama del hospital. De todos modos, me iban a dar una muda cuando llegáramos. Mi propia ropa, el móvil, mi ordenador, mi iPad, las llaves de casa y de la taquilla del instituto. Todo me lo habían quitado.

Pedí permiso para ir al lavabo y cepillarme los dientes. Me dejaron, pero la Permanente me acompañó. Me dio la espalda cuando me bajé las bragas, las del hospital, para hacer pis, pero vi cómo me miraba a través del espejo mientras me limpiaba.

No pregunté cuánto tiempo iba a estar fuera. Antes de salir de la habitación, la policía sacó unas esposas, me las pasó por las muñecas, puso un dedo entre estas y el metal para asegurarse de que no me apretaban demasiado. Después me pusieron un cinturón y ataron las esposas a él. En ningún momento había pensado que me iría a casa. Pero quizá fue en ese instante cuando comprendí por primera vez adónde nos dirigíamos exactamente. Aunque lo que más me chocó fue que me esposaran.

—¿De verdad pueden hacer esto? —pregunté—. Solo soy... —Había pensado decir que era una niña, o como mínimo adolescente, pero cambié de idea.

A la entrada del hospital se agolpaban los periodistas. Justo delante de la puerta había cuatro hombres con cámaras y cuatro mujeres con sus teléfonos móviles en la mano. Un poco más lejos había dos o tres más.

No gritaron cuando salí, pero se giraron todos a una. Los harriers del abuelo levantan el hocico al aire y empiezan a gimotear tan pronto el abuelo se pone las botas de agua. Yo era las botas de los periodistas. El ruido de las cámaras solo se oía de fondo. A una «distancia respetuosa», pensé primero. Se habían colocado donde yo no tuviera que verlos.

Mientras esperaba a que la agente uniformada abriera la puerta trasera del coche gris en el que nos íbamos a montar, uno de los periodistas me preguntó cómo me sentía. En voz baja, no me había percatado de lo cerca que lo tenía. Di un respingo.

—Bien, gracias. —Me salió solo. Me olvidé de mantener la boca cerrada y lo que salió fue lo único que era peor que si me hubiese puesto a gritar de forma descontrolada. Sentí en todo el cuerpo que había sido un error—. O bueno… —intenté añadir. Entonces vi estrecharse los ojos del periodista. No le daba ninguna pena.

La agente me agarró. Lo último que quería era que me pusiera a hablar.

—Tus amigos están muertos… —empezó el periodista. Pero no lo dejaron continuar.

—Si no cierras el pico… —dijo la Permanente. Parecía que fuera a soltarle un sopapo al periodista—. Si no dejas inmediatamente de hacer tus preguntas podrías sabotear nuestra investigación. ¿Es eso lo que quieres?

Más tarde comprendí que la Permanente temía que el periodista fuera a desvelar lo que no me habían contado todavía. La policía quería observar mi reacción cuando me informaran.

Pero en aquel momento yo pensé que ella estaba enfadada conmigo, incluso más enfadada que antes, y me ruboricé. No soy una hermosura de piel blanca: cuando me ruborizo no me vuelvo mona. Me cuesta respirar y me pongo a sudar, un sudor brusco que deja manchas con estrías de sal. Pero intenté hacer como si nada y enderecé la espalda.

Mientras la Permanente de las caderas estrechas y las uñas angulosas se hurgaba los bolsillos en busca de la llave de su coche y los periodistas trataban de descifrar la trascendencia de lo que la agente acababa de decir, yo noté el viento agarrando mi pelo suelto y empujándolo hacia atrás. La chaqueta que la Permanente me había puesto sobre las manos y las esposas cayó al suelo. Y allí me quedé, en ropa de hospital que me iba grande, sin sujetador, con los pezones apuntando al fotógrafo más cercano. Si no hubiese llevado las manos atadas a la cintura supongo que me habría puesto a saludar. Un desquiciado gesto de «acabo de batir el récord mundial de los cien metros lisos», una mano deportista en la punta de un brazo estirado, con los dedos separados, apuntando al mudo gentío que no era una muchedumbre sino apenas una docena de periodistas estupefactos con los dientes sin cepillar y ropa del día anterior.

Cuando me senté en el coche me dolía todo el cuerpo. Me quemaba la ropa, llamaradas sobre la piel. Medusas, ortigas, quemaduras de tercer grado con ampollas llenas de pus, por Dios, cómo me dolía. Me aferré al cinturón de seguridad que me cruzaba los brazos y las manos, aparté la cara de la Permanente, no respiré hasta que salimos del aparcamiento y nos incorporamos a la autovía.

Nos seguían tres coches. Guardaban la distancia. No pude ver sus frenéticas llamadas a la redacción, su ajetreo con los teléfonos para enviar las fotos, pero sabía lo que estaban haciendo.

Mis fotos. Maja Norberg, la zorra mimada de Djursholm, una loca enajenada. Asesina. Maja Norberg era una loca asesina, ¿por qué, si no, habría reaccionado la policía de aquella manera? ¿Por qué, si no, iban a esposar a una adolescente para desplazarla? Solo era cuestión de minutos que apareciera en las portadas, en catorce ángulos distintos, la misma imagen en todas.

La Permanente se tranquilizó enseguida. No parecía importarle que nos estuvieran persiguiendo, se metió una bolsita de snus debajo del labio, lo deslizó hacia atrás con el ápice de la lengua. Levantó la barbilla y la lata de snus en un gesto interrogante. Yo negué con la cabeza.

«Por favor —pensé—. ¿Ahora vamos a tener que hacer migas, esta y yo?». Deseaba haberme acordado de pedir una pastilla para el dolor de cabeza antes de irnos. O haber comido algo de lo que me habían servido para el desayuno. De pronto tomé conciencia del hambre que tenía. ¿Cuándo había sido la última vez que había comido? Debió de haber sido el día anterior. Pero lo único que lograba recordar era que me había fumado un cigarro en un balcón acompañada de una poli. Nadie había dicho nada al respecto cuando pregunté. Habían tardado un rato en decidir a qué balcón podía salir, y otro rato más en sacarse un cigarro del bolsillo para mí, pero por lo demás no habían puesto ninguna objeción. Es decir, lo único que hace falta para dejar de tener que fumar a escondidas es llevar a cabo una matanza.

Pero ¿había desayunado hoy? No. Comido ayer, desde luego que no. ¿Cenado? No, me parecía que no.

Apoyé la frente en la ventanilla y cerré los ojos. Deseaba haber saludado a los periodistas, a pesar de las esposas. Así el amigo del rey podría haber alegado enajenación mental.

Vista principal de la causa B 147 66
La Fiscalía y otros contra Maria Norberg

Semana 1 del juicio, martes

8

Todos los juicios siguen un mismo patrón. Existen normas para quienes van a hablar y el orden en que lo harán. Sander me lo ha explicado. Lo he escuchado atentamente. No quiero llevarme sorpresas, quiero estar preparada para cualquier cosa.

El segundo día que nos reunimos en la salita en la que debería poner «La asesina» no son ni las nueve y media, pero ya ha habido alguien de Sander & Laestadius que ha ido a buscar la comida del día al mercado de Östermalm. Está fría, pero parece un millón de veces más sabrosa que todo lo que he comido estos últimos nueve meses. En la mesa, junto al termo de café y las tarrinas de nata y terrones de azúcar, hay un montoncito de chocolatinas mentoladas. Apenas hace dos horas que he desayunado, pero me como los chocolates y formo bolitas con los envoltorios de papel de aluminio, las amontono hasta levantar una minipirámide. No le pregunto a nadie si quiere una, pero sí pregunto si puedo fumar. Sander me pide que me «abstenga» (típica palabra Sander), porque nunca podremos salir de esta salita sin que los periodistas se nos echen encima y, además, es «problemático desde el punto de vista de la seguridad».

Ferdinand me pregunta si me va bien un poco de snus. Por supuesto, Ferdinand lo usa. Y probablemente no se afeite las axilas. En prisión tengo a un par de funcionarias que también parecen convencidas de que el tabaco en polvo y el vello corporal son un paso más en la dirección adecuada en la lucha de género. Y que un indicio de olor a sudor es una señal de belleza natural. Ferdinand me recuerda a ellas, pero a un nivel más académico. No me sorprende que la lata de snus que Ferdinand me ofrece no sea de dosis ya preparadas en bolsitas sino de tabaco en polvo suelto.

—No, gracias —contesto. Estos últimos nueve meses he lidiado con más ofertas de snus por parte de mujeres que lo que la mayoría tiene que aguantar en una vida entera.

—¿No sabes que es peligroso fumar? —me suelta el Panqueque en la oreja—. Puedes morir antes de tiempo.

No sabría decir si se trata de una broma o no.

En cualquier caso, la fiscal sí que va a hablar hoy de mi muerte. De que debería estar muerta.

Su planteamiento es el siguiente: Sebastian y yo decidimos vengarnos de aquellos que nos habían defraudado. Fuimos al instituto con una bomba metida en una bolsa de viaje, armas en otra, para matar a cuantos pudiéramos. La masacre terminó con Sebastian muerto. Yo también debería haber muerto, pero no fue el caso, a pesar de ser así como deben, o al menos suelen, acabar las masacres en institutos. Uno o varios locos deciden vengarse de sus compañeros, disparan sin ton ni son hasta que se cansan o hasta que la policía llega y entonces terminan matándose entre ellos, suicidándose o procurando que la policía acabe abatiéndolos. A menos que se rajen, claro. Solo los cobardes sobreviven. Y aquí estoy yo sentada, vivita y coleando, en el tribunal de justicia de Estocolmo, a las puertas de la sala de vistas 1. Una pusilánime, así es como hay que interpretar a la fiscal.

No respondo al comentario del Panqueque. Un vigilante de seguridad abre la puerta y nos informa de que ya podemos entrar. Mientras Sander recoge sus cosas yo reconstruyo la pirámide de bolitas de papel de aluminio una última vez. Ferdinand me pregunta de nuevo si quiero snus. Niego con la cabeza. Debo de tener cara de morirme de ganas de fumar.

—¡Chicle de nicotina! —exclama entonces, feliz; se le acaba de encender la bombilla. Ferdinand incluso tiene tiempo de revolver en su lacio bolso antes de que Sander chasquee la lengua. Sander no permitiría jamás que yo estuviera mascando chicle durante la sesión. Entramos y tomamos asiento.

Las tersas mejillas de Llámame-Lena están sonrosadas. Quizá haya empezado el día plantándose en la escalera que sube al juzgado a celebrar una rueda de prensa; hoy hace un buen día, soleado y fresco. Y estoy dispuesta a apostar dinero a que a esta mujer le encantaría una rueda de prensa al aire libre en la escalinata del juzgado. Una persona muy importante en una película de lo más emocionante. O a lo mejor ha venido a pie hasta aquí porque es fundamental hacer ejercicio cada día. Puestos a especular, apuesto a que Lena Pärsson coge las escaleras en lugar del ascensor y se cree que eso le permite comerse dos bollos de hojaldre o pastelitos industriales de mazapán con cobertura de chocolate a la hora del café en el trabajo, cada día. Llámame-Lena también tiene pinta de comprar bonos del Estado y pagar un seguro extra de jubilación y de haberse sacado Derecho sin pedir un préstamo de estudios (¡porque quien se endeuda no es libre!). No me supone ningún esfuerzo imaginarme su casa (un chalé adosado): paneles de madera en las paredes del salón, atrapasueños sobre las camas de los niños, la mayor colección de ranas de cerámica de toda Suecia en una vitrina, y ahora le toca hablar a ella. Otra vez. Detesto a la fiscal general Lena Pärsson.

Han sido nueve meses de artículos en la prensa y programas de televisión en los que todos, literalmente todos, han podido hablar excepto yo, todos excepto yo han podido llorar en horario de máxima audiencia, todos excepto yo han podido montar ruedas de prensa en la jodida escalinata que más les apeteciera mientras mi abogado y mi familia debían guardar silencio absoluto sobre el caso. Y entonces —como nata rancia sobre un salmón contaminado con dioxina— llega el turno de la fiscal. Y ahora va a contar la historia de la asesina en masa que debería haberse pegado un tiro pero que no se atrevió a hacerlo: una cobarde que se niega a aceptar las consecuencias, que piensa que se puede escaquear. Esa soy yo.

Sander puede quedarse afónico de tanto explicármelo, pero sigo sin entender por qué tiene que empezar ella. La fiscal va a estar como mínimo un día o dos soltando mierda sobre mí. Luego, cuando nosotros hayamos podido hablar, volverá a tocarle a ella. Entonces llamará a los testigos, uno tras otro, y todos tienen una cosa en común: están de acuerdo en que soy un monstruo.

Hoy, y no sé cuántos días más, es el día de la fiscal general Lena Pärsson. De forma total y absoluta. Mamá está tan pálida que parece ir maquillada de blanco, la frente de papá brilla. Sander está de lo más relajado, podría estar en el salón de su casa hablando con sus invitados. Pero yo no estoy invitada al cóctel. Yo estoy despedazada sobre la mesa. Es a mí a quien van a comer, en quien van a clavar la pala de la tarta.

Vamos a escuchar. Y después vamos a mirar fotos, planos, armas, protocolos. Vamos a leer mis e-mails. Mis mensajes. Mis actualizaciones de Facebook. Vamos a repasar a quién he llamado y cuánto tiempo hablamos. Vamos a hablar del contenido de mi ordenador y de mi taquilla del instituto. Incluso vamos a leer una nota que escribí en el interior de la portada de uno de mis libros de texto, una cita de un poema, «cuando nada queda que aguardar ni nada más por cargar»; habla del ansia de morir, según la fiscal. La semana que viene Lena Pärsson va a traer a gente, van a contar, a contarlo «todo». Si de Llámame-Lena dependiera, pasaría mis bragas usadas por la sala para que todo el mundo pudiera olerlas.

Soy la última en entrar. Me siento en mi sitio y clavo la mirada en la mesa. Hablar un rato con mamá y papá es imposible, gracias a Dios. Dejar que me abracen, me toquen, me arreglen el pelo. Al Panqueque le gustaría que pudieran hacerlo, porque los periodistas miran todo lo que hago y el Panqueque no tiene nada en contra de que los periodistas me observen con ojos como platos, siempre y cuando sea él quien dirija el espectáculo. Le encantaría que mamá pudiera apartarme el flequillo de la cara y pasarme el mechón de pelo por detrás de la oreja.

Lo ha hecho desde que tengo memoria. Si le hubieran sacado una foto cada vez —el índice y el pulgar, el pelo detrás de la oreja—, tendríamos una de esas secuencias de imágenes que puedes encontrar en YouTube. Fotos del mismo motivo tomadas durante treinta años, vídeos de cómo se derriten los glaciares o cómo una chica pasa de ser guapísima a convertirse en una vieja sin dientes en cuestión de dos años porque ha consumido metanfetamina. Infinidad de fotos estáticas en secuencia rápida: cuando le apartan el pelo a Maja de la cara. Pelo corto y sedoso de bebé, pelo más largo y ondulado de niña, el flequillo que me corté yo sola el mismo día que iban a hacer una foto de grupo en la guardería, cuando me hice mechas sin preguntarle primero a mi madre, cuando le pedí que me rizara el pelo para mi confirmación. Con corona de flores. Con guirnaldas de Santa Lucía. Trenzas a las que se les ha caído la goma. Pelo larguísimo lavado con champú carcelario y sin pasar por la peluquería en once meses.

Los periodistas mirarían de lo lindo si mamá se pusiera a hacerme carantoñas. El Panqueque prácticamente se cagaría encima de la euforia. Me quedo sentada en mi sitio sin mirar a nada.

Cuando Lena Pärsson enciende su micrófono se oye un chisporroteo por los altavoces.

—Bienvenidos —declara el presidente, y consigue hacer que suene como un lamento. Después le cede la palabra a la fiscal. Sus mejillas siguen sonrosadas.

—Debido a su actuación durante los días y las horas previas a las muertes, la acusada es culpable de inducir al asesinato de... —lee en voz alta— ... en tanto que mediante su actuación persuadió a Sebastian Fagerman para que...

¿Por qué está leyendo en voz alta? ¿De verdad la bruja tiene problemas para recordar de qué me está acusando? ¿Es posible que nuestra fiscal general sea tonta del culo?

—El asesinato inicial fue el primer paso en los planes que compartían Norberg y Fagerman de efectuar el ataque en el instituto público de Djursholm, en la clase 412, la misma mañana. —Ahora deja el papel en la mesa. Incluso se quita las gafas de leer—. Voy a exponer cómo la acusada participó activamente tanto en los preparativos como en la ejecución de los hechos.

—Nosotros hablamos en último lugar, es una ventaja —ha dicho Ferdinand. Se equivoca, claro. Nadie tendrá ánimos para escuchar cuando la fiscal haya terminado con esto. Nadie va a querer mirarme, y mucho menos dejarme hablar. Pero ¿qué puedo hacer al respecto? Nada.

No importa lo que contemos, nadie entenderá lo que quiero decir, nadie se creerá que todos participábamos en el mismo juego, solo que con roles distintos. Sander explicará «mi visión del asunto». Pero será demasiado tarde, para entonces el tribunal ya habrá tomado una decisión.

La fiscal sigue dando la lata con que estábamos juntos, Sebastian y yo. Que él era mi novio. La fiscal dice que yo quería tanto a Sebastian que todo lo demás quedaba eclipsado. Yo quería hacerlo todo por él, por nuestro amor.

Lena Pärsson sigue contando de qué manera piensa demostrar que tiene razón. «Voy a llamar a testificar a los siguientes testigos», «Tema central del interrogatorio», blablablá… «Asunto principal que ha de ser demostrado», blablablá.

Ferdinand se hace la compasiva, me mira de reojo desde su silla. «Deja de mirarme». El Panqueque cambia dos carpetas de sitio. «Estate quieto».

Me pregunto por qué están aquí, la verdad. Son unos personajes sin ningún valor. Ferdinand, mi pobre farsante, una vez no pude resistirme a preguntarle qué le parecía esto de defenderme. Se puso tan nerviosa que por un momento pensé que se iba a mear encima. Era «una oportunidad única», tartamudeó. Se sentía «honrada por el reconocimiento» y «esperaba poder aportar su experiencia».

Menuda sarta de gilipolleces. Ferdinand me odia de pies a cabeza, a mí y a mi juicio. Odia el hecho de que salte a la vista que no tiene suficiente experiencia para ser mi abogada, pero aun así le dejen sentarse en la sala del tribunal. Odia «ser adecuada» para mi caso, porque eso significa que tiene que dar lo mejor de sí —delante de todos los periodistas y de todos los compañeros celosos— para parecer la coartada musulmana de Sander salida del extrarradio, a pesar de haber nacido en Sundsvall y estar bautizada por la Iglesia sueca. Es evidente que lo que piensa —pero nunca se atrevería a decir— es que lo único que le gusta de este juicio es que lo vamos a perder.

Lena Pärsson prosigue.

—Según el dictamen pericial forense, ver anexos 19 y 20, la muerte de Amanda Steens es provocada por los dos disparos que la acusada Maria Norberg efectuó con el Arma 2. Unos segundos más tarde, la acusada dispara de nuevo el Arma 2. Estos tres disparos provocan, según el dictamen pericial forense, ver anexos 17 y 18, la muerte de Sebastian Fagerman.

Nosotros «reconocemos esta parte de la descripción de los hechos». Eso quiere decir que es verdad. Yo los maté. Yo maté a Amanda. Yo maté a Sebastian. Y no fue por amor. Podemos decir cualquier cosa al respecto, la cuestión es que lo hice.

Semana 1 del juicio, martes

9

Jamás se me habría ocurrido apostar nada a favor, pero el hecho es que en contra de todo pronóstico la fiscal general Lena Pärsson consigue terminar con su disertación antes de la hora de comer. Después de la comida (Ferdinand ha salido corriendo para calentárnosla antes) llega el momento de que la fiscal empiece a presentar las pruebas escritas. Son un millón de exámenes forenses, informes y notas policiales y planos extraños y aún más informes, resultados de laboratorio, extractos y declaraciones y no tengo fuerzas para controlarlo todo, cada vez me resulta más fácil dejar de escuchar, Lena Pärsson lee en voz alta, Lena Pärsson lee hacia dentro, Lena Pärsson lee con voz quejumbrosa, al final casi un poco afónica, Lena Pärsson debería aclararse la garganta, pero no lo hace.

El escrito de acusación en sí solo tiene once páginas, pero la fiscal da la murga como si fueran once mil. Y todo el material tiene más o menos una extensión similar, al menos si cuentas todo lo que hay de la investigación.

No me dejan decir una palabra en todo el día, pero tampoco permiten que me marche. Tengo que estar aquí sentada, aguantar. Intento dejar de escuchar a Lena la Fea.

Lee nuestros mensajes en voz alta. Los que les mandé a Amanda, Sebastian y Samir. Los que recibí de Sebastian y Amanda. Y de Samir, claro. Al mismo tiempo, proyecta nuestras conversaciones por mensaje en la pantalla para que todos puedan leerlas. Está terriblemente satisfecha con su montaje. «Pedagogía».

Recuerdo que Amanda me enseñó una carta que su abuela había escrito antes de morir. Contenía instrucciones sobre cómo quería ir vestida en el ataúd y qué música debía sonar en la iglesia. Era una pieza clásica que debía ser interpretada por un coro en concreto de cuatro voces masculinas. Amanda y yo no habíamos oído hablar ni de la pieza ni del coro. Pero Amanda me contó que el problema era que la mejor amiga de su abuela había muerto y en su funeral habían cantado exactamente la misma canción, así que ahora su abuela estaba obligada a pensar en algo nuevo, porque no quería ser una persona sin ideas propias. Si bien la abuela de Amanda estaría muerta cuando la cantaran, igual que lo estuvo la amiga, para ella era importante no quedar como una copiona.

Es incomprensible, esto de que todo el mundo quiera ser original hasta la muerte, único. Bajo ningún concepto hay que poner *Blott en dag* como si fueras un ordinario comprador de centro comercial, no, tiene que ser especial e inolvidable. Por ello, para no arriesgarte a entrar en el más allá de la mano de la banalidad, algún pobre desgraciado tiene que cantar *Tears in Heaven* acompañado de guitarra clásica. Igual que en todos los demás entierros «personalizados».

La gente es patética hasta la muerte, no original.

Ahora Amanda está muerta. Amanda, Sebastian, todos los demás. No me dejaron ir a ninguno de los funerales, por supuesto. Pero aun así quise saber cuándo tenían lugar y Sander me lo contó. El único del que no me pudo decir nada fue el de Sebastian, porque lo organizaron en secreto.

Me pregunto si Sebastian le dijo a alguien cómo quería su funeral. Supongo que no. Él solo hablaba de la muerte, nunca de lo que vendría después. En cambio, seguro que Amanda podría haber tenido un montón de ideas de cómo quería que fuera su «despedida». Pero ¿por qué iba a planificar algo así?

Debió de ser todo un reto preparar el entierro de Sebastian. No podían mandar invitaciones ni publicar una esquela en el periódico así sin más. «Se ruega no traer flores. Pero, por favor, en su lugar contemplen la posibilidad de enviar un donativo a Médicos Sin Fronteras».

Pero me imagino que algo debieron de hacer. «En privado», en esa ceremonia solo para los más íntimos, y a saber quiénes serían, porque ni yo ni su padre pudimos ir. Me pregunto qué música sonó. ¿Alguna de las canciones favoritas del padre de Sebastian? Eran las que él más escuchaba. *«Preacher takes the school. One boy breaks a rule. Silly boy blue, silly boy blue».* Me pregunto qué ropa le pusieron. Seguro que a los demás les pusieron su «camiseta preferida». Porque se da por hecho que «todos» los adolescentes muertos tienen una camiseta preferida.

Yo creo que a Sebastian le pusieron traje. Supongo que Majlis tuvo que ir a comprarlo. Un color caro, discreto, apto para incinerar a un asesino en masa.

Puestos a conjeturar, yo diría que tuvo un funeral en la iglesia seguido del entierro de las cenizas inmediatamente después, o quizá el hermano de Sebastian las esparció al viento, sobre algún mar secreto, todo con tal de no tener una lápida que pudiera sufrir vandalismo y saliera en la prensa.

Me pregunto si la madre de Sebastian estuvo presente, si la avisaron en la clínica de desintoxicación de pastillas de Suiza o en sus labores de beneficencia en África o donde fuera que estuviera mientras su hijo se encontraba cada vez peor.

Me la puedo imaginar: gafas de sol gigantes, tan afeitada, encerada y pasada por láser que su piel se ha vuelto brillante y transparente como una medusa. ¿Con una peonía naranja rojiza para el ataúd, quizá? Jamás habría llevado rosas, las rosas en un funeral son demasiado triviales, en cambio las gafas que hacen que las viejas parezcan moscas resultan de lo más elegantes.

Cuando la fiscal general Lena Pärsson enseña imágenes del aula oigo que papá se remueve en su asiento, no me hace falta verlo para saber que es a él a quien le cuesta estarse quieto. Pero cuando reproduce las grabaciones de las cámaras de videovigilancia de la entrada de la casa de Sebastian, el vídeo en el que se me ve a mí llevando una bolsa de viaje desde la casa hasta el coche y luego sentándome al lado de Sebastian en el asiento del acompañante, la sala permanece en silencio absoluto. Parece que la bolsa me pese. (Y pesaba). Después la encontraron en mi taquilla. Pero la bomba no llegó a detonar, era de «calidad insuficiente», según los expertos que Lena Pärsson no cita, puesto que eso no encaja con la imagen que quiere dar de nosotros, la de dos monstruos con recursos ilimitados.

No le dije adiós a Lina aquel día cuando me marché de casa por última vez. Todavía estaba durmiendo. Supongo que durmió toda la mañana. Me gustaría haber ido a su cama y haberla mirado de todos modos, me encanta mirar a Lina cuando duerme (siempre boca abajo, con los puños cerrados encima de la almohada). He tratado de recordar la última vez que la vi, lo que hablamos, lo que llevaba puesto, el aspecto que tenía, pero no lo consigo.

Papá debe de haber cogido tres semanas de vacaciones del trabajo para poder venir al juicio, me pregunto si tiene que entregar el móvil en el control de seguridad y me pregunto qué estará haciendo Lina cuando ellos están aquí. ¿Está con el abuelo? Me pregunto qué dice el abuelo de todo esto. ¿Habla con Lina sobre dónde estoy? Cuando la abuela estaba viva, ella y el abuelo tenían una relación que consistía en que él contaba cosas y ella hacía un montón de preguntas al respecto para que él se lo explicara con detalle. No porque ella necesitara o quisiera saber más para entender lo que le decía, sino porque al abuelo le gustaba explicar cosas. Cuando la abuela murió, el abuelo pareció perder el control, quedó desconcertado. Nosotros continuamos haciéndole preguntas innecesarias, pero nunca fue lo mismo. Con la muerte de la abuela envejeció, ya en el funeral había pasado algo con su postura corporal. Ahora es un anciano (ojos llorosos y rodillas inflamadas), nunca da paseos largos con los perros sueltos ni señala con toda la mano plantas cuya especie, según él, deberíamos saber identificar. No sé si el abuelo puede responder cosas sobre mí. No sé si Lina se atreve a preguntar.

Lo que añoro más que a ninguna otra cosa es a Lina. Sueño con que pone su manita, liviana como una hoja de abedul, sobre mi brazo, que me mira y pregunta por qué. «No lo sé», quiero decirle. Pero no hay pregunta que pueda hacer Lina que yo sea capaz de responder. No quiero verla nunca más.

Cuando Llámame-Lena habla se me pone la nuca rígida de mantener la cabeza erguida. Cuando comparte lo que nos escribimos Sebastian y yo aquella noche en la que daba la sen-

sación de que hubiera terminado una guerra nuclear, me entran
ganas de gritar.

«¡Sí! ¡Ya te oigo, puta vieja pedagógica! ¡Cierra la boca!».
Ya está leyendo otra vez.

—La fiscal exige responsabilidad por los siguientes delitos…
—Y empieza a recitar—: … inducción al asesinato… —Blablablá— … asesinato, en su defecto, homicidio doloso, en su defecto, homicidio negligente… —Blablablá. Blablablá. Se pasa
por lo menos un cuarto de hora recitando todos los cargos de
los que se me acusa, o al menos es la sensación que tengo.

Creo que el funeral de Sebastian fue bastante inusual. En el
de Amanda tocaron —con total seguridad— *Tears in Heaven*.

Detención, primeros días

10

La primera vez que vi a Sander fue apenas unas horas después de ingresar en prisión. Tuve que esperarlo en la sala de visitas durante unos minutos antes de que entrara. Yo estaba sentada en una de las cuatro sillas para adultos mirando el rincón de los juguetes. Allí había una mesa en miniatura, un carrito de muñecas roto, un servicio de té de plástico y algunos libros ajados, *El chupete de Max* y alguno de Astrid Lindgren. Lina nunca ha venido a verme, se ha librado de los juguetes de la cárcel.

Cada vez que me reúno con Sander nos damos la mano, también la primera vez. Aquel primer día me sentí como si él fuera mi invitado, pero no sabía qué ofrecerle. Serví un vaso de agua y se lo tendí; me temblaban las manos, pero no derramé ni una gota.

La primera vez que nos vimos casi solo habló él. Me preguntó «cómo me consideraba ante las acusaciones». Pero yo no sabía cuáles eran. Seguro que la policía me lo había dicho, pero en aquel momento no lograba recordarlo, si es que realmente me las habían leído.

—Se te considera sospechosa de haber colaborado en… —Sonó sorprendido al comprender lo aturdida que yo estaba. Intenté explicárselo, pero me hice un lío.

Sander asintió con la cabeza y me dijo que tratara de exponer las cosas de una en una, que lo vería más claro «a lo largo del día» o «a medida que», que quizá deberíamos empezar por escuchar lo que los policías tenían que decirnos.

—Hay razones justificadas para considerarte sospechosa de asesinato, entre otras cosas —dijo luego, con un tono de voz completamente normal—, pero es probable que el grado de sospecha vaya en aumento a lo largo del día —me explicó. Como si eso fuera a hacerme entenderlo todo mejor.

Justo antes de marcharse me entregó una bolsa con ropa, mi propia ropa. Debió de haber pasado a recogerla, o quizá se la dio mi madre. Me pareció práctico de una manera que no me esperaba. No tuve tiempo de ponerme a llorar hasta que él ya se hubo ido.

Había una bandeja con comida fría esperándome cuando volví a mi celda. La bolsa la dejé en el suelo, no comí nada, rechacé con un gracias cuando alguien se ofreció a calentarme lo que había en el plato, me tumbé boca arriba en la cama y me quedé mirando el techo una cantidad incierta de medias horas (me controlaban cada treinta minutos porque todavía creían que pensaba suicidarme), después vinieron a decirme que me iban a interrogar. La Permanente del desplazamiento de la mañana y el hospital había vuelto. Se había traído a un compañero nuevo del cuerpo. Y Sander estaba allí, por supuesto. Él también había vuelto. Ahora venía con Ferdinand. Esta se me presentó con una mano sudorosa y labios secos. «Evin», se llamaba (sin apellido). La Permanente se había cambiado de ropa, la que llevaba ahora también parecía haber sido lavada a la temperatura equivocada. Me estaban esperando en una salita de interrogatorios.

He podido leer las transcripciones de todos los interrogatorios, a pesar de que no me hacía falta porque los recuerdo al detalle. Todos esos días y meses en los que tenía la sensación de que lo único que hacía era asentir y negar con la cabeza; puede que en aquellos momentos no entendiera nada, pero lo recuerdo todo.

La sala de interrogatorios del centro de menores estaba en el mismo edificio que «mi cuarto», incluso en la misma planta. Tenía una ventana de vidrio esmerilado. No se podía distinguir nada del exterior, era todo una niebla de colores o matices sin nombre. ¿Diferentes sombras de una tarde sueca de noviembre? ¿O noche? Aunque pronto estaríamos en junio. «¿Por qué no se ve el sol? —recuerdo haber pensado—. ¿De verdad está permitido interrogar a alguien en mitad de la noche?». Pregunté qué hora era.

—¿Tienes hambre? —me preguntó el compañero de la Permanente. «Se pasan el rato insistiendo con la comida. Comer-comer-comer. El colectivo de delincuentes sueco debe de estar compuesto por bulímicos». Negué con la cabeza.

Eran las cinco, me dijo el compañero policía. «¿De la mañana?», pensé, pero no se lo pregunté. En cualquier caso, debería de haber luz fuera. Si es que aún era verano.

Habría cena para mí cuando termináramos, continuó diciéndome. Por tanto, las cinco de la tarde. No tenía hambre. Me costaba imaginar que pudiera volver a comer algún día.

Me senté en una especie de butaca. Sander y Ferdinand estaban acomodados juntos con el compañero de la Permanente al lado, en sillas normales y frente a una mesa normal. El hombre policía no llevaba uniforme sino algo parecido a un pijama, probablemente unos pantalones de traje sin planchar. Se presentó y yo me olvidé en el acto de cómo se llamaba. ¿Había estado en el hospital el día anterior? No logré recordarlo. Pero ¿no debería acordarme de él? Era obvio que ese pelo no se lo había cepillado desde que se despertó hacía una semana y era, al menos en teoría, un rasgo inolvidable. Su carraspeo calaba en la corteza cerebral de todo aquel que se viera obligado a escucharlo. Alguien de la sala olía a tabaco del día anterior, debía de ser él. Le volví a preguntar cómo se llamaba y él soltó su nombre con un nuevo carraspeo. Seguí sin entenderlo. «Tampoco importa», me dije, y asentí con la cabeza.

El interrogatorio estaba siendo grabado, me dijo la Permanente. Señaló una cámara que había en diagonal por encima de la puerta y otra en la pared de enfrente. Sonaba más despierta que su compañero y, por lo visto, a pesar de los vaqueros de gasolinera que llevaba, era una especie de jefa del caso. Le asentí en silencio también a ella al mismo tiempo que descubría un moco seco pegado en el hueco que se abría entre el lateral y el cojín de mi butaca. Era imposible sentarse normal en ella, no lograba entender por qué querían tenerme recostada, no quería reclinarme, me impedía respirar, pero no se me ocurrió ninguna manera de explicarlo, así que pasé por el aro, noté que se me hacía papada y me volví a incorporar, tuve que sentarme de lado para no sentirme cuesta abajo.

La Permanente iba diciendo mi nombre. Con frecuencia. «Maja». Como una comercial por teléfono.

—Hola, Maja. ¿Has cambiado de postura ante la acusación, Maja? ¿No? ¿Maja?

A veces intentaba parecer compasiva. Entonces usaba el tono de «señálame en el muñeco dónde te tocó».

—Maja. ¿Me podrías contar entonces…, explicarme cómo has acabado en esto, Maja? ¿Por qué crees que estás aquí, Maja? Espero que entiendas, Maja, que tenemos que…

Y luego volvió la voz de la operadora de telemarketing.

—¿Cómo te encuentras, Maja? ¿Quieres tomar algo, Maja? ¿Crees que podemos empezar, Maja? ¿Crees que podrías…, Maja…, Maja?

Yo negué con la cabeza algunas veces. Cuando la veía confundida, me ponía a asentir hasta que ella continuaba hablando. Sacó un papel blanco y un lápiz sin punta. Eso sí que no lo entendí en absoluto. ¿Qué se suponía que iba a hacer yo con eso? Escribir mis respuestas. ¿Acaso me creía sordomuda?

Al ver que yo no lo hacía, ella se puso a dibujar un poco en el papel. Un croquis. Primero un gran rectángulo, el aula, después pequeños rectángulos en su interior, la tarima y los pupitres. Marcó las ventanas y la puerta del pasillo. Mientras tanto, iba haciendo preguntas. Pero al cabo de un rato dejó las que hacían referencia a la clase. En un par de rondas intentó hacerme hablar de lo que yo había hecho antes. «¿Qué desayunaste, Maja? ¿Cómo fuiste hasta el instituto, Maja?».

¿Me llevó mi madre? Un no con la cabeza. ¿Fui al instituto en autobús? Otro no. ¿Fui con Sebastian? Un sí. Supuse que aquellas preguntas eran un calentamiento. Hablar de otra cosa. Dar unos saltitos sin moverte del sitio. Activar los músculos.

La Permanente se rindió con eso también al cabo de un rato.

—Sebastian era tu novio, Maja —dijo de repente, y no sonó como una pregunta y yo no estaba del todo preparada. No sé por qué, pero no pensé que me fuera a preguntar eso. Me parecía demasiado banal. ¿Iba a enseñarme fotos de los muertos, tal como siempre hacen en las series de televisión? Por un momento pensé que se pondría a esparcir imágenes de cadáveres sobre la mesa, como quien reparte una baraja de cartas. Añadir detalles al croquis, marcar los contornos de sus cuerpos. Amanda, Samir, Sebastian, Christer, Dennis.

Cerré los ojos. Y entonces él se me apareció. Con esos ojos que me atravesaban. Las manos que mi piel jamás olvidaría. Su cuerpo, todo él, todo lo áspero y lo suave, duro y afilado, el olor, la sensación que me provocaba al penetrarme y el peso de su cuerpo sobre el mío. Sobre todo, eso. Su cuerpo sobre el mío. Hasta que fueron a buscarme al aula. Me lo quitaron. Se lo llevaron. Su cuerpo.

«Sebastian —me obligué a pensar—. Quiere que le hable de Sebastian. Nada más».

«No —pensé—. Tú solo asiente con la cabeza. "Hum". No digas nada».

«Keep your 'lectric eye on me babe, Put your ray gun to my head, Press your space face close to mine, love».

No decir nada. Mi cabeza se desgañitaba. La rodeé con las manos para que no fuera a romperse.

Sebastian siempre escuchaba la música preferida de su padre, siempre siempre, y cuando nos besamos por primera vez (no en la guardería sino cuando me besó de verdad por primera vez), me llamó Sweet Mary Jane. En aquel momento no lo sabía, pero también lo había sacado de una de las canciones favoritas de su padre. Me había montado en la Vespa y acababa de ponerme el casco. Él me dijo eso y me pasó el porro que había tenido en los labios. El inferior le brillaba por la saliva. Yo negué con la cabeza. Seguro que mamá y papá estaban mirando a escondidas desde alguna ventana, yo no entendía cómo se atrevía. No, gracias. Entonces me besó, se inclinó, me separó los labios con la lengua. Cuando se retiró me lo metió en la boca entreabierta. «Maja», susurró, y yo le di una calada a pulmón, sin toser. Me dejó dar tres caladas antes de volverme a besar. Sebastian me besaba y estaba fumando hierba a un par de metros de distancia de mis padres.

Pude haber asentido con la cabeza. «Hum». Era mi novio. O haberlo negado. «Se había terminado». De todos modos no habrían entendido nada.

Él solía ponerme sus auriculares, me dejaba escuchar las canciones favoritas de su padre mientras me besaba, mientras me pasaba las manos por la piel. Mientras me sujetaba. Se negaba a soltarme. Se negaba a soltar, se negaba a dejarme ir, se negaba.

¿Que si era mi novio? Eso no merecía ninguna respuesta.

—Le dije que ya no podía más —susurré. No sé si me oyó—. Que teníamos que dejarlo.

«¿Verdad que lo dije, durante aquel último paseo? ¿O solo lo pensé? *Would you carry a razor, just in case, in case of depression?*».

No recuerdo que la Permanente me mirara, pero sí recuerdo que su voz se ralentizó.

—Oye —empezó diciendo—. Tienes que entender que cuando se toman las medidas que hemos tomado contigo…, acabas de cumplir dieciocho, ¿no?

Asentí en silencio aunque no hiciera falta. Era obvio que sabía mi edad.

—Bueno, es poco usual que a las personas jóvenes detenidas se les apliquen restricciones completas y sean aisladas como hemos hecho contigo. Tú entiendes que si ocurre es porque hay algo más, no es solo el hecho de que estés o hayas estado saliendo con un chico que ha hecho algo, con Sebastian, hay más cosas.

Yo asentí con la cabeza. Sander enderezó la espalda.

—¿De qué va esto? —preguntó.

—Lo veremos más adelante, en detalle, cuando hayamos acabado de trabajar el material de que disponemos. Pero el hecho es que tenemos más, y ahora solo puedo rogarte, en realidad, que lo cuentes todo de buenas a primeras, y lo digo por ti. Porque creo que puedes contar más de todo esto que lo que estás contando.

Yo asentí, por mera inercia, me arrepentí y negué con la cabeza otra vez. Sander estaba tenso de arriba abajo.

—Y tenemos que informarte de un nuevo cargo.

De repente cada palabra me parecía más importante de lo que habían sido hasta ahora, incluso antes de que las hubiera pronunciado.

—Se trata de lo que pasó antes de que fuerais al instituto, tú y Sebastian. Con el padre de Sebastian. —Al ver que yo no decía nada, continuó—. ¿Crees que necesitas hablar con tu abogado unos minutos? Podemos hacer un descanso aquí.

Yo negué con la cabeza.

—¿Quieres hablar un rato con tu abogado, Maja?

—No —dije. No. ¿Por qué tenía que hablar con él?

Y entonces ella me contó lo que Sebastian había hecho una hora antes de que yo pasara a buscarlo para ir con él al instituto. Ella hablaba, contaba, preguntaba. La boca se movía. Me preguntó más y más.

Pero yo no dije nada. Solo abrí la boca. Y entonces salió. El grito. Nada más. Solo el grito. Y no podía parar.

11

Grité hasta que la garganta me comenzó a arder y el cuerpo dejó de funcionar y treinta y dos horas después de haber salido del aula por fin me dormí. Lo único que necesitaba era un ataque de histeria, un médico trajeado, una inyección en el brazo. Pero el sueño no duró mucho. Y cuando me desperté me pitaba la cabeza. Fragmentos de música, letras que no recordaba de dónde venían.

Allí no era adonde me habían llevado en un primer momento, no estaba en «mi cuarto», estaba en el de aislamiento. No había visto nunca una celda de aislamiento, pero no cabía ninguna duda de que era en una de esas donde me encontraba. «Vigilancia intensiva», la llamaban. Aquí no había ni una ventana, solo un colchón de goma directamente en el suelo al lado de un desagüe del tamaño de una tapa de váter. Pensaban que vomitaría. Un espejo borroso cubría toda la pared lateral.

Traté de no mirar en esa dirección, al espejo, porque comprendí que allí detrás era donde estaban sentados vigilándome, como si fuera un pez en un acuario. Así que me quedé observando fijamente el techo. Esperaba que el techo se hundiera, o se ablandara como un yogur, se separara, que se agrietara como una herida, y que una mano bajara por el agujero para sacarme de allí, arriba, lejos. Pero a mamá y papá jamás se les pasaría por la cabeza hacer algo así. Ahora me tenían miedo, lo había visto en el hospital, estaban muertos de miedo. Su hija era una asesina, se merecía esto, debería estar muerta, ¿por qué no había muerto? «¿Mamá y papá están vivos?». Ahora entendía por qué la agente de policía reaccionó de aquella forma tan rara cuando se lo pregunté.

En realidad soy de las que lloran. En el cine. Con los anuncios de bebés o cuando alguien canta tan maravillosamente bien que todos los miembros del jurado de *Got Talent* se quedan boquiabiertos y se ponen de pie y aplauden y dicen: «¡Ahora! ¡Ahora, empieza tu nueva vida!». Lloro cuando alguien es amable aunque no tenga por qué serlo y lloro cuando me enfado y no logro explicar por qué. ¿Pelis con final triste? Lloro. ¿Con final feliz? Lloro. Soy una persona de esas. Pero ahora no estaba llorando. No había nada por lo que llorar, nada que hacer. Un final infeliz solo es triste si existe alguna otra alternativa, si resulta injusto. No si es un final inevitable. Entonces no merece la pena el esfuerzo.

Dudaba que me volviera a dormir. Creía que me dejarían estar estirada en mi colchón a la espera de la eternidad. Un pez de acuario arrojado a la orilla. Pero de pronto noté lo sudada que estaba. Empapada. El pelo, entre las piernas. Tenía frío. Me dolían las palmas de las manos de tanto frío que tenía. No podía moverme por culpa de los escalofríos. Allí dentro no había manta y los temblores iban cada vez a más. Me picaba la piel. El cuero cabelludo. Las manos.

Al final miré a la pared del espejo, a pesar de todo. Estaba lleno de gente, lo sabía. Los intuía moviéndose ahí detrás, a mi alrededor, mirándome sin que yo los viera. Rodeando mi pecera de cristal en la que yo nadaba, en la que flotaba panza arriba. En la clase de religión hablamos de un artista danés loco que había expuesto carpas doradas en un museo. Diez carpas, cada una en su batidora. Si los visitantes querían, podían apretar el botón de encendido y poner en marcha el aparato. *¡Dzzzz!* Un segundo. Batido de carpa dorada. ¿Me estaban grabando? Pues claro. ¿Hacía falta que me dijeran que me estaban mirando? No. No necesitaban preguntarme antes de desvestirme, de clavarme jeringuillas, de darme medicamentos que yo no había pedido. No cerré los ojos. La gente estaba a mi alrededor sin que yo la pudiera ver, abrirían la puerta, a veces o a menudo o de vez en cuando, yo me olvidaría de ellos y los recordaría y a veces alguien entraría y me tocaría y sus manos se quedarían pegadas a mi piel. *Dzzz.*

¿Cómo iba a dormirme? ¿Cómo iba una pastillita blanca en un vasito de plástico a hacer que me relajara? ¿Una inyección? Jamás. No podía correr el riesgo. Si cerraba los ojos, todo volvería.

La policía quería que lo contara todo desde el principio. Después me dijeron que Claes estaba muerto. Sebastian lo había matado a tiros a él primero. Cuando yo llegué a la casa de Sebastian por la mañana, Claes Fagerman yacía muerto en la cocina.

«¿Qué te parecía Claes, Maja?».

«¿Qué te había hecho, Maja?».

«¿Qué pensaste, Maja? ¿Qué pensaste cuando Claes lo hizo, Maja?».

«¿Puedes contar lo que le dijiste a Sebastian sobre su padre, Maja?».

«¿Podemos hablar de lo que le escribiste a Sebastian cuando te fuiste a casa?».

Ya lo sabían, por eso me lo estaban preguntando.

Dijeron que Sebastian y yo habíamos decidido que su padre tenía que morir. Que los demás tenían que morir.

«¿Por qué tenían que morir, Maja?».

Dijeron que Sebastian y yo habíamos decidido que íbamos a morir juntos, que sería nuestro final, pero que yo no me atreví. Dijeron que era normal temer a la muerte.

«¿Sentiste miedo cuando te diste cuenta de lo que significaba? ¿Cuándo comprendiste que todo iba a terminar, Maja?».

Yo ni siquiera sabía dónde empezó todo. Y ahora estaba aquí tumbada, en una celda donde podían mirarme sin que yo pudiera verlos a ellos. Todavía no se había terminado.

Al comienzo de lo que podría llamarse el principio, Sebastian y yo solíamos pasar las horas en la piscina cubierta. Quedaba en el ala oeste. El cuarto de invitados anexo a la piscina nunca estaba ocupado, pero la cama doble siempre estaba hecha y fresca. Y había altavoces por todas partes, en el techo, a la altura del suelo, en cada rincón, el sonido era mejor en la sala de la piscina, la música cubría el grave susurro del motor de la depuradora. Todas las palabras, las melodías, las más conocidas. Sus temas. Los míos. Los nuestros. Lo inundaban todo, se tumbaban a nuestro lado, nos abrazaban.

Me preguntaba qué era esa inyección que me habían puesto, porque me sentí como en pleno síndrome de abstinencia. Me zumbaba la cabeza, como si estuviera moviendo el dial de sintonización de una radio, escuchaba cinco segundos cada emisora y luego volvía a cambiar. El chisporroteo entre las frecuencias, sonido real cuando se sintonizaba un canal. Ruido blanco. Sonido. Ruido blanco. Sonido.

Claes detestaba a la gente que tomaba drogas, lo había dicho él mismo. Era solo uno de los muchos motivos por los que odiaba a Sebastian.

Y mientras yo acariciaba la rugosa pared de la celda con una mano (no me parecía yogur) pensé que de aquello hacía mucho tiempo. Una eternidad, como mínimo. ¿O acababa de suceder? Sí, yo había tomado algo, la noche anterior, porque cuando pasó todo yo iba colocada, estaba nerviosa, puesta, tenía miedo. Claes era un miserable, yo lo odiaba, era cruel conmigo y aún más con Sebastian. Alguien tenía que contarle a Sebastian que su padre tenía un problema. «Que estaba enfermo de la cabeza». Por eso se lo dije a Sebastian. «Por eso hizo lo que hizo».

Cuando me incorporé en el colchón me di cuenta de que iba descalza. Noté el suelo fresco al tacto de mis pies, casi blando. Al entrar en prisión me habían cambiado las pantuflas de hospital por una especie de sandalias sin cordones. Pero ahora también habían desaparecido. Solía haber zapatillas de deporte colgando del tendido eléctrico en la rotonda de Vendeväg, junto al edificio de la Organización para la Liberación de Palestina. En algún sitio había oído que en Nueva York, si veías que colgaban zapatillas de una farola, quería decir que era un punto en el que podías comprar heroína. En Djursholm no hacía falta pelarte de frío en la calle para conseguir droga. Mamá y papá tenían porros ya liados en una caja de puros en la biblioteca. Estaban guardados bajo llave en una caja fuerte y eran tan viejos y estaban tan secos que dudaba mucho que se pudieran fumar, pero a ellos les bastaba sentir el cosquilleo que les provocaba saber que los tenían en casa. *«Porsiaca»*. Como si fueran esa clase de personas. Las que tienen salidas del tipo *«porsiaca»* y «venga, dale» y «¿por qué no?». Me pregunto si la policía encontró su escondite durante el registro de nuestra casa, o si mamá tuvo tiempo de tirarlo. A lo mejor dijeron que era mío. Antes me fumo mierda de conejo que recurrir al patético escondrijo de mis padres.

Me tumbé en el suelo, la cabeza bien cerca del desagüe. Hacía tiempo que no me encontraba tan confusa y desorientada. Porque ya había dejado esas cosas. ¿Verdad que sí? Al menos casi. Era solo una de las razones por las que Sebastian siempre estaba enfadado conmigo: yo le decía que no. ¿Verdad que le decía que no? ¿Verdad que dije basta?

La cabeza me zumbaba, me encontraba mal.

Sebastian tenía un chico al que llamaba por teléfono. Para «pedir un taxi» o «pizza a domicilio» o para «limpiar la piscina». Dependía un poco. Los códigos nunca eran difíciles de descifrar. «Dos *Italian crust* con extra de queso. Aros de cebolla. Y una botella de Fanta. Somos cuatro personas». Pero luego encontró a Dennis. Y entonces el «repartidor» dejó de hacer falta.

Cuando se trataba de drogas, Dennis era sorprendentemente ingenioso. Y estúpido, por supuesto. Al final la lio bien gorda, pero al principio todo fue como la seda.

¿Tengo que contarlo? ¿Quiere saber la policía cómo conseguía Sebastian su droga? ¿Tengo que decir que fue culpa de las drogas? Creerán que fue culpa de las drogas. ¿Va bien que fuera culpa de las drogas? ¿Quiere Sander que lo diga? ¿Que Dennis la lio y Claes lo descubrió y le echó de la casa? ¿Debo hablar de las fiestas? Las fiestas de Sebastian eran fantásticas. Era toda una leyenda. Había a quienes la imaginación solo les daba para soñar con acabar con los vinos añejos de sus padres y hacer cócteles bellini elaborados con Dom Pérignon; les parecía suficiente pagar a un grupo de chicas de noveno para que sirvieran comida en bikini durante la cena anual solo para hombres. Pero a Sebastian no. Él alquilaba amplificadores, DJ profesionales, barcos, compañías de circo, chefs de la tele, pirotecnia, un auténtico pizzero de Nápoles; una vez le pagó el billete a un *youtuber* de Nueva York para que se viniera de fiesta con nosotros. El *youtuber* iba demasiado borracho como para que pudiéramos entender lo que decía, pero se acostó con una amiga de Amanda de las clases de hípica y dos semanas después de colgar el vídeo *De fiesta con los suecos* ya tenía más de dos millones de reproducciones.

Sebastian no sabía de límites. Todo el mundo adoraba sus fiestas. Todo el mundo lo adoraba a él y todo cuanto tuviera que ver con él, al menos al principio. Todo el mundo quería estar a su lado, pero nadie se le acercó tanto como yo. Sebastian quería estar conmigo más que con nadie. «No sabe vivir sin ti, Maja».

Sebastian y yo nos íbamos de las cenas antes de que los demás hubieran terminado de comer, nos marchábamos de la pista cuando los demás aún estaban bailando, bajábamos a la piscina cubierta, cerrábamos por dentro y dejábamos a los demás seguir la fiesta fuera. Cuando queríamos que se marcharan cortábamos la luz. Cuando la música se acababa, se largaban. Al menos la mayoría. Nos tumbábamos desnudos en el suelo y escuchábamos el ronroneo de la depuradora, nunca paraba, estaba conectada a una fuente de electricidad independiente.

Sebastian me eligió a mí. Cuesta entenderlo, nunca comprendí por qué, debería haber tenido a alguna más guapa, más diferente. Pero cuando me escogió, me convertí en todo eso. Me volví única. Mamá y papá apenas sabían cómo comportarse de lo felices que estaban. ¡Sebastian! Jamás se lo habrían imaginado.

Lo cierto es que al principio estaban contentos con él. ¿Tengo que decirlo? ¿Quiere la policía saber cuánto adoraban todos a Sebastian? ¿Cuánto me quería él a mí? Me quería incluso cuando lo traicionaba, y me elegía otra vez porque me amaba, más de lo que me amaba ninguna otra persona. Yo quería a Sebastian.

Pero odiaba a su padre. Odiaba-odiaba-odiaba a Claes Fagerman. Quería verlo muerto.

12

Pasé la noche en vigilancia intensiva. Después de un rato (¿una hora?, ¿dos?) con la boca al lado del desagüe me subí de nuevo al colchón. ¿Me quedé dormida? ¿Grité? ¿Cuánto tiempo pasó hasta que me volví a despertar? No lo sé, pero la cabeza la notaba diferente; las paredes, más duras. Me acurruqué. Susurré su nombre. Al principio sabía tan dulce, pero luego, como cuando el azúcar avainillado se derrite en la lengua, se me pegó al paladar y me llenó la boca de bilis amarga y vomité, lejos del desagüe, con lo funcional que era. Alguien entró y lo limpió con una manguera. Me dio un vaso de agua, me secó la boca, se volvió a ir.

Cuando me dejaron salir, cuando me vieron lo bastante estable como para que me mudara de vuelta a «mi cuarto», donde había una ventana y una cama (y donde también estuve aislada de todos los demás), se retomaron también los interrogatorios con la Permanente. Al principio siempre era la Permanente la que llevaba la batuta, sus compañeros no podían hacer más que algunas preguntas esporádicas, estaban sentados en una esquina toqueteándose las uñas y de vez en cuando alguien les hacía el relevo.

Estoy convencida de que la Permanente se consideraba perfecta para hablar conmigo. Una «mujer joven». A mí me parecía patética a morir.

Al comienzo de cada interrogatorio se la veía despierta. Era entonces cuando decía mi nombre todo el rato. Era avispada como una presentadora de programas infantiles. Hacia el final de los interrogatorios ya estaba más cansada y más y más irritada. Entonces su voz bajaba una octava y empezaba a hablar como en una serie policiaca mal traducida.

«¿De verdad? ¿Cómo explicas entonces estos mensajes?».

«Te oigo, Maja, te oigo. Pero me cuesta un poco entender por qué ibas a escribir eso si no es lo que querías decir. ¿Sueles decir cosas que no son lo que quieres decir?».

En cierto modo me recordaba al psicólogo al que mamá me obligó a ir cuando Lina acababa de nacer (le dio por pensar que para mí era un problema el hecho de tener hermanos tan tarde). El psicólogo había leído en el ABC de la Psicología que debía hacer esperar al paciente, dejarme hablar libremente para hacerme decir cosas que en realidad quería reservarme para mí con tal de evitar los silencios incómodos.

La Permanente aplicaba a menudo la misma táctica. Igual que con el psicólogo, lo único que consiguió es que estuviéramos en silencio en la sala de interrogatorios. Con el psicólogo podían pasar diez minutos sin que nadie dijera nada. Pero nunca pasó tanto tiempo sin que Sander protestara («mi cliente no puede responder a sus preguntas si no las formulan», «mi cliente no puede elucubrar acerca de lo que quieren saber»), aunque daba la sensación de que a él le parecía retorcidamente entretenido que yo no dijera nada y que los policías se quedaran sentados con la mirada fija en sus vasitos de plástico con café enfriado en el que se había terminado formando una película por encima. A veces Sander también se quedaba callado, se reclinaba en su incómoda silla, cerraba las manos y los ojos y parecía dormir o meditar mientras sus honorarios iban aumentando por cada segundo que pasaba.

Y cuando alguna vez yo contestaba a una pregunta, por ejemplo sobre la fiesta de la noche anterior, la bronca con Claes, mis mensajes, o lo que dijimos cuando hablamos por teléfono, cuando decidimos ir juntos al instituto, o lo que hablamos mientras paseábamos, en las horas previas a que me fuera a casa, entonces no pasaban muchos minutos antes de que la Permanente me hiciera exactamente la misma pregunta otra vez.

—Ya he contestado a eso —respondía yo.

—Me gustaría mucho que lo volvieras a contar.

Y Sander soltaba un suspiro.

La Permanente se crispaba, a veces incluso se mosqueaba, pero nunca perdía el control y nunca se ponía a gritar ni a dar voces. Siempre me enfocaba con la misma mirada húmeda: ni enfadada ni afable ni vacía, pero sí brillante. A sus compañeros eso les costaba más. Pero si alzaban la voz, la Permanente los hacía salir, de inmediato, sin discutir, y sin mostrar que era una orden. Les pedía que fueran a buscar algo, agua, papel, unas patatas fritas o «quizá algo caliente para tomar». Así que sus compañeros controlaban la voz mientras me fulminaban con la mirada, para poder quedarse.

El peor de todos era un chico de unos veinticinco años. Entró hacia el final de la primera semana y me odiaba más de lo que odiaba a todas las chicas que lo habían rechazado porque saltaba a la vista que era malísimo en la cama. Pero no dejaba que la Permanente viera cómo me miraba. Porque entonces, seguramente, lo habrían mandado de vacaciones forzosas o como mínimo lo habrían destinado a otra unidad, por ejemplo una de esas que se dedican a comprobar si la gente conduce demasiado rápido o no.

¿Cómo sé que me odiaba? Pues porque me hacía pensar en aquella ocasión en que me llevé a Sebastian a una de las cacerías del abuelo. Los amigos de caza de mi abuelo eran siete directores ejecutivos saciados y satisfechos que dormitaban en el bosque, se emborrachaban ya a la hora de comer y te mentían diciendo que no es que hubieran disparado de forma aleatoria sino que solo habían fallado el tiro a lo grande, todo para no tener que rastrear animales heridos con un perro que iba tan deprisa que a los diez pasos los viejos notaban sabor a sangre en la boca. A mí me dejaron quedarme sentada en el puesto de Sebastian en lugar de participar en la batida.

Yo lo había invitado a venir, a veces Sebastian iba a cazar con su padre y le dieron un puesto bastante bueno, a pesar de ser demasiado joven para estar solo. El abuelo se alegró cuando llegamos, saludó como un adulto a Sebastian y lo miró con ojos entornados cuando este se echó el arma al hombro. Sebastian estaba más callado que de costumbre. Y mientras formábamos un círculo rodeando al jefe de cuadrilla y recibíamos instrucciones, también estaba más tranquilo de lo habitual. Mientras nos dirigíamos al puesto de caza era como si caminara solo, casi en trance. Y cuando nos colocamos para esperar a que la batida se acercara a nuestro sitio se transformó una vez más en alguien a quien yo no había visto antes, la sangre parecía hervirle en el cuerpo, yo estaba justo a su lado, pero podría haberle dado un puñetazo en el brazo y aun así él no se habría percatado de mi presencia. Todo su ser estaba concentrado en el bosque, en los animales a los que iba a matar, y cuando apareció un ciervo delante de nuestro puesto, despacio, a cámara lenta, y giró la cabeza hacia nosotros al mismo tiempo que Sebastian se incorporaba y alzaba el arma, por un momento creí que se iba a abalanzar sobre el animal y apretarle la boca del cañón contra el cuello. Pero solo disparó. Dos tiros rápidos y el ciervo cayó de costado, antes siquiera de habernos descubierto. Y cuando Sebastian se acercó y se agachó al lado del animal, creí que iba a sacarse un cuchillo del bolsillo y que se lo iba a hundir en la piel solo para mancharse las manos de sangre, solo para sentir morir al ciervo, muy de cerca. Pero tampoco hizo nada de eso, solo respiraba, jadeos cortos. El sudor le había erizado el pelo en la frente. Después lo elogiaron, el abuelo me sonrió como si hubiese sido mérito mío, pero yo me acosté antes de la cena, dije que me dolía la tripa.

Cuando el policía me miraba sin que la Permanente lo viera, me hacía pensar en la actitud de Sebastian durante aquella jornada de caza. Porque no importaba que yo estuviera presa y encerrada, ese chico policía tendría que matarme porque solo mi sangre podría calmarle. Quise decirle que me recordaba a Sebastian, para ver cómo reaccionaba, pero no lo hice.

Vista principal de la causa B 147 66
La Fiscalía y otros contra Maria Norberg

Semana 1 del juicio, viernes

13

Me levanto de mi catre de ochenta centímetros y llamo al timbre. Un metro y medio entre mi cama y la puerta. De pequeña solía desear ponerme enferma. Así podía pasarme todo el día en la cama, comer lo que quisiera (tostadas de pan blanco con mermelada), leer (Harry Potter), navegar con el móvil, mirar pelis, escuchar música.

No quiero ir al juzgado. A lo mejor me dejan quedarme si se creen que estoy enferma. Quedarme en mi «cuarto».

Llevo dos meses viviendo en la prisión provisional de mujeres. Antes de esto estuve siete meses en un centro de menores. Los «motivos extraordinarios» (forma jurídica para decir «cuando no tenemos que seguir nuestras propias reglas») hicieron que yo pudiera estar allí, a pesar de ser un sitio donde solo pueden estar chicos. A las mujeres hay que mantenerlas alejadas a toda costa de los varones entre rejas. Quizá incluso sea la razón por la que han sido encerrados. Pero conmigo hicieron una excepción. Soltaron toda una sarta de motivos extraordinarios: la prisión de mujeres estaba superpoblada, iban a meterme en aislamiento de todos modos, no me iba a relacionar con los demás, había mejores «recursos» en el centro de menores «para este tipo de situaciones». Etcétera. Pero en realidad querían mostrarle al «público» que no me trataban con guantes de seda. Había motivos extraordinarios para darme un tratamiento especial con tal de asegurarle a la gente que no se me estaba concediendo ningún tipo de privilegio.

Me cambiaron de centro después de que un recluso en el patio se plantara a mi lado y gritara PUTA-MALA-PUTA veinticuatro veces seguidas (las conté). No le vi la cara, pero al final se quedó afónico. Quizá me cambiaron por él.

Pero para mí no supone ninguna diferencia considerable. Aquí las habitaciones son prácticamente iguales. Las pintadas en la pared del lavabo son otras, pero encima de un lavabo de acero exactamente igual hay una lámina de acero también exactamente igual. Ninguna tapa en el váter (también de acero) y los mismos muebles de madera. Y chicos también los hay aquí, en otra sección; tampoco los veo.

Me siento en la cama y espero a que me dejen salir. Si alguien me hubiera contado, cuando me trasladaron del hospital al centro de menores y me quitaron las esposas y la ropa de hospital y me hicieron ponerme unos pantalones verdes tiesos, un jersey verde igual de rígido, bragas blancas y un sujetador blanco, que iba a pasarme sentada así por lo menos nueve meses, supongo que no habría prestado atención y, desde luego, tampoco lo habría entendido. Aun así, habría hecho lo mismo que hice al principio: empezar a esperar el momento de irme.

Por aquel entonces, cuando aún creía que me iría a casa pasadas unas horas, no me puse más ropa que la del correccional. La tiesa tela sobre mi piel se negaba a adoptar la forma de mi cuerpo. Me la puse a pesar de que Sander me hubiese traído mi propia ropa.

«Mi ropa es mi identidad» era algo que Amanda solía decir con una voz que revelaba que le parecía superingenioso (y que se lo había inventado otra persona). Cuando me metieron aquí me di cuenta de que estaba en lo cierto. Mi ropa no la quería ni ver, era mucho más lógico colocarse un sujetador demasiado pequeño y unas bragas con la goma seca que se rompieron en cuanto me las puse. La ropa de la prisión me permitía no ser la persona que soy. Era de lo más agradable. «Ventaja número uno».

¿Y «mi cuarto»? ¿Que cómo es? La manta de mi celda huele a polvo y detergente sin perfume, sin suavizante. No es especialmente agradable, pero nunca aparecerá en un reportaje sobre fondos públicos malgastados.

Cada quince días me dan un cepillo de dientes, una pastilla pequeña de jabón y una minipasta de dientes en una bolsa de papel. Cada quince días me preguntan si necesito compresas. Dos centímetros de grosor, demasiado cortas. Asiento con la cabeza y digo que sí gracias, cada vez. Las guardo en mi armario sin puertas. La celda es poco más grande que mi antiguo armario. Puedo ver lo que piensan las vigilantes cuando me cierran la puerta: «Pobre niña rica». Su regodeo cada vez que entro en crisis y me tienen que llevar a vigilancia intensiva. «Por supuesto que la cárcel es peor que la tortura de la gota china para una tía que jamás ha ido de camping sin almohada de plumas y móvil de última generación, es raro que no entre en crisis más a menudo».

En una de las esquinas superiores del techo por encima de mi cama hay una toma de antena, pero falta el televisor. Hay otro enchufe empotrado junto a la mesita de noche, pero no hay radiodespertador. Para no entorpecer el caso estoy sometida a todas las restricciones. Al terminar la investigación preliminar me quitaron algunas, pero la mayoría se siguen aplicando, según Sander me van a putear hasta que se dicte la sentencia, no hay nada que hacer. «Motivos extraordinarios». Toda yo soy «motivos extraordinarios». Nunca me han explicado de qué manera puede entorpecer el caso mi reloj de pulsera, el que me quitaron en el hospital, y mucho menos cómo puede seguir siendo un problema a día de hoy. Pero no vale la pena discutir.

—Elige tus batallas —dice Sander y suena como un consejero matrimonial en un programa de la tele. Tengo que aguantar hasta que me trasladen al sitio en el que cumpliré mi condena. «Tú te lo has buscado, puta-mala-puta. Ricachona-mala-puta». Por eso: si quiero saber qué hora es debo llamar a alguna de las guardias y preguntar.

Me levanto y vuelvo a llamar al timbre, ahora lo mantengo pulsado un poco más de tiempo. Si se les hace pesado pueden devolverme el reloj, o enchufar el jodido despertador, ¿qué riesgo puede haber en dejarme ver lo despacio que pasan los minutos?

Aunque ahora por lo menos ya me dejan leer la prensa. Por lo visto Sander consideró que merecía la pena luchar por ello. Además me ha traído los periódicos que me perdí durante la investigación policial, puesto que piensa que debo saber lo que se publicó al respecto («se te culpa de más cosas de las que se te acusa, y eso ni el tribunal se atrevería a negarlo»). Pero solo me han dado periódicos en papel. Internet no puedo usarlo, así que no puedo seguir lo que se dice de mí en Twitter. No puedo leer sobre #maja #asesina #lamasacrededjursholm. No puedo buscar en Google, no puedo entrar en Facebook, no puedo recibir mensajes anónimos de Snapchat, pantallazos negros en mi *feed:* «Vas a morir». «Ventaja número dos».

Aprieto el dichoso timbre por tercera vez antes de tumbarme a esperar a que vengan a abrir. Desde la cama alcanzo a tocar el borde de la mesa al otro lado del cuarto. Da la impresión de que podría estirar los brazos y agarrarme a las paredes. No es mi hogar. Me libro de mi repelente casa. «Ventaja número tres».

Vivimos en una casa de nueva construcción en una parcela individual, rodeada de auténticos chalés de principios de siglo; nuestra casa pretende ser algo que no es. La primera vez que la vi pensé que se necesitaban unas gafas 3D para poder apreciar realmente cómo era. Cuando nos mudamos había una minifuente en el pasillo. Estuvo allí gorgoteando durante dos semanas antes de que llegaran cuatro trabajadores polacos para llevársela y cambiar el suelo, no solo el del agujero que había quedado sino del pasillo entero. Papá dice que el que compró el terreno y mandó construir la casa venía del «mundo de los DJ», era de «esa clase de músicos que ni tocan instrumentos ni componen canciones propias».

«El músico» hizo el camino de acceso a la casa lo bastante ancho como para que un todoterreno gigante pudiera llegar hasta la puerta, pero se olvidó de hacer una explanada de giro lo suficientemente grande como para poder dar la vuelta con el coche. «Seguro que esa es la razón —suele decir papá— por la que vendieron la casa otra vez, sin haber vivido en ella ni un solo día. Por lo que se ve, para sacarte el carné en Estados Unidos no hace falta saber dar marcha atrás».

Es una de las historias favoritas de papá, la ha contado más veces de las que puedo recordar y siempre se ríe solo. Supongo que es una prueba de que existen peores arribistas que él. O bien solo está celoso porque él jamás se atrevería a conducir un todoterreno. A papá le encantaría ser un *notas,* un tipo con traje y camiseta, sin calcetines en los zapatos, una «especie de músico» o un informático millonario. Le gustaría no tener que avergonzarse de que le gusten las series de los ochenta de Miami. Pero al mismo tiempo, papá vive demasiado preocupado de coger un catarro, podría afectar su entrenamiento para el maratón. Lleva calcetines de lana de merino e hilo de plata de media pierna para repeler el sudor incluso debajo de los pantalones de traje. Una vez por semana, los viernes, se quita la corbata en cuanto termina de comer y la cuelga en el respaldo de su silla de oficina antes de continuar trabajando. Eso es todo. Es lo más *notas* que papá va a llegar a ser nunca.

Sigo teniendo prohibidas las visitas. Papá y mamá no pueden venir a verme. «Ventaja número cuatro».

La cuarta vez que me levanto y llamo al timbre pulso el botón durante cinco segundos, los cuento por dentro para no acobardarme y terminar antes de tiempo: unacerveza-doscervezas-trescervezas, tal como contaba la abuela cuando había tormenta, entre el relámpago y el trueno. En mi cuarto no se oye ninguna señal, pero sé que está sonando donde la vigilante. Bastante fuerte. Irritante, seguro. Pero no estoy enferma y no se me ocurre de qué modo podría convencer a alguien de que lo estoy, así que será mejor ponerse en marcha.

Ayer tarde Susse me prometió que podría ser la primera en ir a la ducha. Antes del desayuno. «En cuanto te despiertes», dijo. Me he vuelto bastante buena en saber cuándo ha dejado de ser de noche. Deben de ser más o menos las cinco. Debería poder convencer a la vigilante de que no es demasiado temprano.

«Mi versión de la historia. Mi turno». No hoy, pero a lo mejor el lunes.

Sander me ha prometido que hoy no pasará nada relevante. La fiscal va a terminar su repaso de las pruebas escritas, le ha llevado más tiempo de lo previsto y acumulamos retraso. En cuanto acabe, Sander empezará su exposición de los hechos. Pero aunque le llegue el turno, lo único que voy a tener que hacer yo es estar sentada y escuchar, y podré volver a la prisión bastante temprano porque incluso los jueces (y los abogados, me imagino) quieren disfrutar del viernes en familia. A mí también me dejarán en paz todo el fin de semana, según me ha prometido Sander, descansar y dormir y no tener que venir al juzgado ni escuchar a Llámame-Lena ni al Panqueque ni a nadie.

En realidad no es hoy cuando debería hacerme la enferma, sino justo después de que Sander haya hecho su alegato de apertura. Entonces es cuando me tocará a mí prestar «declaración». Lunes o martes, martes o lunes, dependiendo de hasta dónde lleguemos hoy. Seguiré sentada en mi sitio de siempre, no hará falta que me cambie de asiento, me ha dicho Sander, no hay un estrado donde testificar de cara al público. Tampoco tendré que jurar sobre ninguna Biblia, eso también me lo ha prometido. Pero me hará las preguntas que hemos repasado un millón de veces y yo responderé directamente en el micrófono abierto. Todo lo que diga será grabado y todos los que estén allí para clavarme los ojos tienen que oír lo que diga.

La funcionaria de prisiones siempre suele tomarse su tiempo en venir a abrir, pero nunca tanto como ahora. Aprieto el botón tres veces más, pulsaciones breves, a pesar de saber que se ponen como una mona cuando llamas y llamas sin parar. A lo mejor la vigilante se ha dormido. A lo mejor no son ni las cinco, a lo mejor solo son las cuatro. Si no son mucho más de las tres no dejará que me duche. Probablemente se cabree tanto que me obligará a esperar un rato más.

Si hoy estoy enferma, todo el juicio se pospone un día. Mi día se pospone. Quizá no es mala idea ponerme enferma ya mismo, a pesar de que nadie me vaya a traer tostadas con mermelada. No quiero pasarme todo el fin de semana aquí dentro sabiendo que en cuanto se acabe voy a tener que hablar en el juicio. Pero no sé cómo fingirlo. No hay ninguna posibilidad de que me dejen sola con un termómetro, sería peligrosísimo. Podría romperlo de un bocado y tragarme el contenido para librarme. La chica de la celda contigua se tragó un lápiz hace un par de semanas. Tuvo que venir a buscarla una ambulancia. Hubo caos en el pasillo, imposible no enterarse, incluso las que estábamos dentro de nuestras celdas. Apreté a Susse para que me contara lo que había pasado. Estaba tan en shock que lo hizo.

Las primeras semanas en el centro de menores estuve bajo constante protocolo antisuicidios. Cuando permanecía en mi celda, de vez en cuando venía una funcionaria y me preguntaba «qué tal estás». Después de que una me hubiera traído la comida y otra hubiese venido a recoger la bandeja vacía, se limitaban a abrir la puerta y mirarme medio segundo antes de cerrarla de nuevo. Se negaban a dejarme tranquila. Estuvieron así las veinticuatro horas del día. No llamaban a la puerta. Hacían restallar la cerradura. Abrían. Miraban. Cerraban.

Al principio me ponía nerviosa porque a veces me daba la sensación de que venían cada cinco minutos, a veces me daba por pensar que pasaban horas entre un control y el siguiente. Así que comencé a preguntarles, cada vez que venían, qué hora era. Solo por saber. También temía que se hiciera de noche sin darme cuenta. Traté de convencerme de que sería capaz de distinguir si oscurecía a través de la ventana, pero como al principio me costaba tanto recordar cuándo me había dormido por última vez (quizá había dormido varias noches y lo había olvidado, quizá ayer aún estaba viviendo en mi casa), exigí saber la hora y lo anotaba en una libreta que me había dado una de las vigilantes junto con un lápiz (diminuto). (Por alguna razón, no pensaban que fuera a tragármelo. O creían que era tan pequeño que, si lo hacía, no supondría ningún peligro).

Al tercer o cuarto día me dieron un puñado de revistas antiguas para chicos, sobre economía, guerra, neumáticos y tías en bolas, preferiblemente todo combinado de alguna forma. Pasado algún día más me trajeron unos cómics de *Beetle Bailey* y tres libros de bolsillo desgastados. Los hojeé de principio a fin y al revés, pero no conseguí leer nada.

Pasaron varias semanas hasta que dejé de comportarme como una reclusa condenada a cadena perpetua en una cárcel medieval (que no se cepilla el pelo y que se sirve de sus uñas descarnadas y ensangrentadas para grabar los días en la pared de cemento de la celda). Pero al cabo de un mes podía mirar los anuncios de fondos de pensiones y cerveza y productos capilares de las revistas y entenderlos. La libreta la conservé. La llevé conmigo cuando me trasladaron a la prisión de mujeres, en parte para recordarme a mí misma que ya me sentía más normal, en parte para no olvidar que había rutinas para todo. Pero sobre todo porque las anotaciones demostraban que venían dos veces por hora, cada treinta minutos. Es decir, para suicidarte había tiempo suficiente, concretamente veintinueve minutos. Eso me tranquilizaba, aunque no supiera cómo matarme. La plancha de acero inoxidable («el espejo») que estaba anclada encima del lavabo no se podía romper. Así que no podía usarla para cortarme las venas. La manta de la cama (una extra en el armario) era de un material velloso muy raro, más como polvo de aspiradora prensado que tela de verdad, y mis sábanas eran de papel. No había forma de usarlas para ahorcarse. La correa de la bandolera que Sander me había traído la había quitado la vigilante y se la había llevado. Probablemente me daría tiempo de darle forma a mi camiseta y mis pantalones y fabricarme algo parecido a una cuerda, pero no sabía de dónde me podría colgar. No había picaporte en mi lado de la puerta, ni ganchos, ni en la pared ni en el techo. Nunca he querido quitarme la vida, así que nunca me ha hecho falta pensar en cómo se hace. Las funcionarias de prisiones parecían opinar que debería tener ganas de morir. Quizá tenían razón.

Justo cuando voy a apretar de nuevo el botón llega la vigilante, tan irritada como me había esperado. Son las cinco y media. He dormido más de lo que pensaba. Me dejan ducharme. Con el jabón y el champú que he comprado en el carrito-quiosco de la prisión.

Mamá ha intentado mandarme una maleta entera con productos de belleza, pero Sander no consiguió permiso para dármela. Supongo que temían que mamá hubiera escondido droga o palabras de ánimo en el tubo de crema de alargamiento de pestañas, ¿qué sé yo? En cambio, nadie ha comentado que a mi madre le parezca importante que su hija acusada de asesinato se cuide las pestañas.

Me enseñaron la lista de cosas que no me dejaban recibir. Tenía permiso para recurrir la decisión. Pasé. Otra batalla que elegí no pelear.

«Lista niña rica».

Semana 1 del juicio, viernes

14

Cuando vuelvo de la ducha me visto y me dan mi bandeja del desayuno con el panecillo de mantequilla y queso que sabe a plástico y el té de vinagre que nunca me tomo. Susse entra en mi cuarto mientras me estoy maquillando lo mejor que puedo frente a la plancha de acero. Se sienta a mirar en el borde de mi cama y yo me pringo con el rímel que sí me dejaron coger de parte de mi madre. Susse me va a llevar al juicio.

Susse no suele trabajar a primera hora de la mañana, a última hora de la noche ni fines de semana. Además, los viernes por la tarde suele salir antes. Pero hoy no, me va a traer también de vuelta del tribunal y lleva puesto el uniforme de vigilante. A veces viene para despedirse después de haberse cambiado. Entonces suele llevar camiseta sin mangas y tejanos con flecos, sombra de ojos lila, y las cejas, muy depiladas, pintadas de negro carbón. Susse es del tipo de personas que pide un préstamo rápido para pagarse un viaje organizado a Tailandia y medio año más tarde, aún igual de bronceada, es abroncada en *La trampa del lujo* de TV3 por haberse gastado todo el sueldo en zapatos en la web de Zalando. Susse tiene una hija y «un novio que levanta basura» (palabras de Susse). El nombre de la hija

(Vilda o Engla, algo por el estilo) lo tiene tatuado en color en un omóplato, pero no se le ve cuando lleva manga larga. Siempre lleva manga larga cuando trabaja.

Muchas veces Susse trae cosas cuando viene a verme, para que tenga algo que hacer. Hoy ha traído una bolsa con gominolas y un DVD, algo inofensivo (siempre es inofensivo), en la carátula sale una chica sacando culo y poniendo morritos mientras sujeta catorce correas de perro. Sigo sin tener televisor en la celda, pero Susse ha convencido al turno de la tarde para que me pongan una tele móvil («el carrito») en mi cuarto y dice que opina que debería ver la peli cuando vuelva del juzgado. «Pensar en otras cosas».

—Si a las diez no te has dormido, Maja —dice—, tómate un somnífero. —Al ver que no respondo, continúa—: Y prométeme que saldrás al patio el sábado y el domingo.

Susse es mi profesora de guardería. Las rutinas matinales y el aire libre (no existe el mal tiempo, ¡solo la ropa inadecuada!) son lo más importante en la vida para ella, quizá con excepción de las pesas y las bebidas proteicas en tetra-brik.

Susse me da la tabarra. Con que reserve clases («deberes de lectura» lo llama ella, a pesar de que no tengo deberes que leer), con que vaya a entrenar al «gimnasio» (una sala sin ventanas y con una cinta para correr, dos máquinas de pesas y una esterilla de yoga apestosa que se ha quedado atascada en posición enrollada), con que pida hora para la pastora, la psicóloga, la médica, todas las personas habidas y por haber (porque me van a «ayudar», «a trabajarlo»).

A veces digo que sí, más que nada para que se calle.

—Sí, mamá —le digo. Entonces Susse se ríe, le gusta. Tendría que haberse quedado embarazada a los ocho años para poder ser mi madre, pero le gusta sentirse más madura y mejor que yo. Susse jamás se definiría a sí misma como mi vigilante de celda. Ni siquiera funcionaria de prisiones, le he oído decir. No quiere ni reconocer que me vigila ni que le gusta responsabilizarse demasiado de lo jodidamente mal que me encuentro.

Pocas veces tengo fuerzas para protestar. Ahora asiento con la cabeza. No sé muy bien a qué. A la peli, a las gominolas, a la pastilla o al patio. Puede que a todo. Hoy estoy realmente cansada. Cansada, pero no enferma, lamentablemente.

—Entonces te apunto para salir mañana por la mañana —decide Susse. Genial. Voy a «poder» madrugar y tener «ocasión» de disfrutar del patio de la prisión provisional en plena oscuridad matutina de febrero. Le sonrío como buenamente puedo. Ella se levanta para irse. No me abraza, pero veo que quiere hacerlo. Puede que no sea de las que improvisan, a pesar de la ropa que lleva, pero desde luego sí que es de ese tipo de personas que abrazan a los asesinos y se enamoran del chico equivocado (estoy dispuesta a jugarme dinero a que el padre de su niña está entre rejas y ella le ha hecho de cuidadora/vigilante/madre, pero que ya se ha acabado, porque su hija «siempre va primero») y a las que les encanta darle la vuelta a casos imposibles, que esa es la razón por la que está aquí, en mi celda, en el borde de mi cama. Me consigue el carrito de la tele y golosinas porque considera que necesito a alguien que me cuide y que ella tiene que ser mi madre.

Y de repente pienso en mamá, mi auténtica madre. No me da tiempo a evitarlo y recuerdo sus estúpidas recomendaciones: sujeta siempre las tijeras por las hojas cuando te pasees con ellas en la mano, mete siempre los cuchillos afilados con la punta hacia abajo, mira a ambos lados antes de cruzar la calle, mándame un mensaje cuando hayas llegado, no escuches música cuando corras por el bosque, no cruces el parque cuando empiece a oscurecer, nunca vuelvas sola a casa por la noche, nunca, nunca… «Me cago en la puta».

Me veo pensando en mi madre porque no me vigilo lo suficiente y antes de que Susse haya tenido tiempo de salir me pongo a llorar. Las lágrimas brotan sin tregua y me jode, porque ahora tengo que volver a maquillarme y Susse viene a abrazarme, vaya que si lo hace, a la mínima excusa no hay nada que pueda impedirle tocarme, acercarse demasiado, «mostrar que se implica», y ahora ya no me abraza sino que me rodea las mejillas con las manos y me seca las lágrimas con los pulgares y al final vamos mal de tiempo, a pesar de haberme duchado tan temprano y de que yo solo quería vestirme para irnos, no ponernos a hablar y, desde luego, desde luego, desde luego, no abrazarnos.

Una vez, cuando íbamos en avión mamá y yo, puede que tuviera seis o siete años, hubo turbulencias, muchísimas turbulencias, y yo me aferraba a su mano con todas mis fuerzas y lloraba y ella me susurraba al oído: «No hay ningún peligro», y me consolaba y conservaba toda la calma mientras yo creía que iba a morir.

No quiero pensar en mamá.

Cuando Susse por fin se ha ido miro lo que me ha traído «porque es viernes». Es una bolsa extragrande de gominolas con sabor a fruta y a regaliz.

Sander me ha explicado lo mejor que ha podido lo que va a pasar, pero no me sirve de ayuda. Fuera de estas paredes, ni él ni yo tenemos control alguno. Si me relajo y dejo que me venga uno de los pensamientos prohibidos ya no puedo moverme. El miedo me paraliza, mi vida desaparece para siempre. Si sufres cáncer, te dan el alta definitiva pasados seis años sin síntomas, pero a mí nunca me la darán, nunca. No importa si me condenan a cadena perpetua en la cárcel o al correccional de menores, la espalda erguida de Sander y su mirada un tanto indiferente no me van a servir de ayuda. Se irá todo a la mierda. Le escribí a Sebastian que su padre no merecía vivir, lo hice para que Sebastian comprendiera que me importaba, para contarle que entendía lo enfermo de la cabeza que estaba Claes. Le escribí que quería verlo muerto, porque creía que si Sebastian podía cortar con su padre se encontraría mejor. Tendría ganas de vivir.

Intento pensar que en cuanto termine el juicio ya no tendré que responder a más preguntas. Pero sé que no es más que una mera esperanza. Jamás me libraré de las preguntas y nunca, nunca, estarán interesados en las respuestas porque ya han decidido que saben quién soy.

Detesto las gominolas. Tiro la bolsa a mi basura con tapa que está anclada a la pared y me pongo a llorar otra vez.

Semana 1 del juicio, viernes

15

Cuando llegamos al juzgado ya me he tranquilizado. Ferdinand me quiere dar colirio para mis ojos enrojecidos, el Panqueque entra en cólera. Le parece «fantástico» que se vea que he llorado (él preferiría que ni siquiera me maquillara, porque así parezco más pequeña) y Ferdinand trata de darme igualmente el frasco y por un momento me parece que se van a pegar cuando Sander coge las gotas y me las pasa. Incluso me da tiempo a hacerme unas pasadas con el rímel negro resistente al agua de Ferdinand antes de que sea la hora. Tengo que esperar en la sala de los abogados mientras entran Sander y los demás. Cuando llega mi turno hay una mujer y un hombre, dándose la espalda y hablando por sus móviles, a las puertas de la otra sala de vistas. Cuando les paso por delante, la mujer alza los ojos y nos miramos medio segundo antes de que caiga en la cuenta, el reconocimiento («¡es ella!»), entonces yo aparto la vista. A mis espaldas su voz sube de volumen, está hablando en español.

Mamá y papá están sentados en sus sitios, así como el tribunal y los abogados. Todo el mundo está presente. A mamá se la ve hinchada, como si se hubiera pasado la noche empinando el codo y se hubiera quedado dormida sin desmaquillarse. Pero mi madre nunca empina el codo. Ella «toma vino». Y ella y papá van a fiestas con otros cuarentones, fiestas temáticas (tipo James Bond o Hollywood), para que las mujeres puedan disfrazarse de sí mismas en los años ochenta, con vestidos cortísimos de lentejuelas que se compraron en el último viaje a Nueva York, y bailen música disco y los pajaritos. Toman cócteles y durante la cena dan discursos y se ríen de cosas que hicieron de adolescentes y cuando iban a la misma clase. Los hombres cogen de la cintura a mujeres que no son sus esposas y se llaman hermano los unos a los otros.

Creo que mamá y papá se han peleado. Antes lo hacían por cosas como que papá no bajaba la tapa del váter después de usarlo. Y nunca cuando los demás pudieran oírlo, no cuando montaban una cena y las mujeres se unían en la clásica discusión sobre «los zopencos de nuestros maridos», en esos momentos mamá solía limitarse a bromear con que «no soy yo la que suele tener dolor de cabeza, jiji». Y papá tenía que responder: «Juju, ahora no me duele, ¿cómo lo veis, amigos? ¿No va siendo hora de irse a casa?».

Les encantaba hablar de «problemas eróticos», que mamá quería hacerlo, que tenía tantas ganas de follar que papá tenía que defenderse. Pero cuando las cenas que montaban mis padres se terminaban, cuando el pan de masa madre y los quesos franceses habían sido devorados, el aceite de oliva con las notas ahumadas había sido recogido («nos lo han regalado unos buenos amigos, tienen una casa justo en las afueras de Florencia, lo hacen con sus propias aceitunas») y el juego de porcelana «de mercadillo» (en verdad comprado en Harrods) ya estaba en el lavavajillas, las ganas de sexo siempre se esfumaban y las banalidades tomaban las riendas.

«Bebes demasiado, trabajas demasiado, ¿por qué has dejado que Jossan se te arrimara toda la noche?, baja la dichosa tapa del váter cuando acabes, ¿tan difícil es?».

Me pregunto de qué habrán discutido esta mañana. Me pregunto si Lina estaba delante, si la han dejado en la guardería de camino aquí, y trato de sonreírles. Ellos intentan devolverme la sonrisa.

Supongo que la tapa del váter ha bajado puestos en la lista de prioridades y dudo mucho que los hayan invitado a ninguna fiesta temática últimamente. Es lo que te llevas de regalo cuando tienes una hija acusada de asesinato en masa. Puede librarte de los clichés y hacerte realmente único.

En breve Sander hablará de las víctimas. De una en una. Después revisará el lugar exacto en el que yo me encontraba, a la hora exacta, y hablará en su voz baja y a un ritmo premeditadamente relajado. Cuando quiera que los jueces presten atención, ellos prestarán atención; cuando quiera desconcertarlos, ellos se quedarán desconcertados. Y yo estaré todo el tiempo sentada a su lado y todos podrán mirarme.

Todos quieren mirar, pero nadie quiere escuchar. Esperan confirmar lo que ya creen saber. Se suele decir que a los niños no se los puede engañar. Los adultos, sin embargo, quieren escoger por sí solos la historia que mejor les va. A la gente no le interesa lo que los demás dicen, ni lo que los demás opinan, lo que han experimentado ni las conclusiones a las que han llegado. A la gente solo le interesa aquello que ya creen saber.

No lo había pensado hasta que empezaron los interrogatorios de la policía. Pero entonces me pareció evidente. Y la

Permanente era la peor de todos. Si por casualidad yo decía lo que ella esperaba que dijera, ponía los ojos como platos, se hacían literalmente más grandes, ni siquiera se esforzaba en ser discreta. Y se ponía a brincar en la silla, como si tuviera ganas de hacer pis. No se enteraba de que así solo se le notaba aún más lo enloquecida que estaba.

Sander es el extremo contrario a la Permanente. Nunca entiendo qué es lo que quiere que le cuente. Al principio decía: «Tú no tienes ninguna responsabilidad sobre la investigación». ¿Responsabilidad sobre la investigación? ¿Qué quería decir con eso? ¿Que tuviera la boca cerrada? ¿Que mintiera? ¿Que no ayudara a los policías?

Sander me dijo que se lo explicara todo a él antes de contarle nada a la policía. Si eso significaba que le debía contar las cosas tal y como habían sido, de cabo a rabo, para que luego él me pudiera explicar lo que no debía decirle por nada del mundo a la policía, es algo que no me llegó a aclarar. Nunca me pidió que mintiera ni que guardara silencio ni que dejara de contar esto o lo otro. Pero al mismo tiempo me decía: «Responde solo a las preguntas que te hagan». Era incomprensible. ¿Qué iba a responder, si no?

¿Qué pretendía Sander? Ni idea. Yo ni siquiera entendía si pretendía algo en concreto.

En ese sentido me resultaba más fácil hablar con los policías. Sabía que ellos tenían un plan: querían encerrarme. Cuanto menos tardara en descifrar lo que el plan exigía que les dijera, antes me los quitaría de encima. No quería tener que hablar con ellos. Solo quería quedarme en mi cama, mi cuarto, donde había silencio.

Pero después de dos semanas con la Permanente como jefa de interrogatorios enviaron a un tipo rubio oscuro de unos treinta y cinco para desmoronarme. Llevaba la camisa arremangada, se sentaba con las piernas separadas y me preguntaba con voz de terciopelo cómo me encontraba. «¿Cómo estás realmente, Maja?».

Comprendí que había sido superpopular entre las tías de su instituto en Jönköping o Enköping o Linköping o no sé qué otra jodida *köping*. Comprendí que el plan era que yo también me enamorara de él y quisiera contarle todo. Pero no me enamoré. Me parecía un tipo penoso. Lo curioso fue que, a pesar de ello y a pesar de haber entendido perfectamente cómo creían que yo iba a reaccionar, quería contárselo. Cuando el tío de *köping* dijo que comprendía que yo odiara a Claes Fagerman, cuando dijo que entendía que yo solo pretendía ayudar a Sebastian, que yo quería «ser una buena novia». Cuando dijo que él también se habría «puesto hecho una furia» si hubiese estado en mi situación, fue como apretar un botón: me puse a llorar con más facilidad que al final de una mala película.

Fue como si tuviera programado que iba a dejarme cuidar por él. Quería decirle: «¡Sí! Le dije a mi novio que matara a su padre y decidimos que íbamos a vengarnos y acabar con todo», porque quería que sintiera lástima por mí («¡Sí! ¡Estoy hecha una mierda!») y luego quería que me dijera cuánto lo sentía por mí y después ya se podría ir de allí y los policías habrían conseguido lo que querían y me dejarían en paz.

Sander me ayudó, ahora lo he entendido. Al principio me parecía un bicho raro, cuando de repente exigía una pausa en mitad de un interrogatorio. No es que me interrumpiera, ni a los policías, pero era como si quisiera recordarme quién era yo, de vez en cuando, procurar que no me olvidara.

—Bueno... —El juez escupe las palabras al micrófono—. Ha llegado el momento de retomar la vista sobre... —Continúa recitando de memoria.

Cuando el flujo de palabras parece amainar un poco, Sander pide permiso para hacer algunas puntualizaciones sobre el calendario. El juez asiente molesto con la cabeza y Sander explica que, teniendo en cuenta mi «estado de salud» es «extremadamente importante» que terminemos la vista del día como muy tarde a las tres en punto. Es algo que Sander «debe remarcar» y, sí sí, consigue colar otra vez mi edad de por medio, la «temporada excepcionalmente larga y dificultosa en prisión provisional» que he «tenido que soportar», y el juez asiente otra vez, aún igual de molesto, es evidente que no le gusta que le recuerden esto, y cuando Sander termina, el juez retoma el orden del día con el «contenido» de la jornada.

Antes me parecía extraño que Sander estuviera todo el tiempo discutiendo el calendario. Que no quisiera acabar con el juicio lo antes posible sino que se empecinara en entregar solicitudes en las que decía que no podía tal y tal día de la segunda semana ni tal y cual de la tercera. El juicio ha sido pospuesto una vez porque el juez exigía que se pudiera celebrar de una sola tirada. Y he entendido que yo habría salido beneficiada si el juicio se hubiese repartido en distintas semanas, cuatro días una semana, tres la siguiente, dos y medio la tercera, etcétera, porque cuanto más entrecortado es el juicio, más probabilidades hay de que los jueces se olviden de lo que hablamos la última vez que nos vimos. Y para mí es bueno que para ellos sea difícil retenerlo todo en la cabeza. Todo lo que a ellos les resulte confuso o ilógico habla en mi favor. Si al tribunal el caso no les parece claro como el agua es que Lena la Fea no ha hecho bien su trabajo. Aunque Sander no espere «ganar», podemos cruzar los dedos para que la fiscal pierda.

Los planes de Sander de una vista troceada se fueron al garete. Nos vamos a ver cada día, todo el día, hasta que haya terminado. Pero Sander sigue discutiendo el calendario en cuanto se le presenta la ocasión.

Después llega el turno de la fiscal. Solo tiene un par de protocolos que repasar. Pero el juez supremo hace muchas preguntas. Por eso tardamos más tiempo de lo planeado. Todo el mundo finge que no le molesta.

Cuando la fiscal por fin termina se les cede la palabra a los abogados de las víctimas. Empiezan a repasar papeles que mostrarán por qué debo pagar indemnizaciones por daños y perjuicios. He «causado un daño irreparable». Y a las doce menos diez Sander exige de repente, entre un abogado y el siguiente, hacer un descanso para comer. Es más temprano de lo habitual, pero Sander parece opinar que es una cuestión de vida o muerte.

«Sander está ganando tiempo», comprendo de pronto. No quiere tener que empezar a hablar hoy, quiere posponerlo.

El juez propone continuar hasta la una antes de interrumpir la sesión, para así quizá poder zanjar el tema de las indemnizaciones. Entonces Sander parece aún más furioso. Todo su ser emana irritación por el hecho de que no entiendan que yo soy demasiado joven para que mis niveles de azúcar tengan que soportar semejante carga.

Tras discutir por lo menos un cuarto de hora, el juez acaba por aceptar una pausa para comer. Volveremos a la una.

Creo que no será igual de pesado cuando le toque a Sander. Cuando él habla nunca se le ve ni un poquito nervioso y no necesita pensar lo que va a decir.

Ya en la exposición de los hechos habló de lo que yo sé y lo que no sé, de lo que hice, pero sobre todo de lo que no hice. Sander prefiere hablar de lo que no hice.

Antes de que Sebastian y yo nos fuéramos al instituto, por ejemplo. Cuando volví a su casa después de haber dormido en la mía, entré y estuve dentro once minutos antes de que volviéramos a salir. Hay una cámara de vigilancia apuntando a la entrada, pero no dentro de la casa. Nadie puede decir a ciencia cierta qué pasó mientras yo estaba en el recibidor esperando a Sebastian.

¿Esperando? ¿Es eso lo que hice? ¿Cómo es posible? La fiscal ha asegurado que hice muchísimas cosas más que esperar once veces sesenta segundos. Sander mantiene que no hice nada. Es mucho tiempo, una eternidad, se podría decir. ¿No me pareció que tardaba mucho? ¿Estuve sentadita con las manos en las rodillas? ¿Ni siquiera miré el móvil? ¿No entré en Facebook ni en Instagram? ¿Snapchat? ¿No dejé ni un mísero emoticono ni un pulgar arriba a mi paso, como los guijarros o las migas de pan que Hansel y Gretel iban dejando caer cuando su padre los despistó por el bosque para que se perdieran y murieran de hambre? ¿No existe algún tipo de prueba que demuestre que no hice lo que afirma la fiscal?

No, no la hay, lamentablemente. No era un momento Instagram.

Semana 1 del juicio, viernes

16

Tras haber comido y después de que los abogados de las víctimas hayan sacado a relucir todos sus «tanto es así» y «en cuyo caso» y «razonablemente» y «convenidamente» e «indeliberadamente» y «premeditadamente», faltan cincuenta minutos exactos para el descanso prometido del viernes. Sander, crispado como nunca antes lo había visto.

—Es totalmente inaceptable —dice con su voz más ácida—. Resulta imposible exponer los hechos en estas condiciones.

Un breve instante más tarde tengo la impresión de que el juez va a protestar. Pero al final no lo hace. Se limita a decir que de acuerdo y termina. La fiscal tampoco protesta. Así que recogemos nuestras carpetas y bolis y papeles y maletines y nos marchamos, más pronto de lo previsto porque vamos con retraso.

Ahora empieza la espera del lunes. Pero mi transporte a la prisión aún no ha llegado. Nos quedamos sentados en nuestra salita, Sander y yo, Ferdinand y el Panqueque. Todos quieren irse a casa, pero ni Ferdinand ni el Panqueque osan pedir permiso para retirarse. Sander da un par de paseos de aquí para allá antes de dirigirse a Ferdinand.

—Quiero que mires cómo van las negociaciones entre la testamentaría de Dennis Oryema y los abogados de Fagerman.

Ferdinand asiente con la cabeza.

En el aula, Sebastian empezó disparando a Dennis. La prensa hizo mucho hincapié en que el chico negro fue el primero en morir. Pero Sebastian no era racista, el color no era el problema con Dennis. Y aunque hubiera un par de periodistas que trataran de plantearlo como que había sido una tragedia con indicios de racismo, que los de Djursholm no soportan a los que no son exactamente iguales que ellos, en el instituto no hay padres que tengan ningún problema con que vengan alumnos de otros barrios periféricos. En cierta medida es incluso lo contrario. Los chicos bastante negros y el listo de Samir encajan igual de bien en la cuenta de Instagram del instituto público de Djursholm que la foto colorida de un mercado de Marrakech en la nauseabunda verborrea políticamente correcta de mamá. Ese tipo de alumnos son una muestra (con o sin filtro) de la emocionante línea del instituto, de su formación académica tolerante y polifacética y libre de prejuicios.

Pero Dennis era algo más. No era un guaperas de color café con leche salido del moderno barrio de Söder, no era el producto de una relación amorosa entre una rubia con la risita floja y un alumno de intercambio de África occidental. No le habían puesto ese nombre en honor a un cantante de soul y no era lo suficientemente mulato como para ser considerado interesante. Dennis hacía ruido al masticar, hacía preguntas raras alzando demasiado la voz, se reía cuando no tocaba. Si Dennis subía unas escaleras le faltaba tanto el aliento que durante varios minutos no podía hacer más que apoyar las palmas de las manos planas sobre los muslos, inclinarse hacia delante, subir los hombros y respirar entre pitidos. Puede que tuviera asma, pero lo que más tenía era una pésima condición física y sobrevivía a base de grasas saturadas con kétchup. Dennis, junto con al menos tres colegas de Artes y Oficios, siempre era el primero en llegar al comedor y el último en salir. Y Artes y Oficios no era uno de los orgullos del instituto, esa modalidad de bachillerato estaba relegada a un edificio anexo que quedaba a cierta distancia del edificio en el que los demás teníamos nuestras clases. La única razón por la que siquiera sabíamos cómo se llamaba uno de los tíos de Artes y Oficios era que tenía droga para vender.

Sander muestra una arruga de preocupación en la frente. Es tan profunda que se le ve incluso de lado. Ahora se dirige al Panqueque.

—También tendremos que vernos un rato el domingo por la tarde y debatir cómo vamos a hacer que el tribunal centre su atención en los demás aspectos de la vida de Oryema.

La fiscal ha hecho un gran negocio con la lástima que daba Dennis. Había hecho solo todo el viaje desde África, vivía en una casa de acogida y bajo constante amenaza de ser deportado y todo eso. Creo que la frente fruncida de Sander se debe a que no tiene claro cómo va a hacer que los jueces entiendan que sentimos pena por Dennis (somos buenas personas), que sentimos simpatía por el camello gordo fallecido, pero aun así queremos recordarles quién era en verdad (el camello gordo de Sebastian) sin que parezca que estamos cargados de prejuicios.

Aunque en realidad todo el mundo tiene prejuicios contra Dennis. Todos los periodistas políticamente correctos, todos los jueces legos del tribunal, todos los letrados, independientemente de a quién representen, lo que piensan de Dennis es tan obvio que podrían haber llevado una esvástica tatuada en la frente. Dennis no era ningún «amigo» y no «molaba» (ni siquiera Christer habría podido decir algo así de él). Dennis tenía «problemas de atención» (jerga docente para explicar por qué sus profesores tenían que ir a buscarlo a la parada del autobús por la mañana para conseguir que asistiera a clase). El sueco de Dennis era un chiste malo, aunque a veces un chiste bastante divertido. Nunca hablaba con chicas sin recorrerlas con la mirada y no sabía bailar, solo soltar las piernas como en las sesiones de aeróbic en los gimnasios Friskis & Svettis. Dennis ni siquiera poseía talento musical, no habría tenido peor oído ni siendo sordo de verdad.

Dennis creía que la cera estaba de moda y se mesaba su pringoso pelo con el mismo cariño con el que se rascaba los huevos. Las chicas con las que Dennis iba (al centro de Täby o a la Centralen de Estocolmo) llevaban extensiones, uñas y pestañas postizas y una lorza de grasa alrededor de la cintura que se desparramaba por encima de los tejanos, de los que iban tirando todo el rato —siempre en vano— para disimular la raja de atrás. Llevaban tatuajes incomprensibles en la región lumbar y los omóplatos y olían a esencia contra el dolor de cabeza, mascaban chicle con la boca abierta y pensaban que las patatas fritas eran verdura. Seguramente, untaban las salchichas y las chocolatinas en mezcla para rebozar y lo servían en las fiestas cuando no habían pedido suficientes pizzas de kebab con salsa bernesa. Las «hermanas» de Dennis (sí, se llamaban «hermanas» entre sí) y los «hermanos» decían *«hey man»* y *«yo man»* cuando se veían. Hacían una pistola con el pulgar y el índice y se señalaban por motivos que nadie entendía y se reían con virulencia con bromas sin sentido. Nadie se imagina que de mayor Dennis hubiera llegado a ser un político con gran oratoria y convenientemente liberal.

No hay pruebas técnicas ni de ningún otro tipo que me vinculen con la muerte de Dennis. Yo no maté a Dennis. Sander lo subrayará, por supuesto. También hará cuanto esté en sus manos para conseguir que todo el mundo entienda que tampoco tenía ningún motivo para querer matarlo.

Con excepción de la última noche, a mí Dennis nunca me dio coca ni hachís ni ninguna otra cosa. Sebastian era quien me pasaba lo que me apeteciera. Yo no conocía a Dennis, no quería conocerlo, él no quería conocerme a mí. Si hablaba con Sebastian conmigo presente, se tiraba de la ropa y se esforzaba por no mirarme las tetas. Pero a mí nunca me dirigía la palabra, nunca conversaba con «la churri de otro», era de la idea de que las «churris» se merecían respeto solo cuando estaban con «un tío» al que había que respetar. La última noche, cuando Claes lo echó de su casa, lloró lagrimones de cera y vertió mocos transparentes que no se limpió de la cara. Lloraba porque iba a perder la droga que había llevado para vender en la fiesta, y no era droga suya, naturalmente. Si Sebastian no se hubiera anticipado matándolo unas horas más tarde, habría sido el distribuidor de Dennis quien se lo hubiera cargado.

Presuponer que yo quería que Sebastian matara a Dennis es absurdo. Presuponer que yo tenía que convencer a Sebastian para matar a Dennis es más absurdo aún.

Cuando la policía abrió la taquilla de Dennis después del tiroteo, hallaron una pistola descargada. Sé que Sander quiere montar un gran número con esa pistola. No puede saber por qué Dennis la tenía, pero tratará de usarla para hacer que todos entiendan que Dennis llevaba una vida peligrosa. Casi igual de peligrosa que la de Sebastian, o incluso mucho más, según cómo se mire.

Los periodistas aseguran que tratábamos a Dennis como si fuera nuestra mascota. Pero no dicen nada acerca de que nosotros estábamos lejos de ser los peores. Por ejemplo: si alguien le hubiese puesto a Dennis una camisa de Ralph Lauren, la junta escolar no habría tardado ni veinte minutos en abrir su taquilla para revisar el resto del botín del robo. Además, Dennis ganaba un dineral gracias a Sebastian. Cada semana que pasaba, los pantalones vaqueros de Dennis eran más caros y entre los pliegues de su cuello se escondían cada vez más cadenas de oro. Pero no había nadie con ánimo suficiente para echarle un ojo a Dennis y darse cuenta. Los profesores y los adultos del sitio en el que vivía quizá pensaban que sus joyas eran falsas, a lo mejor no tenían ni pajolera idea de lo caras que eran las horribles zapatillas de deporte que llevaba. Pero, sobre todo, creo que les importaba una mierda de dónde sacara el dinero, siempre y cuando no fuera de cosas que les hubiera robado a otros alumnos. Porque solo era cuestión de unos meses que Dennis tuviera que «renunciar» a la casa en la que vivía con tal de evitar la deportación, cuando su fecha de nacimiento inventada lo convirtiera en mayor de edad. Y entonces ya no tendrían que aguantarlo más ni a él ni a todos los problemas que acarreaba. ¿Estaban los profesores conmovidos por la deportación de Dennis? Solo de cara a la galería. A decir verdad, les suponía un alivio.

Nadie confiaba en que se volviera adulto y pusiera orden a su existencia. Dennis no sabía qué quería decir eso, ni siquiera sabía escribir «existencia» y su teléfono anónimo de prepago no tenía corrector que pudiera ayudarlo en ese aspecto.

Y la fiscal y todos sus amiguetes periodistas ya pueden gritar a los cuatro vientos que nadie debería tener que pasar por todo lo que pasó Dennis. Por mucho que lo hagan, nadie sentirá suficiente lástima por él como para hacer algo al respecto. Todo el mundo lo trataba como a un condenado a muerte aun estando vivo. Sebastian por lo menos le pagaba.

Yo no maté a Dennis, ni siquiera lo juzgué más de lo que ya lo habían hecho los demás. Todo eso creo que Sander se lo quiere decir al tribunal, pero no sabe cómo hacerlo.

Hace unos días, Lena la Fiscal leyó unos mensajes que le escribí a Amanda sobre Dennis. «Está loco, pero supongo que no tardará en morir», ponía en uno de ellos. Otro más largo que le escribí a Sebastian contenía la frase «tiene que salir de tu vida».

—Debemos contrarrestar esos mensajes de una forma clara —dice Sander ahora—. También quiero hacerlo sin tocar los demás mensajes. No tienen nada que ver unos con otros. Es nuestro eje principal. Mantenerlos separados.

Sander sigue sin dirigirse a mí, solo a Ferdinand y al Panqueque. Supongo que suelen hacer un repaso de «lo que ha sucedido y lo que hay que hacer» cada día después de la vista, pero que normalmente esperan a que yo me haya ido a la prisión provisional. Ferdinand y el Panqueque parecen opinar que Sander les está dando el coñazo.

—No deberíamos tener mayores problemas para contrarrestar los mensajes sobre Dennis. Es plenamente comprensible que Maja no quisiera que Sebastian se relacionara con él —continúa Sander. Ferdinand asiente desmotivada—. Nadie puede culpar a Maja de querer que Dennis desaparezca de la vida de Sebastian. —El Panqueque niega con la cabeza, igual de descorazonado. Han escuchado esto mil veces. Han tenido que aguantar a Sander hablando solo más veces de las que pueden recordar.

Creo que Sander tiene razón. Pero nadie reconocería que si solo hubiese muerto Dennis a mí no me habrían ni siquiera detenido. Nadie reconocería tampoco que habrían matado ellos mismos a Dennis antes de dejarlo hacerse amigo de sus hijos, porque temen quedar como racistas. Pero yo no creo que Dennis se sintiera como una mascota. A él se la sudaba cómo lo tratábamos, solo quería ganar cuanto más dinero mejor antes de verse obligado a largarse del país.

—Tendré que abrir con el eje cronológico y, en especial, con nuestra postura respecto a los acontecimientos de la noche. —Sander sigue hablando solo, Ferdinand y el Panqueque siguen haciendo ver que escuchan—. Pero cuando repase a las víctimas empezaré con Dennis y Christer. Son los menos problemáticos.

La muerte de Christer va acompañada de la afirmación generalizada de que yo ayudé a Sebastian a hacer lo que hizo. Si te lo crees, me vuelvo cómplice también de la muerte de Christer; si no te lo crees, no hace falta juzgarme.

¿Puede que la muerte de Christer fuera «por casualidad»? ¿O acaso todos los adultos que le decían a Sebastian cómo debía vivir su vida se merecían morir? Sander me ha dicho que no quiere especular sobre lo que Sebastian quería o dejaba de querer. La fiscal tampoco sabe por qué Sebastian mató a Christer. Quizá solo se encontraba en el sitio equivocado en el momento inadecuado. Quizá a Sebastian no le importaba quiénes morían, quizá cuantos más mejor. Lo que encontraron en mi taquilla señala que su intención era matar a muchos más. O, perdón. Según la fiscal, demuestra que Sebastian y yo queríamos matar a medio instituto.

Durante la semana, cuando la fiscal habló de Samir, lloré. No quería llorar, porque sé que es lo que el Panqueque quiere que haga, pero no pude remediarlo. Quise decir algo para que dejaran de escuchar a la fiscal, pero como solo puedo hablar cuando llegue mi turno, lloré.

No lloré cuando la fiscal dijo que, aunque Sebastian no me lo dijera, aunque yo no viera el cuerpo inerte de Claes Fagerman cuando estuve en su casa, durante esos once minutos que estuve en la casa de Sebastian debería haber comprendido que Claes estaba muerto, en especial si se tienen en cuenta los mensajes que le había escrito a Sebastian de madrugada y por la mañana. Cuando dijo que Sebastian y yo habíamos planeado juntos tanto eso como lo demás y que queríamos matar y morir, juntos, yo me limité a mirar al frente sin reaccionar. La escuché cuando aseguró que, aunque yo no entendiera que Sebastian hablaba en serio, aunque fuera tan tonta como para no darme cuenta de que en las bolsas había armas y explosivos, debería haberlo entendido y haberme opuesto, y como no me opuse soy culpable de complicidad. Y los asesinatos que cometí, los cometí yo, es lo que demuestran las «pruebas científicas», dijo la fiscal; dijo «pruebas científicas» una y otra vez, le encantan esas palabras, su voz se exaltó tanto al pronunciarlas que casi le falló. Pero yo mantuve la calma.

Y cuando habló de Amanda, Ferdinand me puso una mano en el hombro. Era delgada y delicada y apenas me rozó y yo me mordí la mano para no ponerme a gritar.

A nadie le parece una catástrofe que yo matara a Sebastian. Según ellos, debería haberlo hecho antes. Pero que matara a Amanda no tiene justificación.

«Fue en defensa propia» es lo que dirá Sander de los disparos que yo efectué.

«Negligencia». «Inducción». «Defensa propia».

Empleará un montón de términos para explicar que fue un error. No se me debe culpar por ello, actué para evitar un mal mayor.

Pero, en el fondo, lo sé. No intenté defenderme de una manera consciente y meditada. No pensé: «Socorro», no pensé: «Tengo que matar a Sebastian; si no, él me matará a mí». El terror que sentí no se puede explicar en palabras, fue algo que se generó en mi cuerpo mientras mi alma se preparaba para morir.

He llorado varias veces a lo largo de la semana. Pero no porque el Panqueque quiera que lo haga. No creo que me sirva de ayuda.

Cuando por fin nos informan de que mi transporte a la prisión provisional ya ha llegado, el Panqueque se ofrece a acompañarme junto con el vigilante de seguridad. Cuando caminamos desde el ascensor hasta el coche en el aparcamiento, los periodistas ya nos están esperando. Estoy cansada, me toman fotos con sus cámaras gigantes, ese chasquido de botones, metralletas con silenciador. Susse viene a mi encuentro y se coloca delante de mí, me rodea con el brazo, yo vuelvo la cara hacia su cuello, es más alta que yo, casi grotescamente alta, así que a lo mejor el gesto queda mono. Maternal.

Seguro que al Panqueque le encanta que me saquen fotos mientras me arropan. Me hace parecer más joven y más niña y más triste. A lo mejor incluso le había chivado a la prensa por dónde íbamos a salir, dónde podían colocarse para sacar sus fotos.

—Maja —grita un periodista—. ¿Cómo te parece que ha ido hoy?

No respondo y dejo que Susse me suba al asiento de atrás. Me siento lo más lejos que puedo de las cámaras. Las lunas están tintadas. Pero veo que el Panqueque se acerca al periodista. Es extraño que me haya acompañado hasta el coche. Suele bastar con el vigilante. No teníamos pendiente ninguna conversación superapasionante. Y creo que debería continuar la reunión informativa con Sander y hablar de la situación y, ya sabes, «¿cómo ha ido?». ¿Qué está haciendo aquí el Panqueque? Supongo que quiere asegurarse de que me comporto. Y ¿por qué se iba a preocupar de si me las arreglo o no si no sabía de antemano que había periodistas en el garaje?

El Panqueque insiste en que son «ellos» los interesados en mí. Mi ser. Es importante que me «den» una «personalidad», que me «hagan persona». Según el Panqueque, toda mi defensa se fundamenta en ello. Quién «soy». Seguro.

En cuanto tuvimos acceso al informe final del caso, Sander abrió un millón de investigaciones propias para comprobar las conclusiones a las que el análisis científico y la investigación policial habían llegado. Pero el Panqueque parece concentrarse más en conseguir que «ellos» me entiendan. Quiénes son «ellos» ya no queda tan claro, porque no creo que se refiera a los jueces. Al menos no exclusivamente.

Susse me da una palmada en el brazo. Dejo que me coja la mano. Ahora ya no me ve nadie. La puerta del conductor está entreabierta, pero los fotógrafos no parecen haberse percatado. Oigo al Panqueque hablar con los periodistas. En voz baja pero nítida.

—Ahora no podemos hablar, tenéis que entenderlo. Ha sido una jornada larga. —Suena cansado, mucho más que en el ascensor de camino al garaje—. Maja está triste. Esto es duro para ella. Es tan joven… —Ya lo ha vuelto a decir. Me pregunto si a los periodistas les empieza a parecer repetitivo—. No es habitual que una chica de su edad tenga que estar encerrada tanto tiempo. Su prisión provisional está siendo excepcional y fatigosamente larga.

Intento dormir en el coche. Estoy cansada. Eso sí que el Panqueque lo ha entendido bien con su empatía. Pero se equivoca en lo otro. La prisión provisional no es exageradamente ardua. No es que sea un sitio agradable, porque no lo es. No es que la comida sea buena, porque no lo es. Pero gracias a ella me libro de muchas cosas.

Cada día en prisión es un corta y pega del día anterior, en especial desde que dejaron de interrogarme todo el tiempo. Es un auténtico alivio. Sin sorpresas. Sin personas nuevas. Toda la comida sabe igual, independientemente de si son albóndigas, bacalao o huevos revueltos. Tomo desayuno, comida y cena. Una hora en el patio, una hora en el gimnasio (solo hago ver que entreno). Clases. Diez minutos en la ducha. Me tumbo en mi cama, en mi suelo, voy a mi lavabo, escucho a los que pasan por fuera, intento leer, escucho música, duermo más de lo que he dormido jamás. Las únicas visitas que tengo son las de Sander. Pero el fin de semana voy a estar tranquila. Nadie va a venir a hablar conmigo, a sorprenderme, a obligarme a pensar.

Hoy no nos ha dado tiempo a comenzar el alegato, pero cuando termine el fin de semana habrá llegado el momento de contar mi versión de la historia, sobre Sebastian y yo, sobre el amor y el odio y de cómo lo traicioné.

Sebastian y yo

17

Empezamos a salir el verano anterior a la masacre, Sebastian y yo. Estocolmo se había quedado atrapada en una ola de calor tan extremo y jodido que a las tres semanas la gente ya ni hablaba del clima. Se quejaban de aires acondicionados estropeados, hielo que sabía a calcetín usado y helado con grumos en el 7-Eleven, pero no del calor, pues ya se había convertido en un estado normal. Nadie se podía imaginar que algún día el tiempo fuera a cambiar.

Yo estaba terminando la última noche de mi curro de verano en la recepción de un hotel en Stureplan cuando de repente apareció Sebastian. De diez de la noche a siete de la mañana, durante tres semanas seguidas, yo había estado cogiendo el teléfono, apuntando reservas, anulándolas, llamando a personal extra para el desayuno y la limpieza, escuchando a finlandeses borrachos («¿dónde hay chicas amables?») que querían que les subiera bebida a la habitación («vas a ser una chica amable, ¿a que sí?»). Había un botón de alarma bajo el mostrador, nunca tuve que usarlo. A veces alguien se vomitaba encima, normalmente dentro de la habitación, pero de eso tampoco me encargaba yo. Un día hubo un viejo que se cortó las venas. Le mandó un tuit a la poli avisando con tiempo de sobra antes de ponerse en marcha.

De camino al trabajo me cruzaba con turistas cansados que iban o volvían de restaurantes baratos, padres con ojos saltones y niños en cochecitos apuntando hacia delante, o alemanes cansados con sandalias y mapas arrugados. No era un trabajo estresante, no era difícil, pagaban de lujo y daba «experiencia» (palabras de papá). Papá estaba «a favor» de que yo trabajara en verano, según él había como un aura de espíritu Kamprad —el tío de Ikea— y Joven Emprendedora en aquello. Mamá quería que volviera a casa en taxi cada mañana, pero papá no podía desgravarlo, así que no insistió demasiado.

Sebastian había salido a uno de los bares de la zona y entró para usar el baño. Yo estaba trabajando sola, mi compañera había salido antes, algo sobre el cumpleaños de su hijo.

Teníamos la orden de que solo los clientes del hotel podían usar el lavabo, pero jamás le habría dicho que no a Sebastian. Nunca supe cómo se había enterado él de que yo estaba trabajando allí en aquel momento, ni siquiera sabía si él tenía noción de quién era yo. Hacía tiempo que no íbamos a la misma guardería. Sebastian tenía un año más, si no lo hubieran obligado a repetir el último curso ya habría acabado el bachillerato. Pero pronto empezaríamos a ir a la misma clase, lo sabía, todo el mundo sabía que Sebastian iba a repetir, y ahora entraba, ni más ni menos, en la recepción del hotel en el que yo estaba trabajando.

—Maja —dijo con su voz tajante; no parecía nada sorprendido de verme y mi corazón se saltó un latido, igual que cuando íbamos a la guardería. Luego se quedó hasta que terminó mi turno. Paseamos, la ciudad estaba vacía y más fresca que la mañana anterior. Atravesamos el parque de Humlegården el uno al lado del otro, subimos la calle Engelbrektsgatan hasta Östra Station. Allí cogimos el tren a Ösby. Se sentó a mi lado en el vagón, cuando llegamos a la universidad se tumbó en mi regazo y se quedó dormido sin hacer ningún comentario. Cuando el tren aminoró la marcha para entrar en nuestra parada le acaricié la frente para despertarlo y cuando abrió los ojos se me quedó mirando. Entonces alzó una mano y me deslizó el pulgar por los labios. Nada más.

Aquella misma tarde me fui de vacaciones con mamá, papá y Lina. Mamá había decidido que íbamos a atravesar Europa en coche, pero primero volamos a Génova, donde alquilamos el coche que íbamos a usar para desplazarnos entre los distintos hoteles boutique que mamá había elegido en una página de ofertas «secretas» y «únicas».

Papá conducía. Siempre conduce papá cuando él y mamá van en el coche (menos cuando han estado de fiesta). Kilómetros y kilómetros, cuando empezaba a haber interferencias cambiábamos de emisora. Escuchamos la misma música un país tras otro, los locutores sonaban todos iguales, la misma risa entusiasta y las mismas tonadillas optimistas («¡*shlabablasha* Rihanna, *shushushu* Ariana Grande!»). Los locutores hablaban distintas lenguas, por supuesto, y en Italia ponían más temas italianos, en Francia más franceses, pero a grandes rasgos sonaba todo igual en todas partes, a lo cual había que sumarle el estado de shock en el que yo me encontraba. Sebastian había estallado en mi cabeza. Me sentía en el lugar equivocado, con la gente equivocada, iba sentada al lado de Lina y su bolsa para vomitar, buscando. Me importaba un rábano que mamá y papá se quejaran de mis tarifas de *roaming,* busqué por todas partes, navegué como una posesa, pero no encontré ningún dato sobre dónde se encontraba él, tampoco me atrevía a preguntarle a alguien que lo conociera ni a agregarlo en ninguna parte donde él no me hubiera agregado antes. Así que iba en el coche y me veía cada vez más desesperada y presa del pánico de ver que la oportunidad se me había escurrido de las manos, Sebastian había yacido en mi regazo, me había mirado y luego yo me había ido. ¿Cómo se podía ser tan tonta?

Ya llevábamos nueve días de viaje y habíamos alcanzado Villefranche-sur-Mer, a las afueras de Niza, cuando me llamó. El móvil vibró en mi mano sudorosa; era un número oculto. Luego me pasó a buscar en Vespa. Papá se quedó asombrado; mamá, estupefacta. Sebastian nos recibió a todos en el vestíbulo de nuestro hotel e invitó a mamá y a papá y «a Lina, por supuesto» a cenar «en el barco» aquella misma noche. El «barco» de su padre estaba amarrado en el muelle de Niza y pude ver que mamá se ponía a taconear porque no sabía cómo le iba a dar tiempo de comprarse un vestido nuevo, y papá dobló su volumen corporal porque el padre de Sebastian era bastante más que un «cliente potencial»: Claes Fagerman era una vida nueva potencial.

Sebastian fingió no notar nada. Solo me miraba a mí.

Amanda le había contado a Sebastian dónde estábamos y Sebastian había decidido bajar esa misma mañana. Era todo irreal, rozando el surrealismo. Me fui de allí con él, de paquete en su Vespa, le pasé los brazos alrededor de la cintura por carreteras estrechas que bordeaban la costa y había acantilados y hacía calor y me acosté con él dos veces en su cama ovalada en el barco (bajo una sábana blanca) antes de que mamá, papá y Lina llegaran para cenar con nosotros y con el padre de Sebastian en cubierta, bajo un millón de estrellas.

El barco tenía casi sesenta metros de eslora. La cubierta era suave como la seda y de color sirope, era todo guarniciones de latón y detalles en plata, oro y mármol blanco. Cuando sirvieron el primer plato, el sol ya se había puesto. Nos habíamos sentado en la parte más alta del barco, que estaba iluminado hasta la línea de flotación y alrededor de la cubierta superior, donde se encontraba la mesa. La noche de terciopelo negro se te colaba por debajo de la piel, teníamos más camareros de los que pude retener y mamá y papá me miraban más a menudo que de costumbre. Lina quería sentarse en mi falda.

—Había perdido la esperanza de ver a Sebastian aquí abajo —les dijo a mis padres el padre de Sebastian con una amplia sonrisa—. Supongo que es mérito de Maja que decidiera honrarnos con una visita.

Apenas pude dejar de mirar a Claes Fagerman aquella primera noche. Era un narrador excepcional, un personaje mágico y en persona deslumbraba incluso más que en los periódicos. Mamá soltaba risitas, encantada como un periquito. Se había comprado un vestido nuevo y llevaba algo en el pelo: parecía una corona de laurel de pan de oro falso, pero era auténtico, sin duda alguna, si no jamás se habría atrevido a ponerse algo que parecía tan barato.

Sebastian me pasó el brazo por los hombros y Claes Fagerman contó historias sobre gente de la que yo nunca había oído hablar; mi padre se reía cada vez con más fervor. Por lo demás, el padre de Sebastian era bueno consiguiendo que la gente se relajara, nunca se dejaba inquietar por esas grietas que se abren cuando gente que no se conoce se encuentra junta y en situación de tener que relacionarse, no le estresaban los silencios ni los carraspeos ni los temas banales de conversación. Se limitaba a sonreír y seguir hablando y con sus bromas hacía que los demás se rieran aliviados. Eso no lo percibí la primera noche, no supe ver quién era en realidad. Mamá se emborrachó tanto que se comió el postre y Lina se quedó dormida en el sofá;

alguien del servicio le echó una manta por encima a pesar de que el aire fuera suave y tibio.

Una vez Claes me dijo: «Soy rico, ¿sabes?», y no lo decía para presumir sino para explicar de dónde provenía. Era rico de una forma que lo convertía en su nacionalidad. Vivía en un país propio. No era una cuestión de geografía. Porque los suecos realmente ricos se parecen más a los japoneses realmente ricos o a los italianos o a los árabes de lo que se parecen a ningún otro sueco. Y papá admiraba eso, pues Claes Fagerman se había labrado esa nacionalidad por cuenta propia, nada de privilegios ni dinero heredados, o por lo menos no en el sentido de «bienes en Sörmland, bosques en Norrland, astillero en Gotemburgo y miembro del equipo de caza del rey».

Papá detestaba a «los herederos idiotas de grandes fortunas» y su «hobby de hacer inversiones sin sentido». Llegaba a casa del trabajo y nos hablaba de los proyectos que le llevaban. «Si quieres capital riesgo para desarrollar una app que te cuenta lo que cuesta el litro de leche, sobran veinteañeros con propiedades heredadas hechas una piltrafa, un título nobiliario arcaico y una empresa de capital inversión recién arrancada que se creen que la gente normal necesita una app para saberlo, porque los niños de papá nunca han tenido que aprenderse el precio que pone en la estantería del súper». Además, esos idiotas herederos no eran «ricos de verdad» y eso era, precisamente, lo único que habían conseguido con sus propias manos: no hacerse ricos de verdad.

—Es deplorable —solía contestar mamá. (Palabras de papá, ella las usa cuando habla con él)—. Deplorable.

Y, a su vez, mamá podía contar que una compañera o amiga suya había dejado el trabajo. «Creo que su marido le va a comprar una tienda de decoración», decía, porque lo mismo que aborrecía papá a la gente con dinero heredado, detestaba mamá a las mujeres de su misma edad que hacían lo que ella soñaba con hacer: rendirse.

Mamá es abogada de empresa en una compañía que cotiza en bolsa y gana más o menos la mitad que papá. Al nacer Lina pidió reducción de jornada, para no «derrumbarse», pero no quería dejar de trabajar. Finge que le va bien y que todavía tiene demasiado que hacer. Nadie se lo cree, papá el que menos.

—Harían mejor en jugarse el dinero a la lotería —solía continuar papá—. Más probabilidad de dividendos. —Siempre sigue hablando de lo suyo aunque mamá ya haya cambiado de tema, sus mejores conversaciones siempre son así.

Pero Claes Fagerman consiguió que tanto mamá como papá se volvieran fans suyos incondicionales. Durante meses después de que Sebastian y yo comenzáramos a salir papá hablaba de Claes Fagerman cada vez que me cogía por banda a solas. Me contaba cómo Claes Fagerman había transformado el consorcio en crisis que había heredado en «una de las fortunas más grandes de Suecia». Lo había conseguido porque «no se conformaba con saquear bosques y buscar oro en algún arroyo del norte del país», sino que empezó a invertir en sectores de alta tecnología (tipo cable y microchips, lo cierto es que nunca tuve ánimos de atender demasiado). Papá admiraba tanto a Claes que ni siquiera lograba sentir celos de él.

—El único detalle en el que Claes Fagerman no es único en el mundo —me dijo una vez papá— es que se casó con una aspirante a Miss Suecia que quedó en tercer lugar. Fagerman es uno de los más grandes hombres que jamás ha habido en Suecia. La historia lo recordará.

Y aquella primera noche en el barco, a mí también me gustó Claes. Me hizo sentir que yo le parecía especial. Cuando hacía sus bromas, yo me sentía divertida solo porque me reía cuando tocaba.

Cuando hablaba de Lukas, el hermano de Sebastian, de lo que hacía en Harvard y de lo bueno que era, me pareció entrañable que se sintiera orgulloso. Cuando dijo que «siempre fue evidente» que Lukas «llegaría lejos» me sentí iniciada en algo privado, secretos de familia, cosas que Claes solo les contaba a unos pocos. Yo creía que un padre que presume de su hijo mayor está por naturaleza también orgulloso del pequeño. No vi que su amor de padre era condicional, que había que dar resultados para no verse despreciado por Claes Fagerman.

Sebastian y yo nos disculpamos a medianoche.

—Queremos darnos un chapuzón nocturno.

—Un paseo por la playa.

Mamá me cogió de las mejillas con ambas manos como si se pensara que era virgen y aquello fuera mi noche de bodas y papá me miró con algo que, a decir verdad, parecía orgullo.

—Mi niña —supongo que dijo mamá.

—Compórtate —dijo quizá papá. Y luego le sonrió picarón a Sebastian y añadió: «No hagas nada de lo que yo haría», porque mi padre siempre se empeña en decir cosas así.

—Si pudiera entender lo que ves en él —comentó Claes Fagerman—. Ha salido a su madre, que lo sepas. —Y nos reímos, todos, yo también, porque eso fue antes de entender que Claes nunca bromeaba cuando le soltaba crueldades a Sebastian.

Aparte de aquel comentario, nada se habló sobre la aspirante a Miss Suecia, la madre de Sebastian. Ni aquella noche ni apenas en ninguna otra ocasión posterior. No es que hubiese sido reemplazada por una versión más joven de sí misma, es que había desaparecido. O al menos se había mudado, no estaba presente, no era importante. ¿Había dejado ella a Claes o la había echado él? Creo que nunca lo llegué a saber. Y al lado de Claes Fagerman la mujer era tan insignificante que yo no pensé en ella, ni siquiera le di importancia a que no estuviera allí.

Antes de salir con Sebastian había tenido cuatro novios. El primero fue Nils. Teníamos doce años, casi trece, y nos liamos en la oscuridad de una fiesta a la que me había invitado su hermana gemela. Por la minicadena sonaba Christina Aguilera y me besó rápido y fuerte y nos caímos en un sofá y nos metimos mano hasta que acabé con los labios hinchados y las bragas empapadas. Me tocó las tetas, fue lo más gustoso que he sentido jamás, pero nunca nos acostamos, no teníamos ninguna intención. Tres semanas más tarde se terminó y tardé otros dos meses en enterarme, porque llegaron las vacaciones de verano y me pasé nueve semanas mirando su foto y mandándole postales («Estoy en el campo con mis abuelos, llueve y he visto *Posesión infernal*»). Él no me mandó ni una. Cuando comenzó la escuela no me saludó, y eso fue todo.

Mi segundo novio de verdad lo tuve unos seis meses más tarde, era un año mayor que yo (¡casi catorce y medio!) y escribió en el horario del autobús en la parada de la escuela que yo le parecía mona. El chismorreo tardó casi seis u ocho minutos en llegar a mis oídos y yo era tan tonta como para pensar que era lo más importante que me había pasado en la vida. Anton, el casi quinceañero, tenía labios gruesos y pelo rubio y ondulado. Estuvimos saliendo siete semanas, tanto tiempo que casi nos consideraban casados. Pero un viernes por la noche en una fiesta escolar en Fribergaskolan se emborrachó con un brebaje que había echado en una vieja botella de champú y declaró que «eres demasiado joven, Maja» y que «nuestros caminos toman rumbos separados» (de verdad, palabras suyas). Sentí vergüenza, diría que en dirección inversa, pero en realidad no me puse triste. No había nada de aquella relación que me motivara, ni Anton ni sus besos que me mojaban la mitad inferior de la cara ni ese rollo de estar juntos.

Después de eso pasé una temporada en que solo me enamoraba de chicos bastante mayores. Ellos no tenían ni idea de quién era yo, bien porque nunca habíamos coincidido, bien porque las únicas veces que coincidíamos era cuando les veía el cogote seis filas más adelante en el autobús. No recuerdo el nombre de ninguno. Y después de cumplir los quince conocí a Markus.

Markus tenía dieciséis, fumaba hachís, tocaba el bajo, escribía poesía y su madre había posado en una sesión de fotos de Richard Avedon. Iba al Östra Real y todos, exactamente todos, sabían quién era, y cuando Amanda y yo entramos por la puerta de un dúplex en una calle cerca de Karlaplan, Markus y su banda estaban tocando versiones ininteligibles en el piso de arriba. La fiesta llevaba varias horas en marcha y un chico con marcas de acné y uñas pintadas nos dio sendos trozos de pastel de chocolate pringoso y una bebida cremosa. Bailé hasta sudar la gota gorda en un salón vacío de muebles sin pensar ni una sola vez en lo ridícula que resulta la gente cuando levanta los brazos al aire y sacude la cabeza. Después hubo un corte de luz, llegaron los bomberos y nos explicaron que había caído el suministro de todo el barrio de Östermalm, «por algo se necesita permiso para montar conciertos». Detrás de los bomberos entraron dos agentes uniformados de la policía y en aquel momento comprendí que iba colocada por primera vez en mi vida. Amanda y yo nos encerramos en uno de los cuartos de baño y tratamos de parar de morirnos de risa. No teníamos la menor idea de si íbamos drogadas por el pastel o el batido o las dos cosas. Nos quedamos allí hasta que la policía se fue y Markus llamó a la puerta. Iba desnudo y llevaba un candelabro de cinco velas encendidas. Preparó una bañera y, cuando nos preguntó, yo me quité la ropa y me bañé con él mientras que Amanda se quedó dormida sobre una toalla en el suelo de azulejos.

Markus llevaba un flequillo largo que le permitía no tener que mirar a nadie a los ojos y una tarde aquella misma semana se llevó mi virginidad sobre la colcha nido de abeja de su padre. No estuvo mal, no me dolió y me sentí tremendamente aliviada de que no se diera cuenta de que yo no lo había hecho nunca. Cuando lo llamaba (al teléfono de casa, porque nunca cogía el móvil y porque yo me había creído eso de que «había optado por no usar móviles»), fingía que no estaba. Yo notaba la irritación en el tono de voz de su madre, pero continué llamando, tanto al móvil como al fijo; me daba igual saber que yo no le gustaba, simplemente no podía evitarlo. Markus y yo nos acostamos cuatro veces más en distintas fiestas (la cosa siempre empezaba con que nos metíamos juntos en la bañera, lo hacía en todas las fiestas) y yo intenté convencerme de que cuando me decía que estaba loco por mis tetas quería decir que estaba loco por mí. La última vez que nos acostamos fue sobre otra colcha (nunca nos metíamos debajo de las sábanas), no eran ni las diez de la noche y él se dio la vuelta mientras yo me limpiaba la barriga con mi propia camiseta y me dijo que estaba saliendo con Terese, la que se hacía llamar Tessie. Por eso no podíamos «seguir así».

Dos horas y media más tarde aquella misma noche me crucé con la chica con nombre de perro cuando ella y Markus salían del cuarto de baño. Tessie la cocker spaniel iba en albornoz, Markus estaba desnudo otra vez. Y en ese momento me puse triste, pero sin que se me notara, solo me fui de allí.

Con el siguiente chico fui yo quien cortó. Se llamaba Oliver y me dijo que me quería (no solo por mis pechos) al cabo de tan solo cuatro días. Yo le contesté que él me gustaba, que era «majo», pero que no estábamos hechos «el uno para el otro» (me había vuelto experta, versada en el amor, sabía exactamente lo que había que decir); empezó a llamarme cada día aunque no estuviera borracho y a mandarme mensajes solo para «decir buenas noches».

Nos estuvimos acostando un par de meses después de que se hubiera terminado, pero luego Sebastian llegó a la recepción del hotel y nada de lo que yo había vivido hasta entonces tenía que ver con él. Todo era nuevo. No es tan simple como que empecé de cero. Sebastian fue mi comienzo.

No recuerdo haberles preguntado a mis padres si me podía ir de viaje con Sebastian en lugar de seguir dando vueltas por Europa con ellos, pero supongo que lo hice, porque se presentaron a la cena con una maleta nueva —probablemente el modelo más caro que habían logrado encontrar— con todo mi equipaje dentro.

La primera mañana me desperté antes que Sebastian. Siempre me cuesta dormir en sitios nuevos y Sebastian estaba profundamente dormido, no quería despertarlo. Cuando subí a cubierta, Claes estaba desayunando, con un periódico sueco doblado en la mano.

—Ven a sentarte —me dijo—. ¿Qué quieres desayunar? —Quiso saber, sin despegar la mirada del periódico.

Cuando me hube tomado mi café y toqueteado el cruasán (un desayuno más que lógico en un barco en el Mediterráneo), Claes dejó el periódico y me miró afable. No recuerdo bien qué me preguntó, o siquiera si me preguntó algo, pero estuvimos hablando y noté que mis nervios se disipaban. Se quedó hasta que Sebastian apareció y se sentó a mi lado, con el pelo revuelto, en calzoncillos y camiseta blanca como la nieve. Entonces Claes se levantó, cogió el periódico y se fue de allí. No se dijeron ni buenos días.

Faltaban diecisiete días para que empezara el instituto y Sebastian y yo íbamos a ser compañeros de clase. Nos quedamos en el barco de Claes quince días y las mismas noches. A la mañana siguiente pusimos rumbo a la costa italiana; nos dirigíamos a Capri y el mar era azul intenso y había brisas frescas y noches cálidas a diario sin excepción. A veces nos deteníamos en mitad del mar y bajábamos una lancha motora más pequeña desde la cual podíamos zambullirnos, o hacer *snorkel* o esquí acuático. Una vez nos fueron a recoger en helicóptero (aterrizó en cubierta) para llevarnos a una carrera de fórmula 1 en Mónaco, donde nos sentamos justo al lado de la meta y nos pudimos sonreír bajo el estruendo de los motores. No logré aprenderme los nombres de todos los que trabajaban a bordo del barco, a pesar de intentarlo. Sandro (el capitán) me dejó hacerle miles de preguntas sobre los sitios por los que pasábamos y el cocinero Luigi aprendió que me gusta el *citron pressé* y el yogur griego, melón y cruasán para desayunar, ensalada de pollo o feta para comer, y que el café lo tomaba solo. En el spa del barco, en la misma planta que el cine y directamente conectado con el gimnasio, ponían una musiquita alegre y una mujer (Zoe) me arreglaba las uñas tanto de los pies como de las manos, me masajeaba con aceites que olían a pasta de dientes y vainilla. Se paseaba descalza y nunca la vi en ningún otro sitio que no fuera el spa.

Aquel barco me encantaba, me encantaban todos los tripulantes que trabajaban en él, siempre parecían contentos de vernos y me fascinó lo rápido que me acostumbré a todo, lo natural que se me hacía vivir allí y solo dejar que los días pasaran. Por las noches cenábamos con Claes. Parecía importante que estuviéramos aunque él casi nunca comía más que el plato principal con nosotros; me hacía preguntas, entre tres y cinco, luego se retiraba, pero esa hora escasa durante la cual compartía mesa con nosotros yo me dejaba cobijar por su atención. Nos escuchaba cuando hablábamos, asentía con la cabeza, algunas noches estaba especialmente de buen humor y entonces nos hablaba de cosas que consideraba importantes.

Una noche, debió de ser la quinta o séptima, el padre de Sebastian nos llevó a un restaurante. Iba a cenar con un conocido suyo de los negocios y quería que lo acompañáramos. No preguntamos por qué, pero supuse que íbamos a ayudarle a relajar el ambiente y hacer del encuentro algo más informal.

El restaurante quedaba en un peñasco en un pueblo de montaña no muy lejos de Bonifacio. El último tramo íbamos a hacerlo a pie; todos los colores se habían desvanecido en la oscuridad, había una furgoneta aparcada en el muelle y un contenedor tapado con una lona que ondeaba, subía y bajaba por acción del viento. Todavía hacía calor, a pesar de que el sol se hubiera puesto, y justo en aquel sitio olía a basura. El conocido y hombre de negocios, un italiano, hablaba inglés por la nariz con un acento tan fuerte que podría haber servido como licor. Venía borracho del barco.

—Ayúdame —le dijo a Sebastian, y le alargó una mano con dedos cortos. Sebastian soltó la mía y cogió al señor por debajo del brazo. Cuando entramos en el pueblecito me costó caminar por los adoquines con mis zapatos y no tuve nada en contra de que estuviéramos andando tan despacio. El señor iba soltando tacos y gotas de sudor, se apoyaba sin reparos en Sebastian y cada veinte metros hacía un alto para recobrar el aliento. Cuando por fin llegamos a la puerta del restaurante, el viejo le plantó un beso húmedo a Sebastian en la mejilla, llamativamente cerca de su boca. Sebastian dio un respingo y su padre abrió la puerta de un tirón. Claes Fagerman se volvió hacia el italiano y le invitó con la mano a pasar primero.

—Jamás habría subido hasta aquí si no fuera por ti, Sebastian —dijo el italiano y le soltó por fin el brazo.

—Me alegro de oír que sirve para algo —replicó Claes—. Una noticia para todos.

Yo no comprendía por qué estaba enfadado, pero lo estaba. Cabreadísimo. Todo cuanto había aprendido a asociar con Claes Fagerman había sido sustituido. Desde que había bajado del barco no había iniciado ninguna conversación, si yo decía algo él no lo oía, miraba para otro lado, giraba la cara, se adelantaba, apenas respondía cuando le hablábamos. A mí se me había hecho un nudo en las tripas y Sebastian no miraba a nada, a mí a la que menos. El italiano, en cambio, parecía totalmente despreocupado.

Nos dieron una mesa junto a la ventana. El restaurante quedaba tan al borde del saliente de la roca que daba la impresión de que estuviera flotando libremente sobre el mar. Abajo en el muelle se veían las luces de los barcos y a lo lejos, en la entrada de la bahía, donde teníamos el barco amarrado, parpadeaba un faro. El padre de Sebastian pidió para todos sin preguntarnos lo que queríamos. El italiano soltó una carcajada tan fuerte que los clientes del otro extremo del local se volvieron, y atónitos le escuchamos mientras cambiaba el pedido de Claes, iba a ser otro entrante, y desde luego no ese plato principal, los corsos tenían algo contra el pulpo, todo el mundo lo sabía, todo el mundo, y el padre de Sebastian no dijo nada, se limitó a asentir de forma casi imperceptible con la cabeza al camarero, y cuando nos trajeron la carta de vinos dejó que la cogiera el italiano y eligiera el que más le apetecía. Pero Claes no bebió y el entrante ni lo tocó.

Mientras esperábamos el plato principal tuve que ir al baño. Cuando volví, el italiano me había quitado el sitio. Me hizo un gesto con la mano para que me sentara en su silla. Sebastian no protestó. En algún momento intentó levantarse, quizá para venir conmigo.

—Siéntate, maldita sea —le dijo Claes a Sebastian en sueco—. ¿Crees que podrías lograr semejante hazaña? ¿Estarte sentado y con la boca cerrada?

Sebastian se sentó. No me miró. Pero sonrió, una sonrisa amplia y mecánica, sin decir nada.

Cuando el italiano no intentaba hacer que Sebastian cantara «canciones suecas», hablaba de negocios. Tenía una empresa que vender, hasta ahí pude seguirlo. Y a medida que él se animaba, los demás nos íbamos callando. Me estaba preguntando si el italiano iba a beber hasta pasar de alegre a ingobernable cuando el padre de Sebastian hizo una llamada, habló unos pocos minutos y le pasó el teléfono a él. Cuando el italiano hubo colgado, Claes alzó su copa y dejó que el italiano la rozara con la suya. El alivio que sentí era tan tangible que casi me provocó náuseas.

Comimos cuatro platos, queso, dos postres y café con una bandeja de plata con bombones, merengues en miniatura y golosinas de fruta antes de que llegara la hora de volver a casa. De alguna manera, el padre de Sebastian había conseguido que subieran una silla de ruedas al restaurante y en ella se durmió el italiano mientras uno de los hombres de Fagerman lo bajaba hasta el muelle. Justo antes de subir la silla de ruedas a bordo se despertó, se incorporó y declaró en mal inglés que se iba a dar una vuelta («¡Voy a hacer un paseo!»). Sebastian y yo nos fuimos a dormir. Sobre las cuatro de la mañana me despertaron unas voces en la cubierta de proa. Cuando me incorporé en la cama Sebastian me hizo tumbarme otra vez.

—Quédate aquí —se limitó a decir—. No va con nosotros.

A la hora del desayuno estábamos solos.

—Tu padre se ha ido —informó una de las personas vestidas de blanco cuyo nombre aún no me había aprendido. Sebastian se limitó a asentir con la cabeza. No pareció sorprenderse—. Dijo que podéis instalaros en su habitación. Enseguida habremos terminado la limpieza.

Cuando el italiano subió a cubierta nos encontrábamos tomando el sol. Su cara estaba amoratada y llevaba el brazo derecho en un cabestrillo. Parecía enyesado. Se hallaba a tres metros de distancia, no se acercó más.

—Dios mío —dije sin poderme contener. Me puse de pie—. ¿Qué ha pasado?

El italiano solo negó con la cabeza.

—No vayáis a la playa de noche —respondió, y esbozó una sonrisa torcida—. ¿Está tu padre aquí? —preguntó luego, volviéndose hacia Sebastian.

Sebastian me hizo sentarme de nuevo en la tumbona.

—No —contestó, con los ojos cerrados.

—¿Podrías? —continuó el italiano.

—No —dijo Sebastian.

El italiano se fue del barco y nosotros nos mudamos a la suite del padre de Sebastian. Ahora teníamos dos baños en lugar de uno. Y vistas aún mejores, hacia delante, al mar; supuse que eran las mismas vistas que las del capitán. El techo encima de la bañera de uno de los cuartos de baño se podía abrir, y allí cenamos, los dos solos.

—¿Ha pegado tu padre al italiano? —pregunté aquella misma noche mientras estábamos en la piscina exterior—. ¿Porque intentó ligar contigo?

Sebastian no se enfadó.

—No —se limitó a responder—. Claro que no lo hizo.

Me reí aliviada, traté de simular que había sido una broma. Pero Sebastian no se rio. Levantó los dos brazos y se apoyó en el borde de la piscina, echó la cabeza atrás y cerró los ojos al cielo negro.

—Una vez le pregunté a mi padre. Cuando mi madre desapareció. Qué había hecho con ella, por qué ella…, cómo había hecho… para que se mudara…

Guardó silencio.

—¿Qué te dijo?

—Dijo… Nuestra familia no necesita sacar la basura. Tenemos a gente que lo hace por nosotros.

Quise preguntar a qué se había referido con eso. ¿Qué significaba? ¿Alguien que trabajaba para Claes se había encargado de largar a la madre de Sebastian y de golpear al italiano? Pero me quedé en blanco. Sebastian estaba llorando. No hipaba, no moqueaba, pero estaba llorando. Y yo no supe qué decir. Le rodeé la cara con las manos y lo besé. Más y más fuerte, lo besé largo y tendido, más tiempo de lo que lo había hecho nunca, y él me devolvió los besos hasta que ya no pude pensar en nada más que en que me penetrara. Y, cuando lo hizo, me corrí casi al instante, siempre me corría antes que él, más veces que él, con más intensidad que él.

Nueve días más tarde volvimos a casa en avión desde Nápoles. Íbamos solos; la noche anterior había oído a Sebastian hablar con su padre por teléfono. A Claes le parecía innecesario que cogiéramos el avión de la empresa, que podíamos coger un vuelo regular, pero aun así el jet nos estaba esperando cuando llegamos al aeropuerto. El coche nos condujo todo el camino hasta la rampa de acceso. No tuvimos que pasar ningún control.

El barco continuó sin nosotros. Navegaba todo el año con tripulación completa. Una semana más tarde contaba con abandonar el mar Mediterráneo. Creo que no fui consciente de lo irreal que había sido todo, de ese mundo de azul de postal y sol brillante y manicura fina, hasta que salimos de la autovía a la altura de Inverness y todo volvió a ser igual que cuando lo había dejado atrás, hacía cosa de un mes. Exactamente igual, a pesar de que todo hubiera cambiado.

Aterrizamos en el aeropuerto de Bromma. Allí había otro coche esperándonos en la pista. Un miembro de la tripulación metió nuestro equipaje en el maletero. Sebastian parecía cansado y yo no contaba con que continuáramos juntos cuando empezara el instituto. Por alguna razón, me costaba creer que él me quisiera en su día a día, en la medida en que él tenía un día a día. Se me hacía más natural pensar que había sido un rollo de verano. Para él, un paréntesis; para mí, las mejores semanas de mi vida. El coche me dejó en casa y no sabía cómo debía despedirme, cómo darle las gracias por todo, pero Sebastian me acompañó hasta dentro y le estrechó la mano a papá (se le puso esa cara que se les pone a los mayores cuando tienen que hacer como si nada cuando en realidad están a punto de cagarse encima de la emoción). Después me dio un beso en la mejilla y dijo: «Nos vemos mañana», y luego se esfumó.

Al día siguiente comenzó el instituto. Sebastian me mandó un mensaje a las siete y media (ni uno solo en toda la tarde ni por la noche) y me pidió que nos encontráramos en el primer cruce bajando la calle desde mi casa. Pasó a recogerme y yo pensé que lo hacía para cortar conmigo antes de que empezaran las clases. A medio camino me puse a llorar, quizá porque quería tenerlo hecho, cuando me dejara tendría que llorar, así que mejor me ponía a ello cuanto antes. Cuando me vio así se metió en el arcén, apagó el motor, deslizó mi asiento hacia atrás y se me sentó encima a horcajadas. Metió las manos por debajo de mi jersey y me acarició la espalda y me besó, y me besó más profundamente, me agarró, me pegó a su cuerpo, noté lo duro que estaba y me sorprendí de lo aliviada que me sentía, del miedo que había tenido de que él ya no quisiera estar conmigo.

Caminamos cogidos de la mano desde el aparcamiento del centro y me sentía igual que en una peli de instituto en la que el chico más popular de pronto se presenta con la tía fea con gafas y peinado raro, después de que esta haya sufrido una transformación y se haya vuelto guapísima. No es que yo hubiese sido una lerda hasta la fecha, ni que Sebastian hubiese sido un futbolista siempre sonriente y con la raya a un lado, pero de alguna forma toda nuestra llegada se me antojaba de color pastel.

Por supuesto, Amanda ya sabía que estábamos saliendo. Nos encontramos en la zona para fumar, a mí me abrazó y luego se agarró las manos por detrás del cuello de Sebastian. Se quedó allí colgando como un adorno de Navidad antes de que Sebastian se liberara de su llave y entráramos todos al instituto.

Sebastian tenía algo que hacer antes de la primera clase y nos separamos en las taquillas. Cuando se despidió me dio un beso en la mejilla otra vez y me sentí aún más como en la peli. Amanda puso cara de disgusto, tal como haría su personaje (le faltaba la ropa de *cheerleader*, pero por lo demás era todo perfecto). Estaba tan contenta que a punto estuvo de estallar en mil pedazos por ocupar de pronto un espacio tan central en la vida de Sebastian. Porque Sebastian fuera a ser ahora parte de las nuestras. La gente con la que él se había codeado el año anterior se había largado, a la universidad, a hacer prácticas en la empresa de papá o a estudiar inglés en Estados Unidos. Ahora nos tocaba a nosotras. Y Amanda estaba eufórica. Pero en lugar de decirlo soltó algo así como que si no podíamos quitarnos las manos de encima Sebastian y yo al menos deberíamos «buscarnos una habitación de hotel», y yo eché la cabeza atrás y me reí, al volumen adecuado, tal como marca el guion.

Hay varias fotos de Sebastian y de mí en nuestro viaje por el Mediterráneo. A mí se me ve feliz, despreocupadamente alegre, una persona que se ríe a carcajadas si su chico la salpica antes de que se meta en el agua. Salgo sonriendo y mis ojos resplandecen. Se me ve feliz a pesar de que ahora, a posteriori, me cueste recordar que me sintiera así. Quizá la buena suerte se asemeje a la mala suerte en que se tarda un rato en asimilarla. Al principio no notas nada. La sensación llega más tarde, quizá no asoma hasta que su razón de ser ya ha desaparecido.

Es ahora, a posteriori, cuando entiendo que a Sebastian nunca se le veía feliz. Ni siquiera en aquellas primeras fotografías.

18

Pero a los demás, las primeras semanas en el instituto nos parecieron maravillosas. Y el primer día fue el mejor de todos. Que el hijo menor de Fagerman fuera a ir a nuestra clase no era solo lo más chulo que le había pasado a Amanda: toda la clase había estado preguntando y cruzando los dedos ya el último semestre del curso anterior, cuando empezaron a correr los rumores de que Sebastian iba a repetir. Ahora era un hecho real y en el centro de los acontecimientos me encontraba yo.

Con la primera clase a punto de empezar, Sebastian seguía en alguna otra parte. Amanda y yo fuimos solas, nos sentamos en nuestros pupitres de siempre. Christer no nos preguntó qué habíamos hecho durante las vacaciones, por supuesto que no, supongo que en el plan de estudios o en el reglamento del instituto ponía que no se podía hacer ese tipo de preguntas, sobre todo no se debía permitir que los críos escribieran redacciones sobre «mis vacaciones de verano», porque eso haría que los que no habían tenido dinero para irse de viaje se «sintieran excluidos». Según la organización sueca de tutores legales, sentirse excluido («diferente») es lo peor que le puede pasar a una persona, eso y la máquina de refrescos de la cafetería del instituto.

Y a esa organización le encantan las minucias, siempre y cuando la hagan parecer considerada. Como si fuera a servir de algo que los profesores no hicieran justo aquella pregunta. Teníamos perfectamente controlado dónde había estado cada uno de nosotros, o como mínimo lo que no había hecho.

Christer hizo lo que pudo por encontrar otro tema de conversación. No hizo ningún comentario sobre el bronceado rojizo al estilo de los años ochenta que llevaba Amanda, ni sobre las trencitas propias de viaje organizado que lucía Alice por toda la cabeza («Diooos, mi madre me obligó, o sea, esta noche me las quito, o sea, Diooos»), ni sobre el brazo roto de Jakob (se lo había roto haciendo esquí acuático, todo el mundo lo sabía, incluido Christer). Y desde luego no comentó que Sofia parecía haber perdido veinte kilos desde el final de curso, dos meses antes (a pesar de que tardara dos segundos de más en controlar su mirada pasmada). En lugar de comentar todo eso se puso a hablar de cualquier otra cosa.

Christer nos preguntó si habíamos «leído algún libro bueno». Samir fue el único de los chicos que contestó. Estaba sentado con la espalda especialmente erguida y soltó tres títulos, Christer trató de aparentar que sabía bien cuáles eran pero no le hizo más preguntas, así que supongo que no tenía ni idea.

—¿Solo te has leído tres libros en verano? —le pregunté.

Y Samir sonrió, pero solo con una comisura de la boca. Solía hacerlo cuando yo le decía ese tipo de cosas. Luego se pasó una mano por su tupido pelo. A veces, cuando reflexionaba, se enredaba el dedo índice en uno de sus rizos. Vueltas y vueltas y vueltas hasta que parecía que se le iba a cortar la circulación. Le sonreí. Ya desde primero de bachillerato Samir y yo nos traíamos ese rollo. Reñíamos, discutíamos, argumentábamos. Nunca dejábamos traslucir si nos parecía que el otro tenía razón o si decía algo divertido. Y era agradable ver que eso no iba a cambiar solo porque habíamos tenido vacaciones de verano.

—Desde luego que no —contestó—. Solo pensaba mencionar los tres mejores. Para que tengas tiempo de sobra para tu… —Titubeó; le eché una mano.

—No me he leído ningún libro de caballos, ni ningún cómic sobre la regla.

—Pero te encantó ese de los adolescentes que se están muriendo de cáncer y se enamoran, ¿a que sí?

Amanda dio un respingo, como si le hubieran dado una descarga eléctrica.

—¡Sí! —dijo feliz—. Qué cosa tan triste, no he llorado tanto en mi vida.

Samir me miró. Los dos pensamos lo mismo. Amanda no se había leído ningún libro, solo había visto la peli. Pero no dijimos nada. Y entonces Sebastian entró en el aula. ¿Nos sorprendió que llegara tarde el primer día de clase? Puede ser. Apenas unas semanas después nos sorprendería que llegara a la hora.

—Lo siento —se disculpó como de pasada.

Christer asintió levemente con la cabeza.

Sebastian se sentó a mi lado; no tuvo ni que pedirle a Amanda que se trasladara a otro pupitre. Y mientras caminaba los dos pasos hasta el sitio libre más próximo puso los ojos en blanco y simuló tocar un violín.

Con la misma claridad que si se hubiese tratado de un gas de algún color que se fuera filtrando entre los pupitres, pude percibir cómo uno a uno mis compañeros de clase lo iban entendiendo. Desde la primera fila, yo en una punta y Samir en la otra, hasta la última, con Mela y su piercing en la nariz y su esmalte de uñas negro. Todo el mundo comprendió que estábamos juntos, y esa atmósfera que rodeaba a Sebastian, la mezcla de admiración y curiosidad (y una falsa actitud de «ese a mí me da igual»), se expandió, pero era la primera vez que tenía que ver conmigo, al menos en parte.

Una vez leí sobre una actriz que se había estado mudando cada año durante toda su infancia. Decía que cada vez que había empezado en una escuela nueva se encontraba exactamente el mismo abanico de arquetipos: la popular de la clase (bastante antipática), su amigo o amiga (aún más antipático), la empollona, la peor en gimnasia y las que no tenían amigos. O sea, había una serie de roles dados que había que interpretar en cada clase y lo único que le quedaba cada vez que cambiaba de escuela era enterarse de qué roles estaban libres, cuál debía interpretar durante ese curso.

Yo siempre había tenido el mismo papel: buena en el instituto, no la más popular pero casi, no marginada, tampoco marginadora, en el grupo de los que más molan, pero sin salir con el que más mola. Jamás se me había pasado por la cabeza que pudiera adquirir un nuevo rol, pero lo había hecho. Incluso la hazaña del radical cambio de peso de Sofia se quedaba en nada en comparación.

Sebastian me cogió de la mano por debajo del pupitre y noté que se me calentaba la cara.

Christer había hecho una nueva pregunta, pero no me había enterado de lo que había dicho. Me estaba mirando, esperaba una respuesta. Me volví hacia Samir. Quizá podía ayudarme, con un comentario irónico que me hiciera entender de qué iba la cosa y lo que yo debería decir. Pero él no me miró. Su brazo izquierdo estaba apoyado como un gancho sobre la mesa, tal como acostumbraba hacer cuando quería escribir, y tenía la mirada fija en una libreta. Nadie, aparte de Samir, apuntaba nada el primer día de clase. Había rodeado con los dedos la pluma, una auténtica estilográfica de color negro. Tenía los nudillos blancos. Pero no estaba escribiendo nada. Me vi obligada a mirar a Christer.

—Perdón —contesté al fin—. No he oído…

Christer se rio. Supongo que se alegraba de tener controlado el mayor acontecimiento del verano, de no tener que preguntar para saber.

—Sebastian… —dijo—. ¿Has leído algún buen libro este verano?

Samir no fue el único en reírse, pero yo solo lo oí a él. No parecía que le resultara especialmente gracioso.

19

No, a Samir no le hacía ninguna gracia que Sebastian fuera a nuestra clase. Sebastian y Samir no conectaban, fue evidente en cuanto Christer nos pidió que hiciéramos una ronda de presentación porque teníamos un compañero nuevo. Sebastian parecía no saber cómo se llamaba Samir. Quizá fuera una venganza por la risotada que este había soltado, pero también era posible que no tuviera ni idea. Sin embargo, cuando Samir hizo ver que no sabía quién era Sebastian, resultó de lo más ridículo. No había alumno en el instituto que no supiera quién era.

Samir era el único que estaba mosqueado, los demás estábamos felices. Incluso los profesores parecían contentos de que Sebastian estuviera ahí. Si alguien le hubiese preguntado a Christer los primeros días de clase, seguro que habría contestado algo en la línea de que Sebastian «se merecía una nueva oportunidad». Durante las dos primeras semanas dejaron que Sebastian llegara tarde, que apareciera cuando se le antojara, que se fuera en mitad de una clase sin que los profesores hicieran comentario alguno. Cuando no llevaba el material (nunca) se limitaban a decirle: «Puedes compartir con Maja», o el profesor le prestaba su ordenador.

Christer jamás habría reconocido que sabía de antemano que Sebastian no se sacaría nunca el bachillerato. «Todo el mundo se merece una segunda oportunidad». Samir, en cambio, no le dio ni siquiera una primera.

Pasaron exactamente nueve días antes de que Sebastian organizara la primera fiesta del trimestre. Claes estaba de viaje y Lukas, el hermano de Sebastian, había vuelto a Boston. Amanda y yo fuimos las primeras en llegar. Creo que le había dicho que podíamos echar una mano, pero mientras subíamos por el caminito que conducía a la casa nos quedó claro que no era ese tipo de fiesta. Sebastian nunca necesitaba «ayuda» para sus fiestas.

—O sea. ¡No te lo tomes como algo personal! La gente puede comer lo que quiera. Pero yo es que no puedo.

Amanda aún no había probado su hamburguesa de queso *halloumi,* solo la sujetaba entre el índice y el pulgar y la inspeccionaba por un lado y por el otro, meticulosamente, para intentar encontrar el lado con menos calorías. Miraba mi carne como si fuera un cerdo lleno de antibióticos pisoteado en un compartimiento de hormigón demasiado estrecho. Me limpié un poco de salsa de la comisura de la boca, asentí con la cabeza y tragué el bocado.

El sol se estaba poniendo, la mayoría de los invitados ya había cenado, no quedaban más que tres hamburguesas en la rejilla, el parrillero contratado apretó con desgana los pedazos de carne y los jugos gotearon sobre el lecho de carbón mineral. Unas llamitas iracundas saltaron para perecer acto seguido. Un camarero en calzoncillos con la bandera estadounidense se paseaba descalzo por el tierno césped con una bandeja de cucuruchos de papel con estampado de periódico llenos de patatas fritas. Sebastian se había metido en la casa junto con la media docena de chicos que siempre lo seguían, si él los dejaba.

Amanda y yo nos sentamos en la terraza de piedra y miramos al lago.

—¿Dónde está Sibbe? —me preguntó. Solo ella llamaba así a Sebastian.

Me encogí de hombros.

—¿Ha venido Labbe?

Volví a encogerme de hombros. Al mismo tiempo que Sebastian empezaba en nuestra clase, Labbe lo había dejado. Se había librado de repetir curso, pero a cambio tuvo que buscarse otro instituto. Labbe era el único de nosotros que conocía a Sebastian de antes, supongo que por eso a Amanda le había dado por creer que iba a ser su nuevo novio. Pero Sebastian no tenía mejores amigos, tenía un enjambre de abejas. Y, desde hacía algunas semanas, Dennis le hacía de perrito faldero.

Amanda suspiró y dejó la mitad de la hamburguesa. Yo ya me había terminado la mía y me estaba dedicando a las patatas fritas. Le ofrecí el cucurucho a Amanda. Ella negó con la cabeza sin mirarlo siquiera.

El agua negra bajo nuestros pies titilaba en matices de color gris plomizo. Los farolillos junto a la piscina cubierta iluminaban el pantalán. En la cubierta de proa de uno de los barcos que Claes Fagerman tenía allí amarrados se veían dos siluetas oscuras. En la butaca colgante que pendía de uno de los cuatro árboles del jardín había una pareja metiéndose mano. Media docena de chicas ocupaban uno de los espacios de exterior habilitados, una mesa de piedra con el tablero de mosaico y extrañas sillas de hierro fundido. Fumaban, bebían vino blanco y se turnaban para enseñarse las pantallas de los móviles. Sebastian se plantó a mi lado, me cogió de la mano, me hizo levantarme del suelo y me rodeó con el brazo.

—Joder, qué fiesta más aburrida —se quejó.

Después salió corriendo, se quitó la ropa y la tiró al suelo mientras avanzaba, se fue por el pantalán y se metió en el agua. Yo fui tras él, me desnudé a toda prisa, me lo quité todo menos las bragas, y salté para acompañarlo. Nadamos deprisa, el agua ya no estaba tan caliente, pero cuando se deslizó a mi lado tenía una erección; yo me abrí de piernas, le rodeé la cadera y con todos los invitados en tierra me penetró. No tuve ni que quitarme las bragas, dejé que me las apartara bajo el agua. No sé si él acabó, pero cuando terminamos salimos del agua. Sebastian tenía tanto frío que sus labios se habían puesto morados. Le castañeaban los dientes; Amanda nos había ido a buscar unos albornoces, nos los dio cuando subimos la escalerilla. Sebastian me cogió de la mano y fuimos corriendo a la sauna.

—Esta fiesta está acabada.

Me ceñí el albornoz, a pesar de que hacía demasiado calor para llevarlo puesto, y me senté en el sitio más cerca de la puerta. Samir y Dennis estaban sentados en el banco superior. Dennis dio un respingo cuando Sebastian habló, como si fuera culpa suya que la fiesta no estuviera a la altura de las expectativas.

Cuando Sebastian vio a Samir soltó una carcajada, estaba sorprendido. Y no era el único. Yo jamás habría pensado que Samir fuera a presentarse. Y verlo junto con Dennis también era raro. ¿Acaso se conocían?

Sebastian permaneció un rato de pie, dejó caer su albornoz al suelo, se quedó desnudo en el sitio y vertió un poco más de agua en el calentador; dejó que el vapor ascendiera hasta el techo antes de sentarse, pero pasados unos minutos salió, aún desnudo.

—Qué triste. Esta fiesta es un asco. —Dennis le siguió los pasos. Ahora siempre iba medio paso por detrás de Sebastian con la mirada fija en su espalda, yo no lo lograba entender. Dennis mariposeaba encima, delante, al lado de Sebastian, trazando círculos incomprensibles, sin explicación. Era más como un murciélago que un perrito faldero.

Samir y yo nos quedamos solos.

—¿Has venido con Labbe? —le pregunté. Labbe y Samir se habían hecho amigos cuando Samir vino a nuestra clase en primero de bachillerato. Seguían viéndose, aunque Labbe hubiera cambiado de centro.

Samir asintió con la cabeza, se me quedó mirando un rato antes de cambiar de sitio para sentarse justo por encima de mí. Estaba diferente, la cara un poco hinchada y, desde luego, rabioso, muy rabioso. A mí nunca me había gustado tomar saunas, pero ahora no me podía ir así como así, Samir pensaría que me incomodaba.

—Creía que tú y Sebastian no… —empecé, pero me interrumpió.

—Labbe me preguntó si quería venir.

Después se quedó callado. Pero no le hacía falta decir nada más, yo lo entendía perfectamente. Las personas a las que alguien invitaba para ir a una fiesta de Sebastian solían olvidarse en el acto de todo lo que habían rajado de él y aceptaban la propuesta. Aquellos a los que se les brindaba la oportunidad, la aprovechaban. Para poder decir que habían estado allí si alguien les preguntaba qué habían hecho el fin de semana. Para soltar, a cuento de nada mientras hablaban de otra cosa, un «cuando estuve en la fiesta de Sebastian Fagerman, ¡sí, exacto!, el hijo de Claes Fagerman».

Me pregunté por qué me había imaginado que Samir no sería uno de esos. «Pero ¿a qué venía tanto enfado?».

Para todos menos Labbe, esta era la primera vez que los de nuestro curso podíamos ir a una de las fiestas de Sebastian. Solo un par de las personas con las que se había juntado antes habían venido esta noche, la mayoría ya habían dejado atrás el instituto.

Samir se inclinó para acercarse a mí. Ya estaba demasiado cerca antes y ahora su pierna estaba pegada a mi brazo. Noté que olía a sudor. Un olor peculiar. No encajaba con Samir el Empollón de los tejanos planchados y nudo doble en las zapatillas de deporte, «Samir, el de la primera fila».

—Quería venir para ver en directo eso que la gente siempre comenta. Y el drogata de tu novio al menos tiene razón en una cosa. Esto es penoso. —Samir negó con la cabeza y se inclinó todavía más cerca—. A menos que te guste meterte rayas con el criado negro, claro.

Al principio solo me sorprendió. Nunca había oído a Samir hablar de esa manera, ni conmigo ni con nadie. Me levanté para salir de allí. Quería pasármelo bien, no pensaba dejar que me juzgara así. Pero en un segundo Samir se plantó delante de la puerta y me bloqueó el paso.

—¿Se las mete directamente sobre tu barriga cuando estás desnuda? —La sauna se me hizo pequeña—. ¿Dejáis jugar a Dennis? ¿Un sobresueldo porque deja que Sebastian pruebe lo más nuevo?

—¿Te falta mucho?

¿Pretendía ser gracioso? No daba esa impresión. Ahora bajó la voz.

—¿Sabes? Los que vivimos en el mundo real evitamos a Dennis porque está loco. Si fuera por él, vendería crack en el área de maternidad de un hospital, si lo dejaran entrar.

Mi corazón latía demasiado rápido. No sabía si Samir se percataba de que iba colocada, si era esa la razón de su enfado, pero quería salir de allí.

—¿No te das cuenta? Sebastian es un don nadie, Maja. Un cero. Quítale esto... —agitó la mano por la sauna, con el dedo meñique estirado, como si las paredes de madera con agua condensada fueran el salón de los espejos en Versalles— y será igual de interesante que una lata vacía.

Por fin Samir dio un paso al lado. Tan deprisa que con el movimiento se le soltó la toalla de la cintura y tuvo que atársela de nuevo, fuerte.

Y fue entonces cuando me di cuenta. Samir estaba borracho. Nunca lo había visto tan borracho. Pero alguna vez tenía que ser la primera, incluso para el alumno más aventajado de la clase. Sentí tal alivio que casi me eché a reír. «No sabe lo que dice». Abrí la puerta, no hay que dejarse importunar por los tíos que van borrachos. No valía la pena discutir. Pero entonces cambié de idea y me volví hacia él.

—Te entiendo —dije—. No te gusta Dennis, a nadie le gusta. Pero ¿quién te ha comprado la bebida? Si has estado bebiendo antes de la fiesta con Labbe me juego lo que quieras a que puedes darle las gracias a Dennis por la borrachera. Sebastian te cae mal. Perfecto. No lo conoces, pero perfecto. Venir aquí de fiesta y meterte en su sauna y secarte con su toalla, para eso no tienes ningún problema. Para eso sí te sirve.

Después me fui. Allí dentro no se podía respirar del calor que hacía. Me sequé la nariz con la manga del albornoz al salir.

La música retumbaba en la sala de la piscina cubierta. Tres chicas de la otra clase de mi curso llegaron corriendo desde la playa, pasaron por mi lado en dirección a la sauna de la que yo acababa de salir. La fiesta parecía haber duplicado su tamaño en el breve tiempo que yo había estado ausente. Sebastian siempre invitaba a gente a la que no conocía, sobre todo chicas. Las conocía en el centro, quizá en alguna cola, se apiadaba de ellas y de sus tiritas contra las rozaduras y las dejaba ir a alguna de sus fiestas hasta que se cansaba de sus vestidos de tubo y sus gafas de H&M e invitaba a chicas nuevas. Pero nunca parecía preocuparle que la fiesta pudiera descarrilar. Supongo que porque era imposible colarse en las fiestas de Fagerman. No es que los vigilantes molestaran, jamás se metían en lo que hacíamos, pero estaban allí, a la distancia adecuada.

Amanda me llamó desde la pista de baile. Iba en bikini y se había soltado el pelo. No parecía que se hubiera bañado. A tres metros estaba Labbe, con la camisa abierta y mirándola fijamente.

—Ven —murmuró, y me respiró en el cuello.

Esto ya lo habíamos hecho antes. Amanda adoraba tener público y contaba conmigo para sus números preferidos.

La música retumbaba. Yo seguía con el albornoz puesto, pero Amanda me lo quitó y puso la palma de su mano sobre mi espalda, echó la cabeza para atrás y bailamos tan cerca la una de la otra que nuestras caderas se tocaban. Íbamos descalzas. Ella aún llevaba puesta la parte de arriba. Mis bragas seguían un poco húmedas por el chapuzón, pero cerré los ojos, traté de relajar el pulso. La música, debía concentrarme en la música. Lo que Samir pensara no tenía importancia. Solo iba borracho, no sabía lo que decía.

Sebastian estaba de pie junto al aparato de música. Después de mirar un rato, vino a nuestro lado, pasó un brazo por los hombros de Amanda, el otro por mi cintura. Me encantaban las manos de Sebastian. Cuando me agarraba, casi demasiado fuerte, yo me sentía tremendamente guapa. Le subí la mano, más arriba en mi espalda, y él soltó a Amanda, la empujó hacia

Labbe, que se rio y la cazó al vuelo. Sebastian solo quería tocarme a mí, no a ella.

Estaba sudando, la frente le brillaba y sus ojos estaban fijos en algo lejano. Miré a Amanda. Labbe estaba delante de ella subiendo y bajando las manos como en una especie de gesto de pintar la pared. Nunca bailaba en serio. Solo con ironía. Era algo que hacía para ser amable con nosotras, a quienes sí nos gustaba bailar. Para mostrar que no nos juzgaba, aunque no tuviera claro de qué podía servir.

Recogí el albornoz del suelo y Sebastian me lo pasó por los hombros; no pude encontrar el cinturón y salí de la piscina cubierta, crucé el salón y pasé por la cocina, al lado de Dennis. Sebastian le había dicho que estuviera allí con sus cosas. Dennis me miró interrogante cuando pasé, pero yo negué con la cabeza y seguí subiendo al primer piso, al cuarto de Sebastian. El personal de seguridad nunca podía estar dentro de la casa a menos que se los llamara. Tampoco había cámaras de seguridad allí dentro, por decisión del padre de Sebastian. El motivo era obvio. Claes no quería tener grabado lo que pasaba en su casa. Se podría copiar, distribuir, usar como material de extorsión. Cuando entré en la habitación de Sebastian me puse una camiseta blanca y uno de sus bóxers. Después me metí en el baño. La noche acababa de empezar y quería secarme el pelo. Seguía teniendo el pulso acelerado, pero no era ninguna drogata (¿qué clase de arcaísmo era ese?), solo había empezado un poco demasiado rápido, no estaba acostumbrada, debía tomar algo, solo beber el resto de la noche, nada más, pero primero debía relajar el pulso. El secador de pelo zumbaba y cerré los ojos bajo el chorro de aire caliente. No tenía ninguna prisa por volver a bajar. Mantuve los ojos cerrados y respiré; inspiraba por la nariz, exhalaba por la boca. Cuando tuve el pelo seco los oí. Chicos, varios, quizá alguna chica. Apagaron la música.

Cuando bajé a la cocina había dos vigilantes sujetando a Samir por los antebrazos. Dennis estaba junto a la pared sangrando por la nariz. A su espalda, un cuadro al óleo de una botella de vino se había quedado torcido. Dennis parecía más sorprendido que enfadado.

—Soltadme. —Samir estaba extrañamente quieto, como cuando alguien quiere aparentar estar sobrio. No hablaba demasiado alto, pero aun así se le oía.

Uno de los vigilantes miró a Sebastian. Este asintió con la cabeza.

—Es hora de que te vayas a casa —le dijo el vigilante a Samir.

—No me quedaría ni aunque me pagarais.

Sebastian se volvió hacia mí. Se detuvo en el umbral de la puerta. Dándole la espalda a Samir dijo:

—Procurad que ese otro no me llene la cocina de sangre, por favor. Él también se va a casa.

Y a espaldas de Sebastian, Samir me miró directamente a los ojos. Movió los labios, intentaba decir algo más. Solo a mí. Gesticulando con la boca. Parecía un «ven». Quería que lo acompañara. ¿O estaba murmurando algo en otra lengua? ¿Árabe? ¿O persa? Ni siquiera pude recordar qué era lo que Samir hablaba. Tampoco me importaba.

Claro, ya había pensado antes que yo le gustaba a Samir, a mí él también me gustaba. Pero ahora, aquí, en casa de Sebastian, de pronto se había transformado en una versión ebria del centinela de la moral. Parecía que su Misión en la vida fuera Alejarme Del Camino De La Perdición. Un caballero con la lanza en ristre.

Penoso. Me pareció penoso. Quería que se fuera, quería que cogiera su altanera cara de «yo me tomo la vida en serio» y se pirara. Yo no le había pedido protección, no la necesitaba, no era una princesa indefensa que se había juntado con el príncipe equivocado.

Un chico del programa de ciencias tiró a Sebastian del brazo.

—Pero —empezó— ¿cómo voy a...?

—No te preocupes —dijo Sebastian—. Tenemos de sobra.

Sebastian me cogió de la mano. Salimos en dirección a la piscina cubierta. La música volvió a sonar. No había pasado nada grave. Habían echado a Dennis. Samir se había ido a casa. Sebastian me apartó el pelo del cuello. Aspiré su aroma, frío y fresco; me encantaba cómo olía. Me encantaba lo que conseguía hacerme sentir. Me divertía con él. Siempre nos lo pasábamos bien. No hay que tener vergüenza por saber pasártelo bien. Sebastian me susurró al oído:

—¿Ves? Sin platos rotos no hay fiesta. Y por fin esta empieza a animarse.

20

El fin de semana después de la fiesta de Sebastian pasó bastante rápido. El sábado fuimos al centro, Sebastian y yo, Labbe y Amanda. El domingo fui a un restaurante con mamá, papá, Lina y el abuelo. Mamá estaba mosqueada porque yo estaba «cansada» y papá estaba mosqueado porque estábamos en un restaurante con el abuelo. No pensé más en Samir, o al menos no demasiado. La mañana del lunes Sebastian me dejó delante del instituto. Él tenía «cosas que hacer». No sabía qué quería decir eso, pero me daba igual. Esto fue antes de que ese tipo de cosas empezaran a preocuparme. Después de comer tenía dos horas libres. Amanda estaba enferma y Sebastian no me cogía el teléfono.

La biblioteca del instituto casi nunca estaba llena, no desde que habían bloqueado internet en los ordenadores. Pero no estaba sola, al fondo estaba Evy; iba a la otra clase de mi curso y tenía la nariz estrecha, usaba faldas de flores y siempre llevaba calcetines, incluso con bailarinas. Evy había ganado el concurso literario del instituto (organizado por Rotary) el año anterior, a pesar de que entonces solo iba a segundo. Era un cuento sobre su hermano con discapacidad intelectual y todo el mundo creía que era real, supongo que por eso ganó. Cuando salió a la luz que ni siquiera tenía un hermano, solo una hermana normal y corriente, la gente quedó decepcionada, muchos incluso se enfadaron, decían que había «hecho trampa». Nadie reparó en lo evidente: que eso solo hacía aún mejor el relato.

En el conjunto de sofás que había a escasos metros de mi sitio había dos chicas que acababan de empezar bachillerato. Estaban hojeando unas revistas y compartían una bolsa de golosinas. Hablaban con el volumen justo para que yo pudiera oír que en cada frase había como mínimo una palabra terminada en *-i*. Era la moda, todos los de primero hablaban así. Amanda y yo también habíamos vivido nuestra época de inventarnos palabras y expresiones propias cuando éramos más pequeñas. Pero esto batía todos los récords de tontería. Hacía que la jerga de bandolero de Pipi Calzaslargas pareciera latín refinado.

—Pero *cari*... ¡Escucha! Me pone de los neeervios, ¿quiere estar conmigo o no? ¡Es que me vuelve toda *loqui!*

La otra asentía con la cabeza sin interrumpir la lectura.

—Totalmente *psicoti.*

En clase de inglés, unos días atrás, habíamos hablado del test de Bechdel; con su ayuda se debía poder saber si una película era feminista o no. Se planteaban tres preguntas de control: ¿había un mínimo de dos mujeres con nombre propio en la película? ¿Hablaban entre ellas (sin que hubiera algún chico presente) y hablaban de algo que no fueran chicos?

El profesor sacó una lista de pelis que todos habíamos visto y teníamos que adivinar si cumplían con los requisitos, cosa que no hacían (lo cual fingimos amablemente no haber entendido desde el principio; ¿por qué, si no, lo iba a preguntar?), y claro, a mí también me parecía fatal que fuera de aquella manera y comprendí por qué es importante que las chicas en pantalla deban poder hacer algo más aparte de hablar de tíos, pero: en la vida real, las tías están siempre hablando de tíos. Incluso mamá y sus amigas dan el coñazo con sus maridos (y de cómo no tienen remedio) en cuanto se les presenta la ocasión. Las chicas del Club de Debate, con sus trajes y su afiliación a Jóvenes Economistas, el grupo de teatro con sus obras en francés y sus planes de mochileras en tren, las *caris* de aquí al lado, tenían todas una cosa en común: hablaban de chicos. De los suyos, de los de las otras, de aquellos a los que querían, de aquellos de los que se querían deshacer. Solo tíos todo el rato. Posiblemente, me habría gustado señalar en clase, no hay que quejarse de cómo las películas te representan mientras esa representación sea un reflejo fidedigno de la realidad.

Samir abrió la puerta de un empujón tan fuerte que esta chocó contra un stand de folletos de la Facultad Real de Tecnología, de la carrera de Derecho en Upsala y de Matemáticas en Komvux, la universidad para adultos. Las piernas de Samir eran demasiado largas para el resto del cuerpo, por lo que siempre parecía que estuviera persiguiendo algo. Paró en seco en el mostrador de información y se quitó los auriculares de un tirón. Se movía de manera espasmódica, con un constante exceso de energía, siempre una réplica o un pensamiento por delante, antes de que los demás siquiera hubieran empezado a pensar. Era fácil creer que vivía estresado. Yo nunca lo he creído. Pero en aquel momento se le veía nervioso.

Antes de que me diera tiempo de pensar en disimular y hacer como si no lo hubiera visto, Samir me descubrió y entonces ya fue demasiado tarde. Casi vino corriendo a mi encuentro.

—¿Puedo sentarme un momento?

Intenté mirar para otro lado.

—Oye..., *cari* —una de las chicas le susurró a la otra, pero en un tono aún más que suficientemente alto como para que tanto Samir como yo pudiéramos oírlo—. ¿Llevas algún *tampis?* —Se rio ruborizada—. Me he dejado el neceser en casa.

Yo tenía tampones en la mochila, podía ir a sentarme con ellas, decir «aquí *tienis*» e ignorar a Samir. Jamás se atrevería a meterse en una conversación sobre flujos corporales femeninos. Eso sí que le causaría estrés. Por cierto, ¿las conversaciones sobre la regla cumplían con el test de Bechdel? Probablemente. Pero ¿seguía siendo feminista la regla si la llamabas *regli?*

—¿Maja? —Samir seguía delante de mí tratando de captar mi mirada.

—No trabajo aquí, pregúntale al personal.

Pareció confuso.

—¿Eh? ¿Qué le tengo que preguntar al personal?

—No soy yo la que decide quién se puede sentar dónde. Pero si te sientas aquí, yo me voy.

Guardó silencio. Luego abrió los brazos y se aclaró la garganta.

—No tardaré. Solo quería pedirte disculpas. —Dejó caer los brazos otra vez—. Quería pedirte disculpas por lo del viernes. Fue una estupidez. No sé por qué dije todo aquello, supongo que iba borracho.

Las *caris* de los sofás se habían callado. Fingían estar analizando detenidamente uno de los artículos que una se había puesto en el regazo.

—¿Qué? ¿Ibas borracho? —dije yo. Samir captó la ironía y dejó caer la cabeza. Ahora las chicas guardaban un silencio sepulcral, no querían perderse ni un detalle de esto.

—No debería haber ido a la fiesta y, sobre todo, no debería haberme metido contigo. Es Sebastian el que no me cae bien. No debería…

—¿Acaso recuerdas lo que me dijiste?

Asintió con la cabeza.

—Lamentablemente.

El flequillo le cayó sobre la frente. Tenía pinta de esperar a que le diera unos azotes en el culo. ¿Se daba cuenta de lo guapo que era? Claro que sí. Había a veces algo en sus formas que rozaba la sobreactuación; supongo que era consciente de su aspecto. El de ahora era el que adoptaba cuando quería que lo perdonaran; yo no era la primera en ver su *look* de abochornado. Pero al mismo tiempo, en la fiesta parecía estar triste, realmente triste, no solo cabreado por la borrachera.

Era una nueva cara de Samir. Siempre parecía tan impasible, casi desinteresado por Amanda y por mí y nuestras vidas fuera del instituto. Se juntaba con Labbe, pero por lo general no iba a ninguna fiesta, nunca le preguntaba a nadie qué había hecho el fin de semana, yo siempre había creído que le parecíamos bastante ridículos. Y de pronto caí en la cuenta de que hasta ahora me había dado pena que él nunca hubiese querido hablar conmigo, solo conmigo, de cosas que no tuvieran que ver con el trabajo en el instituto. Pero ahora que por fin lo hacía, era para hablar de Sebastian.

«Tíos —pensé—. Siempre de tíos. Todo el mundo habla de tíos con las tías, incluso los propios tíos». Surgió en mi cabeza sin que pudiera evitarlo y sonreí, no a propósito, la sonrisa salió sola. «Quiero que hable de mí. Conmigo. No de Sebastian». Samir me devolvió la sonrisa. No su habitual sonrisa de mofa, sino otra, más liviana.

Los altavoces emitieron una señal que hizo que las *caris* recogieran sus enormes bolsos y revistas y salieran corriendo a la clase que les tocaba. Samir cogió una silla y se sentó delante de mí. Hizo morritos en una suerte de cara de selfi.

—Sebastian es tu *cari* —dijo con voz de pito—. Lo pillo. —Y luego cambió otra vez de personalidad, apoyó el brazo en el respaldo, se apalancó en la silla, separó las piernas y dijo con acento de barrio de la periferia—: El colega es tu chorbo. Y tú eres su parienta, no hay problema, chata, corto el rollo, *respect*.

Me reí. Era terriblemente malo haciendo de gánster. Pero guapo. ¿Qué más daba si lo sabía? Y luego volvió a salir, la sonrisa burlona. Dios, cuánto la había echado de menos.

21

Pasaron algunas semanas. ¿Seis, siete, quizá? A mediados de octubre decidimos ir a pasar el fin de semana a la casa de campo de Labbe. «La finca», la llamaba él, pero en realidad era un antiguo castillo. La familia del padre de Labbe había sido dueña del sitio desde el reinado de Gustavo III o algo así. La familia de su madre tenía un lugar parecido a pocos kilómetros, pero allí no he estado nunca. Samir también vino.

No recuerdo lo que pensé al respecto, quizá que me parecía divertido. No creo que me causara intranquilidad ni que me pareciera un desatino. Sí, había tensión entre Samir y Sebastian, pero no era motivo de alarma.

Amanda y yo estábamos echadas cada una en una tumbona bajo sendas mantas y con los teléfonos móviles en la mano. Una mariposa limonera bajó aleteando como una hoja llevada por el viento sobre el corto césped en dirección al mar. Ya debería haber perecido, pero estaba haciendo un otoño excepcionalmente cálido.

—Si pudieras hacer realidad un deseo —dijo Amanda—, cualquier cosa en el mundo, ¿qué es lo que más te gustaría tener?

Detrás de nosotras, la puerta que unía el jardín con la cocina permanecía entreabierta. La madre de Labbe estaba escuchando ópera mientras cocinaba y no quería ayuda, pero de vez en cuando salía y se quedaba de pie no muy lejos de nosotras, con las manos en las caderas y media sonrisa en los labios. Le gustaba tenernos allí. Y a nosotras nos gustaba todavía más estar en su casa. Amanda entornó los ojos y me miró.

—No lo sé —respondí. No estaba de humor para responder a sus preguntas. Y lo que deseas cuando no necesitas nada no merece la pena contárselo a otros.

—Oh, venga —protestó Amanda—. Algo querrás, ¿no?

A Amanda le encantaba hacer preguntas que se podrían incluir en un juego de conversación con tarjetitas impresas, «temas» que ayudan a que los participantes «se abran». Le gustaba hacer preguntas sucesivas a las respuestas de su interlocutor casi tanto como responder ella misma a las preguntas que se inventaba.

—Venga, Maja. —Amanda se levantó, alzó una mano al cielo y se puso la otra sobre el corazón—. Yo empiezo. —Se aclaró la garganta—. Deseo la paz en la tierra y comida para todos los niños.

Simuló ponerse bien una corona de ganadora de concurso de *Misses* de belleza y yo me reí.

—Ahora en serio. —Se sentó a mi lado—. El próximo trimestre acabamos el bachillerato. Después empieza todo. Yo me voy a Londres para las prácticas, ¿lo pillas? Estaré allí seis semanas, mi padre dice que tendré que trabajar la mitad de las noches. Está claro que me tocará hacer fotocopias y preparar café y esas cosas, hay que estar mentalizada, pero igualmente me pregunto qué voy a sentir, ¿crees que me parecerá un trabajo de verdad? ¿Que lo que voy a hacer servirá de algo? ¿No se trata de querer marcar alguna diferencia? Una diferencia de verdad. ¿No hay que querer hacer algo por el mundo y las demás personas, cosas buenas?

No respondí.

—Porque está claro que yo quiero hacer eso, vaya. Como todo el mundo, ¿no? —Se rio nerviosa—. Pero si te soy sincera, lo que más me gustaría es saber lo que quiero. O lo que significa hacer algo. Tener un plan, vaya. ¿Sabes lo que te quiero decir?

Asentí con la cabeza. Aquello era una conversación al más puro estilo de Amanda. Siempre contaba obviedades y me preguntaba si lo entendía. Y luego se volvía insegura y sentimental y le brotaban las lágrimas.

«¿Sabes lo que te quiero decir?».

Podría haber sido una señal de que Amanda pensaba que yo era bastante obtusa, que me costaba comprender, pero en realidad lo que quería era que yo le asegurara que ella no era tan tonta como se sentía.

—Te sigo —dije. Y sonreí.

La madre de Labbe salió de nuevo al jardín.

—No sé si puedo prometer la paz en la tierra, pero comida para todos los niños la habrá en diez minutos. ¿Puedes ir a buscar a los chicos, cariño? —La madre de Labbe se quitó una manopla de horno y acarició la mejilla de Amanda con el reverso de la mano. Amanda y Labbe llevaban saliendo menos de un mes, pero aun así la madre de él y Amanda ya habían desarrollado una plena relación de suegra-nuera. Yo llevaba con Sebastian más del doble de tiempo y, aunque quizá aún no llegaba a odiar a su padre, creo que solo se debía a lo poco que coincidíamos.

No obstante, tres días antes Claes había estado en casa. Lo habían llamado del instituto y se presentó a las cinco para hablar con Sebastian. A mí me había invitado a irme, pero sabía de qué se trataba. Sebastian prácticamente había dejado de asistir a clase. Iba al instituto conmigo casi cada día y a veces se quedaba en el patio con Dennis un par de horas, pero por lo general se limitaba a dar media vuelta y volver a casa. Y aunque Claes nunca estaba allí durante el día, debía de saberlo.

Comimos en la cocina de verano, que daba directamente al jardín. Margareta había puesto la mesa con una vajilla de flores desconchada, motivos distintos en cada plato. Los vasos de Duralex se habían vuelto opacos por tantos años de lavavajillas. Labbe se puso al lado de Amanda. Ella estaba de pie con las manos apoyadas en una silla Windsor azul celeste (sí, ya tenía sitio propio). Cuando le dio un beso en la mejilla, ella se rio en voz baja; resultaba evidente que ese sonido le parecía de lo más sexy. Labbe pareció opinar lo mismo y encorvó la espalda en un extraño ángulo para poder apoyar el mentón en el hombro de Amanda. Se les veía enamorados y un poco fuera de sus cabales.

Además, Labbe se había dejado un bigotito al estilo de San Francisco, pura ironía, por supuesto, para mostrar que estaba tan seguro de no ser marica que no importaba si lo parecía. Amanda pellizcó algunos pelitos del labio superior de Labbe, justo en el arco de cupido, se volvió hacia su suegra y preguntó:

—¿Crees que lo mantendrá mucho tiempo, Mags?

—Bueno... —respondió Margareta y miró a su hijo. No se la veía muy impresionada—. Creo que me abstendré de decir lo que pienso.

Cacé la mirada de Samir, él me miró y en un gesto casi imperceptible deslizó el índice y el pulgar por su labio superior, bajó las comisuras de la boca y ensanchó los orificios de la nariz en una cara de «que quede claro quién es el dueño y señor de este castillo». Tuve que bajar la mirada a la mesa para evitar reírme.

En uno de los lados largos de la mesa estaban Samir, Labbe y Amanda. Samir estaba junto a la madre de Labbe. En el otro lado largo estábamos Sebastian y yo. Enfrente de Margareta, en el otro lado corto, se iba a colocar Georg, el padre de Labbe. Entró en la cocina justo cuando nos sentábamos; llevaba zuecos, vaqueros, una camiseta con un agujero en el hombro y unas gafas de leer subidas en la frente. Antes de ir a su sitio le pasó un periódico doblado a Samir.

—¿Has visto lo que ha escrito Tirole en el *Financial Times* de hoy? —preguntó. Samir empezó a leer. Pero la madre de Labbe tiró suavemente del periódico y lo dejó en uno de los bancos laterales.

—No leemos en la mesa.

Sebastian se sentó antes de que la madre de Labbe hubiera tenido tiempo de sacar su silla y le acercó la copa de vino al padre.

—Tengo dieciocho años —intentó.

—Agua mineral —replicó con firmeza Margareta. Ella y su marido intercambiaron una mirada apenas perceptible. Esto lo habían hablado de antemano—. Aunque se tengan dieciocho se puede beber agua mineral.

¿Podría haber sido Claes quien les había pedido que no le sirvieran alcohol a su hijo? Él sabía que Sebastian bebía. En un par de ocasiones tuve que llevar yo el coche de Sebastian hasta su casa, a pesar de no tener carné. Una vez Claes nos estaba esperando en el camino de acceso cuando aparqué. Sebastian no me contó lo que su padre le había dicho, y cuando quise averiguarlo me contestó: «Pregúntame algo de lo que me apetezca hablar, ¿vale?», y dejé el tema. A lo mejor Claes no sabía que yo aún no tenía permiso de conducir. O quizá sí que lo sabía y se lo había tomado en serio.

Amanda y yo ayudamos a Margareta a poner la comida en la mesa. De primero, sopa de patata y puerro. En una fuente aparte había beicon crujiente de jabalí y el pan aún estaba caliente.

—Pensaba que eras vegetariana —dijo Sebastian cuando Amanda se sirvió una generosa ración de beicon.

—No es lo mismo con la carne salvaje —respondió, y sus mejillas apenas se sonrosaron un poco. Amanda se había olvidado del vegetarianismo en el mismo instante en que había besado profundamente a Labbe por primera vez. La semana anterior los había acompañado a él y a Sebastian a cazar alces. Yo no pude ir, mamá me había obligado a ir a la cena de cumpleaños del abuelo, pero Amanda había estado vigilando desde un puesto, se había dejado meter mano en torres de vigía, había follado en sacos de dormir y se había mojado las botas Hunter por primera vez desde que se las compró.

—Voy a sacarme la licencia de cazadora —dijo, y le pasó la fuente a Samir. Este se la pasó a Margareta sin servirse ni un trozo.

—Por supuesto —murmuró Samir, solo un poco demasiado alto. Y yo sonreí tras la servilleta. Noté la mirada de Sebastian.

—La licencia de caza es una idea fantástica —dijo el padre de Labbe con cinismo—. La naturaleza no es para nada un mal sitio donde pasar las horas.

Amanda siempre se convertía en la esposa perfecta en todas sus relaciones. Una vez (cuando acabábamos de empezar segundo) salió con un bajista de una banda de Estocolmo que aseguraba tener un contrato con Sony. Entonces incluso se volvió la *groupie* perfecta.

—Y ¿de qué vamos a hablar? —preguntó el padre de Labbe cuando ya íbamos por la mitad de nuestras sopas.

—Podemos hablar de los tipos de interés cero —respondió Samir.

—Sí —murmuró Sebastian—. Porfi, porfi, ¿no podemos hablar del interés cero?

—Era una broma —replicó Samir. Su voz era fría como el hielo—. ¿Sabes lo que es eso?

—Qué bueno —dijo Labbe—. De verdad, buenísimo. El interés cero, ja, ja, ja. Pero toda esta historia que os traéis tú y mi padre, todos los libros y los periódicos y temas y situaciones y tendencias…, ¿lo hacéis solo para que me sienta tonto o es que hay algún plan detrás de todo eso que no puedo entender porque soy demasiado tonto?

—No te preocupes —volvió a hablar Samir—. No haré más bromas.

—Bueno, bueno —dijo Margareta y le dio una palmadita a Samir en la mano—. No nos pongamos así. ¿Verdad, Lars Gabriel? —Los padres de Labbe nunca llamaban Labbe a Labbe. Pero yo nunca había oído a Margareta llamarlo por sus dos nombres de pila, sonaba como sacado de un noticiario de época. Supongo que era una manera de ponerle en su sitio. Pero Labbe continuó comiendo, imperturbable. Georg intentó echar una mano.

—Nadie piensa que seas tonto, Lars. Lo has hecho bien desde que te fuiste de Sigtuna. —Se metió un trozo de pan en la boca—. Te estamos muy agradecidos, Sammie. Has sido de gran ayuda.

—En dos exámenes. —Labbe levantó dos dedos en el aire—. Dos. Y «bien» quiere decir que me salvé. Saqué un aprobado y un notable bajo. Sammie me echó la bronca. Sammie piensa que todo lo que no sea sobresaliente es lo mismo que suspenso.

—No entiendo por qué te vas a contentar con algo que no sea un Sobresaliente —dijo Samir—. Estoy con tu padre. Tú no eres tonto.

Había algo en aquella réplica. Quizá puso énfasis en el «tú». Pero todo el mundo oyó lo que Samir quería decir, lo que insinuaba, lo que no llegaba a expresar con palabras: «A diferencia de Sebastian, tú no eres tonto».

—Ya sé de qué podemos hablar en lugar del interés cero… —empezó Amanda, pero ya era demasiado tarde.

—¿Cuánto te pagan? —Sebastian solo miraba a Samir, a ningún otro sitio—. ¿Cobras bien?

Georg y Margareta eran expertos en hacer como si nada. Labbe aún no lo dominaba del todo, pero cuando Georg enseñaba la colección de retratos de arriba, en la «casa grande», y señalaba a los traidores a la patria, los que habían cometido parricidio, las adúlteras, y mencionaba cuántos bastardos habían sido expulsados al pueblo de al lado, Labbe solía bromear con que «poner buena cara» era el arma secreta de su familia. Y ahora tuvieron que recurrir a ella: caras de póquer, rostros totalmente impasibles, ni siquiera un labio medio fruncido apuntando a Sebastian. Pero Samir negó inseguro con la cabeza, su mirada saltaba como una pelota de tenis entre Georg y Margareta, de aquí para allá, sin establecer contacto. Y Sebastian no se rindió. Habló más despacio y más alto, como si Samir tuviera problemas de comprensión.

—¿Cuánto? ¿Te? ¿Pagan? ¿Cuánto cobras por hacer los deberes con Labbe?

—Sebastian —dijo Margareta, en voz baja pero aún despreocupada—. Cómete la sopa.

Georg inclinó el cesto de pan para ofrecerle a Labbe, quien negó con la cabeza.

—Disculpadme. —Sebastian alzó las manos en gesto de rendición y soltó una risotada—. Pregunta equivocada, claro. Nada. No he dicho nada. —Bajó la voz justo lo suficiente para que los demás pudieran hacer como si no oyeran nada—. No soy nadie para comentar a quién ponéis en nómina.

No recuerdo de qué estuvimos hablando después de eso. Pero seguro que Margareta logró sacar algún tema mientras Georg se comía la sopa. Cambiar de tema de conversación era otra especialidad de la familia. Y los demás hacíamos cuanto podíamos para seguir los giros. Cuando Margareta hubo terminado de hablar y de comer, Georg se levantó y retiró los platos; todos menos Sebastian tratamos de hacer lo mismo, pero Georg nos hizo quedarnos sentados. Cuando la olla con el plato principal estuvo en la mesa, Margareta volvió a poner la mano sobre la de Samir. Después se recolocó frente a su plato y alzó los cubiertos.

—Cuéntanos. ¿Qué tal están tus padres, Samir?

A mí me había preguntado lo mismo una hora antes. A Amanda, en cuanto abandonamos el aparcamiento y entramos en el ala oeste, donde íbamos a dormir. Margareta siempre preguntaba por los padres de todo el mundo, independientemente de si los conocía o no. Sebastian había tenido que contar cómo le iba a Lukas en Estados Unidos.

Margareta estaba al tanto de todo. Que se hubiera cruzado con los padres de Samir fuera de una reunión de padres era de lo más improbable. Pero aun así mostraba interés.

—Están bastante bien —dijo Samir.

—¿Dónde está trabajando ahora tu madre?

—En el hospital de Huddinge.

—¡En serio! —Margareta y Georg intercambiaron una mirada sobre la mesa—. Entonces ya ha resuelto el tema de los papeles. Qué alegría oírlo.

—No. —Samir se secó la boca. Tragó saliva, habló deprisa bajando la voz—. Trabaja de auxiliar de enfermería mientras... espera. Pero le gusta el ambiente del hospital.

Georg negó con la cabeza.

—No entiendo cómo no aprovechamos mejor los recursos que tenemos en este país. No lo entiendo.

—De todas maneras, no deja de ser curioso. Juraría —Sebastian no había tocado la comida—, juraría que te había oído decir que tu madre es abogada. ¿Labbe? —Se volvió hacia él—. ¿No me contaste tú que cuando Samir empezó en el instituto le dijo a todos los que tenían ánimos de escuchar que su madre era abogada?

Sebastian alargó las palabras, las hizo durar más de lo que duraban en realidad. Al ver que Labbe no respondía se dirigió de nuevo a Samir.

—Pero a lo mejor tiene dos licenciaturas. Impresionante, Sammie.

Sebastian no estaba borracho. Tampoco me parecía que se hubiera metido nada. Pero en su boca se hinchó el apodo de Samir, el que no empleaba nadie excepto Labbe y sus padres. «Sammie». Sebastian lo hacía sonar como un nombre de esclavo.

—Mi padre es abogado. Mi madre, médica.

—¡Ajá! —Sebastian asintió regocijado con la cabeza—. Claro. Eso era, por supuesto. Y tu padre el abogado, ¿qué hace en Suecia? —Samir no respondió—. Lleva un taxi, ¿no? —Se volvió de nuevo hacia Labbe—. ¿Verdad que dijiste que te parecía que el padre de Samir nos llevó a casa desde Stureplan hará cosa de un mes? —Labbe seguía sin contestar y Samir se puso pálido—. Pero entonces explícame una cosa, querido Sam, explícame cómo se come que todos los inmigrantes que vienen y empiezan a trabajar de autobuseros y de chachas…, perdón —soltó un bufido por la nariz—, que llevan taxis y se hacen auxiliares de enfermería… ¿Cómo se come que todos sean médicos e ingenieros civiles y físicos nucleares en sus países de origen? Todos y cada uno. Tu madre «la médica» —los dedos de Sebastian hicieron comillas en el aire— está bien acompañada. Porque resulta que no hay ni una sola chacha que de verdad fuera también chacha en su patria. No si nos tragamos todo lo que dice la gente. ¿Acaso había alguno de ellos, siquiera uno, que trabajara de cajero en el súper en Siria o que se paseara por el parque de su casa en Irán recogiendo botellas vacías? Qué va. Solo médicos e ingenieros y abogados y…

—Suficiente, Sebastian. —Georg habló sin alzar la voz. Había alcanzado su límite de simular que no pasaba nada.

Pero Sebastian no escuchaba. Agitó el brazo hacia nosotros y puso una cara que no le había visto nunca.

—¿Nunca os lo habéis preguntado? —Nadie dijo nada. Se dirigió otra vez a Samir—. ¿Qué hacéis con la gente sin, como mínimo, seis años de licenciatura? ¿Los ejecutáis en el acto para que no os quiten el trabajo?

«Claes Fagerman —pensé—. Está siendo igual que su padre».

Margareta cogió a Samir del brazo cuando este se levantó. Lo miró y negó con la cabeza. Después se volvió hacia Sebastian.

—Sebastian —empezó. Margareta era jefa en el Ministerio de Asuntos Exteriores, de algún departamento cuyo nombre no puedo recordar, y ahora se veía claramente que estaba acostum-

brada a las reuniones y las negociaciones, momentos en los que
tenía que ser cordial aunque estuviera hecha una furia. La voz
de mamita entrañable había desaparecido sin dejar rastro. La
fase de «hacer como si nada» estaba claramente zanjada—. Es-
cúchame atentamente. —Hablab̶a̶ ̶l̶ io—. Hay cosas que

ta entender que mu-
todo el camino hasta
ta entender que son

había pensado decir

ersonas que tienen
fecto, estudios su-
respuesta—. Por-
podido pagar el
una vida mejor. Se
no dinero para el

en que tú vives, Sebastian, pero aun así deberías poder
entenderlo. Tienes la impresión de que todos los que vienen tienen carrera. Te equivocas. Igual que te equivocas al afirmar que
todos los que vienen con carrera mentirían sobre su pasado.
Porque muchos de los nuevos suecos tienen títulos académicos.
Los más pobres y los más marginados en los países azotados
por la guerra de los que estamos hablando no suelen conseguir
llegar hasta aquí. Es realmente preocupante, pero no es razón
para comportarse de esta manera y soltar cosas de las que es obvio que no tienes ni idea.

—Claro —dijo Sebastian. Ni siquiera parecía enfadado.
No parecía percatarse del desprecio en la voz de Margareta—.
Para Suecia es genial que vengan. Y esos que intentaron hacer
una acampada en el parque de Humlegården, esos sí que daban

la impresión de pertenecer a las más altas esferas. La élite intelectual de sus países de origen.

Margareta carraspeó.

—Te conozco desde que naciste, Sebastian. Me niego a pensar que eres tan simple.

Cuando cogió aire, el padre de Labbe aprovechó para tomar la palabra. Se había quitado la servilleta doblada del regazo.

—Sebastian y yo vamos a dar un paseo —dijo, en tono de conversación normal. Después de limpiarse la boca se puso de pie—. ¿Vienes?

Lo único que quizá se filtraba en la voz de Georg era un poco de cansancio, tal como habría sonado si se hubiese visto obligado a interrumpir la cena por una llamada importante de trabajo. Pero cuando se puso detrás de la silla de Sebastian a la espera de que este lo acompañara pude ver cómo se le movían los músculos de la mandíbula.

—¿Qué coño es esto? —Sebastian se rio. Pero los aires de despreocupación se habían esfumado. Ahora estaba enfadado—. ¿Tengo que irme? ¿Pero el lameplatos de Samir puede sentarse ahí y mentirnos en la cara?

—No empeores más las cosas. —Georg agarró a Sebastian del antebrazo. Con una mano firme lo levantó de la silla y lo sacó de la cocina.

Georg tardó unos minutos en volver. No sé qué hicimos mientras tanto. Labbe clavaba la mirada en la mesa. Amanda tenía los ojos empañados. Margareta hablaba entre murmullos con Samir. Yo no escuchaba. Si mis rodillas no hubieran temblado tanto me habría levantado y me habría ido de allí.

—Sebastian ha pensado que sería mejor si se iba a casa —explicó Georg antes de sentarse de nuevo en su sitio. Se volvió hacia mí—. He considerado que era mejor que tú te quedaras aquí, Maja.

Asentí con la cabeza.

—Sebastian no estaba en condiciones de relacionarse con nadie, menos aún contigo —continuó mientras rebañaba lo último que le quedaba en el plato—. Su padre y yo hemos estado de acuerdo en eso.

Volví a asentir. Estaba demasiado conmocionada como para hacer otra cosa.

—¿Cómo volverá a casa? —Margareta se puso en pie y fue a recoger el plato de Georg.

—Le he pedido a John que lo lleve.

Labbe y yo habíamos ido a la misma clase desde el último ciclo de primaria hasta este año, en que él se había cambiado de instituto. Había oído a Margareta, con su voz aburrida y monótona de duquesa, hablando con el director, el conserje, infinidad de profesores y otros padres. Me la había imaginado poniendo en solfa al primer ministro con esa voz. Durante todos estos años, mamá, papá y yo habíamos podido observar a Margareta simplemente exigiendo que «ahora lo vamos a hacer así» (independientemente de si se trataba de que los horarios de los autobuses públicos no se adecuaban a los del instituto o de que el plan de enseñanza nacional no abarcaba aquello que a Margareta le parecía importante, o de que el tiempo no era lo bastante bueno para un torneo de béisbol). Y cada vez que Margareta exigía algo sonaba como si solo estuviera pidiendo un miniminifavor. Podría llamar al rey, carraspear y decirle: «Verás, tengo que pedirte una cosita». Y al rey jamás se le pasaría por la cabeza decirle que no. Nadie le decía que no a Margareta, nadie podía impresionarla.

«Quiero que Margareta hable con Claes —pensé—. Lo haría escuchar». Quería cogerla de la mano y decírselo. «Habla con él». Pero no dije nada. Me quedé allí sentada, avergonzada. Era la primera vez que me daba vergüenza ser la novia de Sebastian.

—Así que has localizado a su padre, ya era hora —murmuró Margareta—. Y ¿qué tenía que decir nuestro querido Claes?

«Nuestro querido Claes». A Margareta no le gustaba.

Georg se encogió de hombros. No del todo, solo un medio gesto que no significaba «me da igual» sino más bien «qué quieres que te diga» o «ya sabes la respuesta» y «no hay nada que podamos hacer al respecto». «A Georg, Claes también le parece un payaso».

—Luego lo hablamos, Mags.

Y yo seguía sin decir nada. No miraba a nadie, sobre todo no miraba a Samir.

—¿Alguien quiere merengues italianos? —Margareta dejó los platos sucios—. ¿Con helado casero?

Todos querían helado. Yo me obligué a comerlo. Me fui metiendo el postre en la boca a cucharadas, tratando de tragarme el malestar. «¿Sebastian se ha puesto celoso? ¿Se ha sentido amenazado? ¿Por qué ha hecho eso?». Me tragué el helado tan deprisa que me dolió la frente. Tragué un poco más.

Pasaron unos minutos. Creo que Amanda dijo: «No hagas caso de lo que diga» a Samir, y luego los demás consiguieron hablar de un viaje a Dinamarca que los padres de Labbe habían hecho de jóvenes, a un festival de rock; les había llovido y no habían conseguido montar la tienda porque había demasiado barro. Y luego hablaron de alguien que vivía en la misma residencia de estudiantes que Labbe. Era sonámbulo.

—Siempre va al comedor por lo menos tres veces a la semana y allí se sube a la mesa de honor, se tumba y sigue durmiendo.

Se rieron varias veces y con cada carcajada sonaban un poco más naturales, un poco más relajados. Repitieron helado. Después dimos las gracias por la comida y ayudamos a limpiar la cocina. Nadie comentó nada de Sebastian. «Mi novio».

Hacían como si nada. Pero ¿qué iba a hacer yo?

Dos horas más tarde estábamos viendo una peli en el salón cuando Georg vino a expresarnos las disculpas de Sebastian. No recuerdo qué película era, ni siquiera nos molestamos en quitar el sonido cuando Georg nos reprodujo la conversación.

Sebastian había «llegado bien a casa», Georg había hablado con él por teléfono y Sebastian «quería» que Georg «nos transmitiera sus disculpas». La disculpa era una cosa informal y generalizada, y, a pesar de que era Georg quien la comunicaba, parecía pura cortesía, algo que te inventas cuando te has olvidado de un cumpleaños sin importancia.

Samir estaba a medio metro de mí. Tenía la cabeza apoyada en un brazo. Vislumbré el pelo oscuro y rizado bajo la manga de la camiseta. La piel interior de su brazo era tan pálida que brillaba a la luz de la pantalla del televisor. Miraba a Georg mientras este iba recitando la disculpa, balbuceó: «No pasa nada, de verdad que no pasa nada, está bien, gracias, claro», y, cuando hubieron terminado y Georg hubo salido de la sala, Samir volvió a dirigir la mirada a la tele, pero más que a la pantalla parecía estar mirando al vacío.

Cuando se incorporó y comentó que se iba a dar un paseo, esperé exactamente cuatro minutos antes de levantarme yo también.

—Me voy a dormir —anuncié.

—Buenas noches —contestó Amanda.

—Que duermas bien —dijo Labbe.

Después apagué el teléfono y lo guardé en la habitación en la que iba a dormir.

Samir estaba sentado junto al agua. Se abrazaba las rodillas. Hacía fresco y la noche era negra. Solo lo vi como una sombra, alumbrado por la luz de la casa. La luna nos miraba fijamente desde el otro lado del lago.

—No necesito consuelo —dijo cuando me senté a su lado.

—Ya lo sé.

De cerca, pude ver su preocupación.

Se rascaba el brazo, no podía ser una picadura de mosquito.

—No hace falta que me digas que soy tonto del culo.

—¿Por qué iba a hacerlo?

—Era mi primer día de clase, joder. Estaba de los nervios. Entiendo que vosotros no, porque os conocéis, todo el mundo se conoce desde hace diecisiete generaciones, pero para mí era un día desquiciante, vosotros erais superraros, quinceañeros que lo primero que se preguntan es «a qué se dedican sus padres», no me digas que no es para alucinar.

—Bastante —reconocí.

«Yo nunca te he preguntado qué hacen tus padres».

Estábamos lejos de la autovía, para llegar a la casa habíamos conducido más de veinte minutos por un camino de tierra, pero aun así se oía un leve siseo que debía de ser tráfico, porque no encajaba con el resto de ruidos, no pegaba con el sonido de los árboles, del bosque, de los animales.

—¿Qué es tu madre?

—¿Qué quieres decir?

—Me imagino que no es ni abogada, como le dijiste a Labbe, ni médica, como les has dicho a Georg y Margareta. Así que ¿qué es?

Samir arrancó una mata de hierba del suelo. Un poco de tierra se desprendió y me salpicó la pierna.

—Nunca he dicho que mi madre fuera abogada. Labbe no lo recuerda bien. Y mi madre suele decir que le habría gustado mucho estudiar medicina. Que era buena en la escuela, pero que se vio obligada a dejarla. Y ahora ya se le ha jodido el asunto. Apenas puede seguir diez minutos las noticias suecas, aquí ni puede contar con entrar en la carrera. Además, tiene que trabajar. Y le gusta ser auxiliar de enfermería.

—¿Tu padre es abogado?

Samir tardó un momento en negar con la cabeza.

—Y también me pagan. Doscientas coronas la hora, pero... —Se interrumpió—. Supongo que debo estar agradecido.

—¿Agradecido por qué?

—Por que Georg y Margareta no me echaran a mí sino que se contentaran con sacar al racista de tu novio de su casa.

—Sebastian no es racista.

Samir resopló.

—Deja de defenderlo. No seas otra más de esas que se inclinan ante Sebastian, Maja. Que le permite hacer y decir lo que le dé la gana.

Ahora me tocaba a mí enfadarme.

—Sebastian sabe por qué la gente le hace la pelota. ¿Te crees que no se entera? Pero los profesores no lo hacen, si fuera así no estaría repitiendo. Y ¿esta tarde ha podido decir y hacer lo que le diera la gana? Creía que lo habían echado.

—Con Georg y Margareta es distinto.

—¿De qué manera, si se puede saber?

—Ya lo sabes. Pero si Labbe no me hubiese necesitado para sacarse el bachillerato me habrían echado a mí en lugar de a él.

—No es verdad.

—¿De verdad crees que no?

—Pues claro que no lo habrían hecho. No has comprendido nada, Samir. Creo que ellos ya habían entendido que tu madre no es médica y que tu padre no es abogado. No son imbéciles, precisamente. Lo más probable es que les dé pena que creas que tienes que mentir sobre algo que es una chorrada. A mí me da pena que creas que tienes que hacerlo. Eres quien eres, independientemente de lo que hagan tus padres. Nos la suda tu historia. Si tu madre no ha ido nunca al instituto y tu padre lleva un taxi y aun así tú has salido tan bueno, no es más que una prueba de que te esfuerzas más que los demás. La gente te aprecia aún más porque eres quien eres a pesar de venir de...

Samir me cortó tan rápido que vi la saliva salpicar de su boca.

—No te enteras de nada. Sois tan rematadamente gilipollas. Os pensáis que sabéis de qué estáis hablando. No tenéis ni puta idea.

—No grites.

No bajó la voz.

—No estoy gritando. Pero te equivocas al pensar que no hace falta una historia. Basta con mirar *Got Talent, Factor X* o la mierda esa de *Superpanadero,* o como se llame, para entender que la historia de origen es media vida. Vosotros os queréis sorprender cuando el gordo canta de puta madre, queréis sentiros llenos de «lo ha conseguido, a pesar de todo» y queréis saber que solo es por mala suerte que mis padres no vivan también en Djursholm y trabajen de médicos y abogados, que es una injusticia de la que vosotros no sois responsables, pero que podéis decir que es un error y que «si tan solo pudiéramos cuidar mejor a nuestros inmigrantes», si tan solo fueran un poco más suecos, si aprendieran la nueva lengua más rápido, si estudiaran un poco más, entonces tendrían el sueño americano al alcance de la mano. A vosotros os encanta el sueño americano. Adoráis a Ibrahimović. Joder, cómo adoráis a Zlatan. La cosa solo se pone aún mejor cuando Zlatan dice que jamás ha abierto un libro y que las chicas no saben jugar a fútbol, porque así son los inmigrantes, catetos y misóginos, pero los adoráis igualmente porque vosotros sois tolerantes y transigentes y Zlatan tiene una sonrisa tan bonita y encantadora. Vosotros os pensáis que todo es cuestión de integración y circunstancias infelices y que todo el mundo puede conseguir triunfar siempre y cuando se esfuerce y…

—¿Quiénes son «vosotros»? —Me puse a llorar. No pude evitarlo. Y Samir dio un respingo, como si le hubiera dado una bofetada.

—¿Eh? —preguntó—. ¿Cómo dices?

—Hablas de «vosotros» todo el rato. Y cuentas un montón de cosas sobre ellos. Dices que «vosotros» pensáis esto y lo otro y «vosotros» sentís así y asá y yo me pregunto, ¿quiénes son «vosotros»?

Samir se mordió el labio. Yo continué.

—Samir. Todo el mundo entiende que para ti es más duro. Solo los idiotas piensan que si aprendes a hablar sueco correctamente te libras de todos los prejuicios. Georg y Margareta no son idiotas. No tienes que temer…

—Vosotros —dijo, y me cogió la mano—. Maja. Sabes lo que pienso de ti. Labbe es un tío majo, Margareta y Georg son amables.

Ahora estaba tan cerca que pude notar la velocidad a la que respiraba.

—Tú eres... Sabes perfectamente lo que quiero decir, quiénes sois vosotros. Eres tú, eres tú y todos tus... —Hizo un gesto con la otra mano, un barrido por todo el jardín, el bosque, el lago, la casa, las dos alas, la cabaña de invitados, la cabaña de cazador donde vivía John, la caseta del embarcadero—. Sabes quiénes sois vosotros, pero lo otro no lo entiendes. No me dais miedo. No se trata de tener miedo. No entiendes nada.

«Pues explícamelo».

Se volvió hacia mí. Su mano me rozó la cadera. Su boca estaba muy, muy cerca de la mía.

Y pensé que me iba a besar. Pero no se movió.

Nos quedamos así. Él respiraba, yo respiraba. No me atrevía a mirarlo. Cuando me levanté, él se quedó sentado. Subí a la casa sin mirar atrás, entré en mi cuarto y cerré la puerta. Cuando me eché en la cama saqué el teléfono y lo encendí. Sebastian me había mandado un mensaje. Pero solo uno.

«Si vas a follar con él espero que uses protección».

22

Cómo volvimos Sebastian y yo, después de ese fin de semana en casa de Labbe, a lo que teníamos antes? No lo hicimos. Pero continuamos. Sí, creo que me dije que no necesitaba pensar en términos de antes y después. No, creo que Sebastian no pidió perdón. Sí, dije que «jamás lo haría, ¿cómo puedes pensar eso de mí?» (porque tenía que decir algo del mensaje que me había enviado) y sí, fui directa de casa de Labbe a casa de Sebastian y nos acostamos mientras yo le aseguraba una y otra vez que «jamás lo haría» y que «solo te quiero a ti».

Se supone que el sexo de reconciliación es «el mejor sexo», pero no lo es, es sexo cuando estás triste y enfadada y así es como estaba yo, pero no tan triste y enfadada como para que no fuera más fácil hacer como si nada al cabo de un rato. Y no tardé mucho en estar triste y enfadada por otras cosas en lugar de por el fin de semana en casa de Labbe, lo cual fue peor, porque Sebastian no había hecho ni dicho nada en especial sino que solo era yo quien deseaba que todo fuera distinto, y a veces intentaba fingir que lo era.

Los días pasaron. Noviembre terminó. Llegó el primer domingo de adviento. Todo merecía una celebración, en opinión de Sebastian, y yo hice lo que pude para acompañarlo.

Había mucha gente en Montage, quizá incluso más que de costumbre. Llegamos antes de nuestra hora habitual, pero aun así habíamos tenido que apretujarnos unos minutos entre la muchedumbre antes de que el portero viera que éramos nosotros y nos dejara pasar. A Sebastian siempre lo dejaban pasar en cuanto asomaba la cabeza. Siempre, siempre, siempre. También solían dejar que los demás nos saltáramos la cola, aunque fuéramos sin Sebastian, pero nunca tan rápido.

Dennis se quedó en la puerta con los hombros encogidos. Jamás lo dejarían entrar en Montage sin Sebastian y eran pocas las veces que Sebastian quería que entrara con él. De vez en cuando daba una vuelta a la manzana, con el abrigo de plumas cerrado hasta la barbilla, la capucha cubriéndole la cabeza y las manos colgando delante del cuerpo como si no pudiera controlar su peso. Pero Dennis no se quejaba, gracias a Sebastian tenía más clientes que nunca y pagaban considerablemente más que las ratas de alcantarilla que podía camelarse en la plaza de Sergels Torg.

Todo el local estaba engalanado con decoración navideña, con lámparas de colores y gruesas guirnaldas, bolas de plata y cristales de Swarovski en un árbol en el centro de la pista de baile. Apenas hubieron pasado por la puerta, Amanda y Labbe empezaron a meterse mano descaradamente en un sofá de la zona vip. Labbe estaba recostado, Amanda estaba sentada a su lado, con una pierna por encima de él. Sus lenguas, dos topos desnudos, se veían desde los lados cada vez que se besaban.

Treinta minutos después de entrar, Sebastian iba tan colocado que el personal comenzaba a tener dificultades para ignorarlo. En una de las puertas se había situado una pareja de gorilas. Lo estaban vigilando. Seguramente, esperaban el momento en que se quedara dormido o se desmayara. Entonces aprovecharían para mandarlo a casa.

Si los guardias de seguridad intentaban algo antes de que Sebastian se quedara frito la cosa solía torcerse. La semana anterior, uno de ellos había cogido a Sebastian del brazo cuando este intentaba bajarle los pantalones a un chico que se le había colado en la barra. De una forma bastante cordial, con un: «Pensamos que quizá ha llegado el momento de que te vayas a casa». «¿Quieres que llamemos a un taxi?». Pero aun así Sebastian se puso hecho una fiera. Y entonces dejaron que se quedara. Vino el dueño, consiguió meterlo en una de las salitas privadas, me pidió que me quedara allí con él, cosa que hice hasta que Sebastian se quedó dormido y Labbe me ayudó a arrastrarlo al coche.

Pero siempre lo dejaban entrar. Siempre, siempre, siempre. Último de la fila, primero en pasar. Otra cosa habría sido tan impensable como dejar fuera a una de las princesas dando taconazos en el asfalto para entrar en calor.

Yo no sabía qué le había preparado Dennis esta noche, casi siempre eran cosas nuevas, pero, fuera lo que fuera, no iba a hacer que Sebastian se quedara dormido. Ahora se estaba paseando por las distintas salas como si buscara a alguien. Vueltas y vueltas. Una y otra vez. De vez en cuando pasaba a verme, se empeñaba en que nos sentáramos en el sofá donde estaban Labbe y Amanda, pero a los diez segundos ya se había cansado y quería ir a la barra. Estábamos allí unos minutos. Se olvidaba de la copa que había pedido antes de que el camarero hubiese tenido tiempo de prepararla y le pedía lo mismo a otro. Después dejaba las dos copas intactas sobre el mostrador y me tiraba de la mano hasta la pista, donde me dejaba sola porque «tenía que ir al baño». Unos minutos más tarde lo veía pasear a solas otra vez, estirando el cuello, girando la cabeza. Caminando. Vueltas y vueltas. Una y otra vez.

—¿Nos piramos? ¿Adónde vamos? Aquí no pasa nada. ¿Nos piramos? Voy un momento al baño, luego nos piramos.

Intenté bailar. Intenté emborracharme. Incluso intenté hablar con Amanda, lo cual era absurdo, porque ella no quería hablar, no podía hablar. Es difícil hablar cuando te están haciendo un masaje en las amígdalas, lo entiendo, es bastante engorroso hablar aunque solo te estén metiendo la lengua en una oreja, cuesta concentrarse, lo puedo entender. Pero me habría gustado hablar con ella. A gritos, por encima de la música, pegarme a ella y ni siquiera tener que decir nada, solo reírme de los pantalones feos de alguien o de algún peinado estrambótico. En lugar de eso traté de seguirle el paso a Sebastian. Escuchar sus preguntas. No necesitaban respuesta.

—¿Nos vamos? ¿Ya has pasado por el baño?

—¿Por qué? Joder, qué aburrida. Si acabamos de llegar. ¿Quieres tomar algo?

Estaba cansada de Sebastian. De Amanda y de Labbe, de todos ellos, de toda esta historia. Estaba cansada de ser joven y pasármelo bien, estar un poco loca, ponerme a gritar de borrachera en el frío a las puertas de un local o dentro de una salita vip. Estaba cansada de todo, pero seguí el juego lo mejor que pude. Noche tras noche. Vueltas y vueltas y vueltas. Me despertaba los sábados y domingos por la mañana y me encontraba un billete azul en la mano, arrugado, junto con el celofán de un paquete de cigarrillos y preguntas inventadas de «Dios mío, ¿cómo he llegado a casa?». Me frotaba los sellos borrosos del reverso de la mano hasta hacerlos desaparecer, cortaba las pulseras de los festivales con las tijeritas de uñas. Y lo volvía a decir, eso que decía todo el mundo, «Dios, qué pedo iba» y «No me acuerdo de nada» y «Joder, qué bien nos lo pasamos».

Pero ya no me lo pasaba nunca bien. No me olvidaba de cómo llegaba a casa. Siempre volvía de la misma manera. Me encargaba de que Sebastian llegara a la suya. Allí me dormía, mientras él estaba semiinconsciente o jugaba a la consola o solo buscaba «algo que hacer».

Ya no quería seguir así, pero tampoco sabía qué quería en realidad. ¿Cortar? ¿Qué iba a hacer si cortaba con Sebastian? ¿Podría seguir saliendo con los demás aunque ya no estuviera con Sebastian? No tenía ningún plan. No quería tener ningún plan. Solo quería que volviera a ser divertido.

Sebastian se iba volver loco si cortaba con él. Ya estaba loco. No podía cortar ahora. Lo haría un poco más adelante, cuando la cosa estuviera más calmada, todo saldría bien, pero no podía decir nada, todavía no. Lo mirábamos, los gorilas y yo, cada uno desde su sitio, pero no decíamos nada, esa frontera que sabíamos que Sebastian iba a traspasar siempre se podía alejar un poquito más. No decíamos nada porque fingíamos que seguro que se resolvía por sí solo. Sabíamos que todo se iría al carajo. Los guardias se juntaban en parejas, yo estaba sola. Ninguno de nosotros hacía nada. Yo no era más que un figurante. Todos éramos figurantes. Es en lo que te convertías al lado de Sebastian. Un figurante sin frases. Si yo decía algo, lo cortaban. Era fácil de ignorar, no hacía falta responder a lo que yo dijera.

—¿Por qué no nos vamos a casa?

—Este puto sitio, esta puta ciudad. Joder, qué asco de sitio, vaya agujero de mierda. Joder. Nos piramos a Barcelona. Hay un bar de tapas cojonudo al lado de la iglesia aquella, o espera, está en Palma, ¿no? Voy un momento al baño. Pídeme algo de beber. Ahora vengo, solo voy a mirar una cosa. Necesito una copa. Voy un momento al baño. Joder, nos piramos de aquí, joder, qué puta mierda. ¿Puedes decirle al puto DJ que ponga algo bueno? Nos vamos a Nueva York. Voy un momento al baño, a ver una cosa, ¿dónde coño está Dennis?, tiene que… Sal a buscarlo, dile que tengo que hablar con él, joder, qué asco de sitio.

Se lo dije a Amanda. «Ya no sé si estoy enamorada». Hablamos de ello. Me dijo: «Seguro que pronto la cosa irá mejor». Pero ella y Labbe se estaban retirando. Desde el fin de semana en casa de Labbe se habían comportado de forma extraña. Para ellos sí que hubo un antes y un después. Yo sabía que quedaban con Samir sin avisarnos, sabía que pensaban que Sebastian era un fastidio. Pero si querían venir aquí, salir, ir a algún sitio, entonces aún les servíamos. Saltarse la cola. «Vamos con él».

Por las noches me quedaba pensando. Cuando estaba tumbada junto a Sebastian y él sudaba por la nuca, tenía espasmos en el sueño, se volvía hacía mí, tiraba de mi cuerpo para acercarlo al suyo.

Hay palabras que puedes sentir en todo el cuerpo. Las palabras pueden despertar una sensación que está más conectada a otra parte del cerebro de lo que nos creemos. Las buenas palabras se perciben cálidas. El «shhh» susurrado de mi madre, cuando yo era pequeña y me costaba dormir («Mi niña, shhh, duerme, cariño»). O el tono de papá cuando gritaba «¡Maja!» y se podía oír que quería que todo el mundo supiera que yo era su niña, que estábamos juntos, él y yo. Y la voz de la abuela cuando me leía cuentos («Érase una vez»). El «te quiero» de Sebastian, justo antes de dormirse, al final de una exhalación.

«No lo sé». No era todo malo. No era todo siempre malo.

«Su padre tiene que hacer algo —me dijo Amanda, pero solo a mí—. Sebastian necesita ayuda».

Amanda creía que era por las drogas, que tan solo con que Sebastian frenara un poco yo volvería a estar igual de enamorada que antes. «Amanda tiene razón —pensé en aquel momento—. Claro que tiene razón. Claro que estoy enamorada de Sebastian».

«No hagas nada. No digas nada. Habla con él. Ayúdalo».

Pero no logré decir nada. Nadie dijo nada. ¿Qué iban a decir?

Quería irme. Quería alejarme. Ya no quería más.

Sebastian se volvería loco. Estaba loco. Sebastian estaba loco. Se encontraba mal. Tenía que hacer algo. Necesitaba ayuda.

«Yo lo quería». Claro que lo quería.

23

Amanda estaba durmiendo en la silla que había al lado de la mía. Sus guirnaldas de Santa Lucía se habían deslizado hasta su hombro y las medias de nailon tenían un tomate enorme en la rodilla. En el escenario del salón de actos había una mujer con tacones desorbitados, pendientes diminutos y un gigantesco reloj de hombre en la muñeca. Su peinado, brillante y negro como el carbón, parecía necesitar un asiento propio en el avión. Era americana y «redactora jefa en la revista de finanzas más leída en Occidente» (presentación de Christer).

—Estáis estudiando economía internacional, ¿correcto?

Asentimos al unísono, a pesar de que muchos de los presentes estaban haciendo cualquier cosa menos seguir el programa de economía internacional. Los demás alumnos del año pasado también estaban asistiendo, así como un buen puñado de padres (sobre todo hombres). Supongo que era una forma de librarse de la representación de Santa Lucía de sus hijos.

Los padres tenían la orden de no hacer preguntas y no ocupar ningún asiento, así que se habían quedado de pie a lo largo de las paredes. Cada diez metros había un tipo de espalda ancha, traje oscuro y pinganillo en la oreja; eran vigilantes de seguridad estadounidenses.

—Y los que no estáis haciendo economía tenéis que aguantar esta charla de todos modos.

Nos reímos complacientes mientras ella esbozaba una sonrisa más amplia que la entrada de vehículos de un ferry.

Incluso Sebastian había venido. A las cinco de la mañana Amanda y yo le habíamos despertado con canciones de Santa Lucía. Luego nos había invitado a las dos y a unos chicos a «desayunar». Pero cuando me negué a ir en su coche al instituto se había mosqueado. Ahora estaba en la otra punta del salón de actos.

Un «benefactor desconocido» había patrocinado el evento. Le pregunté a Sebastian si había sido Claes, él me había puesto cara de que era una pregunta tonta. Corrían rumores de que el acto había costado trescientas cincuenta mil coronas, pero ningún profesor hablaba de esas cosas.

La americana no solo era redactora jefa, sino también doctora en economía nacional y, según la revista *Time*, era considerada una de las más influyentes creadoras de opinión del mundo. Se había hecho famosa gracias a su canal de YouTube, donde explicaba cuestiones de economía con ayuda de Barbie y Ken, la casa de Barbie y el coche de Barbie. El clip con mayor número de reproducciones hablaba de la crisis financiera. En él, una Barbie negra hacía de propietaria desahuciada (madre soltera de tres hijos). Ken hacía el papel de jefe en Lehman Brothers. La americana dejaba hablar a los muñecos; Ken era arrogante y distante, la Barbie negra decía palabrotas y hablaba peor inglés que un párvulo sueco con aspiraciones a rapero. Pero nadie acusaba a la americana de usar estereotipos racistas. Se parecía demasiado a la Barbie negra como para que alguien se atreviera a hacerlo. Sus detractores la consideraban demasiado radical, opinaban que hacía simplificaciones demasiado burdas para demostrar sus objetivos. Pensé que alguien debería pedirle que, por lo menos, se pusiera al día en cuestión de maquillaje. Tendría mucho que ganar si usara unas pestañas postizas más cortas.

Hoy hablaría del futuro de la economía mundial. «Crecimiento o colapso», era el subtítulo de la charla, que debería haber ido entre unos signos de interrogación que brillaban por su ausencia.

—¿Hay alguien en la sala que deteste la economía? ¿Que piense dedicarse a asuntos realmente importantes? —Algunas risas—. Buena decisión. No te puedes fiar de los economistas nacionales. —Risas más fuertes.

Barrió el salón con todo el brazo.

—Nombrad a un economista peligroso.

—Karl Marx —dijo alguien entre las últimas filas.

La mujer asintió con la cabeza.

—Milton Friedman —gritó Samir. Se había puesto en primera fila.

La americana sonrió satisfecha.

—Ahí quería llegar. —Sacó un botellín de agua y dio un trago—. Y los economistas son un peligro de muerte por la simple razón de que la economía mundial afecta a las personas. A todas las personas. Así que, independientemente de si estáis estudiando economía o no, si os parece que el dinero lo es todo o si pasáis de todo lo material…, prestad atención. Esto va sobre vosotros.

Mientras Barbie nos advertía con el dedo a los del público, la iluminación en el salón de actos se hizo más suave. Una pantalla gigante apareció al fondo del escenario y, sin más presentaciones, la mujer se puso a recitar un cursillo exprés de economía del siglo xx: cifras, acontecimientos históricos, sufragio universal, Primera Guerra Mundial, crisis económica, Segunda Guerra Mundial, boom económico. Delante de su cara iban surgiendo hologramas de gráficas de barras y cubos y esferas en 3D, columnas y diagramas sobre demografía, ingresos medios, esperanza de vida. Quedó claro por qué el salón de actos había permanecido cerrado durante una semana, aquello parecía sacado de una película de James Bond. Incluso tenía un holograma de Roosevelt. Estuvo de pie al lado de ella durante unos segundos leyendo un discurso sobre el New Deal. Ni siquiera Amanda tuvo problemas para mantenerse despierta.

Barbie hablaba más deprisa que un comentarista deportivo. Christer iba asintiendo con la cabeza al ritmo de su entonación. Sí-sí-sí-sí; parecía que se le hubiera caído un tornillo de la nuca. Rebosaba euforia docente, como afectado por una especie de infección de las vías urinarias, pero mental.

—Muchos están convencidos de que la economía es una ciencia gobernada por fuerzas que recuerdan a la ley de la gravedad. Gastos e ingresos. Si se te cae un vaso al suelo, se rompe. Vas a la quiebra si gastas más de lo que ganas.

Barbie levantó la cabeza y miró a la fila de padres y madres con sus trajes y vestidos, deslizó los ojos hasta los estudiantes y continuó con la misa.

Cuando llegó la ronda de preguntas, Christer se puso a corretear de aquí para allá con un micrófono en la mano. Sebastian fue el primero. La americana le sonrió antes de que él se pusiera de pie.

«O sea que pagaba Claes».

De pronto me entraron ganas de salir de allí. «La Barbie negra y Ken Fagerman».

Si habían enviado ahí a Sebastian para que se enterara de lo que tenía que decir el último figurín del mundo de las finanzas, tanto Claes como ella quedarían decepcionados.

Sebastian sonó cansado, se encalló un poco pero consiguió soltar lo que ponía en su chuleta, y mientras la Barbie le respondía Christer se dirigió a la siguiente persona a la que le habían pedido que se preparara una pregunta.

Cuando llegó mi turno le devolví el micrófono a Christer antes de que la americana empezara a contestar. No tenía ninguna intención de estrujarme los sesos para hacer preguntas complementarias. La señora me miró asintiendo pensativa con la cabeza. Hacía como que no le parecía una pregunta estúpida (solo habían aceptado preguntas estúpidas cuya respuesta Christer ya conocía) y su réplica fue recibida con un aplauso. Era la quincuagésima tercera variación de «por un lado y por otro y en mis estudios sobre esta cuestión arrojo luz sobre muchos factores nuevos… que señalan que la cosa queda lejos de ser clara y evidente».

Habían apagado la parafernalia del 3D. Los párpados de Amanda comenzaban a pesar; buscó una postura más cómoda. La Barbie no era más que pura fachada y superficie, jamás diría nada con lo que todos los presentes no estuvieran ya de acuerdo. Cumplía con las expectativas.

Pero entonces le llegó el turno a Samir. Le quitó el micrófono a Christer y empezó a hablar.

—Hace unos meses tuvimos un simulacro de elecciones aquí en el instituto. —Le temblaba la voz. Sonaba nervioso—. Todos los alumnos votaron y dos partidos racistas inventados sacaron más del treinta y cinco por ciento de los votos.

Por el rabillo del ojo pude ver la mirada agitada de Christer. No era la pregunta que habían acordado. Alargó la mano para coger el micro, desconcertado, pero la americana señaló a Samir, quería que continuara. Y Samir se cambió el micrófono de mano, fuera del alcance de Christer.

—La junta escolar decidió que no había que tomar en serio los resultados, que habían salido así porque un grupo de alumnos se habían unido y habían decidido boicotear el ensayo.

—¿Pero? —La americana estaba tensa de pies a cabeza.

Alguien del público gritó: «No te salgas del tema, Samir». Uno de los padres que estaban al fondo gritó: «Creo que te has equivocado de clase, chaval», pero la Barbie levantó una mano y se hizo silencio de nuevo.

—Continúa.

—Nadie se tomó en serio el simulacro de elecciones. Pero es un buen ejemplo. Porque nos permite aprender que la política consiste en que todos los problemas de todos los países europeos se deben a la inmigración, las guerras fuera de las fronteras de Europa y el terrorismo islámico. Cosas sobre las cuales nuestros políticos no tienen ningún control. Es lo único de lo que hablamos, los islamistas son la amenaza más grande. Pero al mismo tiempo, los multimillonarios no paran de crecer en número y los pobres son cada vez más pobres. Aquí en casa. De eso no hablamos. Me refiero a que... —Samir carraspeó, perdió un poco el hilo—. ¿No deberíamos hablar de cómo estas cuestiones económicas afectan a nuestro bienestar y... nuestra democracia, acaso no afectan a la democracia, bueno, o sea..., a nuestra sociedad?

Un chico que estaba sentado un par de filas por detrás de Samir comenzó a tararear *La Internacional*. Una tímida risa recorrió el auditorio, pero la Barbie volvió a levantar su mano de Jesús y los hizo callar a todos.

—Cuéntame. ¿Samir, te llamabas? Cuéntame, Samir, en qué sentido te parece que estas contradicciones sociales son una cuestión de economía nacional.

—Pienso que los economistas deberían usar las cifras para llegar a soluciones concretas para los problemas reales que existen. No tiene ningún sentido decir que hay que invertir un billón de coronas en infraestructuras si no dices también de dónde va a salir ese dinero. En especial cuando el debate solo gira en torno a que no tenemos dinero para nada porque la inmigración cuesta demasiado.

Algo había pasado con la sonrisa de la americana. Era diferente y tardé un rato en comprender que la nueva sonrisa era auténtica. La voz de Samir se volvió más firme.

—Por supuesto que las inversiones públicas son geniales, pero lo difícil es decidir quién paga la cuenta. Y nadie se atreve a decir que son los de aquí dentro los que deberían pagarla.

Se levantó un murmullo en la sala. El ambiente era diferente, no enfurecido, sino más bien como cuando un salón se llena de adultos que quieren explicar lo que pasa. Pude sentir claramente que la fila de padres quería aclararse la garganta y decirle a Samir (y a la Barbie) «no sabes de lo que estás hablando». Porque ellos no tenían ningún problema con la inmigración. ¡Desde luego que no! «Pero ahora estamos hablando de la industria sueca —querían decirle—. Vamos a generar empleo y bienestar y nuevas viviendas para todos los recién llegados. Así que no nos podéis mutilar a base de impuestos».

Sabía lo que querían decir porque había escuchado a papá hablar de esto. Y los padres del fondo parecían haberse olvidado de que habían prometido no hacer preguntas, porque cuatro de ellos, quizá cinco, habían dado un paso al frente con la mano levantada. No estaban acostumbrados a levantarla, se les notaba, pero retorcían los cuerpos. Algunos miraban en catorce direcciones distintas al mismo tiempo para tratar de transmitir «qué chico más majo pero qué ingenuo» y «de jóvenes todos queremos hacer la revolución» y alguien susurró en tono teatral «hemos criado a un comunista a nuestros pechos» y a alguien más se le escapó una risa de escarnio descontrolada.

La americana los ignoró a todos, se acercó una silla y se sentó.

—¡Chorradas! —gritó de pronto el chico que había tarareado *La Internacional.*

La Barbie levantó la cabeza.

—¿Son chorradas? —dijo, y le regaló al público una nueva sonrisa Profident. «No hay ningún peligro», decía la sonrisa. «Estoy de vuestro lado»—. No os preocupéis, no vamos a hablar de política de inmigración. No sé lo suficiente del tema. Vamos a hablar de cómo financiamos los gastos del Estado. Cómo financiamos el bienestar. Es una cuestión relevante, ¿no os parece? —Esperó a oír el murmullo de confirmación—. Un uno por ciento de la población mundial posee el cincuenta por ciento de los recursos del planeta.

Uno de los padres ya no pudo aguantarse más. Sin que le hubieran cedido ni la palabra ni el micro gritó «perdóneeeeme», pero la Barbie ni siquiera miró en su dirección, sino que atravesó lentamente el escenario hasta situarse delante de la fila de Sebastian.

«Ahora se supone que Sebastian va a demostrar que puede representar al consorcio Fagerman —pensé, y se me encogió el estómago—. Quiere que la ayude a encender un auténtico debate».

Yo quería que Sebastian se levantara y se marchara. «Vete», pensé. «Odias la política». Y luego me vino el pensamiento prohibido: «Eres demasiado tonto para este debate».

La Barbie continuó, a escasos metros de Sebastian. Su tono era más despreocupado que nunca, pero la mujer daba por hecho que él la estaba escuchando.

—Hay un convencimiento tenaz de que, desde una perspectiva de economía nacional, sale a cuenta ser especialmente generoso con los multimillonarios. En Suecia, incluso los socialdemócratas piensan que un cero por ciento de impuestos sobre el patrimonio es un nivel razonable. —Agitó la mano hacia los padres—. No os podéis imaginar lo feliz que haría a mi contable si le dijera que me vengo a vivir a Suecia. Y eso que no soy multimillonaria.

Después se volvió otra vez hacia Samir.

—Pero ¿y qué pasa, entonces? Cuando los que no son multimillonarios, que no son ni siquiera millonarios, los muy pobres, ¿qué pasará cuando se den cuenta de que están financiando todos los gastos públicos? ¿Qué harán?

Señaló intimidante a Samir, que seguía con el micrófono en la mano y contestó en el acto, como si hubiera estado esperando la señal.

—Empezarán a protestar.

—Claro que lo harán.

La sonrisa sincera había vuelto. Los padres se habían callado. Christer hizo un amago de pirueta en su sitio. No había contado con esto.

—Empezarán a protestar —continuó la Barbie—. ¿Cómo? ¿Será una revolución sangrienta? ¿Les cortarán la cabeza a vuestros padres en la plaza mayor? No queremos eso. Así que mejor les echamos la culpa de la falta de presupuesto a los inmigrantes.

La americana entornó los ojos y miró al fondo de la sala.

—Os reís —constató. Pero nadie se estaba riendo. Nadie decía nada, solo Samir. Su voz había perdido todo resquicio de inseguridad y de pronto parecía diez años mayor. Nunca había reparado en lo bueno que era su inglés.

—La clase alta jamás en toda la Historia ha contemplado la posibilidad de que le arrebaten su poder, siempre la han pillado desprevenida.

—Efectivamente —asintió la americana, y se volvió y fulminó con la mirada a Sebastian. Él no tenía ningún micrófono, estaba recostado en su silla cuando contestó, pero pudimos oírlo de todos modos.

—Vaya estupidez. ¿Quién le da trabajo a la gente? ¿Acaso tú, Samir? ¿O tu padre, el taxista?

Sebastian se rio, lo más fuerte que pudo. Pero ni siquiera los chicos que tenía al lado le siguieron.

La americana le echó una mirada fugaz a Sebastian, ladeó ligeramente la cabeza, después se volvió de nuevo hacia Samir y le hizo un gesto para que contestara él. Este asintió con la cabeza.

—Lo estúpido es pensar que a Suecia le va bien tener más multimillonarios.

La Barbie asintió en silencio y le hizo el relevo a Samir cuando cogió aire.

—Y podemos hablar de los padres taxistas, también. Porque ¿qué pasa con la ética del contribuyente entre los padres taxistas?

«No digas nada —le dije por dentro a Sebastian—. Estate callado».

Y Sebastian no mostró ninguna intención de hacer ningún comentario, ni vulgar ni sin sentido. Se limitó a reclinarse aún más y a cruzarse de brazos, como quien busca una postura cómoda para dormir.

—Nos hemos desviado del tema, me parece a mí. —La americana se aclaró la garganta—. Antes de que mis propios vigilantes de seguridad me saquen en volandas de aquí para evitar que haya disturbios...

Miró a Samir y a los padres a lo largo de las paredes del salón de actos; a Christer, que no paraba quieto con la pierna. Luego se puso a hablar otra vez. Las frases salían de forma más comedida, ahora que no venían con hologramas ni explosiones de imágenes.

—¿Necesitamos a los multimillonarios para crear puestos de trabajo? Mmm..., bueno. ¿Bienestar? Las empresas exitosas, incluso los individuos ricos, pueden ser, sin duda alguna, buenos para la economía social... —Alzó la barbilla hacia las últimas filas—. No tengo ningún problema en que se pueda ser millonario. Ni siquiera los multimillonarios me caen directamente mal. —Señaló a Sebastian con la cabeza, pero él hacía ver que dormía—. Lo cierto es que creo en el capitalismo, aunque haya una parte de mis compatriotas que crean que todos los que tienen mi... aspecto... son comunistas.

Christer soltó un cacareo, pero nadie lo acompañó en la risa.

—Pero creo que intentabas llegar a otro punto, Samir. Que existe un límite en el nivel de desigualdad que puede haber en una sociedad sin que deje de ser una democracia estable. Y en eso tienes razón. Voy a explicar por qué.

Reinaba un silencio sepulcral. Todo el mundo quería oír aquello. Ni siquiera cambiamos de postura.

—Hay que ser cauteloso con el contrato social. Ambas partes deben cumplir su parte del pacto. Debemos tener una justicia comprensible. No es justo que el sistema de bienestar esté financiado únicamente por contribuyentes de ingresos bajos y medios. Que las grandes empresas paguen menos impuestos que sus compañeras medianas y pequeñas tampoco es justo. Eso no es lo que plantea el contrato social. Y cuando una enfermera paga más impuestos individuales que álguien que ha ganado una fortuna... No tener impuesto sobre el patrimonio. Ninguno en absoluto. —Formó un cero con el índice y el pulgar—. Ni tampoco impuesto sobre sucesiones. Cero por ciento. Es decir, los que no tienen que pagar impuestos sobre el salario si no quieren, no tienen que pagar nunca ningún impuesto. ¿Eso está en sintonía con el contrato social? ¿Es a eso a lo que se refiere la Biblia cuando dice que a cualquiera que tenga, se le dará más? —Hizo una pausa para tomar agua—. Ni siquiera en Estados Unidos somos así de generosos. Y no hace falta ser comunista para constatar que las contradicciones en Estados Unidos están al límite de la explosión. Creer que estas contradicciones no tienen que ver con la economía nacional es cometer un error. Y estoy de acuerdo contigo, Samir. No es ninguna teoría de la conspiración decir que hay gente que sale ganando cuando atribuimos los problemas sociales a una minoría..., cuando simulamos que los problemas dependen de... —hizo comillas en el aire— los «negros», o, como se los llamaba en los años treinta, los «judíos», o como los llamáis en Europa a día de hoy, los «inmigrantes».

Se quedó callada. El silencio se prolongó varios segundos en el aire. Ninguno de los presentes quería sentir que había ningún tipo de relación entre su dinero y la hostilidad contra la inmigración. «No somos racistas, estamos en el lado de los buenos, no somos tan simples y catetos como los socialdemócratas». Pero no había forma de protestar. La Barbie no había acusado a nadie, no directamente. Luego la americana echó un vistazo casi imperceptible al reloj de pared que había en un extremo del salón, enderezó la espalda y señaló a Samir.

—Hay que ver. No me esperaba que esto fuera a ser tan divertido.

Había tanto silencio en el salón de actos que al padre que habló se le pudo oír con perfecta nitidez.

—Divertido… —murmuró. Tenía la voz de alguien que acaba de salir de la cama, pero hablaba un inglés impecable. Me sonaba. Era el jefe de uno de los grandes bancos. Se rascó el pelo revuelto—. Esto es mucho más que «divertido». Esto es un adelanto de Navidad. Puedo volver con mis compañeros de trabajo y contarles que en Suecia vivimos en un paraíso fiscal. Esta noche toca champán.

Y los padres se rieron aliviados. El buen ambiente había regresado con la misma velocidad con la que había desaparecido. «No es más que política. No tenemos por qué estar de acuerdo». Si el banquero no se siente aludido, entonces los demás tampoco tenemos por qué hacerlo. «¿Qué sabrá la Barbie de cómo son las cosas en Suecia? ¡Ja, ja! Ju, ju».

Y luego aplaudimos. La americana dio unas leves palmadas de cara al público y le sonrió a Samir y este le devolvió la sonrisa, como si compartieran un secreto, solo ellos dos.

—Son preguntas difíciles las que haces, Samir —dijo mientras aún estábamos aplaudiendo—. Continúa haciéndolas, te llevarán lejos.

Cuando Christer subió al escenario para darle las gracias crucé una mirada con Samir. Seguía con las mejillas un poco sonrosadas.

«Bien hecho», le dije solo con los labios, sin emitir sonido. «Gracias», me contestó. Quise decirle algo más, pero él ya estaba mirando para otro lado. Miré a Sebastian. Se había dormido de verdad.

Christer entregó a la mujer un ramo de flores y un libro sobre Djursholm y aplaudimos de nuevo y cuando por fin se acabó apagué el teléfono y salí de la clase. A Sebastian que lo despertara otro. Ahora teníamos una hora muerta, pero quedaba un día entero en el instituto por delante y yo no tenía ganas de oír lo que él tuviera que decir, y desde luego no tenía ganas de ir a más clases, así que cogí el autobús y volví a casa. Aún faltaban varias horas para que llegaran mamá y Lina, podría estar sola. Era lo único que me apetecía.

Cuando sonó el timbre, yo me había cambiado y estaba tumbada en la cama con el ordenador en la barriga y mirando una peli. Si pretendía ignorarlo, Sebastian se sentaría delante de la puerta a esperar infinitamente, así que bajé a abrir.

Pero no era Sebastian. Samir se había colgado la chaqueta sobre el hombro y parecía estar recobrando el aliento, como si hubiese venido corriendo.

—¿Puedo entrar?

Apoyó la mano en el marco de la puerta y se inclinó hacia mí. Con el gesto se le tensaron los músculos del antebrazo y yo me acerqué. Me pegué a él y deslicé la mano primero sobre su fina piel, luego sobre el vello de su brazo. Cuando lo besé, con suavidad, con cuidado, noté unos pinchazos en el labio. Uní mi lengua a la suya y me quemó la piel. Él me puso una mano en la cintura.

—Claro —dije—. Entra.

La prisión provisional
de mujeres

Semana 1 del juicio, fin de semana

24

Cuando tengo patio por la mañana no puedo tomarme ningún somnífero, así que esta noche no he dormido, al menos no que yo recuerde. He tratado de mirar la peli que Susse me trajo, lo he intentado tres veces. Quizá me quedara dormida un rato en mi último intento.

Al pensar en el pasado, ahora que tengo tiempo de sobra para tratar de comprender lo que ocurrió, es fácil empezar a ordenar. Me gustaría dividirlo todo en capítulos claramente definidos: las primeras semanas en el instituto, después de que Sebastian y yo volviéramos del Mediterráneo, cuando «era como si siempre hubiésemos sido Sebastian y Maja» (palabras de Amanda). Supongo que fue una época clara y sin complicaciones, ¿no? En cualquier caso, durante ese periodo tuve amigos nuevos, desperté una nueva atención, recibí un nuevo tipo de elogios. Todos los que nos rodeaban a Sebastian y a mí (excepto Samir) parecían pensar que no había nada más natural en el mundo que la vida de Sebastian y la mía y que estuviéramos saliendo.

El segundo capítulo era más complicado y confuso. Y en el tercero, después de que besara a Samir, se desataba el caos más absoluto.

Pero no se puede hacer así. Para ser sincera, ni siquiera la primera época se puede distinguir de la segunda, de lo que pasó luego. No hay capítulos en este mejunje.

Pero al principio hacía calor, calor de pleno verano, y eran todo colores vivos. Quizá eso ayudara. El calor recordaba al mar Mediterráneo y atenuaba lo que yo debí haber visto ya en aquel momento, todo lo raro. No solo lo raro de Claes, lo malvado que era, lo poco que le importaba todo. Sino lo raro de Sebastian. El instituto era el mismo de siempre, pero se encogió y expandió al mismo tiempo cuando Sebastian y yo nos liamos. Al principio él estaba casi siempre allí, incluso cuando no iba a clase. Siempre parecía saber dónde encontrarme, aunque estuviera en un sitio distinto al que me marcaba el horario. Y eso me gustaba, me halagaba que él me tuviera localizada, que quisiera estar cerca de mí. No era una historia de acoso, no era controlador ni un anormal, nada de eso. Cuando aparecía, cuando se plantaba de pronto delante de mí con su camiseta blanca y su sonrisa, yo también le sonreía, claro que lo hacía, estábamos enamorados, él se alegraba de verme y yo de que me hubiera encontrado.

Pero eso no era todo. Él siempre cargaba con algo más por dentro. Era más que tristeza. No era odio, el odio es simple y Sebastian nunca era fácil de entender. Yo nunca tuve miedo de lo que me pudiera hacer a mí, ni siquiera hacia el final, pero siempre estaba preocupada. Incluso la primera época era lo uno y lo otro, mezclado, complicado, fácil y agradable, divertido, terrible y maravilloso.

Odio el primer patio en prisión provisional. Lo odio todavía más porque el personal piensa que me hace un favor cuando me lo ofrecen. Quieren que me alegre de tener un poco de tiempo para otras cosas, actividades entretenidas con las que llenar las horas del día, horas que se liberan si me «despierto y me levanto a tiempo». Como si tuviera otra cosa que hacer, aparte de desear que me dejen fumar. Porque lo que menos me gusta del patio de la mañana es que aún no me ha dado tiempo de que me entren ganas de fumar.

Y menos ganas aún me dan cuando me juntan con Doris.

En realidad la idea es que haga la pausa a solas, sigo teniendo restricciones, a pesar de que la investigación del caso ya esté terminada. Aún tengo que estar en aislamiento («por mi propia seguridad») y tengo prohibidas las visitas. Pero la prisión está al completo y el número de horas del día con luz no es suficiente para que todo el mundo pueda disfrutar de su tiempo al aire libre garantizado por la ley a menos que se hagan algunas parejas. Además, tienen que pensar en mi edad. No es bueno dejarme pasar periodos demasiado largos sin la compañía de otras personas. Encerrada en una celda de aislamiento veintitrés horas al día. Ese tipo de cosas (adolescentes encarcelados y falta de contacto social) son motivos de crítica para Amnistía Internacional. A Ferdinand le encanta contarme todo lo que sabe sobre Amnistía y decirme que esa es la razón por la que intentan convencerme de reunirme con el pastor y el psicólogo y el profesor varias veces a la semana y no quieren que salga al patio sola.

Doris es una mujer de unos sesenta años que, desde luego, no se llama Doris pero debería hacerlo. La consideran el mejor contacto social que puedo tener, es mi coartada para Amnistía.

Que pasara lo que pasó con Samir no fue algo que tuviera planeado de antemano. Nos daba vergüenza, a él le daba vergüenza, a mí me daba vergüenza, claro que me daba vergüenza.

«Jamás me acostaría con Samir», le dije a Sebastian (y a mí misma) después del fin de semana en casa de Labbe. «¡Nunca más!», nos dijimos Samir y yo aquella tarde de Santa Lucía cuando acabó pasando, pese a todo. No volvería a pasar nunca. No nos tendría que haber hecho falta decirlo para saber que era así. Pero lo dijimos, varias veces, todo el rato, y aun así volvió a suceder otra vez. Y otra.

Samir me llamaba. Me mandaba mensajes. Yo no le cogía el teléfono, borraba los mensajes, me arrepentía, contestaba, me volvía a arrepentir. Nos veíamos en el instituto, yo me sentaba en la biblioteca, nuestro bosque secreto adonde no iba nadie más. Era real. Cada vez que veía a Samir era real. Todo lo demás se me hacía una carga. Durante aquel tiempo, diciembre, mi vida daba asco las veinticuatro horas del día, hasta que Samir me tocaba. Y luego continuaba dando asco hasta que me volvía a tocar.

Siempre me ha parecido rarísimo que la gente se raje los brazos para que duela menos el alma, para «tener fuerzas». Pero lo de Samir debía de ser más o menos lo mismo. Era tan agradable estar con él que me dolía. A veces pensaba que era agradable precisamente porque dolía, aunque también pienso que todo aquello que Samir no era hacía que yo no pudiera abstenerme de él.

Samir *no* estaba siempre al borde de la crisis. Él *no* quería hacer siempre algo distinto a lo que estaba haciendo. *No* esperaba ser reconocido, preguntado, rodeado, admirado, colado el primero de la fila. Cuando Samir me tocaba solo quería tocarme, nada más, al menos es la sensación que me daba. Nos acostábamos en todos los sitios en los que no nos estaba permitido. En mi casa (mamá y papá estaban trabajando, Lina en la guardería), cuando hacía novillos (Samir no, él tenía una hora libre). En uno de los lavabos del instituto una tarde dos días después de Santa Lucía. El instituto estaba abierto porque el coro ensayaba en el salón de actos, pero no conocíamos a nadie del coro y en ese momento, justo cuando sus manos me tocaron, pensé que tenía que ser así. «Si somos él y yo, entonces me libro de Sebastian». Samir no era Sebastian, era lo contrario, y eso era lo que yo quería. Quizá fue por eso.

Samir no era mi príncipe azul, al contrario, era la manzana envenenada. Pero en aquel momento, aquellos breves días en los que duró, no importaba por qué, las preguntas de «por qué Samir y no otro» no eran lo bastante relevantes como para hacerme parar. Yo pensaba que aquello estaba mal y que no debería. Pero aun así no podía parar. Así que dejé de pensar también en ello.

Independientemente de si nos ha tocado el primer turno o no, Doris se pasa todo el tiempo del patio sentada en el banco de cemento a la distancia justa de tirarme una colilla chasqueando los dedos y fuma cigarros encadenados sin ni siquiera quitárselos de la boca. El humo asciende alrededor de su cabeza como si fuera una olla con la tapa deformada. No me dice ni pío en ningún idioma, ni siquiera cuando la saludo. No mira, no mueve la cabeza, no murmura. La he oído suspirar ante su mechero un día que llovía y le costaba encenderlo. Pero no me preguntó si podía usar el mío, solo continuó hasta que un par de minutos más tarde consiguió sacarle una llama, y cuando le hubo prendido fuego al cigarro soltó una especie de jadeo. Supongo que fue de alivio. ¿Alegría, quizá? Una variante especial de la alegría al estilo Doris.

Recuerdo que cuando tenía unos doce años le pregunté a mi madre cuándo se tiene edad para acostarse con alguien por primera vez. Mamá me contestó: «Cuando tengas tantas ganas de acostarte con alguien que te importe una mierda lo que yo piense al respecto, cuando te importe una mierda lo que piensen los demás porque prefieres morir antes que no hacerlo, entonces ya tienes edad». Pensé que lo decía para enseñarme lo divertido que le parecía el sexo, mostrar lo «guay» que ella era. A mí me pareció una asquerosa y una falsa. Pero tenía toda la razón. Por una vez en la vida debería haberla escuchado. No entendí a qué se refería hasta que conocí a Sebastian. Al principio de comenzar a salir con él, cuando me acarició el antebrazo y me hizo sentir que estaba hecho de terciopelo, lo entendí perfectamente. Sobra decir que seguía pensando que mi madre daba pena, pero la entendí. Y cuando dejé de sentirlo, estaba dispuesta a hacer cualquier cosa con cualquier persona con tal de volverlo a sentir. No, espera, Samir no era cualquier persona y, desde luego, no hacía cualquier cosa. Pero también me hizo sentirlo, que «no podía evitarlo». Aunque no fuera fácil con Samir, ni siquiera cuando salía bien. Él era una variante de la felicidad, pero nunca me hizo feliz.

Doris tiene una personalidad igual de atrayente que unas perneras mojadas y está gorda al estilo americano —forma cónica—, lo cual me hace pensar en un juguete que tuve de pequeña, un puñado de aros de colores hechos de plástico hueco. Había que ponerlos sobre una base que tenía un palo en el centro, en sentido descendente, empezando por el aro más grande. O una espiral de aquellas que eran populares cuando mamá era joven (bajan «solas» las escaleras); Doris se mueve así pero más lento: una lorza tras otra, las pocas ocasiones en las que no permanece sentada.

Le he preguntado a Susse por qué metieron aquí a Doris. Susse tiene que «guardar secreto profesional». Pero sea lo que sea, me habría causado más sorpresa ver a Doris fuera, en libertad, que encerrada bajo llave. Si buscaras «presa» en una vieja enciclopedia del siglo xix te saldría una foto en color sepia de alguien con un desconcertante parecido a Doris, quizá con excepción de la ropa. Porque Doris no lleva el uniforme presidiario (¡oh, no!), ella lleva calcetines gruesos y zuecos *crocs,* pantalón de chándal y un jersey de forro polar. Por encima de todo eso lleva un chubasquero gigante, con bolsillos del tamaño de un cubo de basura. Allí es donde almacena su tabaco. Y, posiblemente, también un puñado de gatitos recién ahogados.

Cada vez que me sacan al patio con Doris me imagino nuevas historias sobre lo que puede haber hecho, se ha convertido en un reto tratar de encontrar siempre nuevos crímenes. Porque no es fácil de saber. Doris es demasiado vieja como para estar en prisión provisional por acabar de cargarse a su hijo recién nacido. Se la ve demasiado gorda como para haber matado a su marido (a menos que lo hubiera hecho sentándosele encima) y no logro imaginarme quién querría estar con Doris, ni que haya existido nunca nadie en el mundo por quien ella se hubiera preocupado lo suficiente como para querer sentarse encima suyo. Doris es la mujer más fea que he visto en toda mi existencia.

Lo primero que pensé cuando Samir empezó en nuestro instituto fue lo hermoso que era. No guapo, hermoso. Le preguntes a quien le preguntes te dirá que eso no era lo importante en Samir, porque todo el mundo se empeña en fingir que las personas hermosas tienen un interior especial, que son listos y buenos y divertidos y mil cosas más, pero sin duda era el principal recurso de Samir. Decisivo, incluso. Sus ingeniosos comentarios y buenas notas e implicación política y todo lo que sabía y que otros de su edad ignoraban por completo habrían resultado insoportables de no haber sido por ese tono de piel caramelizado y los ojos castaño oscuro, casi tan negros como unas pestañas de muñeca ridículamente largas. Mis ojos se tornaban agua de lluvia incolora cuando él me miraba. Samir olía a brea y sal. Era el chico más hermoso que había visto jamás, ¿cómo no iba a tener eso importancia?

Doris es de color gris pálido como un gusano de tierra y huele a perro mojado. El fin de semana pasado me imaginé que había estado a cargo de un burdel lleno de putas oprimidas, secuestradas de sus familias en países pobres del Este. Me la imaginé fumando sus cigarros marrones junto a un teléfono antiguo de baquelita con cable en espiral. Desde allí cogía las reservas de sexo vejatorio que luego ejecutaba su cuadrilla de yonquis adolescentes. Contaba con la ayuda de media docena de esclavos con mal aliento y barbas moteadas. «Fue uno de los esclavos —pensé—: cuando ella no le pagó el sueldo, llamó a la poli y la denunció».

Hoy vibro más con la fantasía de que le ha llevado la contabilidad a algún rey de la droga (se niega a testificar contra él, porque entonces la mataría) o de que le ha fabricado explosivos a su hijo pequeño (un lacayo con acné, trabaja para la mafia rusa). A lo mejor ella habla un sueco fluido, solo juega a ese rollo de película muda, en realidad ha nacido aquí, a lo mejor de pequeña quería ser actriz pero no entró en la academia de cine por ser demasiado fea y entonces se dio a la bebida y cayó en la decadencia y pasados un par de años empezó a cuidar a niños de acogida porque estaba bien pagado. Quizá uno de sus hijos postizos desnutridos se había empachado tanto de ensalada de col y mermelada de arándano rojo en el comedor de la escuela que había tenido que ir al hospital. Y allí le hicieron una revisión médica y entonces salió a la luz el abandono de Doris y es la razón por la que ahora está sentada en mi patio y se niega a decir una sola palabra.

Durante el día no tengo nada mejor que hacer que imaginarme este tipo de cosas. Doris es la mejor campaña antitabaco a la que me he visto expuesta.

«Piensa en un sitio en el que te sientas segura», solía decirme mamá cuando era pequeña y me costaba dormir. Yo cerraba los ojos y fingía que hacía lo que me había dicho, pero nunca lo hice. Ahora sí lo hago, constantemente. Los fines de semana en prisión convierten el tiempo en un reloj dentro de mi cabeza. Engranajes oxidados que me van erosionando el cerebro, micromilímetro a micromilímetro. Solo a veces pienso en la realidad. Normalmente, pienso en lugares en los que no hay nadie más.

Me invento sitios en los que una debería sentirse segura. Playas, mares, extensiones, vacíos, puestas de sol y vientos. A veces pienso en el bosque. Que camino descalza por el musgo aunque sea otoño, se me clavan las agujas de los abetos, el barro se me pega entre los dedos de los pies. No odio la prisión provisional. Es una soledad perfecta. No puedes ser otra persona, pero a veces no hace falta que seas nadie. Aunque la sensación agradable no suela perdurar, quizá solo unos segundos (una correa cuyo contacto resulta agradable el segundo antes de ceñirla demasiado), en ese momento me siento un poquito mejor.

Me imagino caminando por una playa, por ejemplo. No es que haya estado nunca sola en una playa, pero es fácil de imaginar, una playa larga con conchas grises y arena blanca, algas y maderas a la deriva. Me imagino que camino por ella, hay marea baja, la arena es pesada y compacta como el asfalto cuando el mar se retira. A lo lejos, en el horizonte, rompen las olas,

las rocas que bordean la bahía son oscuras, espuma blanca ro-deándolas, estallando varios metros hacia el cielo. Me llegan los sonidos y los olores, incluso cuando el mar está quieto se mueve incesante, por todas partes. Sé que suena un poco como una pe-lícula en la que Ryan Gosling camina de la mano por la playa con una tía a la que el pelo se le pega en la cara y odio ese tipo de pelis, pero aun así me gusta pensar en un sitio así. Pero sin gente.

Todos los lugares que me imagino están siempre vacíos. Cada vez que pienso en una persona me vienen Samir, Sebastian o Amanda a la cabeza, mi cerebro me obliga a pensar en ellos. Y no sé llevarlo. En esos momentos ya no me funciona ni el mé-todo de mamá.

Quitando los patios con Doris, vivo aislada. «Por mi pro-pia seguridad». Pero sé que lo dicen por decir. No estoy en una celda de aislamiento para sentirme segura sino para que todos los que están fuera de la prisión se sientan seguros sabiendo que yo estoy bien encerrada. Pero a pesar de ello. A pesar de la mancha de humedad encima de mi lavabo de acero inoxidable (está combado hacia fuera como la barriga de un pez). A pesar de que me den pastillas para dormir (cuando me despierto sien-to la lengua como si fuera un hámster). A pesar del olor. Nunca me acostumbro al olor, es como un color elemental, nunca cambia y recuerda un poco al olor a comida del comedor del instituto (una mezcla de cocina industrial y zapatillas de depor-te usadas).

A pesar de todo, me alegro de estar sola en prisión provi-sional. Puedo pensar. En el mar y la playa y el bosque, los clichés más patéticos que pueda haber. Todo lo contrario a este sitio. No creo que fuera a sentirme segura en el bosque, ni en la playa ni en casa, pero me siento un poco más segura al estar encerrada y pensar en lugares como esos.

También hay pensamientos prohibidos, aparte de los de Amanda, Samir y Sebastian. Lo que está prohibido es: mi casa, el camino que baja al agua, ir en bici hasta Ekudden con Lina en el portapaquetes, bañarme junto al trampolín del parque de la Barracuda, caminar descalza por Aludden, quitarle hormigas de los pies a Lina, hacer barbacoa en la isla de Cykelnyckelön, leer en voz alta en el sofá con Lina en la falda, sentarme en el escalón de la puerta de la cocina que da al jardín con la manta de cachemira de mamá sobre las piernas y tomar té, la mano sudorosa de Lina cuando el capítulo da miedo, mi lamparita de noche que hace ruido cuando lleva un rato encendida, películas de terror con Lina, los dedos pringosos de palomitas calientes con mantequilla, Lina comiendo un dónut relleno de manzana e intentando no lamerse los labios, Lina cerrando los ojos y la boca y frunciendo la nariz cuando le embadurno las mejillas con crema solar.

El pensamiento más prohibido, más censurado que cualquier otro: Lina.

«Cierra los ojos, piensa en un sitio, el que sea, pero que Lina no esté allí».

Cuando el juicio termine y me hayan condenado tendré que trasladarme de la prisión provisional. No se lo he preguntado a Sander, pero él me lo ha contado de todos modos, que («si se acaba dando tal situación») piensa exigir que me condenen a un correccional y sea trasladada a algún sitio para jóvenes. Pero puede ser «complicado», porque he cumplido dieciocho.

Le pregunté a Sander si no podía quedarme en prisión provisional. Pero no parecía creerse que estuviera hablando en serio. Aunque así era.

Si me pongo enferma unos días pasará aún más tiempo antes de que me trasladen. Y sea a donde sea que me lleven, ya no estaré aislada. Sander y todos los demás piensan que lo peor de la prisión provisional es el aislamiento; yo no sé cómo me las voy a arreglar sin él. Habrá un montón de gente a mi alrededor. Me hablarán, me tocarán, me harán preguntas, se sentarán a mi lado en el comedor, me exigirán respuestas.

¿Tendré que ver a Lina? Probablemente. Me niego a imaginarme ese momento.

Vista principal de la causa B 147 66
La Fiscalía y otros contra Maria Norberg

Semana 2 del juicio, lunes

25

De camino a los juzgados nos pilla la lluvia. La ventanilla del coche por la que estoy mirando se llena de estrías oblicuas de agua. Sander va en el asiento de atrás conmigo, me ha venido a buscar a la prisión para poder «repasar algunas cosas» de cara a la vista de hoy.

—¿Has dormido bien? —me pregunta.

Asiento con la cabeza.

De pequeña pensaba que si habías tenido una pesadilla había que contarla para que no calara. Y en cuanto le ponías palabras, la pesadilla se volvía irreal. Se desprendía del marco de lo que podía ocurrir en la realidad.

En los cuentos se dice que los troles se resquebrajan con el sol. Pienso que eso significa que si expones algo horrible, si lo sacas a la luz, deja de ser tan horrible. Pero en la vida real, con las cosas realmente repugnantes pasa todo lo contrario. Porque mucha luz y «verdades» y «hablarlo» y «di lo que sientes» y «atrévete a hablar de tus problemas» hacen que la gente vea el monstruo que eres. Tus sentimientos más feos saltarán tanto a la vista como una verruga llena de pelos.

A veces el sol ciega a las personas que miran al trol. Y entonces toda la luz, todos los destellos, pueden convertir al monstruo en lo más bello del mundo. Es lo que pasó con Sebastian. Su foco de luz era tan intenso que costaba verlo como algo más que el hijo de Claes Fagerman, el que montaba fiestas, un chico divertido. El chico que era en realidad apenas se podía distinguir.

He dejado de creer que puedo evitar las catástrofes a base de expresarlas con palabras. Las cosas acaban ocurriendo, independientemente de lo que yo diga. Lo más malo no se ve afectado por cábalas y supersticiones, estadísticas y probabilidades.

—Gracias —le digo por eso a Sander. ¿Acaso puede remediar que yo haya dormido mal?—. Muy bien.

Después sigo mirando por la ventanilla. El chorro de calor entra con un susurro en el habitáculo por el sistema del aire acondicionado. Hace demasiado calor, pero no digo nada.

Antes solía contar mis fantasías, mis sueños, todo lo que me imaginaba e inventaba. Lo contaba y todo el mundo me prestaba atención. Papá solía subirme a su regazo y decir que le encantaba mi «fantasía tan activa». Cuando me hice demasiado mayor como para tenerme en el regazo eso cambió. Entonces comenzó a detestar cuando le contaba cosas raras que había pensado. Solo le gustaba si comentaba algo que ya había dicho otra persona, si lo hacía con cierto sarcasmo y distancia. Entonces sí me escuchaba. A veces casi se reía. Si me implicaba demasiado me tachaba de ridícula, hacía como que no me oía. Hacía todo lo posible con tal de mostrar que no tenía el menor interés. Yo tenía que susurrar sin ningún tipo de entonación para que él no me dijera que me calmara. («Tranquila, Maja»).

Pero no era solo papá. Sebastian era igual. Y Samir. Samir lo era más que Sebastian, después de que nos hubiésemos acostado. («Relájate, Maja. ¿Por qué te alteras tanto?»). Todos los tíos son así cuando te has liado con ellos. Todas las chicas lo saben.

Las chicas nunca deben reírse con sus propias bromas. Nunca tienen que hablar deprisa ni, peor aún: alto. A una chica que habla demasiado alto sobre cosas que ha averiguado por cuenta propia solo le falta ponerse a mear en público y enseñar las tetas delante del parlamento. «Hormonas femeninas, menstruales, adolescentes».

A papá solo le gustaba mi imaginación en un plano teórico. En verdad le tenía miedo. Y ahora está lejos de ser el único. Mi imaginación es una parte de lo que creen que soy, una prueba de lo peligroso y descontrolado. Por eso no explico mis pesadillas, ni las cosas que me dan miedo. He dejado de creer que eso hará desaparecer la parte mala. La superstición no sirve contra la realidad. Los hipocondríacos padecen enfermedades mortales con la misma frecuencia que los demás.

Llegamos al juzgado. Aparcamos. Bajamos del coche. Subimos en ascensor.

—¿De qué quería hablar? —pregunto. Hasta ese momento no caigo en la cuenta de que hemos hecho todo el trayecto en silencio. Sander se encoge de hombros. Por un breve segundo tengo la impresión de que me va a acariciar la mejilla, como habría hecho el abuelo.

—Lo estás haciendo bien, Maja —dice—. Muy bien.

Sander siempre me escucha. Incluso cuando estoy callada.

La sala del tribunal me parece más oscura que de costumbre. No es que las ventanas dejen pasar demasiada luz del día, pero hoy estamos envueltos en un manto gris, una penumbra mojada, incluso bajo techo. El aire es seco, sofocante, y eso que aún no hemos empezado. Nos quedan casi dos semanas de juicio y yo ya tengo la sensación de que llevamos una eternidad. He entendido cómo funciona.

«Empezar a las diez, terminar a las cuatro, los viernes un poco antes si se puede». Cuando Sander me contó el horario sonó como si fueran a ser días especialmente largos, pero en aquel momento no entendí lo mortal que puede llegar a ser el aburrimiento. No entendí que mi propio juicio pudiera ser aburrido. Los papeles de la fiscal, las lecturas de actas y modelos, informes y declaraciones («volveremos» a ellos cuando al final llegue el turno de los testigos y tengan que leer los mismos papeles de mierda), aún más informes, aún más declaraciones.

Dedicamos más de la mitad de la semana pasada a escuchar a la fiscal mientras repasaba todo aquello a lo que «volveremos»; no se va a acabar nunca. El juicio es como una pesadilla en la que todo el rato estás buscando algo pero no recuerdas el qué. O como cuando tratas de gritar en el sueño y la voz no te funciona y por mucho que lo intentes no te sale ni un mísero graznido de la garganta. No es una pesadilla en el sentido de que dé miedo, no te estresas hasta ponerte a sudar, pero aun así sabes que todo se está yendo al carajo y no hay nada que puedas hacer para evitarlo.

Hoy Sander expondrá su tesis (y va a sacar sus propios malditos papeles, a los que también «volveremos» más adelante). Que exponga su tesis significa, más o menos, que va a explicar mi historia, pero también ha dicho que «está sentando las bases de las razones por las que consideramos que debes ser absuelta».

Sander nunca me ha dicho «todo va a salir bien». Él no me miente. Ferdinand me ha dicho «no te preocupes» en un par de ocasiones, pero apenas se esfuerza en aparentar que lo está diciendo en serio. Y como lo que siento no se puede explicar como que «me preocupo», paso de contestarle.

Lo que me diga el Panqueque me da exactamente lo mismo.

Son las diez menos dos minutos cuando el presidente del tribunal enciende el micrófono. Empieza sonándose la nariz. Uno de los jueces legos bosteza sin taparse la boca. No hay ni un solo juez que esté sentado con la misma postura erguida que adoptaron los dos primeros días. No hemos ni empezado y ya están más muertos de asco que el vigilante de la puerta. Aquí dentro lo único que brilla es la dentadura de Sander. Está activo, piensa «lo estoy haciendo bien».

En cuanto el presidente termina con sus palabras de introducción («con esto retomamos la vista de la causa B 147 66») —lo suelta sin ningún interés, en plan «en el nombre del Padre, del Hijo y del Espíritu Santo», o «así en el cielo como en la tierra»— le toca hablar a Sander.

—Según la fiscal, Maja Norberg se ha hecho culpable de asesinato, inducción al asesinato, intento de asesinato y de ser cómplice de asesinato.

Dudo mucho que haga falta recordarle eso al auditorio, pero parece que Sander lo considera una introducción llamativa.

—Maja Norberg niega su responsabilidad —continúa, y ahora le toca a él soltar la parrafada, el mismo discurso que soltó ya en el alegato de apertura sobre mi postura ante la demanda principal y las demandas alternativas, y la cosa se vuelve aburrida en el acto, quiero irme de aquí. Pero entonces baja su monótona voz y baja el tempo otro poquito. Y hay que hacer un esfuerzo para oír.

—La fiscal dice que Maja Norberg ha inducido al asesinato de Claes Fagerman y que planeó y llevó a cabo los crímenes citados en el instituto público de Djursholm...

El tono de voz de Sander se ha vuelto gélido. Está diciendo: «Esto es absurdo-lo que sugiere la fiscal es inverosímil-es imposible». Su voz insinúa que todo cuanto ha salido por la boca de Lena la Fea es tan disparatado que Sander no puede ni repetirlo con una mínima dosis de interés. Termina con un amago de suspiro.

—Maja Norberg lo niega.

Sander pasea la mirada de un extremo a otro de la mesa de los jueces. El juez lego soñoliento vuelve a bostezar, pero esta vez gira la cara. Sander continúa.

—El relato de los hechos de la fiscal incluye... —me pregunto si ahora le toca a él bostezar— una descripción de..., ¿cómo expresarlo? Un asesino, cuando menos, peculiar.

La fiscal se retuerce. No parece soñolienta. Más bien se la ve claramente irritada; mira fijamente al presidente, intenta captar su atención.

Sander saborea las palabras, parece satisfecho, alza la cabeza, como si justo en ese instante le hubiera venido algo nuevo a la cabeza.

—La imagen que la fiscal da de Maja como autora de los hechos es, en cierto modo, extraordinaria. Única en su especie.

Intento parecer lo contrario a única. Imperceptible. Normal. Quiero mostrarle a todo el mundo lo corriente que soy. «¿Extraordinaria?». ¿Por qué dice eso? ¿No es eso algo bueno? ¿La imagen que la fiscal da de mí es algo bueno? Sander hace que suene como la peste bubónica (o un asesinato en masa, vaya). Pero nadie me mira. Todo el mundo tiene los ojos clavados en Sander, temen perderse una sola palabra.

—¿Maja... lo es? —Doy un respingo. La frase es un latigazo—. ¿Es Maja realmente quien la fiscal dice que es?

Ahora la fiscal está rascando con la silla en el suelo. Apenas puede estarse quieta de lo enfurecida que está.

Sander deja la pregunta flotando en el aire. Sander no habla de mi posición privilegiada, de que soy de Djursholm, de que «soy de lo más afortunada», de que vivo desconectada de la realidad, aislada; de todo eso ha hablado la fiscal. La pregunta retórica de Sander habla de si soy extraordinariamente mala.

Las estadísticas están de mi lado. Por mi mero género ya es improbable que entrara en una escuela y empezara a aniquilar a gente. Es cierto que existen algunas chicas que han hecho masacres en colegios, pero desde luego no son muchas. Sebastian, en cambio, que durante toda su vida fue único en su especie, es un típico asesino de instituto. Quitando el tema de «el más rico de Suecia», todo coincide: chico blanco con problemas psíquicos, enganchado a las drogas, dificultades en los estudios, padres divorciados y acostumbrado a las armas. Sander incluye un informe pericial de un psiquiatra en su exposición. El psiquiatra será citado como testigo.

«Maja no volvió loco a Sebastian —dirá el psiquiatra—. Se volvió loco él solo —yo, en cambio, no soy tan fácil de encajar en el patrón—. Maja no cumple el perfil de los asesinos de instituto —señalará nuestro experto».

Por estadística, y ese es el objetivo de Sander, yo debería ser inocente. El único problema es que no todos los asesinos son típicos. Y que, en los pocos casos en los que quien disparaba era una mujer, siempre lo ha hecho junto con su novio. Pero eso Sander no lo comenta. No obstante, la fiscal tiene un puñado de expertos dispuestos a recordar ese detalle.

Y ahora la fiscal ha tenido suficiente. Ha abierto su micrófono; la boca se le ha arrugado como una ciruela pasa.

—¿No debería el abogado Sander, por una mera cuestión de tiempo si no por otra cosa, centrarse en su exposición de los hechos y dejar esto para su alegato?

El juez niega con la cabeza. Él también parece molesto. Pero más con Lena la Fea que con Sander. Al juez no le gusta que le digan cómo tiene que dirigir su juicio.

—El abogado Sander debe de ser consciente de nuestra planificación y del tiempo que tiene para cumplirla. —Dirige la mirada a Sander—. ¿No es así?

Sander asiente con la cabeza y continúa, visiblemente animado.

—La descripción de los hechos de la fiscal es una historia sin parangón. Todo el mundo ha quedado fascinado con la pareja Sebastian-Maja: la alianza para cometer un crimen más inverosímil de Suecia. Y la fiscal ha contado con una importante ayuda en la redacción de su relato, empezando por los periodistas, que durante los últimos nueve meses han reiterado que Maja Norberg convenció…, perdón, manipuló a su novio débil e incapaz para que ejecutara una sangrienta venganza contra su entorno más cercano.

La fiscal suelta un suspiro, fuerte, para que todo el mundo lo oiga. Ella nunca ha dicho eso, apunta el suspiro. Pero sí lo ha hecho, quizá no textualmente, pero aun así todo el mundo sabe lo que quiere decir. El juez levanta la mano a regañadientes y dibuja con ella un círculo en el aire en dirección a Sander. «Vaya al grano —dice la mano—. La señora es una pesada, pero tiene su punto de razón —dice también—. Ya volverá a esto más adelante». Bajo la mirada a la mesa. Entiendo lo que Sander está haciendo. Pero está hablando de Sebastian y de mí, a pesar de todo.

—A estas alturas ya nos sabemos la historia. Maja y Sebastian eran una pareja joven con muchos problemas: con las drogas y el alcohol, en el instituto y entre ellos, en las relaciones con sus padres y amigos. La fiscal trata de mostrar que Maja tenía una necesidad ilimitada de reconocimiento, que albergaba un odio irracional contra las personas de su entorno y el de Sebastian, que quería vengarse, que Sebastian era débil, que se había sentido amenazado y cuestionado y que Maja era el único punto de apoyo de su existencia, que era en ella donde buscaba reconocimiento.

La fiscal vuelve a carraspear. Esta vez más fuerte. Sander sigue hablando sin dejarse importunar.

—Hemos escuchado a la fiscal dar cuenta de los acontecimientos que precedieron al asesinato de Claes Fagerman y la tragedia en el instituto público de Djursholm. Maja aprueba gran parte de dicha descripción. —Sander vuelve a dar un suspiro casi imperceptible—. Pero con algunas diferencias decisivas.

Sander mira sus papeles. Guarda silencio y hojea un rato. Los papeles no los necesita más que para darnos tiempo a reflexionar. Quiere que nos apremien las ganas de oír la continuación.

Cuando el presidente entiende que la introducción de Sander ha terminado se estira para coger su libreta. Aprecio realmente esto de él, que toma notas y escucha. A veces, cuando considera que Lena Pärsson habla demasiado deprisa, por ejemplo, levanta la mano como quien ordena un alto para hacerla aminorar la marcha. Una vez, cuando Lena Pärsson enseñó los mensajes de texto que yo le había enviado a Sebastian la noche antes, le pidió que se callara mientras él anotaba las horas exactas. Incluso dijo «shhhh», aunque supongo que fue por error. «Un momento», dijo también, justo después. Y Lena Pärsson se calló. El juez quería apuntar todas las horas en su propia hoja, a pesar de que ya tuviera todos los papeles y a pesar de que Lena Pärsson continuara paralelamente con su pedagógica «lectura en voz alta y señalando en la pantalla» al mismo tiempo. Eso me gusta de él, que se lo toma todo en serio y no confía en que todo lo que Pärsson dice sea cierto.

Sander continúa.

—Este caso ha despertado excepcionalmente mucho interés. Todos hemos escuchado el relato de la fiscal. Lo ha remitido sin ningún tipo de reparo a los medios durante un tiempo muy extendido. Ahora nos ha llegado la hora de dar un paso atrás. Hasta este momento Maja no ha podido explicar su versión de los hechos. Escúchenla, por favor. Con la mente abierta. Traten también de recordar que hasta que hayamos analizado el total de las pruebas presentadas y hayamos escuchado a todos los testigos no podremos hacer un resumen de lo que realmente sabemos. Discernir entre hechos y especulaciones. Hasta que no haya terminado la vista oral no podremos comparar los hechos que tenemos en la causa con lo que Maja nos va a explicar.

La fiscal consigue la proeza de, mediante un ruido, invocar la imagen de una persona poniendo los ojos en blanco. «No nos hables como si fuéramos tontos del culo», dice el ruido.

Sander le hace una señal a Ferdinand con la cabeza. Esta se levanta y se coloca junto a una mesa auxiliar con un ordenador. Una vez allí saca un pequeño artilugio. Parece un bolígrafo y va conectado a las dos pantallas de la sala. Con él puede señalar sobre las imágenes con un puntero de color rojo.

«El Hombre Láser», pienso, y noto una carcajada abriéndose paso por mi garganta, repentinamente, como una arcada ácida. En el último momento consigo reconvertir la risa en un tosido y Ferdinand abre un vídeo de una cámara de vigilancia de la entrada de la casa de Sebastian. La hora exacta se puede ver en la esquina de la pantalla. El sonido no está activado.

—Entonces..., ¿qué es lo que sabemos? —pregunta Sander—. Empecemos por la cronología. Maja ha contado que se marchó de casa de los Fagerman poco después de las tres de la madrugada del día en cuestión. El material recogido de las cámaras de videovigilancia de los Fagerman demuestra que es cierto. Maja se marchó de la casa a las 03:20. Ha contado que volvió poco antes de las ocho aquella misma mañana, lo cual también queda corroborado por el material grabado.

Se aclara la garganta. Mira a Ferdinand y asiente con la cabeza; ella abre el extracto de un interrogatorio con uno de los guardias de seguridad de Claes.

—Según el interrogatorio del vigilante de seguridad de Fagerman, tuvo un último contacto con Claes Fagerman, a través del portero automático, provisto de cámara, después de que Maja hubiera abandonado la casa a las 03:20. ¿Qué conclusión podemos sacar de esto? Claes Fagerman estaba con vida cuando Maja se fue de la casa.

Ferdinand vuelve al vídeo de la cámara de seguridad y deja que el puntero rojo baile sobre la pantalla.

—Repasémoslo de nuevo. Las cámaras del camino de acceso a la casa de los Fagerman muestran cómo Maja Norberg abandona la casa de Fagerman a las 03:20 de la madrugada y no regresa al lugar hasta las 07.44.

Sander carraspea y deja que la secuencia de imágenes siga rodando hasta el final. Han juntado las escenas. Primero podemos verme salir por la puerta de casa de Sebastian y bajar por el camino de acceso, y luego cuando vuelvo otra vez.

Ferdinand dibuja círculos con el bolígrafo láser alrededor del reloj digital.

Luego Ferdinand proyecta un informe de autopsia.

—Según el examen forense, Claes Fagerman fallece un par de horas antes de que Maja regrese a la casa, poco antes de las ocho. La hora estimada de la muerte de Claes Fagerman tras recibir los disparos es las cinco de la madrugada del viernes. Dicha hora queda reforzada por las observaciones que el médico forense pudo hacer en el lugar de los hechos y la posterior autopsia. El examen demuestra, además, que cuando Claes Fagerman es abatido Maja Norberg no está presente. Maja ha afirmado que a esa hora, más o menos entre las tres y media y poco antes de las ocho de la mañana, se hallaba en su propia casa, a más de un kilómetro de distancia de la casa de los Fagerman. Esta afirmación no solo está respaldada por el vigilante de seguridad que estuvo haciendo guardia en el acceso de la casa de los Fagerman durante la noche en cuestión, sino también por las declaraciones de los padres de Maja.

Por el rabillo del ojo veo que la fiscal niega con la cabeza. Esto también le parece innecesario, quiere mostrar que sigue pensando que Sander debería ir al grano. Pero cuando ella lo expuso no estaba tan claro. Costaba más entender lo que quería decir.

—Por consiguiente, podemos constatar que queda determinado que Claes Fagerman falleció durante un periodo de tiempo en el que Maja no se encontraba en la casa. Esto coincide también con la descripción de los hechos que ha hecho la fiscal. Mi cliente no tiene nada que objetar en estos puntos.

Por un momento pienso que Sander no va a comentar nada de los mensajes de texto. Que hará como que no existen. Pero, naturalmente, eso no puede hacerlo.

—Entonces, ¿qué ocurre cuando Maja se encuentra en la casa de sus padres, de camino a ella o de camino al chalé de los Fagerman? Es aquí donde la descripción de los hechos que ha efectuado la fiscal pasa de referir lo que sabemos con certeza a ser pura especulación.

Ferdinand abre la misma imagen con todos los mensajes que Sebastian y yo intercambiamos la noche previa y que la fiscal enseñó durante su exposición. Me quedo helada de inmediato. Se me encoge el cuero cabelludo. Me sucedió lo mismo cuando Llámame-Lena los leyó la semana pasada. No quiero volver a verlos, nunca más. Sander deja la imagen brillar en la pantalla mientras prosigue.

—La exposición de la fiscal sobre el transcurso de los acontecimientos contiene toda una serie de afirmaciones que Maja desmiente. Pero permitan que primero les recuerde rápidamente lo que Maja reconoce. En los interrogatorios ha contado que Claes Fagerman inicia una discusión violenta con su hijo esa noche. La riña continúa después de que los jóvenes que se hallaban presentes en la casa para celebrar una fiesta se hayan retirado. Después de que Maja y Sebastian hayan salido a dar un paseo, vuelven a la casa, donde Sebastian y su padre retoman la discusión. Sebastian y Claes siguen discutiendo cuando Maja abandona la casa para irse a la suya a dormir. Hasta ahí no hay nada que objetar.

«La fiesta». Me pongo enferma solo de pensar en ella. Cuando Claes echó a Dennis, Labbe, Amanda y a todos los demás se hizo el silencio en el chalé. Al principio me pareció agradable. Después Claes se puso a gritar. No solo a Sebastian, sino también a mí. Tuvimos que irnos. Estuvimos bastante rato fuera, caminando. Yo estaba asustada. El padre de Sebastian me daba miedo. Cuando estaba sentado en su despacho, cuando hablaba con gente que cobraba para que su vida fuera más fácil, entonces apenas podías mirarlo directamente sin quedar cegado por toda su excelencia. Pero como padre de Sebastian era otra persona.

Cuando regresamos, Claes se había puesto la bata, nos estaba esperando en la cocina y ni siquiera tenía un periódico al que aferrarse. Apenas lo pude reconocer. Había perdido todo el pigmento. Era como si fuera sin maquillar, aunque nunca se maquillara, jamás, ni siquiera cuando salía por la tele.

Apenas una hora antes, cuando Claes había echado a todo el mundo, me había parecido gigante, incluso más grande que de costumbre, pero ahora que toda la gente se había ido a casa y él había terminado de gritar, de arrasar con todo, se había vuelto más bajito y feo. Todo su brillo comercial había sido raspado. A la mesa de la cocina solo quedaba un viejo pálido en bata, un pez terrorífico nadando en círculos en aguas negras, un pez blanco y ciego en el fondo de un mar profundo. El padre de Sebastian se alimentaba de oscuridad y animales acuáticos unicelulares. Saltaba a la vista.

Creo que nunca he odiado tanto a Claes Fagerman como en aquel momento.

—En cualquier caso...

Sander ha levantado un dedo índice largo y cuidado. Esperamos a su objetivo final. Esperamos a que nos explique en qué no estoy de acuerdo con la fiscal. Mientras tanto, veo cómo el puntero rojo se arrastra hacia la parte superior de la pantalla y se detiene en mi primer SMS. Ferdinand ha dejado el bolígrafo láser en la mesa, el puntero acaba allí por pura casualidad. Mi primer mensaje.

«Nos las arreglaremos sin él. No lo necesitas. Tu padre es un miserable».

No leo el resto.

Escribí muchos más aquella noche. Todo el mundo puede leerlos. Yo clavo la mirada en mi mesa.

Los demás pueden leer:

«Se merece morir».

Semana 2 del juicio, lunes

26

Cuando Maja regresa a la casa de los Fagerman a la mañana siguiente le ha enviado nueve mensajes de texto a Sebastian. Sebastian ha respondido a tres y la ha llamado dos veces. Y ¿qué se dicen los jóvenes? La fiscal asegura que la planificación de los hechos la hacen durante las conversaciones que mantienen. La primera dura dos minutos y cuarenta y cinco segundos y tiene lugar poco después de que Maja abandone el hogar de Sebastian y antes de que haya llegado a casa. La segunda se produce justo antes de que Maja salga de su propia casa para volver a reunirse con Sebastian. Dura menos de un minuto.

Sander mira a Ferdinand, quien ha vuelto a coger el puntero láser y señala con él sobre la lista de llamadas telefónicas en la que aparecen marcadas las dos llamadas. El puntito rojo tiembla un poco. ¿Cómo va a poder comprender nadie que yo escribiera lo que escribí? Lo miserable que era Claes. Que lo peor no era que se escaqueara de lo que debería haber hecho, lo que debería haberle dicho a Sebastian; lo peor era, en realidad, lo que en cambio sí hacía y decía.

Sebastian jamás había querido ver ese lado suyo. Deificaba a su padre. Era la única persona a la que admiraba. Pero la última noche, Sebastian se vio obligado a admitir lo que yo ya sabía. Aun así, parecía más cansado que enfadado cuando me fui. La bronca y el paseo y todo lo que habíamos hablado lo habían dejado exhausto. Yo pensaba que se iría a dormir. ¿Estaba enfadada? No lo sé. Mis sentimientos llevaban mucho tiempo sin tener importancia, lo principal era Sebastian. Cuando me envió el primer mensaje, «¿Qué hago?», quise mostrarle que estaba de su parte, quise decirle que yo también había visto quién era su padre y que se las arreglaría sin él, que todo iba a salir bien. Su padre no se merecía a alguien como Sebastian, no tenía derecho a humillarlo.

«Nos las arreglaremos sin él. No lo necesitas».

Me niego a leer las últimas palabras. Pero le escribí a Sebastian que Claes se merecía morir. Lo dije en serio.

Sander no hace ninguna referencia a ese punto, a lo que yo sentía en aquel momento. A pesar de que se lo haya dicho. Se limita a levantar de nuevo el dedo, ahora aún más arriba, intimidante; exige que lo escuchemos.

—¿Qué nos dice esta lista de llamadas? Para empezar: Sebastian y Maja hablaron por teléfono y se enviaron mensajes. No sabemos de qué hablaron. Y conocemos el contenido de los mensajes, pero ¿sabemos qué significan?

Levanta otro dedo.

—Maja ha reconocido que no le gustaba Claes Fagerman. Que le parecía que el hombre descuidaba su papel de padre. Maja basaba esta observación en el trato al que Claes Fagerman sometía a su hijo. Sin embargo, en ningún momento Maja actuó de una forma que sugiera que incitara a Sebastian a matar a su padre, ni nada de lo que ella dijo puede considerarse suficiente como para cumplir los criterios de inducción en el sentido legal.

Pero yo lo quería muerto. ¿Cómo va Sander a esquivar eso?

—Hablaremos de si ha habido intención, de si el mensaje de texto «Se merece morir» significa que Maja quería que Sebastian matara a su padre, o por lo menos que le era indiferente si Sebastian lo interpretaba como una orden de asesinar. Nosotros consideramos que Maja carece de intención. Pero existe una razón aún más relevante por la que no se puede considerar que la fiscal haya cumplido los criterios de inducción. Sebastian quería matar a su padre. No necesitaba que Maja lo convenciera en ese punto. Y volveremos a ello.

Esto les encanta a los periodistas. No puedo verlos, pero puedo sentir cómo se inclinan en masa hacia delante en sus sillas para no perderse ni una palabra. Percibo la intensidad con la que prestan atención a cada palabra que se dice del emperador Claes Fagerman, de cómo el malvado multimillonario trataba a su hijo como a un esclavo desobediente. Les encanta que Sander haga de Claes Fagerman un monstruo, que los deje entrar en su casa y conocer todos los detalles de cómo ignoraba a su hijo, cómo lo abochornaba, lo humillaba, lo desterraba de la familia, le daba la patada. Un padre aplicado debería haberse preocupado de que Sebastian recibiera el cuidado y cariño que necesitaba, pero Claes Fagerman se limitaba a escupirle, una y otra vez. No puedo ver a los periodistas, pero la temperatura de la sala ha aumentado varios grados a raíz de su excitación, de esta nueva historia. Se mueren de ganas de contarla y ya se han olvidado de que hace un momento estaban contando otra. Ahora van a dejar que sus lectores y espectadores conozcan de verdad al hombre más rico de Suecia. Claes Fagerman: el multimillonario que empujó a su hijo a cometer una masacre. Que esta historia, además, pueda afectar a la bolsa es un plus que los periodistas apenas saben gestionar, tal es su fascinación.

—Volvamos al eje cronológico. Una circunstancia de la que tenemos la más absoluta certeza es que, después de que Maja permaneciera en el interior de la vivienda de los Fagerman durante once minutos, Sebastian Fagerman y Maja Norberg se sentaron en uno de los coches de Claes Fagerman para ir al instituto público de Djursholm. En el vehículo llevaban dos bolsas de viaje. La fiscal sostiene que Maja era consciente de lo que había en las bolsas ya desde antes de ayudar a Sebastian a meterlas en el coche. Según la fiscal, Maja tuvo conocimiento del contenido como muy tarde durante esos once minutos que estuvo dentro de la vivienda de los Fagerman, sobre las ocho de la mañana del día en cuestión.

Baja la mano.

—Maja lo niega. Que Sebastian le hubiera contado a ella lo que había hecho y lo que planeaba hacer no son más que puras especulaciones por parte de la fiscal. Cuando Sebastian y Maja se dirigen al instituto, Maja no sabe que Sebastian ha asesinado a su propio padre. No está al corriente de lo que Sebastian pretende hacer en el instituto. Maja cree que Sebastian no piensa dormir en su casa las siguientes noches y que por eso tiene que llevarse equipaje. Dio por sentado que pensaba dormir en alguno de los barcos de la familia y que llevaría allí las bolsas de viaje después del instituto. ¿Debería haber preguntado acerca del contenido de las bolsas? ¿Debería haber deducido que Sebastian había matado a su padre? A posteriori, Maja ha reconocido en los interrogatorios que desearía haberlo hecho. Pero no es algo que le podamos reprochar. También es imposible especular sobre lo que habría pasado si lo hubiera hecho. ¿La habría matado Sebastian a ella y a los vigilantes antes de ir al instituto él solo? Puede ser. Es imposible saberlo. Y, además, en lo que respecta al auto de procesamiento, carece de interés.

Porque aquí lo determinante es lo siguiente: la fiscal no puede demostrar que Maja hubiera planeado ninguno de los asesinatos junto con Sebastian Fagerman; la fiscal ni siquiera puede probar que Maja fuera consciente de que Sebastian Fagerman barajaba dichos planes.

«Te vas a ir de mi casa. —Eso se lo gritó Claes mientras los demás seguían allí. No fui la única que lo oyó. También lo dijo dirigiéndose al vigilante de seguridad—. Le doy veinticuatro horas. Luego cambiáis la cerradura. Después no quiero que cruce el perímetro de la vivienda bajo ninguna circunstancia. ¿Me oís? ¿Oís lo que os digo? No quiero saber nada más de él. Es mayor de edad, no tengo ninguna responsabilidad sobre él. Lo quiero fuera. Ya estoy harto. Que lo eche la policía, si hace falta».

Ahora Sander no comenta nada al respecto. Pero los vigilantes serán llamados como testigos más adelante. Entonces les pedirá que lo expliquen.

Sander levanta de nuevo un dedo.

—Maja no conocía los planes de Sebastian. Ella no lo ayudó ni con los preparativos ni con la planificación. Tampoco ayudó a Sebastian en la ejecución del crimen, ni directa ni indirectamente. A lo largo de la semana tendremos ocasión de discutir con más detalle las carencias de la acusación en estos aspectos, pero quiero recordarles ya mismo la prueba escrita que ha presentado la fiscal. ¿Hay algo en el informe policial que indique que Maja estuviera al corriente de que las bolsas no contenían el equipaje de Sebastian, que fuera consciente de que lo que había en ellas eran armas y material explosivo? La respuesta es no.

Ferdinand abre un documento del que la fiscal ya ha hablado, pero ahora es nuestro turno de enseñar el mismo papel.

—Todas las armas que aparecen en el informe policial son propiedad de Claes Fagerman y permanecían guardadas, antes del crimen, en un armario provisto de código de seguridad. Maja no conocía el código. Las bolsas de viaje son de Sebastian Fagerman. Ella no ayudó a hacer dichas bolsas, ni participó de ninguna manera en los demás preparativos. Volveremos al informe científico y mostraremos que ese documento también respalda el relato de Maja.

Para ser sincera, siento que la exposición de Sander empieza a ser un poco escabrosa, pero el presidente parece prestar atención y el resto de los jueces no tienen pinta de ir a quedarse dormidos en cualquier momento. Sander explica cómo fuimos en coche hasta el instituto. El tiempo que tardamos. Dónde aparcamos. Ferdinand va haciendo clic en su ordenador y señala con su puntero láser; el Panqueque hojea sus carpetas. De vez en cuando le pasa algún papel a Sander.

Sander explica que, cuando llegamos a mi taquilla, Sebastian metió en ella una de las dos bolsas. La de la bomba.

Me lo han preguntado como mínimo sesenta y tres veces, que por qué le dejé meterla allí, por qué le dije que sí, adelante, tú mismo, en plan «no te cortes, pon la bomba en mi taquilla». La fiscal se pregunta, igual que hicieron los policías cuando me interrogaron, por qué no le dije a Sebastian que dejara las cosas en el coche. ¿Por qué tenía que llevarse el equipaje al instituto si luego iba a llevarlo al barco?

He tratado de explicárselo, de ser sincera. Porque la realidad es que Sebastian, probablemente, ni siquiera me preguntó si podía dejar allí la bolsa, lo hizo y punto. Yo no tenía que decirle que sí, porque nunca le habría dicho que no.

«Y, si no te pareció extraño que dejara una de las bolsas allí, ¿por qué no te pareció buena idea que dejara las dos? ¿Por qué no se te hizo raro que cargara con una bolsa llena de equipaje hasta la clase?».

La otra bolsa no cabía. No podía meter las dos allí. ¿Por qué mi taquilla y no la suya? Sebastian no llevaba la llave de su taquilla. Nunca la llevaba. Dudo mucho que siquiera la conservara, yo al menos no lo había visto nunca usando su taquilla. Si necesitaba una, usaba la mía. También usaba mis libros, mis bolis, mis hojas, las pocas ocasiones en que mostraba cierto interés. Que Sebastian se llevara la otra bolsa a la clase en lugar de guardarla no tenía nada de extraño.

Cuando Sander ha terminado de hablar de mi taquilla y las bolsas mira a Ferdinand y espera a que esta cambie la imagen. Es un plano del aula. Siento el malestar subiendo por el paladar. Tengo ganas de taparme los oídos con las manos, pero sé que no me está permitido. Tengo que escuchar. Debo aparentar que soy capaz de superar todo esto.

—El transcurso exacto de los acontecimientos en el aula no está claro. Pero según lo que Maja ha podido reproducir, fue más o menos de la siguiente manera. Una vez en el aula, Sebastian Fagerman deja la bolsa que lleva consigo en uno de los pupitres de la parte posterior de la clase.

Ferdinand señala con el puntero rojo.

—Inmediatamente después de que Fagerman haya entrado en el aula, abre la bolsa y saca el arma número 1, un arma de caza semiautomática registrada a nombre de Claes Fagerman. El arma es del tipo Remington, calibre 308 W. Maja está detrás de Fagerman cuando este abre fuego. El arma número 1 está provista de un cargador estándar de cuatro balas. Fagerman efectúa dos disparos que abaten a… —Ferdinand deja que la luz del láser indique el lugar de Dennis, marcado con un uno—. Después, Fagerman vacía el cargador antes de recargar con otro cargador estándar y efectuar otro disparo. —Ferdinand señala las posiciones de Christer y Samir—. No deja el arma y tarda aproximadamente un par de segundos en recargar. Inmediatamente después de estos disparos, Maja Norberg saca el arma número 2. También está registrada a nombre de Claes Fagerman. Yace perfectamente visible en la bolsa. Esta arma es del mismo modelo que el arma número 1 y está igualmente cargada con un cargador estándar de cuatro balas. Asimismo, hay otra bala en el ánima.

Ferdinand deja que el láser se deslice sobre el punto que indica dónde estaba Amanda cuando le alcanzó el disparo y luego hace que el puntito aterrice sobre el número de Sebastian. Hace clic en su ordenador y la imagen muestra cómo las cifras de Sebastian y Amanda y mi círculo (yo no tengo ningún número sino un círculo) se trasladaron.

—Es altamente probable que el arma no tuviera el seguro puesto, y cuando Maja la coge y busca el sitio donde podrá quitarle el seguro, efectúa, por error, primero un disparo, luego otro. Unos segundos más tarde vacía el cargador.

Ferdinand hace más clics para mostrar nuevas posiciones en el plano con el cacharro que tiene en la mano. *Clic-clic-clic-clic-clic,* y las cifras se mueven hasta que una por una se quedan quietas y me hacen pensar en aquellos blocs de dibujitos que me solía hacer el abuelo cuando era pequeña, con un muñeco de palo en la esquina de cada hoja que corría cuando las pasabas a toda prisa. Una vez dibujó un muñeco que se ahorcaba. En la última página estaba muerto. La abuela se enfadó.

—Cuando el tiroteo termina, Maja se queda esperando a la policía y al personal sanitario. Cuando llegan, Maja es desarmada sin oponer resistencia.

Hay montones de fotos sacadas del interior del aula después de que los cuerpos fueran trasladados. Pero Sander no las enseña. Solo dibujos y planos con puntitos y números y líneas discontinuas. Sin sangre. Mi declaración, o mejor dicho, la declaración de mi abogado, no contiene ni una gota de sangre.

—Ahora llegamos al núcleo central de la descripción de los hechos que nos ha planteado la fiscal. —Sander me mira de lado—. La fiscal asegura que Maja y Sebastian habían planeado de forma conjunta disparar contra todos los presentes, detonar la bomba con temporizador en la taquilla de Maja y terminar disparándose a sí mismos. La fiscal dice que cuando Maja efectúa el primer disparo con el arma 2 lo hace con intención de matar a Amanda. La fiscal sostiene que Maja mata intencionadamente a Amanda y que mata a Sebastian en unas circunstancias que no se pueden considerar defensa propia.

Sander hace otra pausa. Ya no hay nadie bostezando. Las espaldas erguidas han vuelto. Los jueces me miran cuando Sander deja de hablar. Yo me seco los ojos con el reverso de la mano y les devuelvo la mirada. El Panqueque me ofrece un pañuelo de papel. Lo cojo y lo arrugo. Sander vuelve a hablar en voz baja.

—Maja niega su responsabilidad. Maja no planeó esto con Fagerman. Cuando va a casa de Fagerman para ir juntos al instituto no sabe que Claes Fagerman está muerto. Tampoco se le informa de ello. Desconoce el contenido de las bolsas de viaje. Solo podemos especular acerca de lo que pasó entre los Fagerman, padre e hijo, durante el tiempo que Maja estuvo en casa de sus padres. ¿Puede ser que la discusión fuese en aumento de tal manera que Sebastian decidiera matar a su padre? ¿Puede ser que hubiera planeado su acto de antemano? En cualquier caso, en este proceso no vamos a especular sobre los motivos y actuaciones de Sebastian Fagerman. El único deber del tribunal es determinar el papel que jugó Maja. Cuando comienza el tiroteo, Maja entra en shock. Cuando saca una de las armas que Fagerman llevó a clase es para proteger su vida y la de los demás, para detener a Fagerman. Él es muy rápido en matar a sus tres primeras víctimas. Muy rápido. Maja no es una tiradora con experiencia, y además está aterrorizada. Cuando dispara el arma las primeras veces, las balas abaten a Amanda Steen, pero esa no era la intención de Maja. Maja no está familiarizada con el arma que encuentra en la bolsa ni con su funcionamiento; durante la investigación policial ha explicado que el primer disparo lo efectuó mientras trataba de encontrar el seguro. Cuando el arma le quemó las manos se asustó y efectuó, de nuevo por equivocación, otro disparo. Después de eso es cuando consigue tomar cierto control sobre el arma, y cuando vuelve a disparar lo hace contra Fagerman. Durante todo este lapso de tiempo Maja se encuentra en una evidente situación de defensa personal. La única manera que tiene de salvaguardar su propia vida es coger una de las armas que Fagerman ha llevado hasta la clase y usarla para defenderse.

Ahora Sander se levanta. Ya no aguanta más sentado. Se acerca a Ferdinand y le quita el puntero láser; deja que el rayo rojo revolotee sobre el plano pero sin señalar nada en concreto.

—¿Demuestra la investigación que Maja planeó esto junto con Sebastian? No. ¿Demuestra que Maja estaba al corriente de los planes de Sebastian? No. ¿Podrá la fiscal demostrar que Maja tuvo intención de matar a Amanda? No. La respuesta a todas estas preguntas es clara y obvia: no, la acusación no está respaldada en ninguno de estos puntos. ¿Mató Maja a Sebastian en defensa propia? Naturalmente.

La fiscal ha abierto su micrófono por segunda vez. Ahora suena cabreadísima.

—Tengo que protestar. ¿De verdad es pedir demasiado que el abogado se ciña a los hechos? ¿Podría el abogado volver a este alegato en las conclusiones?

El presidente asiente reacio con la cabeza.

—¿Abogado Sander?

Pero Sander se vuelve hacia mí. Levanta la mano de golpe y el puntito rojo me ilumina el hombro. Doy un respingo. Sander parece enfadado. Y no le importa ni lo más mínimo que el juez y la fiscal le pidan que cambie de tema. Tendrán que expulsarlo para hacerlo parar. Ya ni siquiera parece que les esté hablando a los jueces.

—Por favor, explíquenme cómo Maja…, una adolescente, en shock, amenazada de muerte…, cómo iba a hacer otra cosa. —Sander vuelve a bajar la mano, se vuelve hacia los jueces y yo suelto el aire—. Por favor, explíquenme qué habrían hecho ustedes en su situación. Explíquenme cómo pueden reprochárselo.

La fiscal lanza un carraspeo exageradamente fuerte y largo sobre su micrófono abierto.

El juez vuelve a asentir, esta vez con un poco más de decisión.

—Tenemos que proseguir, abogado Sander. Supongo que el abogado tiene algunas pruebas escritas que revisar, ¿no es así?

Sander se vuelve hacia Ferdinand. Se encoge de hombros, le devuelve el láser y regresa a su sitio. Después de sentarse, su voz ha recobrado el tono seco de costumbre.

—Tenemos cierta cantidad de pruebas escritas que alegar. Sí.

«Cierta cantidad». Un típico ejemplo del humor de Sander. Ha entregado kilos y kilos de pruebas escritas.

Ferdinand ha sacado una pila de gruesos archivadores. Hay uno para cada juez. El presidente es el primero en recibir el suyo. Por último, Ferdinand deja cuatro archivadores sobre la mesa de la fiscal. Aparte del informe psiquiátrico de Sebastian, el que elaboraron poco después de lo que pasó dos días después de Navidad, hay anexos con mi informe social y las copias de todas las medidas complementarias de investigación que Sander ha dejado que encargaran y elaboraran sus colaboradores. No se ha fiado de un solo análisis de los que ha hecho la fiscal, sino que ha solicitado sus propios exámenes de las armas y el lugar del crimen. Incluso ha hecho su propia reconstrucción de la masacre. Sander ha llevado a cabo una investigación paralela prácticamente exhaustiva.

Piensa recordarle al tribunal hasta la última hoja que tiene. Hoja tras hoja tras hoja. «Volveremos» a la mayoría de ellas. Llega la hora de comer y llega la tarde y pronto todo se vuelve un asco otra vez.

Al reloj le da tiempo de marcar las tres y veinticinco cuando Sander se termina el agua de su vaso y guarda el último papel que le quedaba. El juez levanta la mano y escribe frenéticamente en su libreta. Sander deja que acabe de apuntar.

Después extiende las manos a la altura de las costillas, las palmas hacia arriba, la mirada al frente.

—A veces, en los casos especialmente difíciles de juzgar, solemos decir que es la palabra de unos contra la palabra de otros. Aquí es más sencillo. El análisis científico demuestra que Sebastian preparó las bolsas, manipuló las armas y preparó los explosivos solo, y que planeó la masacre él solo. Maja no estuvo presente durante el asesinato de Claes Fagerman. Maja abatió al autor de los hechos. Y ¿qué sabemos de lo que hay detrás? Sabemos que Sebastian tenía graves problemas. Tan grandes que no solo Maja temía por la vida de Sebastian. Tras el incidente en Navidades, ella estuvo preocupada siempre. Durante la primavera Sebastian se volvió cada vez más difícil de tratar y violento. De esto hay varios testigos de su entorno más cercano. El comportamiento irracional fue en aumento para finalmente culminar en la catástrofe en la que Maja fue una de las víctimas. Maja, en cambio, nunca dio ninguna señal de violencia, no hasta el momento en que su vida se vio amenazada.

Sander me mira de lado. De pronto me da la impresión de que me va a coger de la mano. La bajo a mi regazo y me quedo mirando al juez jefe. Él me mira directamente a los ojos cuando Sander termina.

—Maja Norberg disparó un arma en su propia clase. Lo hizo para salvar su vida. Pero ahora nos toca a nosotros. Ahora nosotros tenemos que salvar a Maja.

Semana 2 del juicio, lunes

27

Después se hace el silencio. Silencio sepulcral. Como en una iglesia cuando alguien ha cantado un solo precioso pero no puedes aplaudir. Sander es famoso por ser el mejor abogado penalista del país. Quizá hasta este momento no caigo en la cuenta de que el rumor es cierto.

Se le da bien explicar. Pero no era consciente de lo bueno que es convenciendo. El Panqueque siempre está seguro de lo que dice, todo el tiempo, y supongo que esa es la razón por la que nunca lo dejan hablar aquí en el tribunal, a pesar de que muchas personas creen que es así como se hace: basta con que te expreses «cien por cien seguro» para que la gente te siga. La realidad es que nadie cree en ese tipo de autoconfianza. Los políticos deberían enterarse de una vez: de que esperamos frases que terminen en interrogante. De que echamos de menos una persona que no lo entienda todo pero que venga con propuestas. «No estoy seguro de que vaya a funcionar, pero me gustaría mucho intentarlo».

Sander deja que todo el mundo lo siga en sus propias tribulaciones, en cada paso que da. Cuando dice: «Nos preguntamos, ¿de verdad puede ser así?», entonces todo el mundo siente curiosidad. Cuando dice: «Decidimos hacer nuestro propio análisis», entonces todos opinan —aun habiendo declarado previamente que repetir la labor de la policía es un gasto innecesario de tiempo y dinero— que es una idea brillante, y cuando él cuenta que «el resultado nos sorprendió» y «hemos concluido que», entonces todo el mundo presta atención. Y aunque a priori estuvieran totalmente seguros de que Sander estaba equivocado, no pueden evitar bajar la guardia y pensar: «Quizá..., solo quizá, haya algo de verdad en lo que dice, a pesar de todo».

Ahora mismo, el ambiente en el juzgado es diferente al que se respiraba esta mañana. Los periodistas que tengo a mis espaldas redactan con tal intensidad este nuevo y fresco giro en la historia que cabría pensar que han olvidado por completo la versión anterior, a pesar de que ellos mismos fueran los que se la inventaron. El presidente me mira, hoy me ha mirado varias veces, aunque no tenga por qué hacerlo. No lo había hecho hasta hoy.

«Ya no tiene tanta importancia —me digo— que le escribiera aquel mensaje a Sebastian». Es la primera vez que pienso que quizá no sea prueba suficiente el hecho de que yo cargara con la bolsa, que fuera en mi taquilla donde encontraron la bomba. Quizá no sea suficiente para decir: «Es obvio que querías hacer volar todo el instituto por los aires». Me da tiempo a pensar todo esto. Me da tiempo a pensar que el nuevo ambiente implica que los de aquí dentro también han cambiado de opinión sobre mí, que quizá ya no me consideren la misma que hasta ahora.

«Prefiero morirme. Tiene que desaparecer. Se merece morir». ¿Son cosas que puedes pensar sin que quieras matar a nadie? ¿Son cosas que puedes decir? Sander opina que sí. No es punible contarle a tu novio que odias a alguien, según Sander.

Dice que da igual lo que le dijera a Sebastian, él habría matado a su padre de todos modos, no habría dejado de hacer lo que hizo. Habría pasado de todas formas, aunque yo no hubiera hecho lo que hice. «A lo mejor tiene razón», me da tiempo a pensar. ¿A lo mejor?

—Gracias por la defensa de hoy —dice el presidente, y empieza a recoger los papeles que tiene delante. Miro a los demás miembros del tribunal. Los que nunca hacen ninguna pregunta, los que me miran solo cuando creen que no me doy cuenta.

—¿Mañana declarará la acusada?

Sander asiente con la cabeza. Yo cojo aire sin querer. «Mi turno. Ha llegado la hora». El juez mira de reojo su reloj de pulsera.

—Entonces, terminamos por hoy. —Estira el brazo para coger su maletín y guarda sus apuntes en él—. Si no hay nada más. Me pareció entender que había un problema con los tiempos de la audiencia de la parte demandante, ¿no es así?

Lena Pärsson se aclara la garganta.

El juez jefe la mira. Ella yergue la espalda y asiente con firmeza. Todavía está mosqueada, pero esto le recuerda que el juicio está lejos de haber concluido. Lamentablemente, a mí me recuerda lo mismo.

Ahora Sander ha cumplido con su parte y mañana me toca a mí hablar. Pero si las personas de aquí dentro dudan de que yo sea la asesina que la fiscal asegura que soy, será algo momentáneo. No durará mucho.

Lena Pärsson se inclina sobre el pequeño micrófono y lo abre. Porque en cuanto yo termine de hablar le tocará a la fiscal darle otra vez la vuelta a la tortilla. Y es que hay una persona que no está de acuerdo con Sander. Que tiene intención de recordarle a todo el mundo que yo maté a mi mejor amiga. Esa persona dice que saqué el arma antes de lo que yo afirmo que lo hice y que no estaba en absoluto apuntando a Sebastian cuando le di a Amanda, que no fue en absoluto por equivocación.

Lena Pärsson empieza a hablar.

—Tal como ya he informado al tribunal, el demandante no puede presentarse esta semana..., por lo que empezaré con las declaraciones de los testigos uno, dos, tres y cuatro. Los testigos en cuestión han sido informados y han aceptado los cambios en el calendario. Por consiguiente, le he pedido a la parte demandante que se presente el lunes a las diez, de acuerdo con las instrucciones del tribunal. Cuento con que necesitaremos todo el día.

Por el rabillo del ojo veo al Panqueque. No está contento, no pone cara de que vayamos ganando, para nada. Y a mí me viene a la cabeza lo que una de las funcionarias de prisiones me dijo una vez al principio, mientras caminábamos solas desde la sala de interrogatorios hasta mi celda: «¿Eres consciente de que nunca gana ningún caso, el Sander ese? Los abogados estrella nunca lo hacen. Cogen los clientes más repulsivos, que todo el mundo sabe que son culpables, porque les gustan los casos imposibles. Y luego los pierden. Y nadie ha perdido tantos como Sander».

El Panqueque lo sabe, por supuesto. Sabe que cuando un abogado estrella acepta un caso como el mío no es para ganar, lo hace para demostrar que está preparado para perder por una cuestión de principios: «Todo el mundo tiene derecho a una defensa, incluso la gente más despreciable».

A los presentes les gusta oír hablar a Sander, ver «al profesional en acción». Pero eso no impedirá lo inevitable. Hice lo que hice y hay alguien que estaba presente cuando lo hice.

«Tengo derecho al mejor defensor de Suecia». Pero a ganar, a eso no tengo derecho.

El juez asiente con la cabeza y golpea con el mazo en la mesa. Siento como si me hubiera golpeado directamente en la frente. «Te mereces morir».

—Quedamos así, pues. Samir Said presentará su testimonio el lunes a las diez. Nos vemos mañana.

Samir y yo

28

Los títulos en el cuarto de baño? —Samir volvió riendo a mi habitación, se tumbó boca arriba en mi cama y juntó las manos detrás de la cabeza—. ¿De verdad hace eso la gente? ¿Colgar sus títulos en el baño para que puedas comprobar que han hecho tanto Economía como INSEAD?

Intenté corresponder a su sonrisita burlona con una risotada desenfadada y me levanté para entreabrir la ventana. Era sábado por la mañana, la semana antes de Navidad, y el cuarto estaba cargado. Habían pasado cinco días desde que Samir me besó por primera vez, y ahora se había quedado a dormir y... ¿qué le iba a decir? Mi padre era un cutre, eso no era ninguna novedad. Sebastian se había ido el fin de semana a Sudáfrica para cazar. Mamá y papá estaban en Londres. Se habían llevado a Lina. Ninguno iba a volver en las siguientes veinticuatro horas.

—Es una movida irónica, a mi padre le hacen gracia esas cosas. En realidad solo quiere no tener que reconocer que para él es importante.

—El baño. —Samir todavía se reía—. ¿Dónde ha colgado tu madre sus notas? ¿En el cuarto de invitados?

Pero mamá jamás se mostraría de esa manera, a pesar de sacar mejores notas que papá en el instituto. Una vez encontré sus viejos papeles en una caja en el desván. Cuando se lo dije a mi madre no se puso contenta, como yo me había esperado, sino más bien pareció molestarse. «También sacaba mejores notas en la universidad —replicó cortante—. Fui la primera de mi promoción los cuatro últimos semestres en Derecho». Como si yo le hubiera dicho algo malo, como si la hubiera humillado.

Mis padres eran ambos bastante peculiares, pero de distintas maneras. Volví a la cama y me senté a horcajadas sobre Samir.

—Para mi padre es importante que se vea que ha trabajado duro para llegar a donde está. Pero no hay nada tan importante como fingir que no es un pretencioso.

Samir me tiró del pelo para acercarme a él y me besó, metió la lengua con fuerza en mi boca, solo un poco demasiado profundo. Aquella noche había sido la primera vez que habíamos tenido más tiempo que nuestro habitual «lo más rápido que podamos sin que nadie se dé cuenta». En seis días nos habíamos acostado cinco veces. En las últimas veinticuatro horas, tres veces más. Se me hacía raro dormirme y despertarme junto a él, sus dedos eran diferentes, no me había acostumbrado a ver todo su cuerpo desnudo al mismo tiempo.

—«Trabajado duro», dices. —Samir negó regocijado con la cabeza—. ¿Tu padre quiere demostrar que ha trabajado duro para llegar a donde está hoy en día? ¿No vivía en la residencia de estudiantes en la que está viviendo Labbe?

—Sí, pero... —Entendía adónde quería llegar Samir, sus intenciones, pero uno no tiene que dejar de sentirse orgulloso por lo que ha hecho aunque no se haya criado en la calle—. Mi padre no estuvo allí porque mis abuelos fueran ricos, vivían en el extranjero, se vio obligado a ir a un internado.

—Comprendo —me murmuró Samir al cuello y apretó la entrepierna contra mi cuerpo—. Debió de ser durísimo. Pobrecito, tu padre. —Volvió a soltar una risotada, después se calló, por fin. Mientras Samir me subía la camiseta vi la imagen borrosa de nuestros cuerpos reflejada en el cristal de la ventana. Puso una mano en mi barriga, la boca sobre mi pecho, y yo me recliné hacia atrás, me tumbé, dejé caer la cabeza y el pelo por el borde de la cama para poder mirar directamente a nuestro reflejo. Me encantaba nuestra imagen, el tacto de Samir, sus ángulos duros y sus grandes manos mientras me tocaba. No era cuidadoso ni tenía experiencia, pero yo quería que continuara, que me tocara más fuerte, que respirara más cerca de mí. Juntos éramos tremendamente guapos.

Yo era la que decidía cómo practicábamos sexo. Incluso me vi obligada a hacerlo. Samir no dudaba en tomar la iniciativa, pero todo lo demás lo dejaba en mis manos, me dejaba enseñarle, dirigirle. Si me tumbaba boca arriba, lo hacíamos de esa manera; si me sentaba encima de él o me ponía a cuatro patas, lo hacíamos de aquella otra. Si yo no hacía nada, él se picaba. «Venga, va», podía decirme si no me bajaba las medias o las bragas o no me abría de piernas o lo que fuera que exigiera la situación para que él pudiera penetrarme. Solo si yo le decía: «Quítame las bragas, ábreme de piernas, penétrame», solo entonces lo hacía.

Después nos tumbamos en direcciones opuestas en la cama. Él se incorporó un poco frente a mí, apoyado en mi almohada, y enredó un dedo en uno de sus rizos negros. Al mirarme, unos segundos de más, noté un vuelco en el estómago. «Esto se nos daría bien, a Samir y a mí —pensé—. Cuando haya cortado con Sebastian».

—¿Qué harás en las vacaciones de Navidad?

Al principio no me contestó. Se limitó a cerrar los ojos, me arrastró desde mi lado de la cama y me obligó a tumbarme junto a él, me volvió a besar. Hundí la mano en su grueso pelo; la cama no era lo bastante ancha para que cupiéramos los dos en aquella postura, tenía la sensación de que me iba a caer al suelo.

Entonces parpadeó mi teléfono. Estaba en silencio, pero el resplandor de la lucecita era ineludible. Me incliné hacia Samir, sin mirar el teléfono, ignorándolo por completo, levanté la mano y la puse en su hombro.

—Muévete, no quepo.

Se retorció para retirarse un par de centímetros, pero en cuanto yo me moví él se incorporó, saltó por encima de mí y bajó de la cama, pescó los calzoncillos del suelo y se los puso.

—Tengo que estudiar.

Lo miré desconcertada. ¿Se había mosqueado porque me había llegado un mensaje?

—¿Ahora tienes que estudiar?

No había llamado a Sebastian ni una sola vez desde que Samir estaba aquí. Había respondido a sus mensajes, pero para hacerlo me había encerrado en el baño. No podía pasar olímpicamente de ellos. Samir no podía picarse porque Sebastian me escribiera, ya le había explicado la situación, él me había dicho que lo entendía.

—Durante las vacaciones. Me has preguntado qué iba a hacer por Navidad, voy a estar en casa estudiando.

Después de ponerse los calzoncillos, Samir siguió con la camiseta. Era mejor dejarlo en paz.

—Voy a darme una ducha —dije. El teléfono lo dejé en la mesita de noche. Samir podía leerlo si quería, no me importaba. Pensaba cortar con Sebastian, desde luego que sí, pero no en ese momento, no podía dejarlo por teléfono, incluso Samir debía entender algo así.

Cuando entré en la cocina, él estaba tomando un café solo de nuestra máquina de café *espresso*, la que había estado criticando la noche anterior.

Samir había hecho toda una sarta de comentarios sobre la decoración. La lámpara del techo. «Un recuerdo de una fábrica desmantelada, veo». El cuchillero. «¿Por qué comprar cuchillos que no se pueden afilar?». La máquina de café. «Esa máquina no se podría vender en un país donde saben a qué sabe el café de verdad». Los fogones. «¿Tu madre cocina?». La vinoteca. «¡Una de esas es lo que necesito! Ya se sabe lo que le pasa al champán cuando le dejas relacionarse con leche proletaria».

Los copos de maíz polvorientos que había encontrado en nuestra despensa y que se había servido en un cuenco apenas los había probado. Cocí unos huevos, tosté pan y me entró dolor de cabeza, no se me ocurría ningún tema de conversación. Fuera brillaba el sol por primera vez en diez días, pero no podíamos salir a pasear de la mano ni ir a ningún sitio; entrar en una cafetería y entrelazar los dedos, ni ir al cine y meternos mano en la oscuridad. Cuando salía, siempre me encontraba con alguien conocido.

—¿En qué piensas? —pregunté.

—No tardaré en irme a casa.

—¿Dónde les has dicho a tus padres que estás?

Se encogió de hombros.

Me levanté y puse mis platos en el lavavajillas. Samir permaneció sentado, con las manos alzadas para permitirme retirar su taza.

—Hablaré con Sebastian. Pero…

Samir resopló.

—No te he pedido que hagas nada.

—Lo sé. Pero Sebastian no está bien. Él…

—Para, Maja. Por mí podéis seguir con esa mierda del «pobre Sebastian». Pero a mí no me metas. No me da ninguna pena. Si tan difícil le parece vivir en su casita de lujo, ¿por qué no se larga? Si no tiene fuerzas para ir al instituto, ¿por qué no lo deja? Tu novio es un gilipollas, independientemente de si va colocado o si está limpio. Si yo fuera su padre lo habría echado hace tiempo. Y lo que tampoco entiendo es por qué te ha dado por pensar que tienes que cuidar de él.

Tragué saliva.

—Me nece…

—Él no te necesita, Maja. Siento decepcionarte, pero él no necesita a nadie. Para Sebastian Fagerman todas las personas son intercambiables. A él no le importa nadie, ni siquiera tú.

No tuve tiempo de reaccionar, de pensar en algo que decir para que Samir lo pudiera entender. Mi teléfono se adelantó y empezó a vibrar. Los tonos se iban sucediendo en silencio, el teléfono reptaba sobre la encimera empujado por las vibraciones. Nos quedamos mirándolo hasta que saltó el buzón de voz y el aparato se apagó.

—Sale un autobús dentro de doce minutos. —Samir se levantó—. A ver si llego a cogerlo.

Dejó el mejunje de copos de maíz en la mesa de la cocina y salió al recibidor. Yo lo seguí. Me incliné y le di un beso en la mejilla, y mientras él se ataba los cordones de los zapatos desbloqueé la puerta; las llaves estaban puestas. Cuando la abrí, Amanda apareció en la entrada atando su bici.

—Hola —dijo, y se quedó de pie con los brazos colgando. Samir pasó por mi lado y luego junto a Amanda.

—Buenas —le dijo a ella. Su voz era impasible. Amanda no respondió. En cuanto llegó a la calle, Samir echó a correr.

—Nos vemos —gritó. Ninguna de nosotras contestó.

Cuando volví a mirar a Amanda, ella me estaba observando con los ojos como platos. Cuando estuvo segura de que yo fui consciente de que había comprendido lo que estaba pasando, volvió a desatar la bici, la bajó a la calle y se marchó. Yo no podía perseguirla. Hacía demasiado frío como para ponerse a discutir en camiseta y bragas. No era una jodida Bridget Jones.

Cuando perdí a Amanda de vista me metí de nuevo en casa, cerré la puerta con llave, apagué el teléfono, llevé mi edredón hasta el salón, me eché en el sofá, vi tres capítulos seguidos de *The Walking Dead* y comí macarrones con mantequilla y queso directamente de la cacerola.

Esperé cuatro horas. No porque no supiera dónde estaba Amanda, ni porque no tuviera intención de poner remedio a aquella situación antes de que estallara, sino porque necesitaba estar sola.

El sol casi se había puesto cuando volví a salir por la puerta de casa. Estaba nevando. Mientras caminaba llamé a Samir. No lo cogió. No caía nieve de verdad, solo esa variante que le recuerda a una que el invierno no es algo tan entrañable. Caminaba por el aguanieve fangosa en plena oscuridad de diciembre; mis zapatos quedaron empapados y todas las ventanas de las caballerizas estaban cubiertas de vaho por dentro debido al sistema de calefacción y el calor corporal que emanaba de los caballos y sus exhalaciones. Me dirigí directamente al box de Amanda. La puerta estaba abierta de par en par.

—¿Podemos hablar?

No me dijo nada, así que entré y me senté junto a la cabeza de Devlin. Amanda estaba de pie pasando el cepillo por el lomo del caballo; después de cada pasada limpiaba las cerdas. El animal ya estaba reluciente, pero Amanda no podía parar, habría tenido que mirarme.

¿Qué estaba haciendo aquí? ¿Por qué me sentía tan obligada a darle explicaciones, por qué era responsabilidad mía tranquilizar a Amanda? Yo no le había hecho nada. Aun así, estaba aquí para manifestar que no había pasado nada grave, que no iba a cambiar nada en su vida, que todo seguía como siempre. Y para pedir perdón. Nuestra relación era de esa clase: yo era la que le pedía disculpas a ella, independientemente de si había hecho algo o no. Nunca al revés.

Devlin agachó la cabeza y exhaló una bocanada de aire caliente sobre mi pelo. Le acaricié el morro. Debía de hacer como mínimo medio año que no pisaba el centro hípico. Antes, prácticamente vivía allí. Papá siempre me había dicho que en cuanto me empezaran a «gustar los chicos» dejaría de montar, y yo detestaba tener que darle la razón. Cada vez que ponía un pie en las caballerizas me decía que iba a retomarlo. Pero nunca llegué a ponerme en serio.

—Amanda —tanteé. Lo mejor sería zanjarlo cuanto antes.

—No puedes… —Amanda se volvió para mirarme, alzó la mano y amenazó con el cepillo. Estaba tan alterada que le fallaba la voz—. No entiendo tu manera de pensar, Maja. No entiendo qué esperas que te diga. ¿No comprendes que esto es una auténtica locura? ¿Te das cuenta de la que has liado?

Asentí con la cabeza. Lo mejor sería estar de acuerdo. Quizá así podía acortar el proceso.

—O sea, no es que no entienda que con Sibbe es un poco difícil…

Se puso a llorar. Amanda estaba convencida de que esto giraba en torno a ella.

—Pero, Maja, él no se merece esto. Lo está pasando mal, Maja. No puedes hacerle esto.

«Si vuelves a decir Maja te doy un sopapo», pensé. Me obligué a estar un rato callada. A contar hasta cien. A dejar que se desahogara; no tenía por qué escucharla, solo dejarla hablar.

Pero Amanda no podía hacer nada contra mis pensamientos. No podía quitarme las ganas que tenía de gritarle que no se enteraba de nada. Que era imbécil. Ni siquiera se daba cuenta de que el apodo que le había puesto a Sebastian hacía que nuestros novios parecieran personajes de cómic infantil. Labbe y Sibbe. Tudde y Ludde. Juanito, Jorgito y Jaimito. Tragué saliva. No podía con Amanda. No podía con toda la gente que creía saber lo que era estar con Sebastian. Era yo la que estaba saliendo con él. Solo yo. No quería hacerlo, pero de momento era lo que había. Y no había nadie que pudiera entender lo jodida que estaba. Amanda era demasiado. No podía con esto. Pero aun así no tuve fuerzas para pararle los pies.

—No voy a…, no es que…

—¿Y Samir? Tampoco es que estés siendo especialmente buena con él. ¿Estás enamorada? —Resopló con tanto despecho que cabía pensar que estábamos hablando de un político local socialdemócrata barrigón con pantalones de gabardina e hijos también metidos en política.

«¿Por qué no? ¿Por qué no voy a poder estar enamorada de Samir?». ¿De verdad era tan improbable? Desde que había empezado a salir con Labbe, Amanda hablaba de Samir como si fuera su proyecto de beneficencia. «Samir es listo. Samir es tan divertido. Y listo. Y superdivertido. ¿Ya he dicho que es listo?».

—No. —Negué con la cabeza y hablé al mismo tiempo—. No, no. —No tenía fuerzas para escuchar mis sentimientos, quizá fuera mentira, pero no tenía ánimos para aclararme—. No lo sé. Pero esto ha sido muy difícil, Amanda. Me gusta Samir, no es tan complicado todo el tiempo. Lo he pasado... Sebastian y yo no...

No me hacía falta terminar ninguna de mis frases. Era mejor dejar que Amanda las completara con lo que le se le antojara más adecuado. En realidad yo también debía llorar. No podíamos llorar a la vez, Amanda detestaba compartir la atención. Pero en cuanto ella dejó de llorar, empecé yo. Para conseguir que se pusiera realmente de mi lado tenía que dejar que me consolara. Pero no estaba segura de poder conseguirlo.

—Ha pasado, y ya está. Con Sebastian todo es tan pesado y Samir es... —Amanda me miró furibunda—. Voy a hablar con Samir —le aseguré—. También voy a hablar con Sebastian, pero tienes que prometerme que no dirás nada. No puedes decirle nada a Labbe ni a Sebastian. Porque Sebastian no puede saber nada. Se pondría como loco si se enterara.

Amanda asintió con la cabeza.

—Pues claro que no diré nada.

Me pregunté si ya le habría contado algo a Labbe.

—Vale —contesté.

—Yo siempre mantengo mis secretos —añadió irritada mientras se sorbía los mocos.

«Aprende a hablar», pensé. Se «mantienen» las promesas. Y los secretos se «guardan». Pero no era buen momento para corregirla.

—Gracias, Amanda —acabé diciendo.

29

Fuera estaba todo completamente a oscuras, a las cuatro de la tarde ya era de noche. «Bienvenidos a Suecia en diciembre». Después de consolar a Amanda por todo lo que no le había hecho me alejé de las caballerizas y llamé otra vez a Samir. Seguía sin cogerlo. Llamé cuatro veces seguidas. Le escribí. Estaba en línea, pero en cuanto mi mensaje apareció como «entregado», se desconectó. Sin respuesta. Cuando llegué a la calle Vendevägen vi venir el autobús desde la plaza. Me subí y volví a llamar. Saltó el buzón de voz.

Teníamos que hablar. No quería esperar a que Sebastian volviera a casa. Lo que estaba obligada a hacer quería hacerlo antes de que nadie pudiera detenerme, antes de cambiar de idea. Y Samir parecía estar enfadado cuando se marchó, antes incluso de que apareciera Amanda. No quería estar a malas con él, no quería que pensara que me daba vergüenza estar con él, quería que supiera que yo iba en serio.

En el vagón del metro había dos ventanillas abiertas. El aire era gélido. Aun así olía a borrachera de viernes y a ajetreadas compras navideñas. Entre el centro comercial de Mörby y la plaza de Östermalmstorg, todos los asientos y espacios para pasajeros estaban ocupados por gente y bolsas; me llevó su tiempo llegar al casco antiguo de Gamla Stan. Apenas podía ver nada por las ventanas debido a la muchedumbre, pero después de cambiar de línea la cosa mejoró.

Christer nos había hablado de un estudio que se había hecho sobre la longevidad de las personas y que tenía como punto de partida las estaciones de metro. Había como quince años de diferencia de esperanza media de vida entre las paradas de Bagarmossen y Hospital de Danderyd. Y en las últimas tres estaciones antes de que yo llegara a Tensta no había ni un solo anciano en el tren. Ni tampoco una sola chica de mi edad, solo chicos y dos madres con cochecito, velo y vestidos de cuerpo entero.

Quizá todas las chicas de mi edad estuvieran encerradas en sus pisos para no sufrir la desgracia de resbalar y caer por el balcón o sobre un pene erecto.

En el bolsillo de mi chaqueta llevaba el gas pimienta que me había dado mamá; lo había comprado en Francia. Una vez había apretado por error el botón mientras aún lo tenía en el bolsillo. No me di cuenta hasta que saqué la mano y me la pasé por el pelo. Al instante me estallaron los ojos. Me estuvieron escociendo y lagrimando durante más de dos horas. Mamá me quería llevar a urgencias, pero papá me metió en la ducha y me puso la cara bajo el chorro de agua tibia hasta que me encontré un poco mejor. Después llamó a un amigo que era médico y este hizo una receta de una pomada y un enjuague. Con eso se calmó la hinchazón. Después de aquello papá quería que tirara el espray, pero mamá se negó. Podían detenerme por posesión de armas, pero a mamá eso «le traía al fresco» porque «mi seguridad era más importante». ¿Más importante que qué?, podía preguntarse uno. Si me pillaba la poli era yo la que tendría problemas, no ella. Pero ahora me alegraba de llevarlo encima. Cuando se me sentó un tío enfrente toqueteé el frasquito con los dedos y miré al suelo.

Procuré no mantener ningún tipo de contacto visual con él. Pensé en sentarme más cerca de las madres, pero habían colocado los cochecitos bloqueando el paso, de tal manera que nadie podía alcanzar los sitios que estaban libres.

Tensta Centrum era la siguiente parada de la línea azul. Se bajaron conmigo todos los pasajeros del vagón excepto dos. Caminé despacio para ser la última en llegar a las escaleras mecánicas. Había mirado de antemano el GPS en el teléfono, había introducido la dirección de Samir y mirado en qué sentido debía ir cuando saliera del metro, pero no quería sacar el teléfono, no tenía ganas de mostrar que no conocía el barrio, y aún menos de enseñar el móvil.

Había más gente en la boca del metro que en el vagón. A las mujeres que habían viajado conmigo las esperaba un chico de unos once años y vi la espalda de otras tres mujeres enfundadas en sacos que salían de un supermercado que había un poco más adelante, pero por lo demás solo había hombres. Tíos, tíos, tíos.

Samir nunca me había contado que vivía en Tensta. ¿Me sorprendí cuando comprobé la dirección? Puede ser. Quizá porque era Tensta, uno de los guetos con peor reputación, y no otro sitio, se me hacía demasiado extremo, casi como si fuera inventado. Pero no sé qué me había esperado del lugar en sí, nunca había estado allí. ¿Puestos de fruta y verdura? ¿Alfombras extendidas con venta de relojes falsos y bolsos de imitación con etiquetas de Gucci pegadas con cola? ¿Almendras y castañas tostadas, familias con diecinueve críos jugando a fútbol, viejos inclinados sobre tableros de ajedrez y aspirantes a Rocky con las manos vendadas a los que todos los transeúntes aplaudían cuando pasaban corriendo con la capucha del chándal subida? ¿Pit bulls y Red Bulls? ¿Azafrán y ajo? ¿Petanca y risas tronantes? Puede. O a lo mejor me había esperado que se pareciera al barrio en el que vivía Dennis. Sebastian y yo fuimos hasta allí una vez y, aunque hubiéramos quedado a varias calles de su casa, se podía ver lo anodino e insustancial que era aquel barrio de casas adosadas. El típico que olvidas en cuanto te vas, un sitio igual de insignificante que un vaso de plástico de usar y tirar. Pero ¿esto? Era, simplemente, incomprensible. Un sitio sin ningún propósito. Un tarro de conserva defectuoso sin tapa.

Quizá en verano era mejor, cuando no estaba tan oscuro y los árboles tenían hojas, pero ahora no era más que uno de los sitios más feos que había visto en toda mi vida. Los políticos y periodistas que presumían de «seguir viviendo en Tensta» debían de ser imbéciles. O bien tenían segunda vivienda en el barrio guay de Söder, donde pasaban todas las noches.

Conté cuatro farolas estropeadas solo en la plaza de la boca del metro y oí la voz de Christer en mi cabeza. Su voz grave y seria de profesor y pedagogo. Si supiera que yo había venido hasta aquí estaría tan satisfecho, asentiría despacio con la cabeza y diría con voz trascendente: «Es la auténtica Suecia, Maja. Ese es el aspecto que tiene». Pero esto no era «la auténtica Suecia», no más que la plaza de Östermalmstorg ni el archipiélago de Estocolmo, ni el paseo marítimo de Strandvägen. Las cosas no se vuelven más auténticas solo por ser feas.

En una parada de autobús al otro lado de la plaza me senté y saqué el móvil con una mano. No tuve más remedio. La otra la mantuve dentro del bolsillo en el que llevaba el gas pimienta e hice todo lo posible para convencerme de que sentir miedo no tenía nada de racista. La voz de mi madre: «Ser precavido no significa tener miedo». Después me orienté. Samir no vivía lejos del metro; según el indicador de a pie quedaba a cinco minutos. Después de que el tío del vagón se hubiera marchado en un autobús que tenía tanta prisa por salir de la parada que empezó a rodar antes de que las puertas se cerraran del todo, me puse a caminar por una acera asfaltada; también estaba vacía. No había nadie en la calle paseando al perro ni procurando que el bebé respirara aire fresco. No había ningún *runner* ni nadie yendo a ninguna parte. Caminé a paso ligero por delante de grafitis, medias bicicletas atadas a aparcamientos de bici volcados, crucé un túnel que apestaba a pis y pasé por dos parques infantiles desolados.

Samir vivía en la planta baja de una finca de alquiler. Era un edificio como los que aparecen en todas las pelis de adolescentes que hablan de los barrios del «extrarradio», pero quitando los gorros de lana con motivos de renos, los vampiros, las bicis de abuelo y la nieve. El portal hacía eco, la puerta estaba entreabierta, no parecía hacer falta introducir ningún código. La puerta del piso de Samir quedaba al lado del ascensor y cuando llamé al timbre se oyó un tintineo. Me abrió una versión más joven de Samir. Pero no tuve tiempo de presentarme antes de que apareciera él en persona.

Tanto su madre como su padre estaban en casa. Desconocía que tuviera dos hermanos pequeños, pero eran tan parecidos que no podían ser otra cosa. Me presenté a todo el mundo y pensé que a lo mejor nos íbamos a sentar en la cocina, podía verla desde el recibidor: un intestino estrecho con una puerta que daba a un balcón. Parecía estar repleta de cajas de cartón vacías. ¿Me había esperado que sus padres quisieran hablar conmigo, preguntarme de qué nos conocíamos Samir y yo, que insistieran en que me tomara un té y un pedazo de tarta o que, como mínimo, me miraran con curiosidad? A lo mejor. No pasó nada de eso. No parecían tener el menor interés, era obvio que su madre estaba cabreadísima. Dijo algo en una lengua que no entendí y luego no la vi más. Su padre me estrechó la mano pero la soltó sin decirme cómo se llamaba, dio media vuelta y fue a sentarse delante de la tele; estaban echando un partido entre dos equipos de los que yo nunca había oído hablar. El televisor era colosal, por lo menos el doble de grande que el nuestro. Al principio pensé que le habían quitado el volumen, hasta que vi que su padre llevaba unos auriculares de color verde chillón en la cabeza.

No entendía por qué Samir parecía tan enfadado. ¿Era porque me había presentado sin avisar? Aunque él también se había plantado en la puerta de mi casa sin decírmelo antes. Fue así como empezó.

No pretendía que me presentara como su novia, pero un «esta es Maja, vamos a la misma clase» o algo por el estilo no habría estado de más.

Podríamos habernos metido en su habitación, me habría gustado verla, no me importaba si la compartía con sus hermanos. No me importaba que viviera de aquella manera.

Quería decírselo: «No tienes de qué avergonzarte, no me importa». Pero se me hacía raro. Guardé silencio. «¿Podemos hablar?». Algo así conseguí soltar. Pero nada más.

Y Samir asintió con la cabeza y hundió los pies en un par de zapatillas de deporte que nunca le había visto llevar en el instituto. También se había cambiado, ahora llevaba unos pantalones de chándal brillantes. «El uniforme del extrarradio», pensé.

—Vamos —dijo. Me volví hacia el salón para despedirme de su padre, pero Samir me cogió del brazo y me sacó por la puerta al rellano, donde el portal seguía entreabierto.

Era obvio que le fastidiaba mi presencia. Estaba muy molesto. Yo solo quería estar a solas con él para poder hablar, decirle que «Amanda lo sabía», preguntarle: «¿Qué hacemos ahora?». No quería tener que tomar yo todas las decisiones. Quería oírle decir: «Corta con Sebastian», entonces yo le habría respondido: «Lo haré esta noche», y no habría tenido que sentirme sola. ¿Por qué no era capaz de ver lo considerada que había sido al ir a buscarlo en lugar de exigirle que viniera él? Quería mostrarle que lo hacía con gusto. Que no me importaba, que me daba igual dónde viviera.

Era tan penoso. Siempre lo mismo: «No me importa, Samir». Me pregunté por qué se me antojaba tan trascendente que él comprendiera que no me importaba. ¿Pensaba Samir que Tensta era un lugar cojonudo, mil veces mejor que cualquier otro? Ni de broma. Si fuera así no se habría buscado un trayecto de una hora de ida y otra de vuelta, cada día, solo para llegar al instituto público de Djursholm. «Lo he entendido».

Quizá debería haberle dicho que comprendía por qué detestaba aquel lugar tan insoportable en el que se veía obligado a vivir, que realmente entendía por qué hacía todo cuanto estaba en sus manos para salir de allí. Porque se merecía algo mejor que Tensta. Él era mejor que el entorno que le había tocado. Quizá debería habérselo dicho. Su piso, la escalera, el camino hasta allí, el camino de vuelta, los pantalones de chándal de poliéster. No me parecía que debiera sentir vergüenza, porque no era culpa suya. Pero eso tampoco podía decírselo. Porque eso también lo haría avergonzarse.

Caminaba delante de mí sin decir nada. Yo no sabía adónde nos dirigíamos. Pero daba igual. No sabía adónde había que ir para hablar en Tensta, estaba abierta a todo, la lavandería, o un almacén, o un banco pintarrajeado o un centro juvenil o una cafetería de barrio o un *skatepark*. Siempre y cuando se pudiera hablar en paz.

Tardé un rato en darme cuenta de que íbamos rumbo a la parada del metro. Entonces lo agarré, lo obligué a detenerse.

Antes de explicarle por qué pensaba que deberíamos hablar, Samir ya me miró raro. Cuando continué hablando la cosa no hizo más que empeorar. Sinceramente, no recuerdo con exactitud lo que me dijo, pero no le parecía que tuviera que cortar con Sebastian, no por él, desde luego que no. «No estamos juntos, Maja. Nos hemos acostado algunas veces, no es lo mismo».

No es que me estuviera llamando puta, ni fácil, nada por el estilo. Pero Samir, el intelectual, el «mejor corresponsal en el extranjero en ciernes del mundo», tan políticamente superconsciente, me estaba mirando con nuevos ojos. Con mirada de «debes de ser tonta del culo».

Él no quería estar quieto. Por lo visto, teníamos que caminar mientras hablábamos. Quería sacarme de allí lo antes posible y lo que yo tuviera que decir era del todo irrelevante, volvió a cogerme por el antebrazo, era una cría en época de rabietas que se negaba a irse del parque. Cuando él hubo dicho todo lo que tenía que decir habíamos llegado al metro, pero allí tampoco me dejó en paz, se quedó pisoteando el andén con sus feas deportivas blancas hasta que llegó el tren, y entonces se subió y me acompañó todo el trayecto hasta la estación de T-Centralen.

¿Qué se creía que iba a hacer yo? ¿Quedarme allí a escondidas, buscarme un tropel de amigos adorables y mi propio piso gris con el techo de metro noventa y suelo de linóleo? ¿Convertirme en su nueva vecina, dejarme hacer un bombo, y ponerme un chándal a juego y un pañuelo en la cabeza «solo porque queda guapo»?

Me senté en un asiento, él se quedó de pie a pesar de que el vagón estuviera lleno de sitios libres. Cuando llegamos, parecía haberse tranquilizado un poco, me puso una mano justo por debajo del hombro antes de dejarme ir. «Adiós, Maja. Nos vemos en el instituto». Me gustaría haber podido vomitarle encima.

Fui caminando desde la estación de Hospital de Danderyd, todo el camino hasta casa. El pasaje subterráneo que unía la salida del metro con el aparcamiento de delante de la escuela de Mörby era chulísimo, casi tan acogedor como el salón de mi casa, comparado con Tensta Centrum. Pero me entró frío mucho antes de llegar al Polideportivo Stocksund. Los guantes de Lovikka que me había regalado Amanda («los encontré en una tienda monísima del SoHo») estaban mojados, por dentro de sudor, por fuera de aguanieve. Pesaban como alfombras de pelo largo. Los tiré a la basura que había debajo del roble que marcaba el límite del barrio y cerré los puños dentro de los bolsillos. No fue de gran ayuda.

Cuando por fin llegué a casa estaba tiritando de frío. Fui directa al baño, no me quité nada hasta que la bañera estuvo llena. El agua estaba tan caliente que sentí dolor al meterme, pero lo hice de todos modos.

Me había creído que Samir estaba enamorado de mí. Quizá incluso lo había dado por sentado: que estaba enamoradísimo, que siempre lo había estado (¿verdad que sí?), y yo había hecho todo el trayecto hasta su casa para explicarle que él también me gustaba y había pensado que lo entendería. Que le parecería que yo merecía la pena el esfuerzo. Pero no era así.

Cuando hube entrado en calor y estaba bien arrugada y el agua comenzaba a estar fría me puse el albornoz de papá, me metí en el salón, donde mi edredón seguía en el sofá, me acurruqué debajo de él y llamé a Sebastian. Volvía de Sudáfrica al día siguiente por la tarde, pero tenía que hacerlo ya mismo, en aquel momento, antes de que me diera tiempo a arrepentirme. Hablamos durante casi veinte minutos. Cuando me lo cogió apenas pude oír lo que decía, pero luego se metió en una sala más silenciosa, o quizá salió a la calle, y yo le dije lo que sabía que estaba obligada a decirle y él contestó, contestó con calma y sosiego sin volverse loco, y yo le dije que podíamos seguir hablando cuando volviera a casa y él me dijo: «Qué quieres que te diga», y no sonaba triste, pero parecía haberlo entendido todo y nos dijimos adiós y colgamos. Diez minutos más tarde me entró la incertidumbre de si él se acordaría de lo que le había dicho, por lo que le mandé un mensaje.

Al ver que no me contestaba le volví a escribir. El mismo texto. Quería asegurarme de que era lo primero que vería al mirar el teléfono, por si lo olvidaba todo, aunque por su voz no parecía que fuera colocado.

Esperé hasta muy pasada la medianoche para llamar a Samir. Quizá no me había tomado en serio cuando le dije que iba a hacerlo. Quizá esa era la razón por la que se había comportado de aquella manera. La primera vez me lo cogió. Creo que lo desperté. Colgué sin decir nada. Él podía ver en la pantalla que había sido yo quien lo había llamado y esperaba que me devolviera la llamada. Pasados ocho minutos volví a llamar. La voz de Samir en su buzón de voz me dijo que me devolvería la llamada. «En cuanto pueda», informaba la grabación. Una hora más tarde me quedé dormida, aún con el móvil en la mano y el volumen al máximo. Samir no llegó a llamar. Sebastian tampoco.

30

Cuando se terminó lo de Sebastian (y Samir) no hice nada de lo que hay que hacer cuando se acaba una relación. No miré pelis que de pequeña me parecían tristes, no comí helado directamente del tarro ni escuché canciones que hablaran de lo capullos que son todos los tíos. Pero sí que me resfrié. Aun así me arrastré a la escuela dos días seguidos, pero cuando por fin logré superar el último día y empezaron las vacaciones de Navidad, me dio una fiebre galopante.

El primer día de vacaciones mamá me dio una dosis doble de ibuprofeno, una manta y un cojín para llevar en el coche. La mayor parte del trayecto me la pasé durmiendo; me despertaba de vez en cuando porque me dolía la espalda, el cuello, la garganta o las piernas. Estaba sudando sin parar y Lina me miraba desde el otro lado del asiento de atrás con una leve arruga de preocupación entre sus ojos azul oscuro. Papá me despertó cuando paramos a comer y tuve que entrar en el bar de carretera. Servían salchichas asadas con bolsitas de kétchup y patatas fritas onduladas, pero yo habría preferido quedarme en el coche.

—Hace demasiado frío —dijo papá.

—Tienes que comer algo —dijo mamá.

Llegamos a casa del abuelo poco después de las siete de la tarde y la máquina quitanieves había pasado por el camino de acceso. En verano yo solía salir a dar paseos largos con los perros del abuelo por ese mismo camino. El abuelo vivía a tres kilómetros del quiosco y del súper y, de pequeña, la abuela me animaba a jugar con los hijos de los vecinos, pero yo me negaba porque no los conocía. Así que iba y venía de casa al quiosco, le compraba el periódico a mi abuelo, luego volvía y me compraba un helado. Día tras día. Camino arriba, camino abajo. Algunos días lo hice tantas veces que al final ni los perros me seguían. En verano el camino era de tierra y tenía una lengua de hierba en el centro; cuando llovía se formaban grandes charcos y los mosquitos aterrizaban en los reflejos brillantes de gasolina. Ahora el camino estaba enmarcado por dos metros de nieve a cada lado y era la segunda Navidad que celebrábamos sin la abuela. En lo que ahora era la escalinata solo del abuelo había un árbol de Navidad sin decorar y dos farolillos encendidos.

En mi habitación jugueteaban las llamas en la estufa, el abuelo había puesto una manta eléctrica en la cama. No me cambié de ropa, me dormí con la que llevaba puesta. Mamá entró dos veces. La primera me desnudó y me puso un camisón fresco y recién planchado. Era de la abuela. La segunda vez me dio una bebida efervescente que sabía a naranja y almendra amarga, eran pastillas contra la gripe que había comprado en Estados Unidos, y dormí y dormí y dormí y dormí mientras los demás hacían casitas de galletas de jengibre (lo deduje por el olor) y decoraban el árbol (oí a papá meterlo dentro de casa y a mamá echarle una bronca por toda la nieve que había dejado en el pasillo), hacían albóndigas y asaban jamón (de nuevo, el olor) y marinaban salmón. Mamá me trajo un poco sobre una tostada de pan para que lo probara, pero no tuve fuerzas para comérmelo.

Permanecí inmóvil debajo del edredón las veces que el abuelo subió y echó más leña en la estufa y dejó entrar a uno de los perros, que se durmió con el hocico hundido en el hueco de mi rodilla. Seguía en el mismo sitio cuando mamá entró con una bandeja con té y tostadas de queso, pero no me las pude comer. Me subí el edredón hasta la barbilla y me incorporé para darle lametones a un polo de vainilla mientras Lina me enseñaba los dibujos que iba a regalar por Navidad. Cuando se acabó el helado me acurruqué en posición fetal y me quedé dormida mientras ella me seguía hablando.

No salí de la cama hasta el día de Nochebuena. Estuve media hora en la ducha, me lavé el pelo dos veces y me puse ropa limpia. Mamá me cambió las sábanas y repetí tres veces arroz con leche con salsa de fresa. Lina hurgó en su arroz hasta que encontró la almendra; hacía años que no me la daban a mí porque Lina todavía se ponía muy contenta.

—¿Dónde vive Papá Noel, Maja? —me preguntó con la boca llena de comida.

—O sea… —dije dubitativa. Porque ya habíamos hablado de esto. No debería ser ninguna sorpresa—. Papá Noel no existe.

—Lo sé —suspiró Lina y se mordió el labio inferior—. Pero los renos esos voladores, ¿ellos dónde viven?

Éramos los únicos que celebrábamos la Navidad con el abuelo ese año. La familia por parte de mamá había decidido celebrarla con sus familias políticas; ya no eran «las primeras fiestas sin la abuela». Pero yo me alegraba por ello. Eran unas Navidades más silenciosas sin todos los primos exaltados cogiendo turno para ponerse a llorar y obligar a los mayores a enzarzarse en discusiones incomprensibles sobre nada en concreto.

El día de Nochebuena cayó una nevada que batió el récord local (desde que comenzaron a hacer mediciones) y la parabólica e internet dejaron de funcionar. Estuvimos escuchando música en el tocadiscos del abuelo, comimos en la cocina porque allí se estaba más caliente y cuando terminamos nos sentamos todos en el salón y miramos una peli en DVD; papá la había elegido. Me quedé dormida y me desperté con la cabeza en el regazo de mamá. Me estaba acariciando la frente y yo me quedé con los ojos cerrados más tiempo de lo necesario. Lina me enseñó a jugar a un juego de cartas que ella misma se había inventado y papá se metió en la cocina a pelar patatas. Los demás fuimos a dar un paseo («tenemos que aprovechar mientras aún hay sol»); el aire frío me arañaba en la garganta. Cuando volvimos encendí el hogar de la cocina y me cayeron tantas alabanzas que parecía más difícil encender un fuego que inventar la penicilina.

Mientras paseábamos, el abuelo me metió un sobre en el bolsillo. Me acarició la mejilla y sonrió. Era por mis notas, cobraba en función de lo buenas que fueran. Y el sobre era grueso, siempre estaba rellenito, hoy también. Seguía apañándomelas bien.

«Me las había arreglado».

—Gracias —le dije con los labios, sin emitir sonido. Al abuelo se le veía contento y a mí lo que más me alegraba era su sonrisa; me encantaba que el abuelo sonriera a pesar de que aquella fuera la segunda Navidad sin la abuela.

En las clases de filosofía del instituto habíamos hablado sobre lo que son los sentimientos, que había seis sentimientos básicos negativos y solo uno positivo: la alegría. Yo había levantado la mano y había dicho que «todo el mundo sabe que todos sentimos miedo más o menos de la misma manera», que «siempre podemos entender a qué se refiere una persona cuando dice que siente vergüenza». Que «los sentimientos más puros, los que nos hacen aferrarnos a la vida, siempre son negativos».

Se me estremece el cuerpo cuando pienso en aquel día, sentada en la clase tratando de demostrar que era más profunda y más sensible que todos los demás. Creía saber lo que se siente cuando te enfadas. Me parecía que sabía lo que es perder el control. Pero, ¡noticia de última hora!, comerte dos hogazas de pan con mantequilla y queso cuando te baja el colocón no cuenta. Hacer como que tienes alucinaciones por culpa de alguna pastilla, follar puesta de coca y decir: «Ha estado tan bien que pensaba que me iba a morir», eso no son más que bromas. No sabía nada, absolutamente nada, de lo que significa querer morir. Solo había ido a un funeral en toda mi vida (el de la abuela) y nunca había tenido miedo de verdad, nunca había estado sola, nunca había deseado morir. Nunca me había roto en mil pedazos. La ejemplar Maja de la primera fila de la clase con la mano en alto. «¡Me sé la respuesta!». No, no te la sabes. «No sabes nada».

Ahora, después de lo de la clase, sí sé: los sentimientos básicos son insípidos y carecen de interés, solo un loco se pasea soltando carcajadas todo el día.

Yo me río a veces, pero mi alegría es una reacción histérica. Vergüenza. Miedo. Tristeza. Odio. Son los sentimientos compuestos los que habían desaparecido, las mezclas en una tienda de pinturas, dieciséis matices de blanco cáscara de huevo. Amarillo y azul se vuelven verde. ¿Amistad? ¿Celos? ¿Ternura? Compasión, empatía. Felicidad.

La felicidad es lo que más echo de menos, la mezcla de todo, de todos los sentimientos negativos, una pizca de sorpresa y montones de alegría. La felicidad es la mezcla perfecta, pero nadie conoce la receta.

Aquellas Navidades en casa del abuelo son la última vez que fui feliz. Me reí y le dije cosas a mamá sin pensar que las estaba diciendo solo porque ella quería que las dijera. A Lina le cayeron unos *walkie-talkie* de regalo; me obligó a salir a la nieve para comprobar a cuánta distancia funcionaban. Después de hacerlo construimos una caseta de nieve y un farolillo en el que pusimos una vela, hicimos ángeles en la nieve y tiramos bolas de nieve al lago solo para ver hasta dónde llegaban. Comí mazapán bañado en chocolate y casi me pareció rico, y jamón asado a la mostaza con tostadas de pan porque no hay nada más sabroso y el abuelo me hizo callar para que prestara especial atención a cuando Jussi Björling cantaba sobre las lágrimas y el amor desdichado.

Tres días en los que solo estuve triste durante breves instantes que no duraban más que una inspiración, y no tuve miedo ni una sola vez: aquellas Navidades fueron la perfecta receta de la felicidad. Nochebuena, el día de Navidad y el día siguiente.

Después. Si mezclas todos los colores de la caja no te sale más que un potingue marrón. Y al final se vuelve todo negro. Porque dos días después mamá me despertó poco antes de las siete. Claes Fagerman había llamado. Habían estado hablando diez minutos. Lamentaba tener que llamar tan temprano, mamá lamentaba tener que decírmelo, pero tenía que irme a urgencias psiquiátricas del hospital de Danderyd porque Sebastian había intentado suicidarse.

31

Dos horas más tarde aterrizó un helicóptero en la parcela de césped del abuelo que bajaba en leve pendiente hasta el agua desde la casa. La nieve revoloteaba a mi alrededor cuando corrí con mi mochila hasta la puerta abierta del helicóptero. El abuelo me acompañó a paso ligero como buenamente pudo; sus piernas estaban un poco tiesas. Intercambió unas palabras con el piloto, yo me senté a su lado; iba a «transportarme» a «la ciudad», después me recogería un coche para llevarme el último tramo hasta el hospital. Claes no estaba allí, lamentablemente, pero «mandaba saludos», «apreciaba mucho aquello», él se había visto «obligado» a estar en otra parte, pero yo había dejado de prestar atención.

«Sebastian había intentado suicidarse».

El abuelo hizo un movimiento extraño con la cabeza, me dio un beso en la mejilla y nos dejó marchar.

Hasta que no me vi sentada en el helicóptero no caí en la cuenta de que nadie me había preguntado si quería ir con Sebastian. Pero ¿qué habría contestado? ¿«No, que se las apañe solito»?

«Tengo que ir. Claro que tengo que ir. ¿No?».

Sebastian tenía un gotero en el brazo, vendajes blancos y camisón azul. Cuando entré por la puerta se puso a llorar. Me senté a su costado, me volví a levantar otra vez, fui al otro lado, donde no estaba el gotero, me tumbé junto a él en la cama, hundí la nariz en su cuello y lloré también.

Al principio habían «sospechado de una sobredosis». A mamá se le sonrojaron las mejillas mientras me lo contaba. «Te necesita, Maja», dijo. Estaba asustada y triste, pero también algo más, se le veía. Papá me miraba con esa mirada extraña que le sale a veces. «Tenemos una hija tan madura —pensaba—. Se hace responsable. Sebastian y ella tienen problemas, pero ella le quiere y entiende que tiene que estar a su lado, ayudarle a superar esto».

Ellos sabían que habíamos cortado. Pero «en esta situación» parecía olvidado. Fuera cual fuera el motivo de nuestro conflicto de adolescentes, no podía ser tan importante como para que yo no «echara una mano». Y se sentían orgullosos de mí, mamá y papá. Por lo que hacía, a pesar de todo.

Pero yo no era madura y valiente. Le había sido infiel a Sebastian y luego lo había dejado porque «ya no podía más» y lloraba escondida en su cuello porque no sabía si quería estar allí. Estaba cagada de miedo. Por primera vez intuí la facilidad con la que Sebastian podría haber muerto, que la muerte solo queda a un latido de la vida, y lo cogí de la muñeca, apreté los dedos sobre el vendaje con más fuerza de lo que me atrevía, porque necesitaba sentir las venas que había debajo. Nunca había tenido tanto miedo en toda mi vida como en aquel momento. Sebastian podría haber muerto. Y era por mi culpa. Le había fallado.

«Lo siento», susurré, con la boca pegada a su vena yugular. No podía ayudarlo, no podía, ¿cómo podría? «Lo siento». ¿Cómo se le ordena a una persona que no quiera morir? «Te querré cuando nadie tenga fuerzas para hacerlo. Lo prometo. Nunca volveré a dejarte solo».

Me quedé tumbada en la cama mientras Sebastian me lo contaba. Había salido de fiesta la noche antes del día de Nochebuena, Dennis había ido con él, siempre estaba preparado, y ¿qué iba a hacer, si no? Pero cuando la ambulancia fue a buscar a Sebastian, Dennis se había largado. Sebastian estaba tirado en la acera delante del Urban Outfitters, en la calle Biblioteksgatan, y el médico había dicho que la persona que llamó para dar el aviso lo había hecho desde un móvil de prepago, por lo que no se sabía quién era. Pero Sebastian no culpaba a Dennis. Tenía permiso para permanecer en Suecia hasta que terminara el curso en el instituto, después lo deportarían. Era considerablemente más difícil fugarse de la prisión provisional que de la familia de acogida con la que vivía ahora, no podía arriesgarse a que lo pescara la policía, no ahora, sobre todo, no ahora.

Sebastian fue trasladado a urgencias con un primer diagnóstico de sobredosis. Su padre había ido a verlo durante la hora de visitas, pero a los veinte minutos se había ido. Veinticuatro horas más tarde, en Nochebuena, el personal había encontrado a Sebastian en el lavabo de su habitación en el hospital.

El espejo estaba roto y la sangre se había colado por debajo de la puerta del lavabo. Había perdido mucha sangre. Desde entonces estaba ingresado en la planta de psiquiatría; habían esperado un tiempo antes de llamarme para no interrumpir las fiestas.

Claes había hablado con el médico de urgencias. Las enfermeras se lo habían contado a Sebastian cuando recobró el conocimiento.

—¿Puede haber sido el médico quien le ha dicho a mi padre que no venga? —me preguntó—. ¿Que no puedo recibir visitas? ¿El médico puede haber dicho eso?

Quería que le contestara, pero no lo hice. Porque él no quería esas respuestas. Pero se enfadó de todos modos, a pesar de mi silencio, y dijo que «no sabes de lo que estás hablando» y que «mi padre tiene que ocuparse de la empresa», y que «mi padre no puede estarse en un hospital mirando, sin más». Sebastian lo dijo varias veces, que su padre no podía y que yo tenía que entenderlo y yo seguía sin decir nada porque los dos sabíamos que no era cierto.

«Claes estaría aquí si se tratara de tu hermano», pensé, pero tampoco lo dije. Porque el hermano de Sebastian jamás intentaría suicidarse, Lukas no hacía nada mal.

Pero al final sí que lo dije. Que Claes «debería», que «cualquier padre normal tendría que hacerlo», que un «padre no puede hacer eso». Y entonces Sebastian se enfadó aún más, pero luego no tuvo fuerzas para gritar. Así que se puso a llorar. «Él no es un padre normal», se limitó a decir entre dientes, con una voz que suplicaba que yo estuviera de acuerdo, y luego no dijo nada más y yo no quería que se pusiera aún más triste. Así que empezamos a hablar de su madre.

—No la han localizado. No fui yo quien les pidió que lo intentaran. No creo que papá la llamara, no por esto.

—¿Por qué? —me atreví a preguntar—. ¿Por qué no la llama? ¿Por qué nunca os veis? ¿Por qué os abandonó?

Y ahora Sebastian no se enfadó.

—No sé si nos abandonó —contestó—. Mi padre dice que fue él quien la echó, pero a veces pienso que fue ella quien lo dejó a él y no sé si quiso llevarnos con ella o si quería que la dejáramos en paz, pero Lukas no quiso mudarse, así que yo tampoco, y mi padre jamás habría dejado que mi madre...

Volvió a empezar cuando recuperó la voz.

—Lukas llamó ayer, ha llamado dos veces. Él me ha llamado, ha llamado, y creo que, si fue mi madre la que dejó a mi padre, no tenía permiso para ir a vernos. Él no lo habría permitido. Nunca. Mi padre no soporta que lo humillen. Y mi madre es... —Le sequé la boca y la nariz con un trozo de papel higiénico y le susurré: «Continúa», y él lloró con más intensidad y cuando hubo terminado se sonó y dijo—: Yo no me parezco a mi madre. Mi padre siempre dice que sí, pero yo la odio, no soy como ella, es una imbécil. Me la suda si fue ella la que se largó, seguro que fue ella, porque no sabe hacer nada. Lukas también lo dice. No tiene remedio, es una puta fracasada.

Y entonces no dije nada más.

Su madre y su padre no estaban con él. Ni tampoco Lukas, su hermanito mayor tan aplicado que tampoco se atrevía a contradecir a Claes, solo llamar a escondidas cuando él no estaba presente. Pero yo fui al hospital. También le había hecho daño, pero no hablamos más del tema, lo que yo hubiera hecho no era importante, no era más que una bagatela, y cuando le susurré: «Perdóname», él dijo: «No pasa nada, ahora estás aquí, no importa», y lo besé y él me besó y metió su mano sana por debajo de mi jersey, en mi pelo, me cogió por la nuca y me besó otra vez y me volvió a besar, porque no podía vivir sin mí, era una cuestión de vida o muerte.

«¿De verdad lo pensaba? ¿Que él me necesitaba para vivir?». Sí. Porque era cierto. Cuando lo trasladaron a urgencias psiquiátricas, su padre y su hermano ya estaban esquiando en Zermatt.

Desde allí, su padre cogió un vuelo directo a otra ciudad para trabajar y Lukas regresó a Estados Unidos. Suena a broma, pero la única que fue a hacerle una visita a Sebastian antes de que yo llegara a urgencias fue Majlis, la secretaria de Claes. Y a lo mejor os pensáis que me lo invento, pero no es así, y lo peor de todo no es que Claes Fagerman enviara a su asistente, lo peor es que él sabía perfectamente lo retorcido que era aquel gesto y aun así lo hizo.

Sebastian se pasó un buen rato en la cama del hospital llorando. Yo yacía a su lado, mirándolo, contemplando lo cerca que había estado de la muerte, pude ver sus ganas de morir y pensé que tan solo con que me quedara con él lograría hacer que se sintiera mejor. Quería conseguir que me mirara de aquella manera, como si nunca hubiese visto nada parecido. Que se sintiera perdido, como si le hubieran fallado los pies y solo pudiera recordar una única cosa: que ansiaba tenerme. Y entonces yo descubriría, «sabría», cómo se hacía para salvar a una persona. Y entonces todo se arreglaría. Entonces Sebastian volvería a estar bien.

¿Pensé en Samir? Puede ser. Pero él no me quería para nada, no encajaba en su vida, él no quería adaptarse a la mía. Samir no me necesitaba.

Mientras estuve tumbada en la cama de Sebastian y lloramos juntos, quería alumbrar el mundo para él, enseñarle lo que él significaba, ir con él, hasta él, por él. «Joder», pensaréis, pero solo os sale porque sabéis lo que pasó. En aquel momento nadie sabía nada. Y nadie me preguntó. «¿Quieres? ¿Puedes?». Ni nadie dijo: «Te ayudo, no puedes hacerlo tú sola». Porque todo el mundo sabía que esta era la única alternativa. Estaba sola.

Nadie me preguntó si quería salvar a Sebastian, pero todo el mundo me culpa de no haberlo conseguido.

No sé qué fue lo que dijo el médico cuando Claes Fagerman le explicó que no podía venir a ver a su hijo a urgencias psiquiátricas porque estaba ocupado esquiando y celebrando la Navidad, pero sé que la gente nunca le exigía nada a Claes Fagerman. Ni siquiera los médicos. A lo mejor comentaban algo a puerta cerrada, tomando café y cuando Claes no los oía, «alguien debería decirle algo», pero ellos nunca eran ese alguien, «nadie era ese alguien», y si —o cuando— se cruzaban con Claes Fagerman y en la teoría podían decir cualquier cosa, entonces olvidaban lo que hacía un momento había sido tan importante. «¿Qué coño está haciendo? ¡Usted es su padre! Su hermano. ¿Dónde está su madre?». Ni en sueños se atreverían a preguntarle eso. Claes Fagerman les imponía tanto que nunca osaban decir nada que no estuvieran seguros de que le iba a gustar. Y les daba un pánico mortal que Claes redirigiera hacia ellos la rabia y el desprecio que sentía por su hijo.

Estaba tumbada en la cama de Sebastian y lo abracé hasta que terminó de llorar, hasta que se quedó dormido, y permanecí allí hasta que se volvió a despertar.

No hubo ni una sola persona en todo el planeta que se pusiera en pie para gritar hasta que alguien le hiciera caso: «¿Podría alguien traer aquí a los malditos padres de mierda de Sebastian y obligarlos a quererlo como se merece ser querido?».

Cuando no pudo hablar por culpa de las lágrimas, lo besé. Él me devolvió el beso. Era incómodo y sus mocos me entraron en la boca y las vendas estaban en medio, pero en aquel momento, en el hospital, Sebastian era el amor. Era todo cuanto yo necesitaba, estaba conmigo sin estar yendo a ningún otro sitio y en aquel momento creí de verdad que podría cambiar algo. No el mundo, no soy imbécil, pero pensé en cómo sería cuando le dieran el alta y nos tumbáramos en su cama doble, desnudos y solos, y él trazaría caminos con el dedo en mi barriga y yo respiraría sus exhalaciones y no, no necesitábamos a nadie más. No necesitábamos al repulsivo de su padre. «Él debería morir, no tú», le susurré a Sebastian al oído. ¿Lo dije en serio? Claro que lo dije en serio. Odiaba a Claes Fagerman. Quería sacrificarlo todo por Sebastian. El único problema era que yo no acababa de tener claro qué era «todo». Porque por encima de todo está el amor, hasta que aparece algo aún más grande.

Fui al hospital en helicóptero y coche, era obvio que tenía que ir. Volví junto a Sebastian y me quedé allí. Porque Sebastian me necesitaba. No tenía a nadie más. Me amaba. «Qué suerte que nos teníamos el uno al otro».

Lo que ahora echo de menos es la sensación de cuando podía tener una mezcla tibia de emociones que recordaban a la felicidad. Aquellos días de Navidad en casa del abuelo, cuando había nieve por todas partes y tenía la cabeza como después de un día de lluvia y mis sentimientos estaban diluidos en la proporción adecuada.

¿El amor? No, no echo de menos el amor. El amor no es lo más grande ni lo más puro, nunca es una mezcla perfecta, solo un fluido sucio. Habría que olerlo antes de hincarle el diente. Pero aun así corres el riesgo de no darte cuenta de que es venenoso.

Prisión provisional
de mujeres, noche

Semana 2 del juicio, noche del lunes

32

Incluso en mitad de la noche, a la hora más oscura, hay una débil estría de tenue luz que se abre camino hasta mi celda. Viene de la ciudad de fuera, allí nunca oscurece del todo, nunca se hace silencio absoluto. Cuando me despierto me quedo un rato boca arriba para que mis ojos se acostumbren, después veo los contornos a mi alrededor. Mi manta amarilla y delgada se eleva al compás de mi respiración, apoyo la mano en el borde de la cama y noto las marcas de mis uñas en la madera blanda. En esos momentos es cuando estoy más sola.

De pequeña tuve una cama de madera; deseaba tener una litera y mamá me la compró en Ikea. Nunca me atreví a dormir arriba, pero solía meterme debajo de la cama inferior, tumbarme boca arriba y pintar en las patas, escribir mensajes secretos para la posteridad. A veces obligaba a Amanda a meterse allí conmigo. A lo mejor no hemos sido nunca tan mejores amigas como entonces, cuando la vida era a base de helados, tatuajes brillantes que venían con los chicles y quién dibujaba la mejor cabeza de caballo. Pero había poco espacio allí debajo, nunca aguantábamos demasiado rato.

Cuando me compraron una cama nueva de estilo gustaviano con dosel se acabó el pintarrajear. Conservé la cama con dosel hasta que Lina empezó a dormir en cama normal. Entonces ella se quedó con la mía y a mí me tocó habitación nueva y cama doble y Amanda se hizo un tatuaje de verdad, una azucena en la muñeca. Si se ponía reloj apenas se le veía.

Sebastian nunca se quedó a dormir en mi casa. No porque mamá y papá pudieran tener nada en contra, sino porque Sebastian se movía mejor en su propio ambiente y en mi casa nunca estábamos tranquilos. Era lo que Sebastian más quería. Estar tranquilo. Cuando volvió a casa después del hospital, eso se hizo aún más importante. «Quiero que haya silencio. ¿No podrías cerrar la boca?».

En la celda no me hace falta encender la luz para ir al lavabo. El aro de acero reluce incluso a oscuras; me siento en él, ya no me molesta que sea duro y delgado e incómodo. Cuando termino, encuentro el tiro de la cadena sin tantear con la mano porque conozco su ubicación exacta. Llevo tanto tiempo viviendo en este cuarto que me ha calado, me ha marcado como un hierro al rojo vivo, un «por siempre y para siempre grabado en la piel con un tatuaje de tinta que escuece», ya no me despierto preguntándome por un apacible segundo dónde estoy, y nunca me viene un sereno «¿por qué?» a la cabeza.

Pero los sueños los sigo teniendo. Y a veces estoy con ella, Amanda, mientras se ríe con la boca abierta, me coge del brazo y me pellizca porque somos ella y yo para toda la eternidad.

Ella y yo. Y Sebastian y yo.

Solo pensar en él, en cómo fue cuando la vida era Sebastian, hace que mi cuerpo reaccione. No importa que la cabeza proteste; el cuerpo recuerda, incluso mi piel se acuerda de él.

Antes de Sebastian yo era una chica que decía sí o no. Nunca otra cosa. Pero con Sebastian me volví como uno de los chicos. Nunca me importó el hecho de saber que más tarde me odiaría por ello. Decía «venga, va», suplicaba, «porfa», «más», «otra vez», « solo una última vez». Tan solo hay una cosa que mi cuerpo recuerda mejor que todo el deseo que sentía por Sebastian, y es la sensación que tuve en el momento en que desapareció.

Ha llegado mi turno de declarar. Apenas faltan unas horas. Primero Sander me guiará a través de mi interrogatorio, después la fiscal hará sus preguntas.

Puedo oír en mi cabeza lo que la fiscal va a decir. ¿Cómo pudiste? ¿Qué hiciste? ¿Qué sabías? ¿Por qué no lo detuviste? «Responde».

—No es tu obligación explicar por qué Sebastian hizo lo que hizo —dice Sander—. Cuanto menos tardes en darte cuenta de ello y soltarlo, mejor. Tienes que concentrarte en tu propia parte de la historia.

Sander opina que no debo hablar de cuánto quería a Sebastian, «no viene al caso». No quiere escucharme cuando le intento contar de qué manera le fallé a Sebastian. Que era culpa mía que se encontrara mal. O que Sebastian me necesitaba. Cuando hablo de ello con Sander, él siempre aprovecha para hojear algo o darse un poco la vuelta, o hurgar en los bolsillos en busca de sus gafas de leer. Sander no quiere oír lo que había entre Sebastian y yo. La historia de nuestro amor «no procede». Opina que, en sí, esa historia me hace parecer culpable. O tonta de remate, lo cual viene a ser más o menos lo mismo.

«No viene al caso. No hace falta que lo cuentes. Puedes guardártelo para ti sola. No es judicialmente relevante».

Pero hay cosas que Sander no entiende. De joven, al rey no le hizo falta besar a Silvia en la escalinata del castillo cuando se acababan de casar. Al rey no le hacía falta dar un discurso en directo tipo «Silvia, Silvia, te quiero, blablablá» ante toda la población. No hicieron falta redactores de discursos para satisfacer la necesidad de la plebe de un «hemos atravesado fuego y agua, no hemos elegido el camino fácil, pero por encima de todo está el amor». En la época de Sander podías vivir eso en paz. En la época de Sander podías guardarte cosas para ti sola; si no, daba vergüenza. Pero esa época ha pasado. Y yo sé lo que se exige. Sé lo que yo misma habría querido saber: y habría querido saberlo todo, habría exigido hasta el último detalle sobre el amor sucio, enfermizo y envenenado de Sebastian y mío. Para entender por qué dije que pensaba que su padre merecía morir y por qué disparé a mi novio y a mi mejor amiga.

A lo mejor no me toca a mí explicar por qué Sebastian hizo lo que hizo. «Seguro que no es judicialmente relevante». Pero yo estaba allí, él era mi novio, lo conocía mejor que nadie en aquella clase, desde luego lo conocía mejor que sus propios padres. Y lo maté. A él y a Amanda. Si no lo explico yo, ¿quién lo hará?

¿Por qué? Yo también quiero saberlo. Y ese «porqué» es de un tamaño infinito, requiere franqueza total, y la «franqueza total» exige que sea más cautelosa de lo que he sido jamás con cada cosa que diga. Porque, en cuanto lo diga, se volverá verdad.

El día en que por fin, después de todos los retrasos, llega mi turno de hablar me despierto mucho antes de lo que debería.

Despertarte en el momento más oscuro de la noche es lo peor. Hoy es lo que me pasa y antes incluso de abrir los ojos sé que no me volveré a dormir. Tengo náuseas, me inclino sobre el lavabo, dejo que el agua corra, el agua del grifo en la prisión provisional nunca llega a salir fría del todo ni caliente del todo, pero me lavo la cara, el cuello del camisón se me moja y me lo quito. Luego me quedo desnuda en el centro de la celda, respirando, cogiendo aire, soltando, cogiendo, soltando. Tengo frío y estoy sudando.

Sander me ha preparado para lo que va a suceder hoy, hemos ensayado, hemos ensayado y ensayado y ensayado y no, no se trata de que Sander me haya cocinado una historia falsa que me he aprendido de memoria, pero él sabe que si empiezo a tartamudear y a ruborizarme y a sudar tanto que se me vea, ya no importará lo que diga, lo sincera que sea: ninguno de los presentes en la sala del tribunal me prestará atención.

La acusada. Esa soy yo. Dentro de unas horas me dejarán hablar, me toca «hacer mi declaración».

Sander me ha dicho que tengo «derecho a abstenerme». Eso quiere decir que podría mantener la boca cerrada durante todo el juicio. Nadie me puede obligar a hablar, nadie puede obligarme a contestar preguntas. Si quiero estar callada, puedo estar callada.

En el hospital Sebastian aún hablaba, pero en cuanto salió de allí se quedó callado. Lo dejé en paz, no le hice mil preguntas ni le exigí ninguna respuesta. Entendía que necesitaba estar en silencio. Sus amigos hacían todo lo posible para parecer indiferentes. Ninguno había insistido en que le dejaran ir a la planta de psiquiatría, pero cuando Sebastian volvió a casa se les hizo más difícil hacer ver que todo ese teatro era por su bien. Dennis era el mejor en hacer el numerito. Labbe, el peor. La primera vez que Sebastian vio a Labbe después de Navidad, este se puso a llorar y a abrazarlo y entonces Amanda también trató de hacer lo mismo y fue terrible. Sebastian odió la escena.

Cuando me acuesto de nuevo en la cama tengo frío. En el armario hay una manta extra, pero estoy temblando demasiado como para ir a buscarla. Cuando cierro los ojos me escuece debajo de los párpados. Me tumbo de lado, intento abrazarme las rodillas, respirar debajo de la manta. Los escalofríos vienen y van, casi me da tiempo de acostumbrarme a su ritmo, como cuando tienes hipo, pero se desvanecen de pronto con la misma rapidez con la que han surgido.

Cuando haya terminado de hablar ya no habrá vuelta atrás. Pero aquí, en la noche, hay diferentes versiones de la historia, vidas paralelas a mi vida real. No puedo dejar de pensar en ellas. En una versión nunca llego a besar a Samir, nunca dejo que me coja de la mano, nunca llego a ir a su barrio de la periferia, él nunca llega a odiarme ni a sentir vergüenza por cómo le hago sentir, no se siente responsable de mí, y se busca otras cosas que no sean Sebastian con las que cabrearse, y yo no llego a enamorarme de Samir ni me hace falta cortar con Sebastian y él no intenta suicidarse, no empeora de la manera en que lo hizo después de Navidad y la última fiesta nunca llega a celebrarse y su padre no se enfada y Sebastian no pierde la esperanza de que su padre lo quiera y no llega a efectuar el primer disparo ni llega a efectuar el segundo y yo no llego a matar a Amanda y no llego a matar a Sebastian y seguimos viviendo y es un final mejor, un comienzo mejor, una vida mejor.

Porque cuando corto con Sebastian y él se da cuenta de lo fácil que es morir es cuando se convierte en un asesino. No lo entendí hasta que fue demasiado tarde.

En otro universo paralelo, yo disparo a Sebastian la noche antes. Justo después de la fiesta. No sé por qué habría debido hacerlo, ni cómo, pero aun así habría sido mejor, porque los demás habrían podido seguir viviendo. En una tercera versión, yo no vuelvo a casa después de la fiesta de la noche anterior y mamá y papá llaman a la policía a primera hora de la mañana y me encuentran muerta en la playa de Barracuda. Me he ahogado y la policía va derechita a ver a Sebastian y entran por la fuerza para hablar con él y él no puede hacer lo que hizo en la casa y no puede ir al instituto y hacer lo que hizo allí.

En una cuarta versión no me voy de casa de Sebastian después de la fiesta, paso de volver a la mía, a pesar de las órdenes de Claes, y me quedo con él, le obligo a estar conmigo y si yo hubiese estado allí él no habría matado a su padre. Lo cual significa que todos pueden vivir. Amanda puede vivir.

Y todas las versiones tienen una cosa en común. No puedo dejar de pensar en ellas. Al menos no todavía.

«Es importante que nos lo cuentes». La Permanente, la oficial a cargo de mis interrogatorios, lo repitió más veces de las que pude registrar. «Hazlo por Amanda».

La gente siempre cree saber lo que los muertos habrían querido. «Amanda habría querido que fueras valiente. Amanda habría querido que contaras la verdad. Amanda lo habría entendido».

Es una verborrea vacía sin parangón. Amanda habría querido que no le disparara. Amanda no quería morir. Creo que es lo único de lo que podemos estar seguros.

La verdad es que todo lo que pasó después de que volviera a casa de Sebastian tuvo lugar porque yo no logré detenerlo.

¿Que si voy a hablar de lo que también era Sebastian? ¿De lo malo? Sí, ¿por qué no? No es mi responsabilidad defenderlo. Ahora él está solo, igual de solo que yo. Pero no estoy segura de que me sirva de ayuda, ni de que sea especialmente relevante. Porque hoy voy a contar mi versión. Después le toca a Samir.

Vista principal de la causa B 147 66
La Fiscalía y otros contra Maria Norberg

Semana 2 del juicio, martes

33

Es decir, Samir sobrevivió. Sebastian disparó contra él tres veces, una bala se le encalló en el abdomen y otra en el hombro y otra le atravesó el brazo. Tuvieron que operarlo seis veces y le extirparon el páncreas. No tengo muy claro qué implica todo eso, pero en el escrito de acusación pone que va a tener que medicarse el resto de su vida, que tiene movilidad reducida en el brazo izquierdo y dolor crónico en la espalda.

Pero se ha recuperado lo suficiente como para poder estudiar, en Stanford, ni más ni menos, según el Panqueque gracias a la compensación económica obtenida del Consorcio Fagerman.

Samir no es solo una de las víctimas, uno de los demandantes. También es el testigo principal de la fiscal, el único testigo que Lena la Fea tiene de dentro del aula. La historia de Samir es la base sobre la que ha construido toda su acusación contra mí. Y, naturalmente, sé qué es lo que él le ha contado. Los interrogatorios aparecen en el informe del caso y los he leído. Los he leído tantas veces que me los sé prácticamente de memoria. Y Samir ha dicho que le disparé a Amanda a propósito. Que saqué mi arma con toda la calma del mundo, que Sebastian no pareció estresarse lo más mínimo cuando lo hice, que me dijo: «Venga, hazlo. Quiero que lo hagas», antes de que apretara el gatillo. Primero, Amanda. Luego, Sebastian.

En la sala de vistas reina el silencio cuando entro para tomar asiento. El aire tiembla de expectación, habría dicho la abuela. Incluso los jueces se ven diferentes. De nuevo colmados de importancia, exactamente igual que el primer día. Samir no declarará hasta el lunes de la semana que viene, tenía algo que hacer en Stanford y al tribunal le pareció bien así, pero a mí me toca hoy. Es por eso que todo el mundo está en tensión de pies a cabeza, porque me toca hablar a mí. Pero si tenemos en cuenta que todo el mundo sabe lo que va a declarar Samir, no entiendo por qué están tan excitados. Nada de lo que yo pueda decir hará desaparecer su relato.

Sander ha dicho que el testimonio de Samir debe «juzgarse a la luz de la situación en la que se encontraba», se refiere a que puede «señalar imprecisiones en lo que Samir ha observado». Pero yo sé que cuando hayan escuchado lo que él tiene que contarles se fiarán de ello. Samir es una persona de la que te fías.

Sander empieza haciéndome preguntas sobre mí. Quiere saber cuántos años tengo, aunque quien a estas alturas aún no lo sepa no puede tener sangre en las venas; me pregunta dónde vivo y no respondo «Djursholm», digo: «Con mis padres y mi hermana pequeña..., tiene cinco años y se llama Lina». Luego quiere que le explique qué tal me va en el instituto y yo le digo que «bastante bien» y Sander subraya que «muy bien». Una vez terminado el calentamiento es hora de hablar de «lo que pasó».

Sander ha dicho que no piensa «centrarse» en «la percepción que tiene Samir de los acontecimientos», pero que estoy obligada a hablar del aula. Sin embargo, empezamos por el intento de suicidio de Sebastian. Me toca explicar lo mal que se encontraba, las juergas que se corría, lo poco que me gustaba eso, que empecé a verme con Samir, lo que Sebastian dijo cuando cortamos, lo que estuvimos hablando en el hospital.

—Cuéntame cómo fue cuando Sebastian volvió a casa después del hospital. ¿Puedes hacerlo?

Le dieron el alta una semana después de Nochevieja, el mismo día que empezó el instituto. Pero estuvo de baja otras dos semanas, las cuales pasó en casa. Al principio creí que la cosa iba a mejor. No era así, pero es lo que pensé. Sebastian dejó de salir, dejó de invitar a doscientas personas a su casa y de hacer viajes de fin de semana a Barcelona, Londres, Nueva York. Solo quería estar conmigo. A ser posible, todo el tiempo, incluso cuando yo debía estar en el instituto. También dejó de hablar de lo que íbamos a hacer, adónde íbamos a ir, las fiestas que nos íbamos a correr. Ahora prefería que estuviéramos a solas. Los dos. En su casa, por donde su padre apenas pasaba más que para cambiar de maleta. Creí que era una buena señal. No se emborrachaba tanto, no se colocaba con tanta frecuencia y nunca de la misma manera. Cuando lo llamaban sus amigos y yo estaba presente colgaba las llamadas, si íbamos a relacionarnos con más gente quería hacerlo en su casa, y si venía alguien no era poco habitual que Sebastian desapareciera a otra parte de la vivienda. A veces ni siquiera yo conseguía encontrarlo. Simplemente, desaparecía.

Era obvio que estaba deprimido, pero al mismo tiempo nunca había visto a Sebastian tan enamorado de mí como las primeras semanas después del hospital y en las que se paseaba todo el día en pijama. Y, probablemente, también fue la época en la que yo lo amé más. ¿Por qué fue así?

Al final de Harry Potter, cuando la batalla contra Voldemort llega a su clímax, Ron y Hermione se besan. Lo hacen porque creen que van a morir. Poco después se besan también Harry y Ginny, por el mismo motivo. Creo que Sebastian me quería más que nunca porque entendía que podría haber muerto. Y yo sentía lo mismo, porque yo también creía que Sebastian podía haber muerto. Ahora que sé lo que ocurrió pienso que quizá en aquel momento él ya sabía no solo que podría haber muerto sino que iba a morir, o que al menos sabía que era fácil morir si eso era lo que al final decidía hacer.

Pasó de largo. Aquel sentimiento de intenso amor.

Hablamos de Claes. Sander me pide que le explique lo que decía, lo que hacía y lo que no hacía.

«¿Era difícil para Sebastian?».

«¿Estaba Sebastian decepcionado con su padre?».

«¿Hablabais de ello?».

Y yo se lo cuento. También le hablo de los demás. De Lukas y la madre y Labbe y todas las fiestas y de Dennis y las drogas y de Samir y de todo. Se lo explico todo.

—¿Puedes contarme cómo evolucionó el estado de salud de Sebastian?

También lo hago.

Tardé más o menos hasta las vacaciones de Semana Santa en reconocerme a mí misma que nada había mejorado; al contrario, había ido a peor. Todos los demás ya se habían dado cuenta, incluso Amanda. Porque a finales de febrero Sebastian ya no necesitaba exigir estar a solas, ya no le hacía falta cortar las llamadas ni hacerse el enfermo para no tener que apuntarse a cosas. Estábamos solos porque nadie quería estar con nosotros.

Vivir felices y comer perdices por siempre jamás con la persona que amas solo funciona en los libros; «por siempre jamás» solo es un tiempo suficientemente largo si eres un personaje inventado. Y el amor no le da la vida eterna a nadie.

Hay dos cosas importantes para Sander. Una es que quiere demostrar que Sebastian tenía un conflicto con su padre del que yo no soy responsable. Que yo no lo convencí para que matara a Claes, que Sebastian lo habría hecho independientemente de lo que yo dijera o hiciera. La otra es que quiere mostrar que Sebastian y yo no compartíamos ningún objetivo de venganza, que no nos pasábamos las horas en el chalé de Claes elaborando planes sobre la forma que iba a adoptar nuestro pacto asesino. Sander quiere conseguir que el tribunal entienda que yo echaba de menos a mis amigos, que no los odiaba, que era Sebastian quien estaba cada vez más enfermo, y enfadado y raro, Sebastian, no yo.

Así que también le explico eso al tribunal y a los periodistas y a todos los demás. Les hablo de su creciente maldad. De la primera vez que Sebastian me gritó: «¡Que te calles!» a pesar de que yo no había dicho nada. «Si no te callas te suelto un guantazo». Y de cuando estuve segura de que me pegaría. Y de que haría lo otro.

—¿Le tenías miedo a Sebastian? —me pregunta Sander, y el presidente se inclina un poquito hacia delante, me mira, aguarda mi respuesta.

Pero yo no le cogí miedo, no en aquel momento, no la primera vez. Tampoco la segunda. Es difícil de explicar. No conozco ninguna expresión con la que pueda hacer que la gente entienda lo que se siente.

—¿De verdad? —pregunta Sander—. ¿De verdad no tenías miedo?

En lugar de contestar noto que me suben las lágrimas a los ojos, no puedo detenerlas. Sacudo la cabeza, ya no puedo decir nada de nada. Estoy llorando demasiado.

—Sí —consigo responder, finalmente—. Es verdad. No tenía miedo por mí. A lo mejor tenía miedo, pero no de que fuera a hacerme algo a mí.

—¿A qué te refieres?

—No podía cortar con él.

—¿Creías que intentaría suicidarse otra vez si cortabas con él?

Asiento con la cabeza. El pánico me entorpece el tragar.

—Mmm.

—¿Por qué creías eso?

—Porque me lo dijo. Y era cierto. Yo sabía que era cierto.

—Y tú no querías que lo fuera.

—Claro que no quería.

—¿Hablaste con alguien sobre esto, Maja? ¿Explicaste la gravedad de la situación?

Vuelvo a asentir en silencio.

—Sí —respondo—. Lo hice.

Sebastian y yo

34

No sabíamos que Claes iba a estar en casa. Pero estaba, cenando en la cocina junto con otros cuatro viejos. Uno de ellos estaba de pie en los fogones. Yo lo conocía, solía llevar el pelo, que le llegaba por los hombros, recogido en un moño ridículo (supongo que pretendía parecer una estrella del fútbol), y salía en uno de los tres millones de programas de cocina que echan por la tele. Ahora llevaba el pelo suelto y sucio y estaba plantado en la cocina de Sebastian aferrando un pescado por el cuello con una mano y un cuchillo con la otra. El cocinero de la tele iba como una cuba.

Claes estaba en mitad de uno de sus numeritos de gala, una anécdota de una vez que fue a cazar a Sudáfrica y el jefe de la cacería le dijo que fuera a buscar más munición. Todos debían de haberla oído una veintena de veces, pero soltaban carcajadas en los momentos indicados.

—Sentaos —dijo Claes en mitad de una frase, antes de retomar la historieta. Nos sentamos. ¿Por qué? Porque Sebastian siempre hacía lo que Claes decía y yo hacía lo mismo que Sebastian—. ¿Sacas unos platos?

Se dirigió al hombre que tenía más cerca, un viejo de sesenta años. A él también lo conocía, no era ministro de Finanzas, pero sí ministro de algo, quizá de Industria, ya me había cruzado antes con él. Con expresión de desconcierto se puso en pie y se volvió hacia la hilera de armaritos. El ministro no tenía la menor idea de dónde estaban los platos y, además, iba tan borracho que tuvo que taparse un ojo con la mano para poder ver bien. Cuando señaló la nevera con un dedo regordete y preguntó «dónde tenéis los platos» me levanté.

—Yo me encargo —dije. Quería irme de allí, liquidar cuanto antes lo que Claes tenía pensado para nosotros, fuera lo que fuera.

—¿Y a ti qué te pasa hoy, Sebastian? —Claes había terminado con la anécdota—. Se te ve sobrio, ¿estás enfermo?

Sebastian esbozó una discreta sonrisa y nos sirvió sendas copas de vino. Vació la suya, la volvió a llenar, la alzó hacia su padre para brindar en el aire antes de vaciarla por segunda vez.

—Veo que ha salido a su padre —dijo el cocinero de la tele y se puso a mi lado. Se inclinó hacia delante y dejó una fuente con patatas cocidas con eneldo y una cazuela con guisantes verdes en la mesa—. Y buen gusto tiene, también —añadió, y me pellizcó el antebrazo antes de volver a por el pescado.

—En eso te equivocas, lamentablemente —replicó Claes; se sirvió un cazo de patatas y pasó la fuente—. A mí, desde luego que no ha salido. Lo comprobé hace unos años: es hijo mío, por raro que parezca, pero tiene un ciento veinte por ciento de Miss Jönköping. Incluso supera al original. Hace que su madre parezca lista y estable.

Los amigos borrachos de Claes se rieron. Quizá un tanto dubitativos. Pero reírse se rieron. Nadie podía pensar que estaba hablando en serio. El cocinero de la tele regresó a la mesa, arrastró la silla y se abrió un hueco entre Sebastian y yo. Se sentó tan cerca que pude percibir su aliento, una mezcla de restos de pescado, sudor y colonia pesada de hombre.

—Pero cuéntanos, por favor —continuó Claes—. Sebastian, la oveja negra de la familia. ¿Cómo te encuentras?

—¿Acaso te importa? —murmuré, y traté de mover la silla un poco hacia el otro lado. No pensé que fuera a oírse, pero Claes levantó la mirada del plato. ¿Pensaba ponerse a reír?

—¿Que si me importa?

El cocinero de la tele me pasó un brazo por los hombros.

—Solo está bromeando, chica. Relájate. Prueba la comida. —Me cogió el tenedor, lo clavó en un trozo de pescado y me lo acercó a la boca—. Ya viene el tren..., un bocadito por papá, ¿a ver?

Claes se rio, estalló en carcajadas, un microsegundo más tarde todos los demás también se estaban riendo. Yo abrí la boca. No sé por qué lo hice, pero el cocinero de la tele preparó otro bocado. *Chucu-chucu-chuuu,* me lo metió en la boca. Mientras yo tragaba él me limpiaba con su servilleta. Yo ya no veía a Sebastian, pero oí que él también se reía. Aquella risa que siempre lograba sacar cuando su padre se ponía en marcha para atacarle. Me entraron náuseas. Sebastian estaba acorralado, no podía escapar de aquella humillación, jamás lo haría. ¿No se daba cuenta de lo enfermizo que era todo? Sí, claro que se daba cuenta. ¿Lo despreciable de su comportamiento? Por supuesto. ¿Por qué no hacía nada? ¿Por qué no comprendía que no se podía tratar así a las personas? ¿Porque las normas de conducta valían para todo el mundo excepto para Claes? Claes Fagerman podía hacer lo que le diera la gana. Los demás nos limitábamos a abrir la boca y tragar.

Quizá fue el tercer bocado que me preparó el cocinero de la tele lo que me dio fuerzas. Con las dos manos apoyadas en el canto de la mesa empujé para alejarme de él y de su puto tenedor.

—Chiquilla... —intentó protestar el cocinero cuando me hube liberado—. Tienes que comer si quieres hacerte grande y fuerte.

—Abre bien la boca —se cachondeó alguien. No vi quién. Quizá el ministro, y oí que Sebastian se volvía a reír. «Como su padre». Cerré los ojos, fuerte y deprisa, puntitos blancos bailaban en mi retina.

Me volví hacia Sebastian.

—Me voy a casa.

Él no dijo nada. Creo que ni siquiera me miró. A la hora de elegir entre su padre y yo, yo siempre salía perdiendo.

—Creo que es una buena idea —dijo Claes y se estiró para coger la fuente de patatas y servirse más comida—. Buenísimo —continuó, ahora en dirección al cocinero.

Di cuatro pasos y me planté justo delante de Claes.

—¿De verdad te lo parece? —conseguí soltar. Me dolía la garganta. Apenas me aguantaba la voz. Iba a ponerme a llorar en cuestión de segundos y tenía que salir de allí antes de que eso pasara. Pero tenía que decirlo—. ¿Te parece bien? ¿No piensas hacer nada? —Tragué saliva. La había cagado, ya estaba llorando—. Te importa una mierda que Sebastian esté mal, que no pueda... ¿No piensas hacer nada al respecto?

Claes levantó la cabeza para mirarme. Sonrió.

—¿Hacer nada? —Su voz era gélida—. Explícame, Maja... ¿Qué es lo que te gustaría que hiciera? ¿Qué consideras que debería hacer que no haya hecho ya? Por favor, explícame exactamente de qué se podría tratar.

Intenté aguantarle la mirada. Intenté mantenerla firme, pero no pude. ¿Me diría que debíamos hablar de aquello en privado? ¿Que no era una discusión apropiada para una cena entre caballeros? No. Claes no se avergonzaba, ¿por qué iba a hacerlo? Nunca se avergonzaba, no había nada que pudiera amenazarlo, no había nada que él no pudiera decir o hacer con todo el planeta por testigo. Se reclinó en la silla. Los cubiertos ya los había dejado sobre la mesa. Los demás también habían dejado de comer. Me miraban a mí.

—Te escuchamos, Maja. Cuéntanos lo que te dicta el corazón. Cuéntanos lo que te parece que debería hacer. —Hizo girar el vino en su copa. El brebaje amarillo empezó a virar en el cáliz. Su otra mano descansaba al lado del plato, los dedos ligeramente separados. Llevaba un anillo heráldico en el meñique izquierdo; repicó con él en la mesa.

—Nada —dije. Un mero susurro. La garganta me ardía por el esfuerzo—. No tienes que hacer nada. —Después di media vuelta y me marché de allí. Sebastian no me siguió.

Mamá y papá estaban sentados en el salón viendo la tele cuando llegué a casa. Me fui directa a mi cuarto. No quería que notaran que había llorado. Pero cerré la puerta lo más fuerte que pude. Supongo que quería asegurarme de que se enteraran de mi llegada, que supieran que no me estaba quedando a dormir en casa de Sebastian a pesar de que siempre dormía en su casa los sábados. Tres minutos más tarde papá llamó a mi puerta. Me había quitado los vaqueros y me había metido bajo el edredón. Ya no estaba llorando.

—¿Va todo bien, cariño?

Me giré hacia la pared.

—Sí.

—¿Quieres hablar?

—Quiero dormir.

Se acercó a mi cama, se agachó y me apartó el pelo de la mejilla.

—Buenas noches, mi amor.

A la mañana siguiente mamá se sentó delante de mí en el desayuno.

—¿Qué ha pasado, Maja?

Me encogí de hombros.

—¿Os habéis peleado?

Volví a encogerme de hombros. Hubo un momento de silencio.

—¿Cómo está?

—Mal.

—Nos lo imaginábamos. ¿Quieres que hagamos algo?

«Sí, quiero».

—No.

—¿Estás segura? ¿Prometes que nos lo dirás, si hay algo que podamos hacer? Ya entendemos que no es tan fácil, que Sebastian tiene problemas. Hemos hablado con tus profesores, ellos también lo entienden. Entienden que a veces tengas que ausentarte. Y todavía te las estás apañando bien, no están preocupados por ti.

Tragué saliva.

«Deberían estar preocupados por mí. Yo estoy jodidamente preocupada por mí».

—Estás haciendo un gran esfuerzo, Maja. Él te necesita y tú estás ahí para él. No hay muchas personas capaces de hacer eso a tu edad. ¿De verdad que me avisarás si necesitas ayuda?

—Nada. No puedes hacer nada.

A mamá se le dibujó una sonrisa. Demasiado rápido, demasiado amplia. Se vio aliviada, casi resultaba cómico ver lo muchísimo que la relajaba no tener que abordar aquel tema. Al mismo tiempo estaba satisfecha, orgullosa de sí misma. Para ella era una mañana estupenda, aquel era el rol de madre que le encantaba interpretar. «Escucha a tu hija». Hecho. «Pregunta si hay algo que puedas hacer». Hecho. «Muéstrale que te implicas». Hecho.

«¿Hacer algo?». ¿Como qué? Dímelo, explícamelo, tienes que contarme en qué puedo ayudar. No es responsabilidad mía. «¡Por Dios! Sebastian tiene sus propios padres».

Le había prometido a Lina que la llevaría a gimnasia. Ella iba empujando su cochecito; lo cogimos para que pudiera sentarse en el camino de vuelta, porque entonces ya solía estar cansada.

Samir se subió al autobús en la parada de nuestro instituto. Titubeó al vernos. Por un breve segundo pensó en pasar de largo, pero cuando Lina lo saludó se sentó en el asiento que teníamos delante, se volvió y nos miró.

—¿Qué tal?

—¿Vas al instituto también los fines de semana?

Negó con la cabeza.

—Me había dejado el libro de mates en la taquilla.

—Lo cual habría sido una catástrofe en toda regla —dije—. Pasar un domingo entero sin el libro de mates.

A Samir le asomó un pequeño hoyuelo en la mejilla. Y de pronto me puse a llorar otra vez. Estaba harta de llorar. Nada mejoraba a base de lágrimas. Pero era más fácil no llorar cuando Samir no sonreía. Todo se volvía menos difícil cuando él estaba mosqueado y antipático y me trataba como a una mierda. Intenté devolverle la sonrisa, secarme las lágrimas sin que se percatara, pero no lo conseguí. Miré por la ventana, me recliné todo lo que pude en el asiento. No quería que Lina me viera.

—Oye... —intentó él.

«Vete a la mierda. Te odio. No me mires así si no quieres estar conmigo».

Me sequé las lágrimas con el reverso de la mano.

«Eres un cobarde, Samir. Si no tuvieras miedo podríamos haber sido tú y yo».

—¿Cómo te llamas? —dijo Lina. Se había encaramado al asiento, estaba de rodillas para alcanzar el respaldo de delante, y yo solté una risita nerviosa y le acaricié el pelo.

«No quiero llorar más».

Samir también se rio, se inclinó hacia Lina, su cara estaba apenas a un par de centímetros de la de ella.

—Samir —susurró, y Lina soltó una risita entusiasmada.

Lina podía ser nuestra coartada. Podíamos dejar que se pusiera a hablar de cosas que para ella lo eran todo; si Lina hablaba nosotros nos librábamos de decir lo que debíamos.

«No tengo fuerzas para estar enfadada, Samir. No puedo estarlo también contigo».

Lina hizo sus veinte preguntas de rigor sobre nada en concreto. Samir las contestó todas. De vez en cuando me miraba a mí y yo tenía tiempo de sobra para reprimir el llanto. Pero luego Lina se quedó callada, se hundió de nuevo en el asiento y sacó el libro que había cogido para mirar en el autobús. Hacía ver que leía y a Samir le asomó una pequeña arruga de suspicacia en la frente.

Yo negué con la cabeza. Me encogí de hombros. Bajé la mirada. Hice toda la retahíla de movimientos que hay que hacer cuando quieres que tu interlocutor comprenda que es una mierda, que todo es una mierda colosal, pero no lo puedes decir porque esas cosas no se dicen.

«No tengo fuerzas para hablar de ello. Oblígame».

Él asintió con la cabeza.

—No tienes por qué responsabilizarte de él —empezó.

—Sí —dije—. Sí que tengo.

—Está enfermo de la cabeza, Maja —Samir susurraba—. Y lo que hace no es más legal porque lo haga en casa en lugar del instituto o la plaza de Stureplan. No tienes por qué cuidar de él. No es responsabilidad tuya.

«No son las drogas, Samir, no son lo peor. Ya no. Se ha transformado en otra persona. Algo está creciendo en su interior. Por las noches le duele. Lo tiene metido en la cabeza y grita, a viva voz, es venenoso, eso que tiene en la cabeza, a veces ni siquiera soporta la luz, ni la línea de luz más diminuta. No sé qué hacer. Ayúdame».

Tragué saliva, toqueteé un poco la coleta de Lina, me incliné hacia delante y le olí el cogote. Había usado el champú de mamá.

Samir asintió con la cabeza. Y yo pensé que me entendía. Que entendía lo jodido que era todo y que era por eso por lo que no me preguntaba si había algo que pudiera hacer por mí. Que como sabía lo mal que iba todo no me preguntaba si podía ayudarme.

«Pero no dije nada. Nada de nada».

Lina y yo nos bajamos dos paradas antes de Mörby. Caminamos el último tramo hasta la clase de gimnasia y mientras le echaba una mano para cambiarse de ropa me llegó un mensaje.

«Todo irá bien», me escribió Samir.

Debí haberle contestado, pero no lo hice. Me limité a borrar su mensaje. No lo entendía. Nada se iba a arreglar.

No quería tener contacto con Samir, porque Samir no quería tener nada que ver conmigo. No se atrevía porque era un puto cobarde.

Debería haberle contestado: «No, no irá bien». O como mínimo: «Eres un capullo, Samir Said». Pero no lo hice.

Quizá por eso se fue todo al infierno. Porque es obvio que Samir habría tratado de ayudarme. Y a lo mejor quería ayudarme porque tenía remordimientos. Samir era una de esas personas que creen que pueden ayudar. Yo debería haberlo entendido.

Vista principal de la causa B 147 66
La Fiscalía y otros contra Maria Norberg

Semana 2 del juicio, de miércoles a viernes

35

Cuando terminé de hablar volvió a tocarle el turno a Lena Pärsson. Como Samir tardaría en dignarse a acudir al tribunal, la fiscal general Lena Pärsson empezó por interrogar a la persona que hizo la primera llamada al servicio de emergencias. La reprodujeron en la sala.

Ante los ojos redondos y fascinados de los jueces escuchamos la voz dominada por el pánico. Gritaba algo sobre disparos; una voz tranquila le respondía y hacía preguntas: «¿Desde dónde me llama? ¿Dónde se encuentra en este momento? ¿Ha informado a la dirección del centro? ¿Han empezado a evacuar el centro?». De fondo podía oírse también el sonido de la evacuación: alumnos corriendo, llorando. Escuchamos de nuevo la voz tranquila poniéndose cada vez más tensa. «Vamos en camino. Hay vehículos en camino. ¿Los puede oír? ¿Puede oír las sirenas? ¿Puede salir del edificio?».

Resultaba evidente que a los jueces aquella llamada de emergencia los hacía sentir como si «estuvieran allí». Los sonidos, los sonidos reales, el pánico, el pánico real. Los gritos. Pero a mí me hizo sentir todo lo contrario, que el asunto del que hablábamos, que estábamos escuchando, era algo distinto de lo que yo había vivido. No podía recordar ninguno de aquellos sonidos dentro del aula. La llamada podría haberse tratado de cualquier cosa, de cualquier persona. Podría haber sido inventada.

Llámame-Lena le hizo ocho preguntas (las conté) a la mujer que efectuó la llamada, una conserje a la que yo no había visto nunca. No se puso a llorar hasta la cuarta. Pero no contó nada nuevo, nada que yo no hubiera oído antes. Sander no le hizo ninguna pregunta.

Después Llámame-Lena mandó llamar a los tres policías que llegaron primero al lugar de los hechos. Uno tras otro fueron contando lo que habían visto, lo que habían sentido cuando decidieron entrar en el aula, lo que habían visto allí dentro, lo que habían hecho y lo que no. Dos de ellos lloraron, o uno lloró y el otro tuvo que aclararse la garganta y tragar saliva unas cuantas veces para contener el llanto. Era el que me había arrebatado el arma y hablado conmigo, no lo reconocí, pero me miró, y cuando lo hizo lo vi cansado. Más cansado que triste y enfadado. No lloró. En cambio, sí lo hizo la jueza a la izquierda del presidente. Incluso se sonó la nariz.

Sander les mostró un croquis del aula y les preguntó si podían confirmar que Samir y Amanda habían sido hallados en los lugares indicados. Pudieron.

La fiscal interrogó también a dos alumnas que se encontraban fuera en el pasillo al desencadenarse el tiroteo; no me sonaban, pero cuando una de ellas me miró se puso a temblar, literalmente, como si yo fuera una zombi o algo así como Charles Manson, y tan aterradora que te daba un ataque de epilepsia con tan solo estar en mi presencia. Pero cuando empezó a decir chorradas sobre lo que había oído acerca de mí y Sebastian, que «todo el mundo sabía lo que nos traíamos entre manos», el presidente la interrumpió.

—Me gustaría que nos ciñéramos al asunto —dijo, y la chica, que pretendía hacer ver que me conocía pero que en verdad no tenía ni idea de cómo éramos Sebastian y yo, se puso colorada.

Sander le hizo tres preguntas a cada alumna. «¿Conocías personalmente a Sebastian? ¿Conoces personalmente a Maja? ¿Estaba cerrada la puerta del aula?». Sus respuestas: «No. No. Sí».

Labbe declaró por videoconferencia. Se negaba a hacerlo en la misma sala que yo y el presidente había decidido que estaba bien así. Labbe dijo que «todos estaban preocupados» por Sebastian, que «todos sabían que tenía problemas» y que Sebastian y yo «habíamos dejado de relacionarnos con los demás como hacíamos antes». No dijo nada de cómo nos habían estado evitando, menos cuando les entraban ganas de fiesta, y no se puso a llorar hasta que habló de la última fiesta, cuando explicó que había acudido desde su instituto «porque le pareció importante» y que se había quedado a dormir en casa de Amanda después de la fiesta. Cuando contó que a la mañana siguiente él se había quedado en la cama mientras ella iba al instituto, lloriqueó todavía más. Apenas se entendía lo que decía. Me alegro de que no estuviera en la sala del tribunal. Así me libraba de verlo, no quería tener que cruzarme con él nunca más. Sander no le hizo ninguna pregunta. «Gracias», le dijo el presidente cuando hubo terminado. «Gracias», murmuró Lena la Fiscal en su micrófono, pero a Labbe ya lo habían desconectado.

Después Llámame-Lena interrogó a los técnicos. Tenían que explicar qué arma tenía mis huellas en el gatillo y cuál solo las tenía en el cañón. Tenían que contar qué arma, según el informe, había matado primero a Amanda y luego a Sebastian y en base a qué se consideraba un hecho irrefutable que había sido yo quien la había disparado. Las preguntas de Sander a los técnicos giraban en torno a ángulos de tiro y márgenes de error y dónde me encontraba yo cuando disparé. Enseñó informes de la investigación que había encargado por su cuenta y les dejó que expresaran sus opiniones sobre la verosimilitud de la misma y no sé si yo habría entendido por qué hacía todas las preguntas que hacía si no hubiera sabido de antemano que trataba de demostrar que no era extraño que alguien (yo) que no estuviera familiarizado con el manejo de armas pudiera fallar de forma tan drástica (y darle a Amanda en lugar de Sebastian).

Cuando terminó de hablar sobre dónde creían los técnicos que estaba situada al efectuar los disparos pasó a hablar de la bolsa en mi taquilla. La fiscal había preguntado: «¿Se puede descartar que Maja haya manipulado la bolsa?». El técnico respondió que no. Ahora le tocaba a Sander. Él quería saber:

—¿Con qué probabilidad puede haber manipulado Maja la bolsa sin dejar ninguna huella dactilar ni en el interior ni en el exterior de la misma?

—No demasiada probabilidad.

Después le tocaba discutir sobre «la bomba». En el informe se referían a ella como los «medios explosivos». En la descripción de los hechos de la fiscal se hacía referencia a «los medios explosivos» como una circunstancia que denotaba que Sebastian y yo habíamos planeado «una devastación de envergadura aún mayor», que «no se podía descartar que el objetivo hubiera sido cometer un atentado contra el instituto». Los investigadores habían logrado rastrear «la bomba» hasta unos obreros que habían hecho una serie de trabajos en casa de Claes Fagerman. En realidad solo era media bomba, se podría decir, porque le faltaba el mecanismo de detonación. Probablemente —según decía el informe—, Sebastian había robado los componentes cuando los obreros fueron a la casa para demoler un bloque de piedra que entorpecía el emplazamiento del futuro cobertizo para los botes de Claes Fagerman. O bien se los habían dejado por descuido y cuando Sebastian los halló los guardó por su cuenta. En cualquier caso, los obreros no habían denunciado ningún robo ni habían querido reconocer que no tenían bien controladas sus cosas.

La fiscal afirmaba que «la bomba» era la prueba de que Sebastian y yo llevábamos mucho tiempo planeando el ataque, pero Sander era de otro parecer. Que Sebastian y yo ni siquiera estábamos juntos cuando construyeron la caseta para los botes en la casa de Claes era solo una de sus múltiples objeciones. Sander también quería que los técnicos reconocieran que lo que estaba en mi taquilla jamás supuso ningún peligro. No se podía detonar, al menos no en aquel estado, mientras estaba allí dentro. Por eso carecía de todo interés, según Sander, discutir sobre «la bomba» y el supuesto propósito de la misma, ya que ni siquiera se podía definir como tal.

La fiscal aseguraba que Sebastian no se había dado cuenta de que era un objeto inservible. Decía que para «entender el móvil del crimen» era «irrelevante» si la bomba podía usarse o no. Sander y ella estuvieron un rato discutiendo, hasta que el presidente los interrumpió y dijo que podíamos «dejar en suspenso los conocimientos eventuales de Sebastian respecto del funcionamiento del objeto en cuestión». A sus ojos carecía de interés el hecho de si Sebastian había sido tan tonto como para creer que «la bomba» se podía usar.

Sander le hizo una infinidad de preguntas al técnico. Este daba respuestas larguísimas. Yo entendía la mitad. Pero cuando el presidente le preguntó a Sander adónde quería llegar con sus preguntas, «teniendo en cuenta que la acusación solo abarca los crímenes ejecutados», Sander se mosqueó.

—Considerando que todo el informe del caso ha sido efectuado partiendo de la errónea idea de que mi cliente ha planeado borrar su instituto del mapa, me parece de extrema relevancia demostrar, por un lado, que a mi cliente no se la puede vincular ni con la bolsa ni con su contenido y, por otro, que el contenido de la bolsa no ha supuesto en ningún momento ningún peligro para el entorno.

Después de aquello el juez dejó que Sander prosiguiera con sus preguntas. Pero opino que fue una estupidez por parte de Sander, porque a partir de ahí el juez puso mala cara todo el rato. Tomaba bocanadas de aire tan fuertes que se oían, y en una ocasión incluso miró la hora de reojo, lo cual era algo que nunca había hecho hasta el momento.

Cuando terminaron con su charla sobre la bomba, Sander pasó al tema de «la ausencia de huellas que puedan vincular la bolsa, el armario de armas y demás armas halladas en el lugar del crimen con mi cliente».

—¿Con qué probabilidad puede Maja haber preparado la bolsa? ¿Abierto el armario de armas, manipulado las demás armas?

—No se puede descartar.

A Sander le asomó una arruga en la frente.

—¿Han encontrado sus huellas dactilares en algún otro sitio, aparte del asa de la bolsa? ¿En la cremallera? ¿Han encontrado sus huellas en el armario de armas? ¿En las demás armas?

—No. No. No, no, no.

Después de eso, Sander no preguntó nada más. Pero la arruga no se había borrado. Y el presidente seguía con cara de perros.

Creo que aquella parte del proceso no nos fue especialmente bien.

Los médicos forenses tuvieron que hablar de las autopsias. La edad de las víctimas (se calculaba que Dennis tenía entre quince y veinte años), la hora exacta de su muerte (Dennis, Amanda y Christer fueron declarados muertos en el aula misma, Sebastian murió en la ambulancia de camino al hospital) y cómo habían muerto (no bastaba con decir que habían sufrido heridas de bala, tenían que explicar exactamente qué daños habían provocado las balas y cómo podían deducir qué daños eran mortales y cuáles no).

Mientras los testigos expertos hablaban, yo los inspeccionaba con detalle, observaba con intensidad sus rostros. Quería ver si su forma de hablar, de rascarse la nariz, morderse el labio inferior, apartarse el flequillo de la frente, podía darme alguna pista para la respuesta de un enigma imposible de resolver.

No me sirvió. Solo tenía ganas de vomitar.

Le había pedido a Sander que cuando le tocara declarar a la madre de Amanda me dejara ausentarme. Pero se negó. La madre de Amanda había presentado una petición de que yo estuviera en la sala contigua y siguiera su interrogatorio a través de una pantalla, pero el presidente se había negado. Y Sander también había protestado, por mucho que yo insistiera en que me sentiría mejor así.

La madre de Amanda tuvo que sentarse en un sitio no muy lejos de donde estaba yo, en diagonal. Podía verla de lado. Había perdido todos sus colores y la mitad del pelo, había pasado de delgada a demacrada, apenas logré reconocerla. La fiscal la dejó hablar largo y tendido sobre Amanda. Quién era, lo que le gustaba hacer, lo que habría hecho después de sacarse el bachillerato. El juez no le dijo que se ciñera al asunto.

La madre de Amanda no tuvo que hablar de cuando Amanda murió, porque no estuvo presente, pero sí explicó que le había parecido raro que Amanda y yo habláramos cada vez menos a lo largo de la primavera, que se lo había comentado a Amanda y que ella le había dicho a su madre que Sebastian y yo preferíamos estar a solas, que la madre de Amanda se había preocupado, que se había preocupado por mí y Sebastian, pero nunca por Amanda.

Cuando le llegó el turno a Sander de hacer preguntas yo pensé que ya se había terminado. Si había una cosa que había entendido de su táctica era que él jamás hacía ninguna pregunta si no estaba seguro de la respuesta. Pensé que era obvio que prefería que la madre de Amanda terminara de hablar lo antes posible.

Pero cuando oí lo que le preguntaba me entraron ganas de agarrarlo por el brazo. Hacerle retirar la pregunta. «¿No ve cómo me mira? —quise señalarle—. ¿No ve cómo me detesta? Le gustaría que la que estuviera muerta fuera yo y no su Amanda». Nunca había visto a nadie odiarme tanto. «¿No lo ve?».

—¿Cree que Maja le habría hecho daño a Amanda deliberadamente? —quiso saber Sander. Su voz era totalmente inexpresiva.

Y la madre de Amanda lloró un rato antes de responder. Después giró la cabeza y me miró directamente a los ojos.

—No —dijo—. Maja jamás lo habría hecho. Maja adoraba a Amanda.

La prisión provisional
de mujeres

Semana 2 del juicio, fin de semana

36

Me niego. No salgo de mi celda en todo el fin de semana. Ni de coña me van a sacar al «patio», ni me convencerán de que debería ponerme el chándal y darle vueltas y vueltas con los pies a los pedales de aquella bici estática destartalada que tienen, ni harán que al final acepte «hablar con alguien». Me entran ganas de vomitar tan solo de imaginarme a un psicólogo sudoroso de guardia de fin de semana, en su último año de Psicología, hojeando sus apuntes sin hacerme ni una sola pregunta porque la lista de control no incluye ninguna, solo cosas «a las que estar atento».

«¿Duerme mal? ¿Muestra señales de nerviosismo? ¿Angustia? ¿Sufre cambios repentinos de humor? ¿Echa espumarajos por la boca?».

Me quedo en la cama. «Muestro señales de cambios repentinos de humor». Tendrán que ponerme la camisa de fuerza si quieren sacarme de aquí antes de que llegue el momento de volver al tribunal. Me niego.

Amanda fue enterrada un sábado a las tres de la tarde, cinco semanas después de que la hubiera matado. La misa se celebró en la capilla de Djursholm.

Amanda y yo nos confirmamos en la capilla de Djursholm el verano entre octavo y noveno; llevábamos hábitos blancos idénticos y, debajo, unos vestidos igual de blancos, el suyo de Chloë, el mío de Stella McCartney. El suyo lo estrenaba aquel día, el mío lo había encontrado mamá en una tienda de segunda mano en Karlaplan. Pero parecían casi iguales. Falda acampanada, escote suficiente, algodón blanco; llevábamos sendas cruces de oro blanco colgando del cuello, cadenas finas extralargas. Aquella misma mañana nuestros padres nos habían hecho regalos, un reloj a cada una, la misma marca, modelos distintos, nos habíamos reído de aquello, de que nuestros padres fueran tan iguales, de que hicieran las mismas ridiculeces, al mismo tiempo, sin ni siquiera tener que hablarlo primero. Pero con lo que más nos habíamos reído era con el hecho de ser nosotras tan iguales, Amanda y yo, podríamos haber sido hermanas. Papá incluso lo dijo, cuando fuimos a buscar a Amanda para que pudiera dejarnos en la iglesia una hora antes de que empezara.

«Podríais ser hermanas».

Obviamente, no nos hicieron ningún examen de confirmación. No estábamos nerviosas. Durante el campamento habían corrido rumores de que teníamos que estudiar, que podían hacernos alguna pregunta en la iglesia y que nos suspenderían si no respondíamos correctamente. Pero todos los participantes del campamento se acabaron confirmando, nos habíamos preparado pequeños *sketches* de la Biblia, siempre los empezábamos diciendo a quién íbamos a interpretar y gemíamos por la risa contenida cuando los demás se presentaban. «Hola, me llamo Jacob, voy a hacer de persona corriente». «Hola, me llamo Alice, voy a hacer de Jesús».

Algunos habían elegido un pasaje de la Biblia que recitaron en la iglesia. A Amanda le pidieron que explicara de forma «espontánea» algo «importante que hubiera aprendido» y leyó lo que había escrito sobre «por qué no se debe mentir». El pastor lo había leído previamente y había corregido algunas cosas sin reconocer que le habría encantado decidir exactamente lo que Amanda tenía que decir.

En prisión provisional también hay un pastor carcelario, con marcas de acné y zapatos con suela de cinco centímetros de grosor. Con él tampoco pienso hablar. Este fin de semana pienso pasármelo entero en la cama, esperar el desayuno, luego la comida y, por último, la cena. Dormir. Y repetir lo mismo un día más. La semana que viene es la última semana.

—Después se habrá terminado —dice Susse cuando entra para «desearme buen fin de semana».

Sí-ya-claro.

La sangre es algo que no se puede limpiar. Fui con mamá al teatro a ver el bodrio aquel de *Macbeth*. La sangre sigue dejando mancha, por mucho que frotes. Y si frotas con la fuerza suficiente te abrirás la piel y entonces tendrás sangre nueva. Nunca se acaba. La madre de Amanda jamás perdonará. Yo jamás perdonaré.

Y ¿vosotros? ¿Vosotros qué pensáis? Sé lo que habéis hecho, lo que seguís haciendo, dedicáis vuestro tiempo a tratar de hacerme encajar en lo que creéis que soy. Os negáis a ver que no encajo en ningún patrón, ni positivo ni negativo. No soy una vivaracha presidenta del consejo de estudiantes, ni una víctima de violación llena de coraje, ni la típica asesina en masa, ni una chica más o menos lista, ni una apasionada de la moda más o menos guapa. No paro taxis amarillos llevando zapatos de tacón. No tengo tatuajes, no tengo memoria fotográfica. No soy la novia de nadie ni la mejor amiga de nadie ni la hija de nadie. Solo soy Maja.

Jamás me perdonaréis.

Apuesto a que sois el tipo de gente que pasa de largo ante los pobres que piden limosna en la calle y piensa «podría ser yo» y soltáis alguna lagrimilla porque sois tan empáticos y tan bellas personas. Y luego pensáis que «todo el mundo se puede poner enfermo» y que «se necesita tan poco para sufrir una crisis económica» y que te despidan o te desahucien y, ooh…, «podría haber sido yo», pensáis. Con los pantalones cagados y la cabeza doblegada, esperando una moneda dorada para comprar un café en McDonald's. Queréis mostrar compasión. Porque es bueno. Queréis ser buenas personas. Pero en realidad solo estáis fingiendo. Ni por asomo creéis de verdad que podríais haber sido vosotros. Además, es el colmo del egoísmo creer que hay que sentirse personalmente conmovido para poder sentir empatía. La empatía es lo contrario. Consiste en sentir que ese asqueroso que huele a cloaca y que no tiene ni lo más mínimo en común con mi vida no debería pasar por eso, porque independientemente de lo que haya hecho no se merece vivir en un colchón meado. Si tuvierais empatía real entenderíais que eso también sirve para mí.

Samir asegura que yo deseaba la muerte de Amanda. Que disparé adrede contra ella. Lleva diciendo desde el primer interrogatorio que lo vio claramente, que apunté y disparé, y dice que cree que me dejé convencer por Sebastian, que en mi mundo no había nadie más importante que Sebastian, que yo hacía todo lo que él me decía, que sacrifiqué mi vida por él, que maté a Amanda y a Sebastian porque él me dijo que tenía que hacerlo.

—¿Quiénes son «vosotros»? —le pregunté a Samir, antes de que pasara todo.

—No lo entiendes —respondió él.

Creo que estáis de parte de Samir porque él os gusta más que yo. Y pensáis que eso os hace mejores personas. El destino de Samir deja huella en vosotros, es con él con quien os identificáis. Yo solo soy una cabrona con pasta.

A las once de la mañana me tomo una pastilla para dormir, cuando me traen la comida estoy sumida en el sueño. Pero me dejan estar. Por el momento me han dejado en paz. Sí, me echan un ojo de vez en cuando, pero no lo bastante a menudo como para que resulte evidente que estoy bajo vigilancia intensiva.

Saben que quedé «afectada» tras escuchar a la madre de Amanda. Saben que «deben» dejarme tranquila, pero al mismo tiempo «mantenerme vigilada» porque puedo ser peligrosa. Peligrosa para mí misma, porque «la presión» a la que estoy sometida «es muy elevada».

Pero en la bandeja con la comida había un conjunto de cubiertos de plástico completo. Un cuchillo y un tenedor que podría haber intentado meterme garganta abajo, si hubiese tenido fuerzas.

Uno de los vigilantes ha venido con la prensa de la tarde, ha dejado los periódicos sobre mi escritorio y se ha ido.

No ha dicho nada en concreto sobre los periódicos, lo cual debería significar que en sus páginas no pone nada sobre mí. Si no, suelen avisarme.

—¿Quieres leer? —preguntan, señalan el titular (siempre en portada) y, en general, sí quiero. Si no me apetece, se llevan el periódico. Pero hoy no dicen nada. Aun así no los toco. Porque aunque no haya dicho nada el vigilante, existe un riesgo de que ponga algo sobre la madre de Amanda, o la madre de Sebastian, o alguna otra maldita madre. Y si hay algo con lo que ahora no puedo es con mierdas de esa clase.

A colación del interrogatorio que Lena Pärsson les hizo a los médicos forenses, proyectó también el informe de autopsia de Amanda en las pantallas. Lo leyó en voz alta. Leyó en voz alta dónde la alcanzaron mis balas y lo que hicieron con su cuerpo. Mostró, sobre un plano del aula, dónde yacía el cuerpo de Amanda y dónde estaba yo sentada cuando la policía irrumpió en la clase. Incluso trajo el arma hasta la sala de vistas. Estaba metida en una bolsa de plástico precintada. Las balas, cinco en total, estaban en otras dos bolsitas diminutas. Una bolsita para Amanda, otra para Sebastian. También las llevaba consigo. He contado para mis adentros hasta cinco: uno, dos, tres..., es una eternidad, ¿cómo pude disparar tantas veces?, cuatro, cinco... El cuerpo de Amanda no se lo había traído. Está incinerado y enterrado.

El día que iban a enterrar a Amanda yo también estaba tumbada en mi habitación. Nadie me interrogó y me dejaron en paz también todo aquel fin de semana. Creo que no se debió a una muestra de consideración, creo que ni eran conscientes de que sabía que Amanda iba a ser enterrada y que sería muy «difícil» para mí. Probablemente, fue pura casualidad. Y solo me interrogaron a diario al principio de todo, luego la cosa se calmó. Sabían dónde me tenían y sabían que no iba a desaparecer, así que no tenían mayores motivos para trabajar en fin de semana si podían evitarlo.

Me dije que me estaban mirando especialmente raro, los vigilantes que iban y venían. A lo mejor sabían que era el día de Amanda, a lo mejor lo ponía en todos los periódicos, quizá fuera una primicia de portada, quizá en la tele era la noticia estrella de todos los programas, tanto de *Aktuellt* como de *Rapport*. Pero en aquella época no me dejaban leer la prensa y a mí no me dijeron nada, solo me miraban fijamente.

Sin embargo yo sabía qué día era. Sander me lo había contado y yo no lo olvidé.

Me pasé todo el día del funeral de Amanda sentada en mi celda, en el suelo. Después de comer llamé cuatro veces al vigilante para saber la hora; cuando me dijeron que eran las dos y media empecé a contar en silencio. Treinta veces: «unacerveza-doscervezas». Y cuando estuve casi segura de que eran las tres me puse la música que había preparado de antemano. Mamá me había enviado mi viejo iPod. Tuve que esperar casi dos semanas a que me lo entregaran, porque la policía había tenido que comprobar que no me podría conectar a internet y escuchar primero todas las canciones, para asegurarse de que..., bueno, lo cierto es que no sé de qué se tenían que asegurar, pero me imagino que comprobaron que no hubiera ningún mensaje secreto metido entre la «música de cantante afónica con dientes separados» de mamá y la «música de cuarentón que me pongo porque me gustaría tener una guitarra eléctrica y un leve problema de drogas» de papá. O que no hubiera nada que por fin me hiciera dar el paso y me animara a cortarme las venas. Cuando terminaron de revisarlo me concedieron el reproductor y es con el que estuve escuchando música en mi celda mientras enterraban a Amanda en la capilla en la que nos confirmamos, vestidas como hermanas.

Aparte de la música que yo había cargado, mamá había comprado y logrado descargar mis tres listas de Spotify más escuchadas. De ellas, la policía había eliminado tres temas inofensivos, pero habían dejado dos que eran la viva prueba de que si alguien había oído todas las canciones con el objetivo de que yo no pudiera escuchar nada que me incitara aún más al suicidio, él o ella era tonto del culo. Pero no me quejé. En general, solo los temas que hacían realmente daño eran los que mejor aguantaba.

Cuando me pareció que eran las tres me tumbé en el suelo de mi celda; había muy poco espacio, tuve que colocarme un poco en diagonal y con los pies debajo de la cama. Y luego me imaginé cómo estaría la capilla. Toda la gente. Toda la escuela, toda, toda, toda, presente. Llevaban ropa clara, igual que Amanda y yo en nuestra confirmación, llevaban flores. Los dos hermanos de Amanda y sus padres daban la bienvenida en la entrada. Habían llorado hasta agotar las lágrimas. Ahora solo se los veía cansados y desconcertados. Sobre todo Eleonora, la hermana pequeña. El hermano estaba enfadado. No cabían todos en la iglesia; los que no estaban especialmente invitados tendrían que quedarse fuera, y se repartieron por el camino de acceso con sus flores. Los que no conocían a Amanda lo suficiente como para entrar en la iglesia aún tenían una reserva de lágrimas. Lloraban y se abrazaban mientras la tele filmaba y las puertas de la iglesia se cerraron y los que más lloraban y más se abrazaban cruzaban los dedos para salir en las imágenes y poder ver en las noticias lo tristes que habían estado.

Mamá y papá y Lina no debieron de poder ir al entierro de Amanda. Ni tan siquiera mandar flores ni tarjetas. Las habrían tirado, quemado, se habría considerado un insulto.

Pero aun así puedo sentir en el cuerpo a Lina tirándole de la mano a mamá y preguntándole: «Mamá, ¿puedo ir? Quiero darle una flor a Amanda», y mamá respondiendo: «No, cariño, no puedes ir». Aunque solo sea en mi imaginación puedo sentirlo en el cuerpo. Puedo oír lo que mamá nunca le contaría a Lina. «No te quieren allí».

Es curioso cómo el cuerpo recuerda. Puedo recordar la sensación de abrazar a mi padre cuando era pequeña y cómo mi nariz se hundía en el duro hueso de su cadera, la de rodearle las piernas con mis brazos. Puedo recordar la sensación de cuando él se agachaba y me levantaba para poderme abrazar. Puedo recordar la sensación de sus manos en mi cintura. Pero no puedo recordar con exactitud cuándo lo hizo. No puedo recordar la primera vez, ni la última, ni ninguna ocasión en concreto. No puedo recordarlo con la suficiente nitidez como para que deje de dolerme.

¿Sabe Lina que Amanda está muerta? ¿Ha preguntado «*porfi* ¿puedo decirle adiós a Amanda»? Me duele el cuerpo al pensar en ello. ¿Puede el cuerpo recordar cosas que nunca han pasado o significa que realmente ella lo ha preguntado?

En la confirmación de Amanda y mía leí un pasaje de la Biblia. Lo había elegido yo misma. Amanda y yo nos habíamos pasado una tarde entera tiradas en los incómodos colchones del campamento tratando de dar con algo interesante. Lucas, Juan, el Libro de los Salmos o el Libro del Eclesiastés, nos había propuesto el pastor. En el Libro de los Salmos había un fragmento en el que Dios «golpea a mis enemigos en la mejilla», les destrozaba los dientes, algo así. Nos carcajeamos un buen rato las dos. Nos reíamos histéricas con la mayoría de los textos, había algo en el lenguaje y la cara del pastor y los gestos de Amanda. Era imposible tomárselos en serio. Lo peor fue cuando el pastor quiso tratar eso de que Jesús les lava los pies a sus discípulos («os muestra su amor, ¡se trata de vosotros!»). Yo no podía ni ver la cara de asco de Amanda sin que me dieran espasmos de la risa reprimida.

Tengo la Biblia en mi celda. La segunda o tercera semana alguien me preguntó si no quería ver al pastor de la cárcel. Dije que sí. Siempre era más fácil decir sí que decir no. Dejar que el tiempo pasara, dejarme llevar por los pasillos, cruzar las puertas que me señalaban, sentarme en las sillas que se me ofrecían, beber de los vasos que estaban a mi alcance.

El pastor aquel me dio una Biblia. Me la llevé a mi celda. Y mientras yacía en el suelo pensando en el entierro de Amanda la cogí del estante y la hojeé. Amanda y yo habíamos encontrado algo sobre alguien con «el mal en su interior, como un embarazo». Se paseaba «preñado» con toda su maldad, que creció y se infló hasta que dio a luz a toda la vileza que existe en el mundo. También nos habíamos echado unas risas con eso. Después leímos un puñado de aleluyas y bendito y alabado sea el Señor y Amanda se había puesto de pie en su cama con la Biblia en una mano y la otra sobre el corazón y por poco me meo encima de la risa porque la Biblia no es más que una sarta de chorradas, en aquel momento lo pensé y en este momento lo sé, porque ese que carga con el mal en su interior «cayó en su propia trampa», fue únicamente él, y nadie más, quien se vio afectado por toda la malicia que llevaba dentro. Nuestro pastor de la confirmación opinaba que Dios era justo y bondadoso y leía cosas en las que el malo moría y acababa en el infierno y yo me pregunto qué cojones diría el pastor del «Dios justo que ama a los jóvenes» en el funeral de Amanda.

El mal no se reparte de forma equitativa. En la vida real nadie cae en su propia puta trampa. Y el lunes, en menos de dos días, hablará Samir.

Nunca tenía fuerzas para pensar en Amanda demasiado rato. No había vuelto a tener ánimos para pensar en nuestra confirmación desde que me tumbé en el suelo de mi celda para tratar de imaginarme su entierro. Tampoco había tenido fuerzas para pensar en su funeral, no desde aquel día.

Al otro lado de mi ventana hacía buen tiempo. A lo mejor acabaría pidiendo que me dejaran salir al patio, a pesar de todo. Podría tumbarme a fumar en medio de la parcela de cemento. El fin de semana anterior había nevado. Cuando salí al patio la nieve yacía allí, burlona, esperanzadoramente blanca. Al día siguiente se había transformado en un aguanieve de color gris resbaladiza como un moco y el viento hacía daño, cristales rotos lanzados directamente a la cara. Pero en aquel momento me había resultado más fácil respirar allí fuera. Al menos un poco más fácil que en la celda.

Aún conservo la lista de reproducción que preparé para el entierro de Amanda. Las canciones con las que bailábamos. Las que cantábamos juntas, tan alto que nos quedábamos sin voz. Las que nos sabíamos de memoria. Cuando las ponían salíamos corriendo a la pista de baile y bailábamos solo ella y yo, como enloquecidas. *«Party girls don't get hurt, Can't feel anything, when will I learn, I push it down, push it down».* Canciones que jamás sonarían en ninguna iglesia.

En la confirmación leí en voz alta sobre cuando Jesús se escapó a la iglesia para poder «estar con su padre», y su madre y su padre estaban preocupados porque no sabían dónde estaba.

Cuando terminé de leer tuve que decir algo (mis «propias» palabras, que el pastor me había «ayudado» a pensar) acerca de la importancia de poder estar a solas de vez en cuando si eres adolescente. Y que la iglesia puede ser un sitio para ello.

Si me lo hubiesen pedido ahora habría leído aquello de la vanidad. Es lo único cierto. «Todo es vanidad». Correr tras el viento. Nunca conseguimos lo que queremos. El pastor me dijo que leyera algo que me hiciera pensar que se trataba de mi propia vida. Debería haber leído eso. Y haberme saltado aquello de que hay que alegrarse de ser joven. Porque es una auténtica estupidez.

Al final llamo al timbre. Voy a exigir salir al patio. Me llevaré el iPod y escucharé nuestras canciones y fumaré hasta encontrarme mal.

La última noche, la última de todas, cuando el padre de Sebastian mandó a todo el mundo a casa, excepto a mí, esas pocas horas antes de los asesinatos, Amanda se besó las yemas de los dedos y agitó la mano mientras me miraba y salía por la puerta y bajaba la escalinata.

Yo hice ver que cazaba su beso al vuelo con la palma de la mano y me lo pegaba al pecho. Dramático, chorra, ridículo, teatral, igualito que Amanda.

Fue la penúltima vez que nos miramos a los ojos y todo a nuestro alrededor era un caos; Sebastian estaba enloquecido, Claes, Samir, Dennis y todos los demás estaban enloquecidos, y Amanda me mandó un beso por el aire para decirme: «Se solucionará, Maja, todo saldrá bien, pronto esta primavera no será más que un *vello* recuerdo», y yo le seguí el juego para no mostrar que las dos sabíamos que estaba equivocada, estaba jodidamente equivocada y nada volvería a salir nunca bien.

Amanda intentaba consolarme. Yo le mentí. Por ser amable, creo. Amanda siempre era buena conmigo. Era buena con todo el mundo, incluso con Sebastian, mucho después de que todo el mundo hubiera dejado de serlo.

Siempre.

«Pero... —estaréis pensando—. Espera un segundo».

«Has hablado de lo poco que te gustaba Amanda. Detestabas a Dennis, has reconocido que odiabas a Claes Fagerman».

«Y —susurráis entre vosotros— tú no eres cualquier persona». Hay una razón por la que estás encerrada en esa celda. Porque no queréis pensar «podría haber sido yo». Queréis que yo esté mal de la cabeza. Queréis estar seguros de que no tenéis nada en común conmigo. No os paseáis por ahí pensando lo que yo pienso, jamás habríais hecho lo que yo hice, dicho lo que yo dije. Joder, es importantísimo que penséis que lo que me pasó a mí nunca jamás os habría pasado a vosotros porque yo me lo merezco, caí en mi propia trampa. Estaba obsesionada con Sebastian, carecía de empatía, era una mimada, negaba la realidad, quizá incluso estaba enganchada a las drogas, ¿no podemos fingir que sí?

Vosotros no estáis obsesionados, no consumís drogas, habríais avisado a la policía, no sois yo.

¿Por qué Sebastian me eligió a mí? ¡Tiene que haber una razón! ¿Por qué entró a mi hotel aquella noche? ¿Por qué fue a buscarme a Niza? ¿Por qué se quedó? ¿Por qué intentó suicidarse cuando corté con él?

La casualidad no es más que la forma que tiene Dios de permanecer en el anonimato, dijo alguien. Todo lo que tiene sentido es el resultado de una gran lotería. Sirve tanto para si naces rico como si naces pobre, si eres mujer como si eres trans, si te conviertes en una artista aclamada como si ganas veinticinco millones en la Bonoloto. Pura casualidad. De pronto ocurre. Y si es así, si lo bueno solo nos puede alcanzar a través de unas misteriosas puertas de atrás, con el mal debe de pasar lo mismo.

La casualidad es la prueba de que Dios no existe, me atrevería a decir. Porque el origen de los acontecimientos realmente terribles puede estar planificado o ser heredado. Pero también puede ser fruto de la casualidad. Limitar lo cotidiano.

El mal no tiene ningún propósito. Es la definición en sí del mal propiamente dicho. Pero que algo duela no tiene por qué significar que el origen de lo malo sea el mal.

He hecho cosas que les han causado dolor a muchas personas, en lo más profundo de su ser, de la peor manera imaginable. No entiendo el sentido de por qué Claes, Christer, Dennis, Amanda y Sebastian murieron. Ni el de por qué yo sobreviví. El de que intentara salvar a Sebastian pero acabara ayudándolo a morir y matar. No lo entiendo. No hay nada que entender. Pero yo no soy mala. Puede que tampoco sea buena, pero os negáis a verlo porque carecéis de empatía.

Cuando viene el vigilante recojo los periódicos de mi mesa y le pido que se los lleve otra vez. No quiero leer. Quiero que aleje todos los artículos sobre un mejor servicio de salud mental para jóvenes, control de armas en la escuela, cámaras de videovigilancia y controles de estupefacientes. Le digo que quiero salir al patio. «Voy a mirar el horario», dice él, y se vuelve a ir. Se molesta, pero no puede decirme que no, no puede hacerlo porque entonces Ferdinand le echará encima a los de Amnistía Internacional.

Y luego me hago un ovillo en la cama de mi celda, me abrazo a la manta amarilla asquerosa, me pongo de cara a la pared y lloro. Por milésima vez el día de hoy. «*I couldn't live without you now, oh, I know I'd go insane, I wouldn't last one night alone baby, I couldn't stand the pain*».

Sé que fui yo la que disparó las balas que mataron a Amanda, pero solo quería vivir, quería detener a Sebastian, quería que parara, y por eso le disparé. Maté a Sebastian, es cierto que lo maté, era la intención, pero ¿qué iba a hacer si no? Solo desearía haberlo matado la primera vez que apreté el gatillo, desearía no haberle disparado a Amanda, lo deseo más de lo que he deseado ninguna otra cosa en mi vida, pero nunca había disparado con una escopeta como aquella. He hecho tiro al plato alguna vez, pero esas escopetas son duras de disparar y pesadas de sostener. Esto fue tan fácil, apenas tuve que hacer nada, solo fue levantar el arma y, en cuanto mi dedo tiró de aquella cosa, pensé que había que quitar el seguro, o no sé lo que pensé, simplemente abrí fuego, cinco veces apreté el gatillo, porque es lo que pone en el informe policial, y la primera vez no maté a Sebastian, ni la segunda tampoco, luego sí, pero antes maté a Amanda, y ¿qué importa la clase de persona que soy y la impresión que doy y lo que pasó y por qué y por qué no? Lo que importa es lo que hice, es lo único que tiene alguna relevancia. Y lo que hice fue matar a Amanda.

Amanda no volverá a bailar nunca más. No volverá a cantar. No volverá a escuchar música que en verdad no le gustaba pero entendía que «te tiene que gustar».

Me encantaba que Amanda me mandara besos volado-
res y me hiciera cazarlos. Ella era superficial y petarda y ajena
a la realidad y egoísta y yo la quería. Vaya que si la quería. Era
más que mi mejor amiga. Jamás le habría hecho daño. «Jamás,
jamás, jamás». Y aun así, lo hice.

Sebastian

37

No sé qué contar de las últimas semanas. Los días iban pasando. Sebastian se encontraba peor. Y peor. Yo iba más a menudo al instituto, porque ya no exigía mi compañía constantemente. Pero solo hacía acto de presencia, sentada en la última fila, y cuando se acababan las clases me iba a casa de Sebastian aunque él no me lo hubiese pedido. A veces me llevaba en coche al instituto. En alguna ocasión incluso fue a clase. Otras veces se quedaba fuera esperando a que yo terminara. Un par de veces se le acercó algún profesor para preguntarle cómo estaba. Él decía «bien», y el profe le decía que «tenía que empezar a ir a clase». Sebastian asentía con la cabeza y decía adiós. Christer intentó hacerlo «espabilar».

Después a Christer se le ocurrió que podríamos actuar a final de curso. Fue una decisión de última hora, no quedaba claro si nos daría tiempo a montar un número digno, pero según Christer iría bien para resolver los «conflictos identificados» que había «en el grupo». Montaba actuaciones similares cada año. Siempre eran muy «apreciadas». A Amanda le encantó la idea, me imagino que Dennis pensó que podía serle de provecho para su solicitud del permiso de residencia, Samir hacía todo lo que le pidiera un profesor, pero a Sebastian le pareció una broma de mal gusto. Christer insistió. «Ven al menos a la primera reunión y hablamos de lo que podríamos hacer. Estoy abierto a vuestras propuestas». No hubo más reuniones que esa.

Otros dos profesores llamaron a Claes para hablar del «problema» de Sebastian. Al menos eso es lo que reiteraron cuando los interrogó la policía. Según el informe policial, incluso el director del instituto trató de ponerse en contacto con él en «un par de ocasiones». No pudo localizarlo, «era difícil dar con él», pero le había dejado mensajes y le había enviado una carta a casa. Porque Sebastian no se iba a sacar el bachillerato tampoco este año y el instituto estaba obligado a informar previamente de ello a los padres, a pesar de ser mayor de edad.

En el informe pone que encontraron la carta del director en el despacho de Claes cuando hicieron el registro domiciliario. Estaba sin abrir.

«¿Y la madre de Sebastian?».

Sander dio con ella. La prensa también; los paparazzi le sacaron fotos delante de la casa en la que vive y en el informe está el interrogatorio al que fue sometida. Sé que Sander se planteó citarla para el juicio, dejarla hablar ante el tribunal, porque tenía la idea de que ella podría dar una imagen de lo que pasaba entre Sebastian y Claes, que podría explicar que su relación estaba condenada a muerte desde el primer momento (no en palabras de Sander), quizá hacerla decir «qué problema tenía Claes», explicar por qué era tal monstruo como padre (tampoco en palabras de Sander), por qué hacía lo que hacía y cómo eso afectaba a Sebastian. A Ferdinand le pareció una idea terrible. El tema es que si hay alguien a quien Ferdinand odie más de lo que me odia a mí, esa es la madre de Sebastian. Dijo que era, simplemente, «demasiado». Y creo que se refería a que, independientemente de las posibles explicaciones que podía haber, no había forma de eludirlo: la madre de Sebastian era una imbécil egoísta y su padre sufría trastornos emocionales. Contar con la madre de Sebastian para que testificara «en mi favor» no podía ser buena idea, dijera lo que dijera, porque a nadie le gustaría que lo vincularan con semejante esperpento. Era como tener a la madre de Hitler de testigo de conducta.

Creo que al principio Sander pensó que la madre de Sebastian podría reforzar su tesis de que Sebastian no necesitaba que nadie lo convenciera para matar a su padre. Pero luego dejó de hablar de ello, supongo que comprendió que podía acabar salpicándome a mí el desprecio que sentías de forma automática cuando oías a esa furcia intentando explicar por qué había decidido abandonar a sus hijos. Así que la madre de Sebastian pudo borrarse del mapa, otra vez, lejos.

Pero he leído su interrogatorio. En él contaba, sobre todo, cosas de ella misma. Que no podía vivir con Claes (hasta ahí la entiendo), que al principio pensó que podría «sanarlo» (suena como si un terapeuta le hubiese enseñado la expresión), hacer que Claes la amara a pesar de «no saber gestionar bien los sentimientos» (más palabras del terapeuta, supongo), pero que se vio «obligada» a dejar la relación y que entonces él «se negó» a que ella se llevara a los niños, como «venganza». «¿Qué podía hacer?», preguntó, una pregunta retórica que tuvo que contestar ella misma para obtener la respuesta que quería. «No podía hacer nada. Claes se negaba, y yo no tenía nada con que hacerle frente».

Y Lukas se ha negado a colaborar tanto en la investigación como con Sander. No habla con nadie. Él es quien se ha hecho cargo del consorcio, quien ha procurado los arreglos con todas las víctimas y supervivientes. Pero hablar no habla. Ni una palabra.

En la prensa, después de que Sander presentara la historia del Malvado Claes Fagerman, se ha escrito sobre su infancia en internados, con niñeras en lugar de padres, personas contratadas en lugar de miembros de la familia. Psicólogos que nunca visitaron ni a Claes ni a Sebastian ni a Lukas han podido expresarse y han dicho que, probablemente, él jamás pudo establecer un vínculo con sus hijos porque nunca llegó a establecerlo primero con sus padres. Los mismos psicólogos también han dicho que Sebastian debió de heredar el mismo comportamiento que su padre, alguien incluso se atrevió a soltar la perla de que «los niños desatendidos sufren aunque tengan habitación propia en un chalé de lujo en Djursholm», pero Sander jamás diría algo así, es más listo que todo eso. «Debemos concentrarnos en lo que has hecho y las cosas de las que se te puede responsabilizar a ti. Los problemas de Sebastian no son judicialmente relevantes más que en la medida en que refuerzan tu inocencia».

Pero para la prensa sí es relevante. Sumamente relevante.

Me he preguntado por la madre de Sebastian y por qué abandonó a sus hijos. Si estaba enferma, si estaba enganchada a las drogas, si había alguna otra razón. Quizá sea el motivo por el que no ha concedido ninguna *Exclusive Review* con el Reportero más Importante del Mundo sobre *¿La verdad detrás de?* Porque no lo ha hecho. Ni una sola entrevista. Quizá tenga cosas que ocultar, cosas de las que se avergüenza, cosas que Claes sabía y con las que la amenazaba. O quizá esté mintiendo. Quizá no quería tener a sus hijos consigo, quizá obligó a Claes a quedárselos, no sé. O quizá le tenía auténtico pavor, quizá estaba igual de oprimida y era tan odiada como Sebastian. Nadie lo sabe. «No es judicialmente relevante».

Sin embargo, para mí es importante. Una parte de mí quiere creer que ella amaba a sus hijos, que es algo que no podía evitar, quiero que toda la culpa sea de Claes, que realmente se mereciera morir. Quiero creer que Lukas también es una víctima, que le tenía el mismo miedo a Claes que todos los demás. Pero lo único que sé con certeza es que ni la madre de Sebastian ni Lukas estaban allí, ni cuando Sebastian los necesitaba ni las últimas semanas. Entonces estaba yo sola. Y no pude con ello.

A veces intentaba hacer otras cosas que no fuera estar con Sebastian. Podía pasar que tuviera ganas de alejarme de él. Porque el Sebastian tranquilo, embobado, que volvió del hospital había sido sustituido por otro desde hacía tiempo. A veces se ponía como loco de furia, a veces era indiferente a todo. Un día podía gritarme que era una idiota porque iba a su casa sin haberle llamado primero, al día siguiente apagaba el teléfono y me echaba una bronca porque pasaba de él, de cómo lo estaba pasando, de lo que hacía, de todo. Así que podía ocurrir que me entraran ganas de irme al centro con Amanda, leerle un cuento a Lina, cenar con la familia. Pero había olvidado cómo se hacía. Eran las personas de mi día a día, estar con ellas debería haber sido igual de fácil que respirar y que dormir cuando tienes sueño, pero me parecían unos extraños. Así que los evitaba. Dejé de coger el teléfono cuando Amanda me llamaba, me acostaba si estaba en casa y había alguien más, me aislaba en el instituto, los pocos días que iba.

Por Semana Santa mamá y papá se fueron de viaje con Lina. Yo dije que me iba a Antibes con Claes y Sebastian, pero Sebastian y yo nos quedamos en casa. No salíamos por la puerta, la mayor parte del tiempo estuvimos en la piscina cubierta, nos traían la comida, fumábamos y escuchábamos la música que Sebastian ponía. Algunas veces venía Dennis. No solía quedarse mucho rato. Cuando volví a ver a mamá y papá me preguntaron qué tal lo habíamos pasado.

—Bien —dije.

—¿Cómo estás? —quiso saber mamá.

—Así, así —dije yo, y me metí en mi cuarto—. Creo que me estoy poniendo enferma.

No me hicieron más preguntas, no les parecía nada raro que estuviera más pálida que antes de irme de viaje.

«¿Qué pasó?».

Lo cierto es que durante aquellas últimas semanas no hubo ningún punto de inflexión, nadie dijo nada decisivo. Los días iban pasando y la cosa no estaba bien, estaba muy jodida, pero los días empezaban y terminaban uno detrás de otro y a veces Sebastian no iba colocado ni estaba como loco y a veces no se enfadaba y a veces a mí me daba la sensación de que la cosa estaba un poquito mejor, pero supongo —puedo pensar ahora, a posteriori— que solo me parecía que todo iba mejor porque no me parecía que fuera palpablemente peor.

Muchos, muchos días eran un asco. Sobre todo los fines de semana. Los *findes*, cuando las únicas personas con las que me relacionaba en cuarenta y ocho horas eran Dennis y Sebastian. Pero lo peor de todo era cuando coincidía con que Claes estaba en casa.

Traté de hacérselo ver a Sebastian, pero él era incapaz de entenderlo, o no quería, no hacía nada al respecto. Cuanto peor se encontraba, más mezquino se volvía su padre. Claes Fagerman iba eructando una humillación tras otra, visiblemente indiferente, lo cual las hacía aún peores. Le daba igual. Si Sebastian se desmoronaba, le importaba aún menos. A veces me daba por pensar que Claes realmente quería que Sebastian se quitara la vida, porque así se habría resuelto el problema, ese que sacaba a colación en cuanto surgía la oportunidad: «¿Qué coño voy a hacer contigo?».

Desde la cena con el cocinero de la tele en la que intenté cantarle las cuarenta a Claes, yo también estaba en la lista negra en la que tenía apuntados a todos sus Imbéciles. Seguramente, porque me veía incapaz de hacer que Sebastian parara con lo que estuviera haciendo, o de hacer que empezara a hacer lo que se negaba a hacer. Claes dejó de saludarme cuando nos veíamos, solo hablaba de mí en tercera persona, nunca me miraba a los ojos. Me despreciaba porque estaba con su hijo.

Sí, pienso que fue culpa de Claes Fagerman. Si hubiese sido diferente, si no hubiese hecho lo que hizo ni dicho lo que dijo, lo que pasó nunca habría pasado. Se lo he dicho a Sander, que yo quería que él muriera, que lo decía en serio, todas y cada una de las palabras que escribí y dije y volví a decir y a escribir en mis mensajes. Pensaba que Claes Fagerman merecía morir porque era el padre de Sebastian y debería haber querido a su hijo.

Sander dice que aun así eso no me hace culpable de su muerte. Según él es necesario que la fiscal pueda demostrar que yo «induje» a Sebastian a asesinarlo. Que se pueda demostrar que hay «causalidad» entre lo que yo dije y lo que Sebastian hizo, que está conectado, que lo uno no habría pasado sin lo otro. Ni siquiera basta con que yo quisiera que Sebastian lo matara si Sebastian lo iba a matar de todos modos, independientemente de lo que yo opinara.

Para Sander resulta evidente que Sebastian decidió matar a su padre «debido a» cómo Claes lo trataba.

«La última fiesta» encaja con el modelo de Sander. Esa fiesta hace que sea más fácil entender lo que pasó. Según él, lo que Claes hizo —echar de casa a Sebastian, exigirle que se mudara, que desapareciera, que se largara de allí— supuso el final para su hijo. No tenía adónde ir, había fracasado en el instituto, todo lo que formaba su identidad le fue arrebatado. Y yo dejo que lo diga en el tribunal. Pero la realidad, la que Sander solo puede adivinar, no se puede explicar de forma tan pedagógica.

—Háblame de la primera vez que Sebastian te pegó —dijo Sander cuando declaré ante el tribunal. Quería que todo el mundo lo oyera puesto que suena tan reprochable y Sander quiere que el tribunal sienta pena por mí. Lo conté, pero no dije que no fue gran cosa, al menos no fue nada del otro mundo. Dejé que les pareciera reprochable.

Estábamos en casa de Sebastian, fue poco después de Pascua. Claes y Sebastian habían estado sentados en la cocina «planeando» la «fiesta de graduación» de Sebastian («no estoy seguro de que vaya a estar en Suecia ese fin de semana», «pídele a Majlis que se ocupe de las cuestiones prácticas») cuando yo llegué, y no dije nada mientras Claes estuvo presente, pero en cuanto se hubo marchado no pude contenerme más.

Discutimos. No porque fuera evidente que Sebastian no iba a graduarse, no nos peleábamos por ese tipo de cosas. Yo me enfadé porque él dejaba que Claes siguiera fingiendo que no había pasado nada siempre y cuando se librara de tener que dar un discurso en su honor durante la cena. Una fiesta de graduación podía costar todo el dinero que hiciera falta, podía costearlo. Pero él no pensaba ir.

«No entiendo cómo dejas que te trate como a una mierda. Te odia, Sebastian, siempre lo ha hecho. No mereces que te traten así».

Dije todo eso a pesar de ver que Sebastian estaba triste. Vi cuánto le dolía. Vi que él entendía que jamás conseguiría que su padre se sintiera orgulloso, o tan siquiera satisfecho. Y aun así lo dije. ¿Serviría de algo? No. Sebastian siempre era castigado, pero nunca arropado. A lo mejor se lo dije porque quería hacer que se pusiera más triste todavía. Fui terriblemente mala con él, yo lo sabía y lo fui de todos modos.

«Lo provoqué. Lo provoqué contra su propio padre».

Y entonces Sebastian me cruzó la cara; no dijo nada y no me dolió demasiado, pero salí corriendo y me encerré en el cuarto de baño aunque no se podía echar el cerrojo. En la residencia de los Fagerman no había cerrojo en ninguno de los lavabos desde que Sebastian volvió del psiquiátrico.

Estuve un rato allí sentada hasta que él vino. Cuando lo oí acercarse a la puerta la sujeté por el picaporte con todas mis fuerzas. La puerta se abría hacia fuera, pero Sebastian no tiró de ella, no trató de abrirla de un bandazo, aunque lo podría haber hecho porque era más fuerte que yo. Tardé un momento en comprender lo que estaba haciendo, quizá unos minutos, hasta que el calor pasó de su extremo del picaporte metálico al mío. Lo estaba calentando. Con ayuda de un soplete que había ido a buscar a la cocina calentó el picaporte hasta que se puso al rojo vivo; no dijo nada mientras tanto, ni siquiera tocó la puerta, y cuando yo no tuve más remedio que soltar la abrió con suavidad.

Se me acercó y me subió el vestido, lo arrebujó alrededor de mi cuello, después me desabrochó el sujetador y me miró por el espejo.

—¿No podemos cerrar la puerta? —susurré. Podía oír a Claes en la planta baja. La señora de la limpieza también estaba allí, en el jardín había alguien pasando el cortacésped y los vigilantes debían de estar sentados en sus sitios de siempre, en el camino de acceso. Sebastian no respondió. Ni siquiera parecía enfadado. Hinchado sí, con bolsas negras bajo los ojos, cansado, pero no cabreado. Se desabrochó el botón del pantalón, se bajó la bragueta, luego los pantalones enteros y me pegó con el reverso de la mano, un sopapo desganado, en la sien, su reloj de pulsera me dio en el final del pómulo, casi en la oreja. Yo me tumbé en el suelo, las baldosas estaban frías, dejé que me quitara las bragas, el vestido seguía arrugado alrededor de mi cuello. Me chupó un pezón, el otro pecho me lo agarró con la mano. Lo apretó, tiró de él. Y yo no quería que me violara, no me violó, porque le cogí una mano y me la llevé a la vulva; él metió dos dedos, lo noté cerca de mi muslo, y levanté un pie, no quería que me obligara y me apoyé en el borde de la bañera y luego él me penetró. No tardó mucho en acabar. Después se fue de allí.

Cuando Sander me pidió que explicara la vez que Sebastian me pegó, lo hice. Pero no dije que lo que me invadió cuando pasó fue una sensación de alivio. Que mi sangre borboteaba, la cabeza me tronaba, que en verdad pensé que en aquel momento yo tenía el control. Que él ya no me podría hacer nada una vez que me pegara. Si por fin me destrozaba a golpes, todo el mundo lo vería, todo el mundo vería finalmente cómo era él y eso me liberaría de algo, quizá incluso de él. Tendría una razón para irme y nunca más volver. Nadie me pediría que cuidara de él, que lo consolara, que le fuera detrás. Incluso yo entendería que debía dejarlo ir. Tenías que alejarte desde el primer golpe, nunca tenías que quedarte al lado de alguien que pegaba, por muchísimas veces que pidiera perdón. Todo el mundo lo sabía.

Pero Sebastian nunca pidió perdón. A mí se me inflamó un poco la mejilla, pero apenas se veía. Si no me la tocaba, ni siquiera me dolía. Nadie vio lo que pasó. Y ¿adónde iba a ir yo?

38

La última semana de mayo llegó la última noche. Sebastian no tuvo ninguna fiesta de graduación, no volvimos a hablar de ella después de lo ocurrido en el cuarto de baño. Él no había ido a la de Labbe, a pesar de estar invitado (yo tampoco fui), y yo dudaba que Sebastian fuera a ir a la de Amanda.

Un jueves normal y corriente —al día siguiente había clase— Sebastian dijo que iba a montar una fiesta. Y el aire tenía un olor especial aquella tarde: el cielo era más azul que de costumbre y yo me puse contenta. De pronto recordé cómo podía ser el verano, por un breve y fugaz momento pensé en tardes al aire libre y barbacoa, baños desnudos y pies descalzos.

—¿Vendrá mucha gente? —le pregunté.

—No demasiada —contestó Sebastian.

Hacía calor, más de veinticinco grados. Pensé que podíamos bañarnos un rato en la piscina, o en la playa, si el calor aguantaba, beber pero no emborracharnos, hablar, escuchar música. Casi me sentía como el verano anterior. «¿Casi?». Como cuando «no tenemos nada mejor que hacer» era todo lo que Sebastian necesitaba para ponerse en marcha. Cuando «montemos una fiesta» era algo divertido.

Sander me ha dicho que él cree que Sebastian ya lo había decidido, que aquella fue literalmente «la última noche» para él. Que la conducta de su padre quizá le hizo pasar de un suicidio normal y corriente a lo otro, pero que Sebastian ya estaba planeando, como mínimo, su propia muerte. Los investigadores no han hallado nada que pueda explicar lo que Sebastian tenía en mente, si es que estaba planeando algo. Y Sander solo puede especular. Nadie lo sabe. Pero creo que Sander tiene razón.

Dennis fue el primero en llegar. Traía a dos amigos. Sebastian no me había dicho que él iba a venir, pero tampoco me sorprendió verlo, quizá ni siquiera me decepcioné. Pero que Dennis tuviera permiso para traer a dos de sus colegas ya era más difícil de entender. Nunca nos habíamos juntado con sus amigos. Al principio estuvieron a su rollo en la terraza, junto a la piscina. No se les veía perdidos, sino más bien llenos de alegría. Como si no pudieran creer lo que veían sus ojos, pero no en un sentido positivo.

Después llegaron las tías a las que yo nunca había visto. No estaban invitadas. Estaban alquiladas, se les notaba. Costaban dinero, aunque no demasiado (también se les notaba), y aguardaban instrucciones con sus copas en la mano.

Creí que las había traído Dennis. Pero fue Sebastian quien les dio la bienvenida, aunque Dennis pasara primero.

Es lo que dijo, Sebastian. «Vosotros primero».

Dennis llevaba pantalón corto y se agachó y tiró de su calcetín izquierdo. La goma estaba dada de sí. Aun así trató de ponerlo en su sitio, se quitó la gorra y la dejó boca arriba sobre la mesa de la cocina. A pesar de encontrarme a unos metros de distancia pude ver una estría oscura de sudor y escamas de piel seca. Dennis y sus amigos se metieron en la habitación de Claes. «Pero Sebastian no —pensé—, Sebastian nunca». Él no hacía esas cosas.

«Vosotros primero». Y me hundí. Directamente en las arenas movedizas, y miré a una de las chicas, la que tenía más cerca llevaba un enganchón en las medias negras, hacía demasiado calor para llevar medias de nailon y en cualquier momento se le haría una carrera, dejó la copa, la uña de su dedo pulgar estaba mordida hasta descubrir la carne rosácea de debajo y yo quería que ella también me mirara, pero se negaba a hacerlo. Tan solo con que me mirara, tan solo con que yo pudiera verle los ojos, se volvería real, una persona de verdad, alguien que contaba, y yo podría enfadarme, ponerme triste, loca de celos, «salir corriendo», pero ella me evitaba la mirada y entró en la habitación junto con las otras dos y yo me hundí más y más. Podía percibir su olor, perfume barato y sudor, pero no hice nada. No grité. No lloré. No podía hacer nada, porque me habría ahogado.

Sebastian entró cuando Dennis y sus colegas salieron, creo que fue veinte minutos más tarde. No le pregunté por qué. No le dije «no lo hagas». No lloré. Labbe y Amanda acababan de llegar. Antes de cerrar la puerta, Sebastian se volvió y me miró. Sus ojos eran negros, ya estaban muertos.

—¿Te apuntas?

Pero no esperó ninguna respuesta. Cerró la puerta tras de sí.

Y yo no pegué a nadie, no me puse a escupir como una posesa. No entré en el dormitorio para recuperar de un tirón mi propia vida, no podía hacerlo. Sebastian ya no me quería a su lado. Así lo había decidido.

«Quería morir en paz. Fue así como te dejó, Maja».

Y Dennis se rio de mí cuando vio la cara que se me había quedado, se rio a carcajadas, con la boca abierta y la cabeza echada hacia atrás. De sus feos pantalones cortos extrajo una pequeña bolsita de plástico. Sacó lo que había dentro, no era mayor que un sello postal. Hacía falta tan poco, lo único que tenía que hacer era soltar. Iba a librarme de esto. Sebastian no me quería para nada. «¿Te apuntas?», había preguntado. «Desaparece», quería decir. «No puedes hacer más, Maja». No podía moverme. Si soltaba ahora me hundiría en las arenas movedizas, me dejaría cubrir por la oscuridad. Me precipitaría por el abismo.

—Abre la boca —dijo Dennis. Y me lo quedé mirando.

«Él sabe —pensé—. Él sabe lo que hay que hacer para no ahogarse».

Después la casa estaba llena de gente. En la piscina la música sonaba a todo volumen; yo estaba sentada en el borde con los pies en el agua. Las luces de discoteca que alguien había instalado centelleaban, giraban sobre las paredes de toda la sala, arriba y abajo, entraban en mi cabeza y explotaban. Me acosté en el borde; todo el costado de mi vestido estaba empapado y vi destellos en el agua, alguien había lanzado una botella de champán a la piscina, se mecía al descompás de la música. Tintineos en la superficie, pequeñas chispas en mi cabeza, llamaradas altas y grandes de color turquesa. En breve tendría que tomarme algo más, porque lo que Dennis me había dado ya estaba dejando de hacer efecto.

No sé cuánto tiempo estuve allí. La música se fundía, podía sentirla en el pecho, estallaba en un intento de salir. No importaba lo que Sebastian hiciera, me daba igual, pero la vi, primero borrosa.

—Amanda —grité, o al menos eso intenté. No me oyó. Susurré entre dientes—. Amanda. —Ella me ayudaría, me pondría en pie. Me ayudaría a tomarme algo más, me ayudaría a ir a buscar a Sebastian, me ayudaría a volver a casa.

Iba cogida de la mano de Labbe. Estaban mirando a su alrededor, buscando a alguien. Cuando Labbe lo cogió del hombro y él se dio la vuelta pude verlo.

Samir. Con el móvil en la mano. Y luego vi lo que estaba grabando.

Sebastian estaba de espaldas a él. Estaba haciendo rayas en el suelo y dos de las fulanas desnudas se pusieron de rodillas para poder esnifarlas. Sebastian cogió a una de las chicas por las caderas, le levantó el culo y aplastó la entrepierna contra ella. Dennis se reía.

Samir seguía grabando.

No sé cómo logré levantarme, pero Labbe me agarró antes de que pudiera hacerme con el teléfono. Dudo que gritara nada, pero Amanda también me agarró y me llevaron a rastras hasta otra sala, la música estaba tan alta, lo último que vi fue a Sebastian metiéndose dos rayas. Barrió los restos con la lengua y se giró hacia la otra chica para que los lamiera.

Creo que lloré. Samir debió de seguirnos. Seguía con el teléfono en la mano y me miraba.

—Tenemos que ponerle fin a esto. —¿Fue Amanda quien lo dijo? Puede ser. O quizá Samir.

—Tenemos que denunciarlo.

Definitivamente, fue Samir. El maldito Samir. Quería hacer algo, «lo correcto». Por Dios. Él no tendría que haber estado allí. Si Sebastian no hubiese estado «ocupado», jamás lo habría dejado entrar. No podía hacer eso, así no se resolverían los problemas de Sebastian. Y luego me invadió el miedo. El pánico. Por primera vez, temí por mí misma.

Si venía la policía, todo se iría al carajo.

—No puedes hacerlo. —Ahora sí estaba gritando—. No puedes llamar a la policía, no puedes denunciar a Sebastian. No puedes. Si llamas a la policía… —Volví a empezar. El corazón me iba a galope, latía demasiado deprisa—. Si llamas a la policía no solo joderás a Sebastian.

—Tenemos que hacer algo. No puede seguir así.

Saqué mi teléfono. Fue todo muy rápido. Automático. Como si yo quisiera. Como si lo tuviera planeado. Busqué el número y le pasé el móvil a Samir.

—Llámalo a él. ¡Llámalo a él en lugar de a la policía!

¿Pensé que se atrevería? Estaba dispuesta a obligarlo. Cualquier cosa menos la policía. Samir marcó el número en su propio teléfono.

—¿Qué haces? —pregunté. A lo mejor sí tuve tiempo de recapacitar, a pesar de todo. Sobre lo que había hecho. Sobre lo que implicaría. Samir parecía orgulloso, superior. «No te lo esperabas», irradiaban sus ojos, y yo solo tenía ganas de darle un manotazo—. ¿Qué coño haces?

La música tronaba. Estaba tan fuerte que teníamos que gritar para oírnos. Aun así oí el tono de aviso, el sonido del mensaje que iba del teléfono de Samir al número privado de Claes Fagerman. Samir no había escrito ningún texto, solo había adjuntado un archivo, el vídeo que acababa de grabar.

«Pedazo de idiota», pienso ahora. «Llama a la policía. Llama a la policía», quiero gritar desde mi celda al otro lado. «Pídele que llame a la policía. Exígele que llame a la policía. Si tan solo hubieras llamado a la policía».

No pasaron más de diez minutos, quizá, antes de que se desatara el infierno.

Vista principal de la causa B 147 66
La Fiscalía y otros contra Maria Norberg

Semana 3 del juicio, lunes

39

Cuando Samir entra en la sala de vistas muestra su aspecto de siempre. Casi, al menos; quizá más flaco, más envejecido de alguna manera. No me mira cuando se sienta en su sitio. Pero yo sí lo miro a él. Lo miro y lo miro y lo miro y por primera vez desde que comenzó el juicio siento algo que no se asemeja al pánico. Su pelo está más largo de como solía llevarlo y se frota la mano en los pantalones beis, como si la tuviera sudada. Carraspea demasiado como para que no se note que está de los nervios.

Samir está vivo. Realmente lo está, no es solo que lo dijeran. Sobrevivió, porque está aquí sentado, tan cerca que podría levantarme y tocarlo. «Da igual —pienso— si está aquí para decir que maté a Amanda a propósito. La cuestión es que está vivo».

La fiscal empieza. Deja que Samir hable tranquilamente.

—Cuéntanos con tus propias palabras.

Samir explica por qué iba al instituto público de Djursholm, de qué conoce a Sebastian, Amanda, Labbe, de qué me conoce a mí, concretamente cómo de bien me conoce; cuenta que él, Amanda y Labbe habían estado preocupados por Sebastian y por mí, que habían decidido «hacer algo»; lo que pasó en la fiesta la noche anterior.

Primero llegaron los vigilantes de seguridad. Cuando Claes Fagerman apareció iba acompañado de otros tantos. Samir cuenta que uno de los vigilantes que apareció junto a Claes le quitó el teléfono. A cambio le dio uno nuevo, mejor, en su embalaje original.

El viejo teléfono de Samir (y el de Claes) están incluidos en el material de la investigación. Ya hemos podido mirar el vídeo (y otro que Samir grabó poco antes pero que no llegó a enviarle a Claes), y ahora la fiscal los vuelve a reproducir. Se ve claramente lo colocada que voy, se oye lo histérica que me pongo cuando me doy cuenta de que Samir está grabando. Le grito: «¡Qué coño haces, estás loco!». El vídeo termina con mi cara sudada en la imagen; la fiscal me deja mirar fijamente al auditorio un buen rato antes de hacerme desaparecer.

Samir habla del caos. Cuando Claes perdió el control pasó de su yo distanciado y gélido de costumbre a sacar a Sebastian a rastras del dormitorio, al que había vuelto con las putas. Sebastian estaba desnudo, Claes lo golpeó en la cara con el puño cerrado, delante de todos, y cuando se desplomó en el suelo Claes le dio una patada en el estómago.

—Tres veces, creo —dice Samir—. Puede que dos. No estoy seguro.

Uno de los vigilantes logró alejar a Claes de Sebastian, otro salió del dormitorio de Claes acompañado de Dennis y las fulanas. Dennis estaba totalmente ido, con los pantalones en la mano y la lombriz hinchada apretujada entre sus gordos muslos de color casi morado.

Samir explica que uno de los vigilantes de Claes lo llevó en coche hasta su casa. Había pedido que lo dejaran bajar a unas pocas calles para que sus padres no vieran el coche. Pero el vigilante había insistido. Los padres de Samir no se habían dado cuenta de nada.

Samir tarda unos cincuenta minutos en contar lo que pasó dentro del aula. La fiscal formula todas sus preguntas con un tono de voz un poco más bajo que el habitual. Cada vez que Samir empieza a llorar (tres veces), el juez le pregunta al mismo volumen si necesita hacer una pausa. Samir solo niega con la cabeza, se esfuerza para que le aguante la voz, quiere salir de aquí, quiere finiquitar este asunto, repite de memoria lo que dijo en los interrogatorios, los enunciados son casi literalmente iguales.

Cuando le llega el turno a Sander, Samir tiene la frente pálida. Tiene una mancha rosácea y redonda en cada mejilla, justo por encima del punto en el que le suelen salir los hoyuelos al reír. Parece molesto incluso antes de que Sander le haya hecho la primera pregunta.

Sander también habla con voz afable, pero igual de alto que siempre.

—En tu primer interrogatorio dices que la policía tardó horas en llegar.

—Mmm.

—¿Lo recuerdas?

—Tuve la sensación de que fueron horas.

—En realidad no tardaron ni media hora, ¿no? Tengo el informe aquí, pone que la puerta del aula fue abierta entre quince y diecisiete minutos después del último disparo. Eso son diecinueve minutos desde que sonaron los primeros disparos.

—¿Acaso importa?

—También dijiste que la primera víctima fue Christer.

—Sí, pero…

Sander baja la voz.

—Eso también lo retiraste en el siguiente interrogatorio.

—Aún estaba bastante fuera de mí. Me acababan de operar. Me interrogaron mientras aún estaba en el hospital… Estaba…

—Lo entiendo, Samir. Entiendo que no fue fácil para ti. Pero son muchas las cosas que dijiste en esos interrogatorios iniciales que luego has ido retirando.

—Eso no es verdad.

—¿Cuánto tardaron en interrogarte?

—Cuatro días.

—Esos días, ¿tu familia estuvo contigo?

—Sí.

—Hablasteis de lo que había pasado, ¿verdad?

—No hablé demasiado.

—Porque te encontrabas mal, lo sé. Te dieron un montón de calmantes, lo pone en tu informe médico. Entiendo que te encontraras mal. Pero tu madre y tu padre…, ¿ellos hablaron de esto contigo?

—Claro que hablamos. No entiendo por qué debería suponer un problema.

—Solo tienes que responder a la pregunta, Samir.

—Mamá lloró, más que nada, solo lloraba.

—¿En qué idioma hablas con tus padres?

Samir titubea.

—Árabe.

El Panqueque le pasa unos papeles a Sander. Él los coge, busca la segunda página y continúa.

—Hemos hablado con el personal sanitario. Una de tus enfermeras nos ha contado que preguntaste qué le había pasado a Maja. —Sander se vuelve hacia el presidente mientras Ferdinand reparte copias del interrogatorio a la enfermera—. Ella también habla árabe.

—Mmm.

—Y nos ha contado lo que contestó tu padre.

—¿Qué tiene eso de raro? Mi padre tiene que poder contestar si le hago una simple pregunta, ¿no?

—¿Recuerdas lo que te respondió?

—Que estaba detenida, creo.

—Ella nos contó que tu padre te dijo que la policía había arrestado a Maja y que Maja debería pudrirse en la cárcel por lo que te había hecho.

—¿Le parece raro que mi padre piense que Maja debería ser castigada por lo que ha hecho? ¿Que estuviera enfadado?

—Tu padre dijo que la policía había encontrado una bolsa en la taquilla de Maja. Tu padre también te contó lo que había en esa bolsa, ¿no es así?

—¿Por qué no iba a hacerlo? La policía lo hizo, encontraron la bolsa en la taquilla de Maja. ¿Acaso me mintió mi padre?

—Tu padre te dijo que Maja y Sebastian lo habían hecho juntos, que ella y Sebastian habían ejecutado juntos la masacre.

—Lo hicieron juntos.

—Tu padre te dijo esto dos días antes de que la policía te sometiera al primer interrogatorio, ¿no es así?

—No lo sé. Puede que sí. Pero él solo me dijo las cosas tal como eran, no es que mi padre se inventara nada, era...

—No creo que tu padre se lo inventara, creo que lo leyó en la prensa y pienso que se lo creyó. Maja estaba en prisión, tu padre no es el único que piensa que nunca encerrarían a una adolescente si no fuera porque es culpable. Pienso que tú también has caído en esa trampa y que todos tus recuerdos de la clase, todo lo que no comprendías cuando pasó, se ha visto afectado por lo que has ido oyendo después.

—O sea que piensa que me lo he inventado. Y una mierda. A Maja la encerraron porque mató a su…

Sander parece triste al interrumpir a Samir.

—A tu padre, bueno, a toda tu familia, a todos los que fueron a verte al hospital, se les obligó a guardar silencio sobre el caso, ¿sabes qué implica eso?

—Sí.

—Significa que no podían tratar estas cuestiones contigo.

—Papá no trató nada conmigo.

—Y la razón por la que tu padre no tenía permiso para contar nada sobre Maja, ni sobre lo que leía en la prensa ni lo que él creía saber, la razón era que la policía quería asegurarse de que tú no te verías influenciado por las cosas que oyeras acerca del crimen y de Maja. Querían poder interrogarte sin que te hubieras hecho ya una imagen de lo que pasó.

—Me hice una imagen de lo ocurrido porque estuve allí cuando pasó. ¿Por qué iba a inventarme nada?

—No creo que te lo hayas inventado conscientemente, Samir. Pero creo que quieres…, que más que ninguna otra cosa quieres entender tu traumática experiencia y que esta construcción es la que te parece más lógica.

—Mi padre no dijo que Maja y Sebastian lo habían hecho juntos.

Sander levanta la cabeza, escéptico.

—Pero te contó que Maja estaba en prisión.

—Sí.

—¿Te contó por qué estaba allí?

—No le hizo falta…

—No, puede que no le hiciera falta, con decir que Maja estaba encarcelada era más que suficiente para que tú comprendieras lo que la policía sospechaba que Maja había hecho. Pero lo hizo, Samir. Tu padre te contó lo que había leído en los periódicos y la versión que él consideraba auténtica. La enfermera que escuchó vuestra conversación…, tengo su declaración aquí conmigo. Podemos hacerla venir, si quieres. Oyó lo alterado que estaba tu padre, y lo que quería hacer con Maja, puesto que ella «había intentado asesinarte».

—No es tan fácil… Mi padre solo quería que yo supiera que…

—Lo entiendo, Samir. De hecho, es exactamente de lo que quiero que hablemos. Que no es tan fácil explicar lo que pasó.

Sander deja la afirmación suspendida en el aire mientras se moja los labios con su vaso de agua.

—¿Cómo supiste que te habían disparado?

—Él… Sebastian disparó a Dennis y luego a Christer y luego… —Samir se aclara la garganta—. Dijo… —Samir se pone a llorar, vuelve a aclararse la garganta—. Ahora vas a morir, dijo. Luego disparó. En aquel momento pensé que estaba muerto. —Llora un rato. Sander deja que termine antes de proseguir.

—¿Dónde estaba Maja cuando te disparó? ¿Lo recuerdas?

—Junto a la puerta.

—¿Tenía algún arma en la mano, en aquel momento?

—No lo sé.

—Pero Maja no te disparó.

Samir suelta un bufido.

—Nunca he dicho que Maja me disparara. Pero ella…

—¿Cuándo comprendiste que no habías muerto?

—Cuando los oí hablar.

—¿A quiénes?

—Maja y…, a Maja y a Sebastian.

—En interrogatorios previos has dicho que… —Sander lee de sus papeles— «el hecho de que me creyeran muerto fue mi salvación».

Samir alza la voz.

—Si hubieran visto que no estaba muerto…

Sander baja la voz.

—Te hiciste el muerto para que no te volvieran a disparar.

—Sí.

—¿Tenías los ojos cerrados?

—No del todo.

—O sea que miraste.

—Miré sin abrir los ojos completamente. Sí. Sí, vi suficiente.

—¿No tenías miedo de que descubrieran que los estabas mirando?

—Estaba muerto de miedo. Nunca he tenido tanto miedo en toda mi vida.

—¿Te dolía?

—Nunca he sentido tanto dolor en toda mi vida.

—Debió de ser difícil permanecer inmóvil y fingir estar muerto.

—No tenía elección.

—En interrogatorios previos has dicho… —Sander saca una hoja y lee en voz alta—: «Lo hicieron juntos». ¿Qué es, exactamente, lo que hicieron juntos?

—Ellos…

—Cuando Sebastian os disparó a Christer, a Dennis y a ti… ¿Maja también disparó, en ese momento?

—No. Ella...

—¿Estaba sujetando algún arma, en ese momento?

—No, creo que no. No lo sé.

—Pero tenía un arma cuando Sebastian le dijo que... ¿Qué le dijo?

—Dijo: «Sabes que tienes que hacerlo».

—Y tú ¿sabes a qué se refería con eso?

—Matar a Amanda.

—Maja afirma que cuando Sebastian decía «hacerlo» se refería a que ella debía matarlo a él, que estaba obligada a matarlo para que él no la matara a ella.

—¿Y entonces por qué mató a Amanda? ¿Por qué iba a disparar a Amanda si Sebastian no le había dicho que lo hiciera?

Sander guarda un momento de silencio. Pero no porque le parezca que Samir haya dado en algún clavo. Sino porque quiere poner en máxima tensión a todo el mundo.

—Estuviste presente cuando la policía hizo una reconstrucción de los disparos.

—Sí. Y entonces...

—Pero no estuviste presente en la reconstrucción que hicimos nosotros.

—No. No estaba invitado. Y ¿qué más da? Yo estuve allí cuando...

—La persona que te interpretó a ti, o no sé cómo llamarlo, ¿sabes qué dijo sobre lo que podía ver desde el sitio en el que tú estabas tumbado?

—¿Cómo voy a saberlo?

—Que no podía ver a Maja.

—Yo vi a Maja.

—Él no podía ver a Maja. Para ver a Maja tenía que girar la cabeza. Pero si giraba la cabeza dejaba de ver a Sebastian. Es decir, no podía ver a Maja y a Sebastian al mismo tiempo. Tampoco podía ver a Maja y a Amanda al mismo tiempo. ¿Tú giraste la cabeza para mirar a Maja?

—No lo sé. Puede que lo hiciera.

—Te estabas haciendo el muerto, ¿no es así?

—Sí.

—Intentabas no moverte ni lo más mínimo.

—Sí.

—¿Sabes qué más dijo nuestro chico de la reconstrucción?

—¿Cómo demonios voy a saberlo?

—Aparte de eso, el chico que te interpretaba a ti en nuestra reconstrucción dijo que desde el punto en el que yacías tú no parecía que Amanda y Sebastian estuvieran en la misma línea de tiro, parecía que estuvieran uno al lado del otro. Pero visto desde el ángulo de Maja, es decir, desde otra perspectiva, Sebastian estaba delante de Amanda en diagonal. ¿Crees que tú podrías haberlo visto diferente de como lo vio Maja?

—Maja disparó a Amanda.

—Sabemos que Maja disparó a Amanda, Samir. Pero no sabemos por qué lo hizo.

—Debía de querer verla muerta.

—¿Estás seguro de eso?

—No habían... No eran... Sebastian y Maja se habían vuelto totalmente... —Samir está llorando de nuevo—. Amanda dijo que Maja había dejado de llamarla, que ya no hablaban, que se había vuelto rara de narices. Amanda estaba preocupada por ella, pero Maja no quería saber nada de Amanda. Solo se juntaba con Sebastian. Estaba obsesionada con Sebastian. Le importaba todo una mierda menos Sebastian.

—¿Has oído a Maja decir que quería ver muerta a Amanda?

—No.

—¿Te dijo a ti Amanda que le tenía miedo a Maja?

—No. Pero yo no entendí que Maja quería…, no lo entendí hasta lo de la clase.

—Cuando el personal de emergencias llegó al lugar…, la primera persona que te atendió, mientras seguías tumbado en el aula, ha dicho que estabas inconsciente.

Samir se encoge de hombros.

—¿Lo estabas?

—Eso creo.

—¿Recuerdas el momento en el que te sacaron de la clase?

—No.

—¿Porque estabas inconsciente?

—Sí. Nunca he dicho que recuerde lo que pasó cuando llegaron los de la ambulancia.

—¿Cuánto tiempo estuviste inconsciente?

—No mucho.

—Hemos hablado con tu médico y él afirma que no es imposible que perdieras el conocimiento en el momento en que te dispararon.

—No lo hice.

—¿Estás seguro de ello?

—Vi lo que vi.

—¿Y qué fue?

—Vi que Maja apuntaba a…

—Pero tú no podías ver a Maja y a Sebastian desde el sitio en el que estabas. Ni a Maja y a Amanda. A menos que giraras la cabeza, claro, pero has dicho que no lo hiciste porque no querías arriesgarte a que se dieran cuenta de que estabas vivo. Tampoco puedes haber visto si Maja apuntó a Sebastian o a Amanda, porque no estabas en el ángulo adecuado.

—Sebastian dijo…

—Dijo: «Sabes que tienes que hacerlo». Maja también nos lo ha contado. Pero ¿sabes por qué lo dijo?

—Yo...

—Debes ir con cuidado con lo que dices, Samir. Debes saberlo con certeza. ¿Sabes por qué Sebastian dijo lo que dijo?

—No.

—¿Sabes, con total certeza, por qué Maja hizo lo que hizo?

—¿Cómo voy a saberlo?

—Lo único que quiero es que seas sincero, Samir. ¿Sabes por qué Maja disparó a Amanda?

—No.

—¿Puedes estar seguro de que lo hizo a propósito? ¿De que quería matar a Amanda?

—No.

—Gracias. No tengo más preguntas.

Sebastian

40

Durante once minutos estuve de pie en el recibidor de Sebastian. No me fui, me quedé esperándole. Le oí llamar al vigilante. «Hoy mi padre va a trabajar desde casa —dijo—. No quiere que nadie lo moleste».

El vigilante no hizo ninguna pregunta, supongo que no le parecía tan raro, no había motivo para reaccionar. Teniendo en cuenta la noche y la madrugada que había tenido, era normal que Claes quisiera pasarse la mañana durmiendo, que lo dejaran en paz.

Yo no quería tentar a la suerte y encontrármelo, así que me quedé en el pasillo.

Cuando Sebastian me pidió que le echara una mano para llevar las bolsas, ¿por qué iba a negarme? Pensé que había hecho las maletas y que se iba a ir a su barco e instalarse allí una temporada. ¿Se trasladaría al extranjero? ¿Pensaba desaparecer? ¿Vivir en un hotel? No recuerdo lo que pensé, solo que no quería cruzarme con Claes, que no quería dejar solo a Sebastian, que no quería estar allí, pero no me atrevía a irme.

¿Quién piensa que dos bolsas de viaje pesadas están llenas de armas (envueltas en una sábana) y explosivos (envueltos en otra sábana)? Me habría sorprendido menos si las bolsas hubieran contenido diez millones de dólares en metálico, o las joyas de la corona.

No, no le pregunté a Sebastian lo que iba a hacer. No, no le pregunté por las bolsas de viaje. No quería preguntarle porque no tenía fuerzas para interesarme.

«Pero», protestaréis. Si se hubiese tratado del equipaje para el velero, ¿por qué se lo querría llevar a clase? ¿Por qué querría dejar una de las bolsas en tu taquilla? «¿No te pareció raro?». No lo sé. No quería saber. ¿Que por qué no pregunté lo que llevaba? ¿Que por qué no le pregunté nada? No quería preguntarle nada a Sebastian. Estaba cansada. Solo quería que el día, el trimestre, el instituto, se acabara.

Si me hubiese parado a pensar, entonces quizá sí se me habría hecho raro que Sebastian quisiera ir al instituto. ¿Por qué de repente quería ir a la estúpida reunión de planificación de Christer? Pero creo que hacía ya mucho tiempo que había dejado de cuestionarme lo que Sebastian quería y dejaba de querer. Cuando pensaba que entendía por qué hacía lo que hacía siempre me equivocaba. Yo no entendía nada. Que él quisiera ir al instituto a pesar de que jamás se le pasaría por la cabeza subirse a un escenario y cantar al lado de Samir y Dennis no era ni por asomo lo más incomprensible.

Quizá sospechaba que Sebastian pensaba encararse con Samir y Amanda. ¿Echarles la bronca? ¿Darle una hostia a Samir? O eso o solo pensé que quería localizar a Dennis, coger reservas. El ejército de vigilantes de Claes había vaciado la casa de drogas. Sebastian necesitaba ver a Dennis; si me hubiera parado a pensarlo un momento habría asumido que habían quedado en el instituto.

La propuesta de Christer de que actuáramos juntos en fin de curso era típica de él. Pensaba que no había problema de adolescentes tan grave como para no poderlo resolver a base de obligar a los críos implicados a subir a un escenario y darles tres micrófonos para compartir. ¡Y qué pedazo de foto para la página web del centro! Diversidad, unión, integración y solidaridad. «Lástima que no haya ninguno en silla de ruedas», había dicho Sebastian cuando Christer explicó sus planes un mediodía en el pasillo, dos semanas antes de que pasara. Coincidió que Sebastian estaba allí aquel día y cuando Christer nos vio correteó para alcanzarnos, llamó a Amanda y a Samir, que estaban un poco más allá, y los obligó a atender también a ellos. «Hablaré con Dennis —había dicho Christer—. Venid a la reunión por lo menos. Seguro que se nos ocurre algo que le guste a todo el mundo». Y Amanda se puso contenta de verdad, le apasionaba cantar, cantaba al final de cada curso. Y Samir puso buena cara; supongo que pensaba igual que yo, que todo aquello al final quedaría en nada.

Pero asistimos a la reunión. Sebastian entró antes que yo al aula. Subió la bolsa a uno de los pupitres junto a la puerta, la balanceó para coger impulso; sé que reaccioné con el ruido, que sonó raro, había algo rígido en la bolsa.

—¿Puedes cerrar la puerta? —me dijo Christer, y cuando acabé de hacerlo Sebastian ya había sacado su arma, se había puesto en el centro de la clase; cuando yo solté el picaporte él empezó a disparar.

El arma tronó. A Dennis le dio en la cara y el pecho. Lo vi según me daba la vuelta; miré boquiabierta mientras Sebastian disparaba a Christer y a Samir; luego se detuvo. En el intervalo que hubo después oí los resuellos asmáticos de Dennis, tres veces, luego se quedó en silencio, y creo que Christer dijo algo, un intento de grito, antes de que Sebastian lo rematara, pero no estoy segura.

Nunca había oído un arma disparando en un espacio cerrado y el ruido era tan intenso que casi no reaccioné. Era demasiado irreal. No sé lo que pensé cuando comprendí que Sebastian había sacado el arma de la bolsa y no sé cuántas veces disparó, me lo han preguntado como mil quinientas veces, pero no lo sé.

Cuando dejé de mirar a Dennis, vi a Amanda sentada, no sé dónde estaba cuando Sebastian abrió fuego ni en qué momento se movió, pero estaba pegada a la pared, bajo las ventanas, cuando Sebastian dejó de disparar y me gritó, o no, no gritó, creo que en aquel momento nadie gritaba, me habló en tono normal y detrás de él vi que Amanda se arrastraba, milímetro a milímetro, lloraba y sus labios se movían, pero no pude oír lo que decía porque me pitaban los oídos y Sebastian me empezó a hablar, así que dejé de mirarla a ella para mirarlo a él.

La bolsa, la que él había llevado hasta la clase, estaba justo delante de mí. Abierta, la cremallera corrida al máximo. El olor fue más intenso entonces de cuanto lo había sido justo después y yo creo que Sebastian no miró a Amanda, solo a mí, y quedaba un arma en la bolsa, la vi, la vi claramente, y cuando Sebastian se puso a hablar otra vez Amanda estaba más lejos, aunque tampoco tanto porque allí estaba Christer y allí ella no quería ir y se volvió hacia la pared, creo, y cuando Sebastian se puso a gritar, porque se puso a gritar, ella dejó de moverse y yo ya no pude ver sus ojos, ni su boca, no sé si dijo algo, creo que no, solo oía los gritos de Sebastian. Unas horas antes también había estado gritando.

—Cierra la puta bocaza, maldito gilipollas —le había gritado Sebastian a Samir cuando uno de los vigilantes apartó a su padre, y Samir también se puso a gritar, no sé a quién, pero empezó a gritar como un poseso. Estaba fuera de sí. Todo el mundo estaba fuera de sí. Cuando Claes Fagerman llegó, arrastrando a Sebastian, Samir pareció volverse loco, casi tanto como Sebastian, aunque el peor de todos era Claes. Si el personal de seguridad no lo hubiese impedido, no habría dejado nunca de pegar a Sebastian, no se habría cansado jamás de patearlo.

Cuando todo el mundo se hubo esfumado y Claes le gritó a Sebastian que desapareciera y él se marchó de allí, yo le seguí los pasos, salimos de la casa, lejos, y me pareció que estaba tranquilo. No comentamos nada de la noche. No hablamos de lo que Sebastian había hecho. De las chicas ni de sus ojos muertos. No le conté que le había dado el número de teléfono de su padre a Samir, pero ¿quién iba a ser, si no? Sebastian debió de comprenderlo. No podía haber sido nadie más que yo. Aun así, durante el paseo parecía tranquilo, aunque fuera culpa mía, había sido yo la que había hecho venir a su padre, era todo culpa mía. Sebastian no quería tocarme, no quería cogerme de la mano, pero no parecía enfadado. Me había dejado atrás. Lo había dejado todo.

La bolsa estaba abierta y saqué el arma que quedaba. Primero Sebastian no gritó. Pero después sí, gritó más fuerte de lo que jamás había gritado y yo no tenía ni la menor idea de cuántas veces había disparado, pero sé por qué estaba gritando, claro que lo sé. Primero habló en tono normal y después gritó. Me señaló con su arma y yo entendí por qué. Y entonces disparé y disparé otra vez y luego otra y luego otra. ¿Qué iba a hacer, si no?

No creo en las casualidades. Tampoco creo en Dios. Lo que yo creo es que todo lo que pasa encaja con lo que ha pasado previamente, como una cadena de eslabones. ¿Que si está predeterminado? No. ¿Cómo va a estarlo? Pero no es lo mismo que decir que pasó y punto. La ley de la gravedad no es casual. El agua se calienta y se condensa. No es casualidad, ni tampoco una prueba de justicia divina. Simplemente, es.

Una vez tuvimos un profesor que decía que todo se puede reducir a la incapacidad de los gases de no explotar. Era un capullo, sigo pensándolo, porque ¿qué tiene que ver el Big Bang con que yo sacara el arma de la bolsa? ¿Y Amanda? ¿Sebastian? Unos minutos más tarde o quizá apenas unos segundos, cuando todo había sucumbido desde dentro y había sido reventado en mil pedazos, y el minutero de mi reloj de pulsera era lo único que seguía moviéndose, impasible, por encima de los números, ¿cómo conectaba todo aquello con el origen del universo? ¿Por qué Sebastian no me disparó a mí y así Amanda podría haber seguido viviendo? Desde luego, eso no lo habría podido explicar aquel profesor inútil de mierda.

Todo, absolutamente todo, era silencio, quietud e irrealidad. Y Sebastian había caído de mi lado, estaba muerto, yo lo había matado, pero lo acerqué a mí otra vez, todo lo que pude. Amanda murió sin que la abrazara.

No vi a Sebastian sacar el arma de la bolsa. Pero lo miré cuando la tuvo entre las manos, cuando empezó a disparar. Sonó demasiado fuerte para ser real, el ruido no tenía cabida, me estalló en la cabeza, vi lo que pasaba, pero no lograba asimilarlo.

Saqué la otra arma porque no podía hacer otra cosa. Sabía que él quería morir, que tenía que matarlo; si no, él me mataría a mí. No vi cuando le di a Amanda, pero cuando noté que estaba muerta supe que había sido yo quien le había disparado.

«Por encima de todo está el amor», se dice. La gente no para de repetirlo, algunos incluso parecen creer que es así. La fiscal dijo que hice lo que hice porque amaba a Sebastian. Que mi amor por él lo era todo para mí. Que no había nada que me importara más. Pero no es verdad. Porque por encima de todo está el pánico, el miedo a morir. El amor no significa absolutamente nada cuando crees que vas a morir.

Sé que debería tener una explicación de por qué pasó. Que debería poder hacer como Sander, convertirlo en algo que encaje o no encaje con la ley. Que tengo que contar que primero pasó esto y luego aquello y entonces pasó lo que pasó. «No fue culpa mía. Soy inocente». O: «Fue culpa mía. Soy culpable». Pero no puedo. Vosotros me odiáis por lo que pasó, yo me odio todavía más por no poder explicarlo. No hay explicación alguna. No tiene ningún sentido.

Vista principal de la causa B 147 66
La Fiscalía y otros contra Maria Norberg

Semana 3 del juicio, último día

41

La víspera del último día de juicio trato de no quedarme dormida. Porque por las noches no hay mentiras posibles. Creo que es por culpa del silencio. Cuando incluso los pájaros callan y el cielo es negro me vienen los sueños, y los sueños no siguen ninguna regla, nadie puede decir lo que deben contener, no tienen miramientos. Mis recuerdos vuelan en silencio sepulcral, grajos negros que aletean en bandada y que van a atravesarme, mi columna vertebral se vuelve gravilla, arena, polvo. Trato de no quedarme dormida pero no puedo moverme, el cansancio se apodera de mí. El dolor no se puede quitar durmiendo, el sueño no es ningún liberador, en el sueño me veo arrojada a la verdad.

No, no planeé matar a nadie. No, no quería que Dennis y Christer murieran. Sí, quería que muriera el padre de Sebastian; no, no quería que Sebastian lo matara. Sí, yo maté a Sebastian, sí, lo hice a propósito, desearía no haberlo hecho. Y sí, yo maté a Amanda, sí, haría cualquier cosa con tal de deshacerlo.

No conocía las intenciones de Sebastian cuando fuimos juntos al instituto, porque no me dijo nada. Cuando Samir dijo que Sebastian no me necesitaba pensé que estaba equivocado.

Creía que Sebastian me necesitaba para vivir, estaba convencida de que para él no había nadie más importante que yo, pero la pura verdad es que no me necesitaba para nada, ni siquiera para morir, a pesar de ser yo quien lo matara.

Lo único que me quedaba era eso, que Sebastian me necesitaba, pero yo no significaba nada para él.

La gente dice que todas las personas valen lo mismo. Es lo que dices porque eres amable, bien educado y quizá te hayas sacado una licenciatura. Sin embargo, eso no hace que sea cierto. En realidad todo el mundo sabe que las personas tienen valores distintos. Es la razón por la que, cuando un avión se ha estrellado a las puertas de Indonesia y han muerto cuatrocientas personas, las noticias se duplican si había un sueco a bordo. Un simple, miserable y sudoroso turista sexual sueco vale el doble que cuatrocientos indonesios. Es la razón por la que hay titulares (con foto) cuando una mujer joven, sana, guapa y con carrera laboral ha muerto en un alud y apenas una noticia breve en la página al lado de los anuncios de cines y de aumento de pecho cuando a un jubilado divorciado, con incontinencia y sin hijos lo han asesinado para atracarlo mientras volvía a casa desde el metro. Es la razón por la que todos los artículos sobre «La masacre de Djursholm» llevan, como mínimo, una foto de Amanda, pero con mucha menos frecuencia una de Dennis.

Solo los imbéciles fingen que no importa quién eres, lo que has hecho. Hablan de dignidad humana, como si no fuera algo que nos hemos inventado.

«La dignidad humana es, sin duda alguna, blablablá... Eterna, constante, permanente. Somos todos iguales, blablablá. La vida de Hitler vale lo mismo que la de la madre Teresa».

Pero Sebastian no. Él sabía. Sebastian se crio en una casa con playa privada de arena blanca importada en avión y barco desde una antigua colonia francesa. ¿Cómo iba a poder imaginarse que no era sino un dios, igual que nadie, superior a todo? Cada día de la vida de Sebastian era una prueba de la verdad: él valía más que todos los demás. Es más fácil entender el dinero que las invenciones filosóficas sobre el valor absoluto de la dignidad humana.

El problema de Sebastian era que también sabía que su valor dependía de su padre. Sin su padre no era nadie. Todos los profesores que le permitían llegar tarde, todos los padres que dejaban de prohibirles a sus hijos que se juntaran con él, todas las colas que se saltaba, todos los amigos que tenía, todos los que se sacaban fotos con él, que chismorreaban sobre él, que hablaban de él, solo lo hacían por su padre. «El hijo de Claes Fagerman». Y cuando su padre le dijo que no quería saber nunca nada más de él, que no valía nada, cuando le escupió y le pateó, Sebastian supo que Claes tenía razón. Sin Claes, su vida se había terminado.

Una cosa se le daba bien. Sabía matar. Era buen cazador. Con un arma en la mano lograba cosas por su propia cuenta, incluso conseguía despertar admiración.

Fui yo quien le dio a Samir el número de teléfono de Claes. Fui yo quien le pidió a Samir que no llamara a la policía. Fui yo. Quizá quería vengarme de Sebastian, quizá quería que Claes viera lo que hacía con esas chicas porque sabía que Claes lo castigaría más de lo que nadie lo podría haber castigado. O quizá solo tenía miedo de que me pillara la poli porque iba colocadísima. Pero mientras volvía a casa desde el chalé de Sebastian aquella noche, la última de todas, a la luz del alba, con los zapatos de tacón en una mano y el móvil sudado —el que pronto se llenaría de mensajes escritos presa de la desesperación— en la otra, tanto Sebastian como yo sabíamos que yo lo había vuelto a traicionar. Claro que no me contó nada. Claro que podría haberme matado a mí también.

Por las noches soy como el aire en un día sin viento, cuando todo está inmóvil y nada puede escapar. Recuerdo demasiado. Y la verdad, en la medida en que os interesa a vosotros, la verdad es que soy culpable.

Semana 3 del juicio, último día

42

Cuando la fiscal general Lena Pärsson enciende el micrófono, se aclara la garganta y da comienzo a su alegato, el resumen de todo lo que quiere dejar dicho, suena casi apenada, como si no quisiera estar aquí.

—Es la peor pesadilla de cualquier madre y padre... Despedirse de sus hijos por la mañana, pero no recibirlos en casa por la tarde.

Sin embargo, la tristeza se le pasa enseguida. Unas pocas frases más tarde suena contenida y cabreada. No nos libraremos tan fácilmente, dice la voz.

—Es difícil entender, por no decir imposible, cómo unas personas jóvenes pueden albergar odio suficiente como para matar. Pero eso no debe impedirnos ver lo que ha ocurrido. No debe impedirnos aplicar la ley. Y lo que el tribunal debe juzgar hoy es la culpabilidad de la acusada. El tribunal debe atreverse a hacer lo correcto y decretar que la acusada es culpable de inducción al asesinato, asesinato, intento de asesinato y de ser cómplice de asesinato. La responsabilidad de la acusada en el crimen cometido está demostrada más allá de cualquier duda razonable.

Su voz se vuelve más y más fuerte a medida que va masticando sus argumentos; al cabo de apenas unos minutos suena casi triunfal.

Dos cosas han quedado claras: la fiscal no se ha dejado impresionar por las preguntas que Sander le hizo a Samir y se mantiene firme en su convencimiento de que debo ser condenada al castigo más duro que permita la ley.

—Las interpretaciones —dice con un resoplido— no son cosas fáciles de hacer cuando se pretende que coincidan con la verdad. Y las... —Titubea, no sabe cómo llamarlo—. Las conclusiones a las que han llegado los expertos de la defensa no son más que una entre muchas interpretaciones posibles. Lo cual no implica que su resultado sea el correcto.

«Los expertos de la defensa». Todo el mundo entiende lo que quiere que entendamos: «Los ha pagado. La acusada trata de comprar su libertad».

«Maldita cabrona con pasta».

—Los investigadores de la policía no son unos principiantes. Saben lo que hacen, este no es el primer caso que pasa por sus manos. Ni tampoco el segundo, ni el tercero. Nadie les dice lo que tienen que buscar, el resultado que se prevé. Investigan de forma imparcial, no por encargo de la parte acusada. Y recordad —añade—. Recordad lo que Samir dijo desde el principio, lo que lleva diciendo toda la investigación, lo que ha mantenido a pesar del paso del tiempo. Él estuvo allí. Vio claramente lo que pasó en el aula durante aquellos minutos sacados de una auténtica pesadilla, ha podido explicar lo que hizo la acusada. ¿Tuvo que girar la cabeza para verlo? Puede ser. ¿Qué importancia tiene? Samir vio lo que vio. Y en lo que se refiere al rol que jugó la acusada, Samir ha sido de lo más preciso. El primer interrogatorio nunca debe subestimarse, sobre todo cuando queda respaldado por el informe científico. Y en el caso de la policía, el examen científico ha sido ejecutado por el CFN, nuestro Centro Forense Nacional.

Hace énfasis en «nacional», como si la mera mención fuera suficiente para hacerte entender lo que es correcto y lo que no.

«Los expertos del Estado. No los novatos de Sander, no los mercenarios de la acusada».

Es decir, la fiscal general mantiene lo que lleva diciendo todo el tiempo. Pero algo ha cambiado. Y tardo un poco en caer en la cuenta, pero cuando la idea me pasa por primera vez por la cabeza ya no puedo quitármela. Porque cuando explica su versión, cuando cuenta que Sebastian y yo, aislados del mundo que nos rodeaba, planeamos nuestra venganza mortal, ya no se vuelve hacia el presidente del tribunal. Es a los jueces legos a quienes mira, a los jueces que no son licenciados en Derecho.

—No me cabe ninguna duda de que ha sido duro para la acusada. Seguro que ahora Maria Norberg se arrepiente. Es posible que incluso se arrepintiera en el aula misma, cuando vio el aspecto real que presenta la muerte. Imagino que sintió miedo. Cuando Sebastian Fagerman hubo muerto, ella ya no quería morir. Pero eso no afecta de ninguna manera a la cuestión de la culpabilidad.

Si Lena Pärsson hubiese interpretado el papel de fiscal cabreada en una serie americana, en este momento se habría inclinado hacia el banco del jurado. Habría mirado fijamente a los ojos a cada uno de sus miembros, uno tras otro, para comprobar si pensaban empezar a llorar. Recurre a todo el repertorio emocional que tiene, porque sabe que si consigue convencer a los jueces legos yo estoy jodida. Cuando el tribunal debe dictaminar un fallo, cada juez lego es igual de importante que el presidente del tribunal. Tienen un voto cada uno, ni más ni menos.

El presidente y sus artículos pueden ser arrollados con toda la facilidad del mundo.

Miro a los jueces legos. Trato de descubrir lo que piensan a partir de sus expresiones, lo que opinan. Pero no veo nada, nada que pueda entender, nada que pueda interpretar, solo caras.

Cuando Lena Pärsson ha terminado, el presidente le da las gracias. Ninguna pregunta, nada. Y luego le toca a Sander. «Adelante». Sander no empieza a hablar en el acto. Deja que Ferdinand encienda el proyector. Su colaboradora abre un titular.

«Masacre en el instituto público de Djursholm. Chica arrestada».

Después cambia de imagen. Un nuevo titular nos lloriquea:

«Claes Fagerman asesinado. La novia exigía: "¡Debe morir!"».

Y otro más.

«Las fuentes lo confirman: mató a su mejor amiga».

Y otro. Y otro.

Cuando el séptimo titular aparece titilando en la pantalla Sander carraspea. Lo lee en voz alta.

—«Todos debían morir, no había otra salida».

Pero el subtítulo lo leemos solos:

«Así vive ahora. Siete páginas sobre la vida de la chica de Djursholm en prisión provisional».

Luego continúa:

—Había pensado compartir con ustedes todos los artículos que se habían publicado sobre Maja al comienzo de este juicio. Pero no puedo hacerlo. Es imposible dar cuenta de todos ellos. Durante los primeros quince días después de las muertes, mi cliente apareció en portada en los tres periódicos suecos de mayor tirada nacional. En los tres. Ella, o los crímenes en los que se suponía que había participado, fueron primera noticia en los informativos *Rapport*, *Aktuellt* y el telediario de TV4 durante tres días después de la masacre y fue una de las noticias destacadas durante otros ochos días. Cuando la policía, menos de veinticuatro horas después de los sucesos en el instituto público de Djursholm, compartió con la prensa los datos sobre la muerte de Claes Fagerman, la atención que despertó fue igual de explosiva en los medios de información internacionales. Y antes de eso no es que les faltara interés. Mis colaboradores me han informado de que cuando buscaron «Maja Norberg» en Google en la víspera de este juicio obtuvieron setecientos cincuenta mil resultados, a pesar de que la gran mayoría de los medios suecos no habían publicado aún su nombre. El término «Masacre de Djursholm» dio cerca de trescientos mil resultados, y la combinación Sebastian Fagerman y Maja Norberg más o menos los mismos.

Sander suspira. Profundamente. Lamenta tener que contar todo esto. Mira al presidente. A diferencia de Lena la Fea, Sander sí se dirige a él. «Nosotros los letrados no nos dejamos influenciar por las trivialidades que la prensa e internet, editores profesionales y programas de debate, noticias extranjeras, etcétera, difunden hasta la saciedad». Todo Sander irradia «me fío de ti», pero al mismo tiempo dice también que es deber del presidente explicárselo a los jueces legos, si hace falta.

—Inducción. Mi cliente está acusada de haber instigado la muerte de Claes Fagerman. Esa parte de la acusación también se apoya en la presunción de que mi cliente y el ya fallecido Sebastian Fagerman habrían planeado y cometido juntos los asesinatos del instituto público de Djursholm el mismo día.

«Mi cliente». A lo largo del juicio, Sander no me ha llamado su cliente más que en algunas ocasiones puntuales. Pero ahora tiene esa voz seca como el desierto. La voz de letrado.

—Para que se consideren cumplidos los requisitos de inducción es necesario que, por una parte, la fiscal demuestre que mi cliente ha tenido la intención de inducir al asesinato de Claes Fagerman y, por otra, que exista una relación directa entre lo que mi cliente ha dicho o hecho y el asesinato cometido. Con tal de demostrar esta afirmación, la fiscal ha remitido a una serie de mensajes que mi cliente le envió a Sebastian Fagerman durante la madrugada y mañana en cuestión, mensajes en los que mi cliente expresa lo que la fiscal interpreta como invitaciones a matar.

No entiendo por qué Sander da la murga con esto. Sabe que detesto tener que oír lo que escribí, pero aun así se empecina. Ahora Ferdinand vuelve a estar junto al proyector. Abre una imagen en la gran pantalla. Es de la cuenta de Instagram más seguida en Suecia, una chica de dieciséis años de Borlänge, o algo así, y aparece una foto de un helado con virutas de caramelo. «Antes me SUICIDO que empezar la dieta paleo», pone. Oigo un par de risas breves a mis espaldas. El presidente no se ríe. Pero dos jueces legos sonríen.

Sigue abriendo archivos. Una foto de un pollo que asoma la cabeza por el borde de una olla. Al lado: otra foto del interior de una fábrica. Al pie dice: «Carnívoros=¡ASESINOS!».

Sander deja caer los brazos en un gesto de abatimiento mientras Ferdinand continúa pasando imágenes.

—Empleamos los términos inadecuados. Incluso los adultos se expresan de forma dudosa. Yo suelo decirle a mi mujer que prefiero morirme antes que presenciar otro de esos concursos para elegir la canción que participará en Eurovisión, pero aun así los miro todos sin suicidarme durante la publicidad. A veces voto por teléfono a los candidatos más detestables solo porque mis nietos me dicen que tengo que hacerlo. Yo suelo acusarlos de querer verme muerto. Pero no creo que sea su intención real, al menos no la principal.

Han encontrado cantidades ingentes de adolescentes en internet que quieren «matar» a otros adolescentes que escuchan música que no les gusta, que animan a que un actor famoso que ha sido infiel «sea azotado públicamente». Ferdinand enseña también los comentarios en el blog de uno de los participantes del concurso de talentos *Idol* y tres, o incluso cuatro, pancartas de fútbol que parecen venir de Snapchat.

Luego Sander agita nervioso la mano. «Apaga eso —dice la mano—. Ya no aguanto más tanta miseria. Tanta estupidez». Su voz vuelve a adoptar una seriedad sepulcral.

—La idea de esto no es divertir. La situación que tenemos que juzgar no invita a reír. Maja no tenía ningún motivo para bromear y sus mensajes para Sebastian durante las últimas horas son cualquier cosa menos divertidos. Solo trato de señalar lo evidente: usamos palabras y expresiones que remiten a la muerte sin pretenderla en serio. Los jóvenes no solo se expresan mal sino incluso de forma directamente inapropiada. ¿Eso es delito? ¿Significa eso que se han cumplido los requisitos legales para una inducción al asesinato? No.

La imagen se apaga y Ferdinand se sienta.

—Pero juguemos por un momento con la idea —prosigue Sander—. Supongamos que Maja decía en serio todas y cada una de sus palabras. Que se hallaba en una situación tan desesperada que consideraba la muerte de Claes Fagerman la única vía de salvación para Sebastian. Supongamos que realmente quería que Sebastian matara a su padre. Si fuera así, ¿se ha hecho culpable de inducción al asesinato? No. La fiscal aún tiene que poder demostrar que la actuación de Maja ha sido decisiva y que Sebastian no habría matado a su padre independientemente de lo que Maja opinara al respecto. ¿Ha podido la fiscal demostrar causalidad? No.

Sander subraya que no solo Samir ha testificado sobre aquella última noche de fiesta. También han interrogado a Labbe, han interrogado a las prostitutas, han interrogado a los vigilantes de seguridad, han interrogado a todos los que estuvieron presentes pero que no murieron un día más tarde. Y claro que sus historias se distinguen entre sí, cada uno tiene su versión, pero todos han hablado de la ira de Claes Fagerman. De cómo pegó a Sebastian y lo pateó hasta que se lo llevaron de allí. Han podido explicar la imagen, Sebastian sangrando, como en shock, quizá enfadado, pero nadie ha podido explicar lo que sintió. Yo he dicho lo que yo creo, pero en mí es difícil confiar.

—Lo que ha ido surgiendo es la imagen de una relación dañada, una relación entre un chico herido y su padre. No sabemos al detalle lo que pasó las primeras horas del día en que Claes Fagerman murió, pero sabemos que padre e hijo estaban solos cuando Sebastian le disparó y sabemos que poco antes se habían pegado de forma violenta. También sabemos que Sebastian Fagerman se encontraba bajo los efectos de drogas duras. Que llevaba un largo periodo consumiendo y que había tenido problemas psíquicos. ¿Suena creíble que los mensajes aislados de Maja resultaran decisivos para la actuación de Sebastian? ¿O es más verosímil que la explicación deba buscarse en la relación entre Claes y Sebastian Fagerman y en el estado de salud mental de Sebastian Fagerman? Estoy convencido de que el tribunal juzgará esa cuestión de la misma forma en que lo hago yo.

Luego habla un rato de las consecuencias que esto tiene sobre el resto de la valoración, que el tribunal «tiene que» concluir que yo no empujé a Sebastian a matar a su padre. Y luego recupera el tono seco de voz. Ahora repasa las pruebas «concretas» que la fiscal tiene contra mí.

—¿Hay alguna prueba, testimonio u otra evidencia que demuestre que mi cliente haya planeado, junto con el fallecido Sebastian Fagerman, llevar a cabo la masacre en el instituto público de Djursholm? No. ¿Hay alguna prueba, testimonio u otra evidencia que demuestre que mi cliente estuviera al corriente de los planes que barajaba Sebastian? No.

Sander repite lo que ya ha dicho a lo largo del juicio. Ninguna huella dactilar en el interior de la bolsa, la cremallera, el armario de armas, en todo el paquete. Sander remarca también (de nuevo) que Sebastian se había procurado el material explosivo (que no podía ser detonado) con mucha anterioridad, cuando él y yo aún no estábamos juntos.

—¿Hay alguna prueba en el tráfico telefónico bastante intenso entre Sebastian y Maja que demuestre que Maja es consciente de que Sebastian pretende matar a su padre antes de que lo haga? No. Cuando Maja regresa a la casa de Sebastian, Claes Fagerman lleva muerto casi dos horas. ¿Hay alguna prueba en el informe del caso que sugiera que Sebastian había informado a Maja al respecto antes de su llegada? No. ¿Hay alguna prueba que demuestre que Maja se enteró de que Claes Fagerman estaba muerto cuando ella se encontraba en la casa? ¿De que se hubiera enterado de que Sebastian había matado a su padre? No. En el material de la fiscal no existe ninguna prueba de todo esto. Así que tengo que dedicar mi tiempo a recordarles todo cuanto la fiscal no ha podido demostrar. La fiscal no ha podido demostrar que Maja conociera el código de seguridad del armario donde estaban guardadas las armas en cuestión, ni tampoco que sus huellas hayan sido encontradas en el interior del mismo. En cambio, los técnicos sí han podido asegurar la presencia de huellas tanto de Claes como de Sebastian Fagerman en el interior y el exterior de dicho armario. Por tanto, no hay ninguna prueba científica de que Maja hubiera ayudado a manipular el armario de armas. Las huellas dactilares de Maja tampoco han sido identificadas en ninguna de las bolsas ni en la cremallera, sino únicamente en las asas, así como en la parte inferior de una de las dos bolsas. Tampoco existe ningún rastro vinculado a Maja en el material explosivo que se encontró en su taquilla. Las huellas de Maja aparecen en el arma que ella utilizaría posteriormente, pero no en el gatillo del arma que Sebastian empleó.

Después Sander hace una breve pausa, hojea unos papeles, toma un sorbo de agua. Se toma su tiempo. Y vuelve a empezar.

—¿Hay alguna prueba, testimonio u otra evidencia que demuestre que mi cliente habría asistido a Sebastian Fagerman durante la ejecución de los hechos? ¿Que habría tenido el propósito de matar o que habría sido cómplice de asesinato? ¡Sí! Lo cierto es que la hay. —Suena exageradamente sorprendido. Irónicamente sorprendido—. La fiscal presenta un testimonio. Tomado bajo dudosas circunstancias y dado por un chico herido de gravedad que, por si acaso, mucho tiempo antes del primer interrogatorio ya ha sido informado de que mi cliente está en prisión bajo la sospecha de haber cometido aquello sobre lo que el chico es interrogado. En ese interrogatorio, el chico afirma haber observado que Maja actuó de una forma que contradice lo que ella misma explica. También ha dicho que oyó a mi cliente consultar con el fallecido Sebastian Fagerman y que luego vio cómo mi cliente disparó de forma premeditada a una de las víctimas.

Y luego da todos los detalles que aparecen en el informe que hizo elaborar sobre el testimonio de Samir. Detalles que ya hemos oído.

—Y ¿qué tiene que alegar la fiscal al resultado inequívocamente en favor de mi cliente que este estudio concluye? Pues que, según ella, no habría sido elaborado por personal suficientemente competente en circunstancias suficientemente libres e imparciales. —Sander levanta la vista de su documento y niega lentamente con la cabeza. Luego coge otra hoja del montón y empieza a leer en voz alta.

Es una descripción de las personas que han participado en el ejercicio, su formación académica, los métodos de control que han utilizado; rebosa terminología técnica y es aburrido a matar.

Y después continúa un rato en la misma línea. Su voz es un zumbido monótono. A mí me cuesta respirar. Despliego la bola que he hecho con una servilleta en mi puño, la vuelvo a arrugar. Quiero levantarme, quiero salir corriendo y plantarme delante del banco del tribunal. Escuchen, les quiero gritar. ¿Oyen lo que dice? Porque la verdad es, me doy cuenta, me golpea directamente en el estómago, me coge totalmente desprevenida, que quiero creer en Sander. Quiero creer que tiene razón cuando dice que no debo ser condenada, que tengo derecho a un futuro.

Quiero que tenga razón.

Probablemente, vosotros ni os acordaréis de cómo terminó este juicio, de si fui condenada, de por qué me condenaron. Dentro de unos años hablaréis de mí en alguna fiesta y diréis que «fue así», o «ni siquiera la acusaron de eso» y «qué raro, ¿estás seguro?, yo creo que». Pronto mi verdad no existirá más que en las carpetas que componen el material de mi juicio, archivadas en un sótano frío.

Tendréis que buscar en Google para estar seguros, ver lo que pasó, cómo fue. O bien diréis que fue una sentencia bien dictaminada, o un trabajo policial mal hecho, o que «estuvo bien que la encerraran», para mostrar que estáis al quite, que sabéis.

Independientemente de la versión que escojáis, me recordaréis como una asesina. Pero me la sudáis vosotros y vuestras jodidas opiniones. Quiero salir de aquí igualmente. Quiero que el tribunal crea a Sander.

El cansancio que se apodera de mí cuando me permito el lujo de pensar en la idea es tan paralizante que primero creo que voy a caerme de la silla. Pero me aferro a ella. Tengo que aguantar, no quiero estar aquí. Quiero salir.

Mi abuela tenía una mecedora. Se mecía en ella, adelante y atrás, y leía, o cosía, y sigue en casa del abuelo y quiero volver a mecerme en ella. Quiero que el abuelo me susurre al oído: «Tienes toda la vida por delante», y yo asentiré con la cabeza para hacerlo feliz. «Todo puede pasar». Quiero hacerlo feliz. «Todo es posible».

Y no quiero tener que pensar que cuando todo puede pasar y todas las puertas están abiertas es cuando se genera corriente y todo son bandazos y puertas que se atrancan. Tengo dieciocho años y quiero ser una princesa Disney y gritar con voz de pito: «Seguiré lo que me dicte el corazón y seré feliz». Y nadie debe verme como la madrastra de Blancanieves que sigue lo que le dicta su corazón malvado y negro y decide asesinar. Quiero formarme, sentarme en un despacho, veintiocho plantas por encima del mar sin que el suelo ceda, el edificio se desplome bajo mis pies y yo caiga al vacío. Quiero ir a un sitio en el que no tenga que imaginarme las masas que se agolpan encima de mí y entierran mi cuerpo.

Escuchen a Sander. Presidente, jueces legos y todos los periodistas. Muéstrense de acuerdo con él. Déjenme ir.

Con las gafas de leer apoyadas en la punta de la nariz, Sander fulmina con la mirada al presidente. Ahora, pienso. Ahora dirá eso que hará que todo el mundo entre en razón. Eso que los obligará a dejarme ir. Pero no lo hace.

—La fiscal no ha reforzado la responsabilidad penal —dice, simplemente.

Después de eso no añade nada más. Ahora es el juez el que se pone a hablar.

Y luego se acabó. Todo se acabó.

Semana 3 del juicio, último día

43

Nos han asignado una nueva salita en la que esperar. La silla en la que estoy sentada es de plástico y tiene forma de cuenco. Se me ha dormido uno de los muslos, aunque no lleve demasiado tiempo aquí. El café que tengo en la mano es grumoso. Por lo visto he dicho que sí tanto a la leche como al azúcar, pero no logro recordar que me lo hayan preguntado.

Pensaba que me iban a llevar de vuelta a la prisión provisional. Todos lo pensábamos, era el plan, mi transporte estaba esperando. Pero el juez tenía otros planes. Cuando iba a terminar dijo «con esto blablablá la vista de la causa blablablá queda concluida» y «ahora el tribunal hará una breve deliberación privada y luego comunicará la resolución o sentencia». Y luego se volvió hacia Sander y con un gesto de cabeza le indicó a la fiscal que «usted puede esperar aquí, retomaremos la vista cuando hayamos terminado».

Un siseo de «qué significa esto» cruzó toda la sala y los presentes se miraron los unos a los otros a la espera de obtener una explicación. Yo solo me volví para mirar a Sander. «¿Qué significa esto?». Mamá se volvió para mirar a papá. «¿Qué significa esto?». Pero nadie contestaba, nadie tenía ni idea, y yo pensé que era porque todo el mundo sabía que solo las causas fáciles, las que consisten en enviar al repugnante criminal al corredor de la muerte lo antes posible, solo los culpables reciben su sentencia enseguida.

«Va demasiado rápido. No quiero».

Y nos pusimos de pie, todos nos levantamos y salimos.

«Se acabó. Se acabó todo».

Y pensé que iba a vomitar, sin freno, o asfixiarme, pero no hice nada más que tomar asiento y, por lo visto, decir que sí a una taza de café.

Sander no está sentado. El Panqueque está fuera evitando responder a las preguntas de la prensa. Ferdinand escribe frenética en su teléfono, no sé el qué, no quiero saber a quién.

Sander no contesta cuando le hablan. Parece nervioso, nunca lo había visto así de nervioso, intenta servirse un café pero el vasito de plástico se vuelca y el café termina en la mesa y Sander maldice, en voz alta. «¡Me cago en…!».

Creo que es la primera vez que le oigo soltar un taco.

Esperamos durante una hora. Nada. Cinco minutos más tarde Sander toma asiento. Lee en su teléfono. Ferdinand me mira, me ofrece su lata de snus, yo niego con la cabeza y ella me pasa un blíster con chicles de nicotina y yo me echo cuatro en la palma de la mano, me los meto en la boca y empiezo a masticar.

Esperamos veinte minutos más.

«¿Cuánto tenemos que esperar?», pregunto. Nadie contesta. Vuelvo a preguntar. «¿Cuánto falta?». Mi voz suena como la de una niña pesada. «¿Llegaremos pronto?».

—No tenemos respuesta para eso —dice por fin Sander, pero no deja de mirar fijamente la pantalla de su móvil, lee, lee, ¿cómo puede leer? ¿Qué está leyendo?

Dos horas de espera. Y once minutos.

Después los altavoces chisporrotean. Y hacen la llamada de aviso para nuestra causa.

Sander se coloca justo detrás de mí, me pone una mano en las lumbares, como si fuera a llevarme a la mesa. ¿O a mi ejecución? Con un saco en la cabeza. ¿Adónde vamos? ¿Llegaremos pronto?

Nos dirigimos a nuestros sitios, los jueces ya están allí. Lena Pärsson ha apartado la silla; tiene las piernas juntas, los pies están diligentemente pegados. Las manos las tiene entrelazadas y sobre las rodillas. Cuando el presidente empieza a hablar me pitan los oídos. Apenas puedo oírlo, no sé qué significa, miro a Sander mientras el juez habla.

—La resolución escrita se enviará más adelante, en ella se informará de la sentencia de forma más detallada.

¿Qué quiere decir eso? ¿Qué está diciendo?

Y oigo a papá coger aire, suena como si le doliera, como si alguien le hubiese dado un puñetazo en el estómago. Por un breve instante creo que se enfada, que se pondrá a gritar como hace cuando pierde los estribos, pero luego oigo que está llorando. Llora y llora y mamá lo tranquiliza, su voz también se quiebra y entonces me percato de mis propias lágrimas. Los periodistas murmuran cada vez más fuerte, poco después están hablando a viva voz, se interrumpen los unos a los otros, ya no hay ningún silencio en la sala. El presidente tiene un papel delante. Pero no le hace falta mirarlo para saber lo que tiene que decir.

—El tribunal de instrucción considera que la acusación debe ser desestimada en todas sus partes. Dado que la fiscal no ha demostrado que la acusada tuviera intención de asesinar ni que haya habido intento de asesinato ni que sea cómplice de asesinato, ni ha demostrado que se hayan cumplido los requisitos para inducción al asesinato, la acusada será puesta en libertad con efecto inmediato.

44

Voy con mamá y papá sentados uno a cada lado en el asiento de atrás del coche de Sander. Papá me ha rodeado con el brazo, tiene la espalda erguida, respira por la boca de forma entrecortada y no me ha soltado ni un momento desde que el juez ha dictaminado que podía irme a casa. Papá incluso me seguía agarrando cuando ha abrazado a Sander, dos dedos en la manga de mi camisa, me apretó el hombro mientras le estrechaba la mano al Panqueque y tenía la mano en mi cuello cuando tiró de Ferdinand para abrazarla; podría haber sido un abrazo de equipo si tan solo Ferdinand hubiese entendido que la iban a abrazar.

Mamá tiene todo el cuerpo caliente, tiembla un poco y se ha apropiado de mis dos manos, me acaricia los dedos, las uñas, los nudillos, como si tuviera que contarlos, controlar que está todo en su sitio, que estoy realmente aquí, que no es solo algo que se ha estado imaginando. De vez en cuando se inclina hacia mí, mete una mano por debajo de mi cinturón de seguridad y alisa alguna arruga de mi ropa. Me da palmaditas en las mejillas, respira hundida en mi pelo. No hemos hablado demasiado. No hemos dicho que nos «alegramos». No nos hemos dicho «te quiero», no hemos dicho «gracias a Dios». Papá ha murmurado gracias, «gracias-gracias-gracias» mil veces, a todas las personas con las que se cruza les dice «gracias-gracias-gracias» y mamá susurra perdón cuando me abraza, cada vez me susurra lo mismo. «Perdón-perdón-perdón». Solo yo la oigo, su voz es tan baja que casi es como una exhalación y yo la abrazo de vuelta. «Perdón».

No digo nada. No puedo. Soy incapaz.

«Mi mamá».

Sander ha dicho que pasaremos un par de días en su casa de campo para evitar a los medios de comunicación. Es un sitio junto al agua, el último tramo lo hacemos en barco, uno de pasajeros bastante grande, pero somos los únicos a bordo, debe de ser fletado, de alquiler. «¿Cómo ha tenido tiempo?». Aquí no hay periodistas, nadie me pregunta cómo me siento, si estoy contenta, si habrá recurso. Cuando se lo han preguntado a la fiscal, «¿Presentarán un recurso?», Lena Pärsson ha sonado mosqueada: «Primero debo tener ocasión de leer el veredicto para poder posicionarme al respecto». Sander, en cambio, sonó más seguro de sí mismo: «Estamos contentos con el resultado, el tribunal no ha tenido ninguna dificultad para liberar a mi cliente, me sorprendería que el veredicto le diera espacio a la fiscal para presentar un recurso».

¿Sonó Sander seguro solo porque se lo había preguntado un periodista? No lo creo. Él no muestra convicción de forma gratuita. Eso se lo deja al Panqueque y a su sonrisita de «ya me he soltado la corbata» y «joder, qué buenos somos».

Salgo a cubierta, apoyo la barriga en la borda y giro la cara hacia el viento, cierro los ojos ante el aire gélido, pero se me empañan. El viento, no era consciente de lo mucho que lo había echado en falta, el olor a oxígeno, aquí en el mar el frío se percibe libre, no aferrado al hormigón y las rejas y la alambrada. Me quedo allí de pie un rato, noto pellizcos en las mejillas, luego descubro a Sander a mi lado. Lleva una chaqueta gruesa que no le había visto y guantes forrados, un gorro de piel con orejeras que ondean al viento.

«Me recuerda al abuelo».

—Tu abuelo te está esperando —dijo mamá en el coche—. Está tan contento, te ha añorado.

Sander me ofrece un pañuelo viejo de algodón fino. Me seco con delicadeza la nariz y los ojos. Huele sutilmente a pipa y lo doblo en la mano.

«¿Fuma, abogado Peder Sander? Hay tantas cosas que no sé de usted. ¿Le puedo llamar Peder?».

—¿Ya está? —termino por preguntarle. Él no contesta. Me mira, una sonrisa tiene tiempo de acariciar su rostro. Pero antes de que se dibuje del todo aprieta las mandíbulas y me da una palmada en el hombro.

—Sí —dice. Tres palmadas, deja la mano allí descansando cuando termina. Quizá sea el mejor abogado de Suecia. Aun así se le nota que está mintiendo—. Ya está.

Y yo le cojo la mano, me acerco medio pasito hacia él y lo abrazo, un abrazo largo en el viento gélido, más fuerte de lo que en realidad me atrevo. Al menos ya está para él. Me ha salvado la vida y le ha presentado la factura de sus honorarios al tribunal. El pañuelo me lo guardo en el bolsillo.

Atracamos en un embarcadero privado, el barco permanece con el motor en marcha mientras nos apeamos. Hace más frío aquí fuera que en la ciudad, ahora hay nieve en el aire, el mar es gris como el acero y el atardecer comienza a posarse sobre los islotes, a subir a hurtadillas por los peñascos. Mis cosas siguen en la prisión, no tengo ninguna maleta que cargar. Empiezo a subir en dirección a la casa y la veo en la escalera.

Está sentada en el porche, más alta de como la recordaba. Parece que no se ha cepillado el pelo; el flequillo ondulado se pelea en un delgado mechón sobre la frente. El último tramo lo hago a paso ligero. Cuando me pongo de cuclillas junto a ella veo que se le han caído dos dientes de leche. Pero no me mira a los ojos. Su mirada se pasea, imposible de capturar, como una mancha de sol.

—¿Vuelves a casa? —me pregunta.

Yo asiento con la cabeza, no me fío de mi voz, y entonces ella se acurruca en mi regazo, me envuelve con sus finos brazos y llora hundida en mi cuello. Y lo que llevaba tanto tiempo rígido, lo que llevaba tanto tiempo aferrado en mi interior con garras afiladas, se derrite y rezuma por todo mi cuerpo.

—Sí, vuelvo a casa.

Agradecimientos

Los letrados razonan, los escritores imaginan. He sido letrada más del doble del tiempo que llevo de escritora. Un letrado quiere que las cosas sean correctas. Los escritores, en cambio, hacen lo que les apetece.

Gracias al abogado Peter Althin, por leer mis manuscritos y responder a mis preguntas, por señalar errores, discutir tácticas procesales y ser tan generoso con tu tiempo y tu experiencia de valor incalculable. Cuando ignoro lo que pone en el Código Penal para poder contar mi historia, cuando elijo escribir mal el número de la causa (y no especificar el año), cuando dejo que la parte demandante declare el día equivocado y Maja llame al presidente del tribunal juez jefe, es la escritora la que ha llevado la voz cantante. La exabogada Malin Persson Giolito habría prestado más atención a las sugerencias.

Gracias también a Per Melin, Christina Österberg, Håkan Bernhardsson y a todas las personas dentro del régimen penitenciario que me han ayudado a entender —un poco mejor— cómo puede ser el día a día de una joven en prisión provisional. Asumo toda la responsabilidad de la interpretación que he hecho.

Maja y sus amigos van al instituto público de Djursholm. En realidad no hay ningún centro de enseñanza con ese nombre. Por la parte que me toca, yo fui al colegio mixto de Djursholm e hice el bachillerato en el instituto de Danderyd. He sido tan descarada que he tomado detalles de ambos escenarios sin pedirle permiso a nadie.

Mari Eberstein. Teníamos ocho años cuando empezamos a escribir relatos sobre animales extraños que hacían cosas de la vida cotidiana. Ya entonces te convertiste en mi mejor amiga y mi lectora más importante.

Åsa Larsson. Los escritores suelen hacer hincapié en la tarea tan solitaria que es escribir novelas. Pero gracias a ti pocas veces me siento sola. Ni con mi texto, ni con lo otro. Tú me hiciste confiar en que conseguiría terminar este libro, a pesar de haberlo dudado durante tanto tiempo. Gracias.

Los escritores no solo imaginan, también tienen sueños. Mi editora Åsa Selling, mi redactora Katarina Ehnmark Lundquist en Wahlström & Widstrand, mis agentes Astri von Arbin Ahlander y Christine Edhäll y Kaisa Palo de Ahlander Agency. Gracias a vosotras me atrevo a soñar en grande. Sois mi *dream team.*

Mamá. Papá. Hedda. Elsa. Nora. Béatrice. Y Christophe. Por encima de todo está el amor hacia vosotros. El *merci* francés tiene la misma etimología que la palabra latina para piedad. Bendición, si me apuráis. Eso es lo que siento.

Y sí. Ya basta de ñoñerías sentimentales.

Referencias

Pág. 30 («Tristes cosas acaecen, incluso en nuestros días»). De *Canción sobre el amor y la cruel muerte de la bella volteadora Elvira Madigan*, de Johan Lindström Saxon, 1889.

Pág. 89 («cuando nada queda que aguardar ni nada más por cargar»). De *Las estrellas* de Karin Boye: publicado por primera vez en *Gömda land*, ed. Albert Bonniers, Estocolmo 1924.

Pág. 95 (*«Preacher takes the school. One boy breaks a rule. Silly boy blue, silly boy blue»*). De «Silly Boy Blue», David Bowie, *David Bowie*, Decca, 1967.

Pág. 106 (*«Keep your 'lectric eye on me babe, Put your ray gun to my head, Press your space face close to mine, love»*). De «Moonage Daydream», David Bowie, *The Rise and Fall of Ziggy Stardust and the Spiders from Mars*, RCA, 1972.

Pág. 107 (*«Would you carry a razor, just in case, in case of depression?»*). De «Young Americans», David Bowie, *Young Americans*, RCA, 1975.

Pág. 385 («a mis enemigos en la mejilla»). Interpretación libre del Libro de los Salmos, salmo 3:8.

Pág. 386 («el mal en su interior, como un embarazo»). Interpretación libre del Libro de los Salmos, salmo 7:15.

Pág. 387 (*«Party girls don't get hurt, Can't feel anything, when will I learn, I push it down, push it down»*). De «Chandelier», Sia, *1000 Forms of Fear,* RCA, 2014.

Pág. 388 («Todo es vanidad»). Libro del Eclesiastés 1:2.

Pág. 391 (*«I couldn't live without you now, oh, I know I'd go insane, I wouldn't last one night alone baby, I couldn't stand the pain»*). De «Addicted to you», Avicii, *True,* PRMD, 2013.

Pág. 435 («Por encima de todo está el amor»). Interpretación libre de la Primera Carta a los corintios 13:13.

Este libro se publicó
en el mes de abril de 2017